ハヤカワ・ミステリ文庫
〈HM502-2〉

沈　黙

アン・クリーヴス
高山真由美訳

早川書房
9160

THE HERON'S CRY
by
Ann Cleeves

Translated by
Mayumi Takayama
First published 2025 in Japan by
HAYAKAWA PUBLISHING, INC.
This book is published in Japan by
arrangement with
JOHN HAWKINS & ASSOCIATES, INC., NEW YORK
through TUTTLE-MORI AGENCY, INC., TOKYO.

英国地質調査所の仲間たちへ。すばらしい思い出への感謝と、
来《きた》るべき冒険への期待を込めて。

謝辞

一冊の本を読者の手に届けるには、チームワークが必要だ。非常に幸運なことに、今回も英国のパン・マクミラン社と合衆国のミノトール・ブックス社のサポートを得ることができた。編集、校閲に関わったすべての人、とりわけジリアン、ヴィッキー、キャサリン、ネティ、シャーロット、ロレインに、多大な感謝を捧げる。大西洋の両側にいる販売促進とマーケティングのチームも、このむずかしい時代に小説を売るために辛抱づよく働いてくれている。その全員、とくに英国のエマとエル、合衆国のサラとマーティンに大きな感謝を捧げる。それから、アシスタントのジルは静かに効率よくわたしの面倒を見てくれている。ジーンとロジャーはわたしのウェブサイトを見事に管理してくれている。エージェントのサラと彼女の同僚の支援がなければ、わたしは執筆に集中できなかったと思う。サラと、モーゼズ、レベッカ、ジル、メイドゥ、アンヌリーにとても感謝している。独立系書店も売上を維持してくれている——実店舗を閉店しなければならない場合にも。彼らのことが大好きだ。〈フォーラム・ブックス〉のヘレンとジェイムズに特別なエールを送る。二人のやさしさと、独創的なイベントに。図書館も、ロックダウンのあいだ読者に本を提供したり、オンラインイベントを開催したりと、懸命に働いてくれた。図書館スタッフの面々は、これからもずっと、わたしにとってはヒーローである。

名前を貸してくれたシンシア・プライアとサラ・グリーヴにも感謝している。それから、本作の草稿にアドバイスをくれたスー・ベアーズホール、マーティン・カービー、ポール・ジョーンズにも。ジェニー・ベアーズホールはガラス吹きの秘訣を説明してくれて、ボブ・クルックスはそれを実演してくれた。ドクター・ジェイムズ・グリーヴの豊富な専門知識のおかげで、わたしはガラスを凶器として使うことができた。もちろん、作中の事実に誤りがあれば、それはわたしの責任である。イシー・ウィーラーは、今回もルーシー・ブラディックのすばらしいモデルになってくれた。イシーの言葉をそのまま引用した箇所もある。

著者による覚書き

『沈黙』はフィクションであり、物語に合わせてノース・デヴォンの地名を一部創作した。シール・ポイント、スピニコット、それにゴースヒル病院は実在しない。それから、ノー《N》ス《D》・デヴォ《P》ン患者協会《T》と、〈ピース・アット・ラスト〉のウェブサイトも創作である。〈スイサイド・クラブ〉がわたしの想像のなかだけのものであることを切に願っている。英国では、ダウン症の人々は通常、「学習障害のある人々」と呼ばれる。この用語はいかなる価値判断も含まないものとして本書で用いた。この言葉が適切でないと見なされる場合があるのも知っているが、もちろん悪意を持って用いたわけではない。小説内の組織や人物に現実との類似があったとしても、それは偶然の一致である。

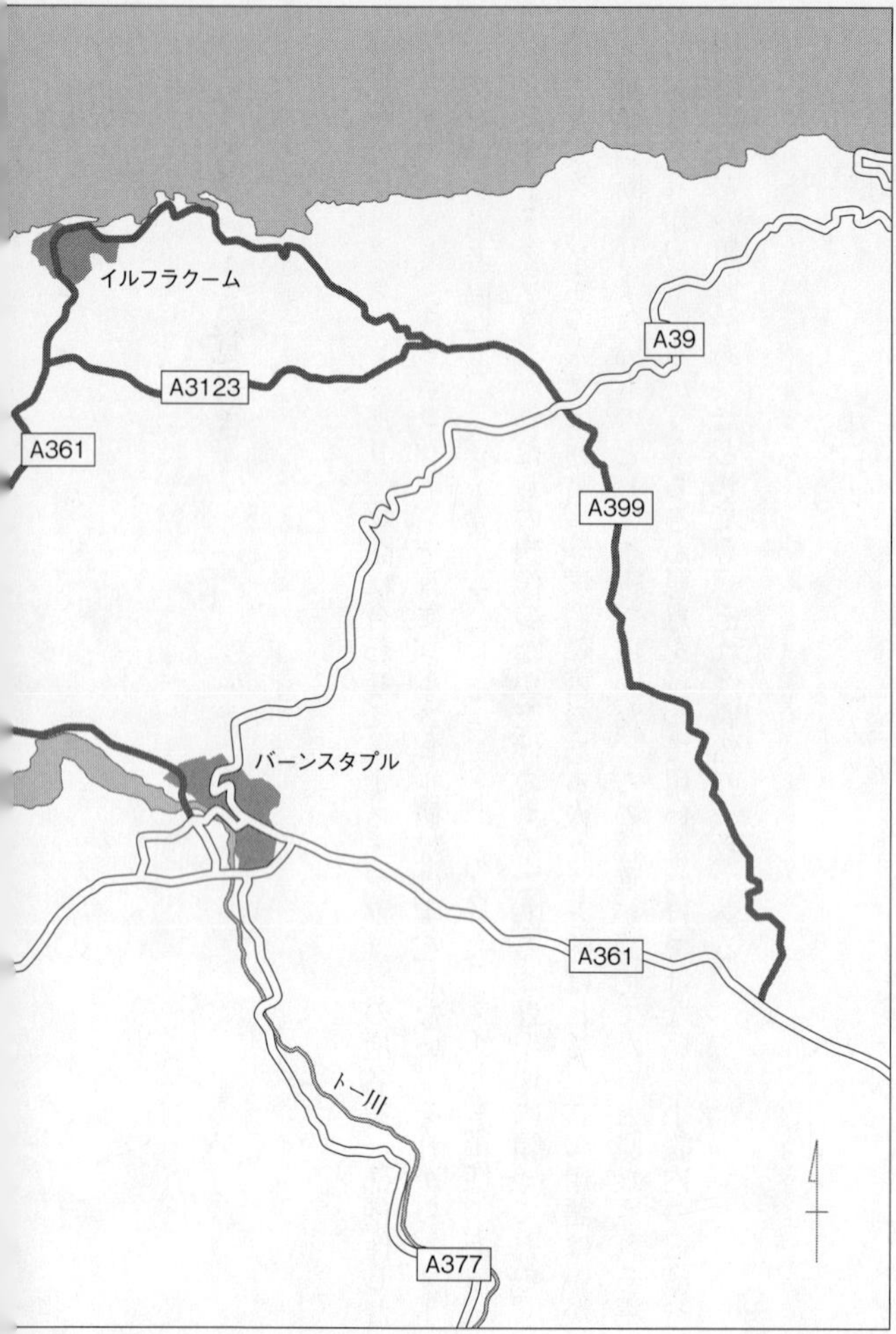

イルフラクーム
A39
A3123
A361
A399
バーンスタプル
A361
トー川
A377

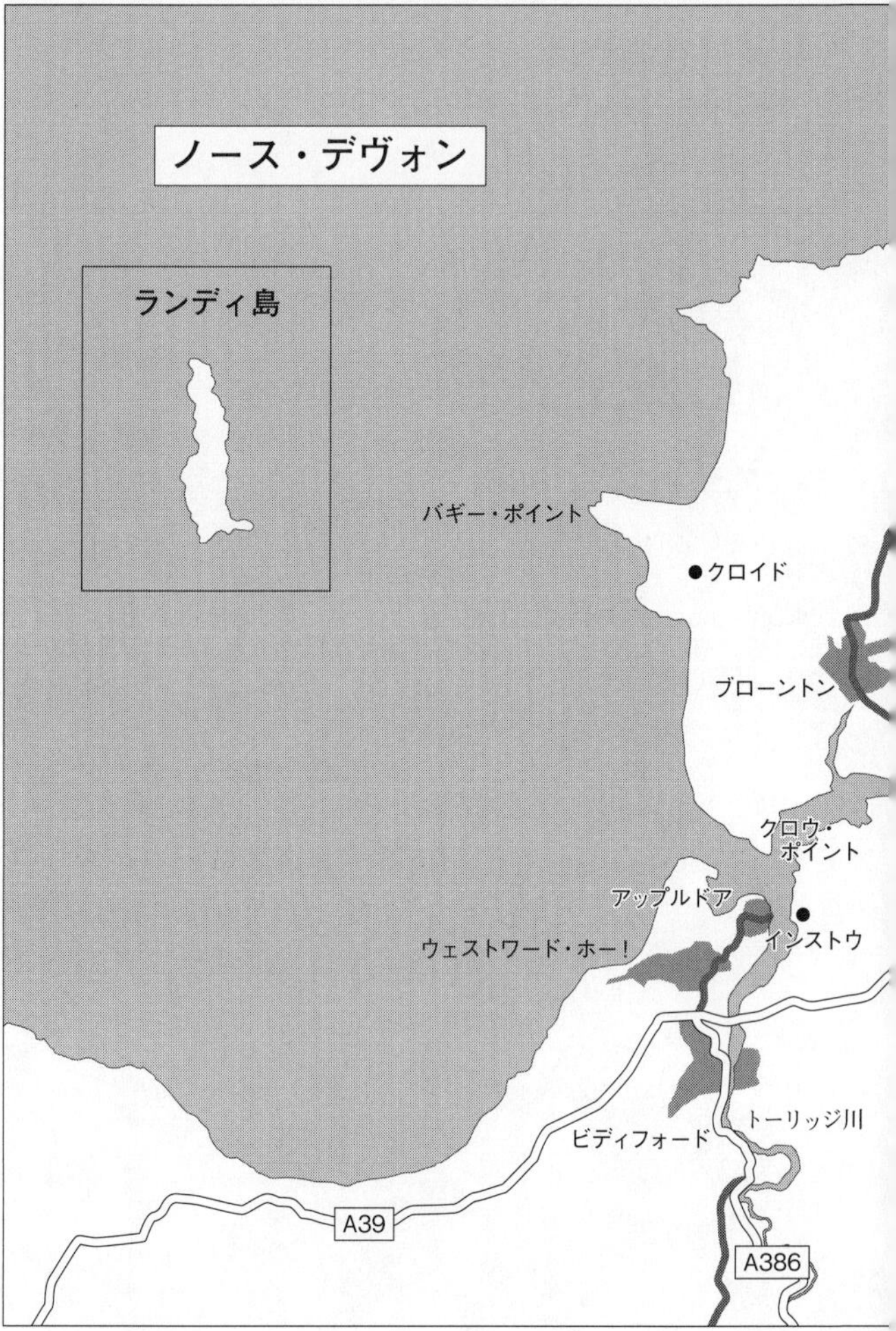
ノース・デヴォン
ランディ島
バギー・ポイント
クロイド
ブローントン
クロウ・
ポイント
アップルドア
インストウ
ウェストワード・ホー！
トーリッジ川
ビディフォード
A39
A386

沈黙

登場人物

マシュー・ヴェン……………………バーンスタプル署の警部
ジェン・ラファティ…………………同部長刑事
ロス・メイ……………………………同刑事
ジョー・オールダム…………………同警視
ジョナサン・チャーチ………………マシューの夫。ウッドヤード・センターの責任者
シンシア・プライア…………………治安判事
ロジャー………………………………シンシアの夫
ナイジェル・ヨウ……………………ジェンがパーティーで出会った男性
ヘレン…………………………………ナイジェルの亡き妻
イヴ……………………………………ナイジェルとヘレンの娘
ウェズリー（ウェズ）・カーノウ……ミュージシャン。アーティスト
フランシス（フランク）・レイ………農場のオーナー。経済学者
ジョン・グリーヴ……………………農場の管理人
サラ……………………………………ジョンの妻
ジョージ・マッケンジー……………〈イソシギ〉のオーナー
マーサ…………………………………俳優。ジョージの妻
ジェイニー……………………………ジョージとマーサの娘
アレクサンダー（マック）…………ジェイニーの弟
ローレン・ミラー……………………ナイジェルの同僚
ルーク・ウォレス……………………自殺した青年
ルーシー・ブラディック……………ダウン症の女性
ドロシー………………………………マシューの母
メラニー（メル）……………………ロスの妻
スティーヴ・バートン………………電子情報分析の専門家
ポール・リード………………………作家。再開発反対運動のリーダー

1

ジェンは飲みすぎていた。みんなでシンシア・プライア宅の庭にいて、草の上に寝そべっている。ちょうど暗くなりはじめたところだった。パーティーは戸外に移ってからやや熱が冷め、静かになっていた。ジェンはスイカズラと刈られたばかりの草のにおいを感じた。濃厚な、甘すぎるにおいに頭がくらくらする。蔦や蔓薔薇のあいだを縫うようにして高い煉瓦の壁に取りつけられた電飾に目を奪われ、気がつくと豆電球が瞬《またた》くリズムに同調していた。

シンシアの家はまわりを壁で囲まれているたぐいの住宅だった。ロック・パークに臨む大きな一戸建てで、ジェンの住む狭いテラスハウスからほんの数百メートルしか離れていないのだが、階級的な視点から見れば大きな隔たりがあった。ジェンはリヴァプール人で、階級意識を勲章のように身につけていた。そんなジェンの父は港湾労働者で、母はいまもスーパーで棚に商品を補充している。

暗くなっても気温は高いままで、焚き火台に火が入れられていたのは必要だからではなく、雰囲気を出すため、そしてマシュマロを焼くためだった。早くも暑気が訪れていた。まだ六月の終わりなのにもう給水制限の声が聞かれ、このまま雨が降らないようなら配水パイプに影響が出ると噂されていた。ふだんならノース・デヴォンで降雨量が不足することなどないのに。

先ほどまで、家のなかでは大音量で音楽がかかり、みんな暑さなどものともせず踊っていた。ジェンは激しいダンスが大好きで、体もよく動いた。夫はいい顔をしなかったが、どう思われようともう気にする必要はない。いまは全員が家のなかから流れでてきており、ウェズ——シンシアの芸術家タイプの友人のひとり——がギターを弾いていた。ゆったりとした物悲しい曲だ。ウェズほど悲しげに弾ける人はいない。初対面のとき、ジェンはウェズに関して想像をたくましくしたものだが、それをいうなら独身男性に出会ったときにはたいていさまざまな空想をする。ちょっと必死になりすぎていた。ウェズはもの思わしげで、髪は黒く、セクシーだった。ジェンの夢に見合うタイプだ。しかし少し経つと、マリファナを常用するミュージシャンで、ヒッピーの一団と丘で暮らし、流木で風変わりな家具をつくって生活の足しにしているような男は、十代の子供二人の養育責任を一身に負う母で警官でもある女とは釣りあわないと判断したのだった。

壁のそばにはテーブルがセットされ、布がかけてあった。いかにもシンシアらしい、高級な趣味のテーブルクロスだった。庭への大移動に伴って、シンシアはボトルをすべて持ちだしてそのテーブルに置いていた。まだきちんと場をコントロールできることを示そうとしたのだろうけれど、ジェンとおなじくらい飲んでいるはずだった。ジェンは自分でもう一杯赤ワインを注ぎ、草の上に座った。そして自分自身と、聞こえる範囲にいる全員に向かって、こんなに素敵なパーティーは何年ぶりだろう、まったくほんとうに久しぶりだといって聞かせた。

その後、火のそばにはほんのひと握りの人々が残った。ジェンはいつのまにか、シンシアの隣人だという中年男性と話をしていた。先ほど家のなかでも如才なく立ちまわり、ほかのゲストたちと礼儀正しく会話しているところを、音楽がかかるまえに見かけていた。背が低くがっしりした、おとぎ話に出てくるトロールのような体型で、角ばった顔と短い脚をしているが、大きな笑みを浮かべたところは醜くはなかった。空想を掻きたてられる相手ではまったくないが、ほかの全員がすでにペアになっているようで、ジェンもここでひとりぼっちになるのはいやだった。離婚して以来ずっと、世界は幸せなカップルで成り立っているように見えていた。いや、カップルでさえあればそれほど幸せそうでなくても羨ましかった。この男性はチェックのシャツを着て、ウォーキング用の軽量、速乾のズボンを穿いていた。どこかの散策クラブのメンバーなのかもしれない、とジェンは想像した。会計士か弁護士かもしれないとも思った。シンシアは判事で、治安判事裁判所の席に座って、ジェンが有罪にしようとしているけちな犯罪者やはみ出し者や救いようのない連中に判決をいいわたしていた。シンシアには弁護士の知り合いが大勢いる。シンシアとジェンも法廷で出会ったのだ。立場はちがっても、二人はいつも仲よくやっていた。シンシアの夫は地元の病院機構でなにやら重要な仕事をしているので、シンシアは有給の仕事をどうしても必要としているわけではなかった。

いま、ジェンはもう充分に飲んだことを自覚しながら、まだやめられない段階にいた。元夫はいつも、嘲りとほんのかすかな憐れみを込めて、おまえは依存症になりやすい性格なんだといい、いった直後にジェンを強く引っぱたいた。そしておまえがおれを怒らせるからだと責めた。

今夜、ナイジェルはほぼずっと辛口の白ワインが入ったおなじグラスを手にしている、とジェンは思った。

「それで、ナイジェル。お仕事はなにをしているの？」名前はすでに聞いていた。誇れるような名ではないとでもいうように、どこか申しわけなさそうに、先ほど本人が口にしたのだ。

ナイジェル。ナイジェル・ヨウ。ヨウはウエスト・カントリーに多い姓だから、たぶんその地域の出身ね。だけどナイジェルって名前はずいぶん老けた感じがする。近ごろでは自分の子にナイジェルと名前をつける親なんていない。

いま、ジェンは思いきり誘うような笑みを浮かべていた。ナイジェルはふだんジェンが恋人にしたいと思うような男たちよりは年上かもしれないし、おそらくは退屈な男だろうけれど、ひとりぼっちでここに座っているよりは彼とおしゃべりしているほうがましだった。シンシアは、そんなに必死になってもどうなるものでもない、いずれぴったりの男が現れるからといつもいうのだが、ジェンは残りの人生を孤独に過ごすことなど考えただけで耐えられなかった。子供たちはまもなく巣立っていく。そうなると、仕事から帰ったときに、自分の小さな家は音もなく、冷えきって墓場のようだろうと想像してしまうのだ。

「保健分野で働いています」ナイジェルは膝を曲げて座っていたので、ジェンには彼の靴が見えた。良質で、よく手入れされている。

「あら、お医者さんなの?」それなら少しはおもしろいかも。ジェンは自分をスノッブだと思いたくはなかったが、それでも医師と付き合うと考えると悪い気はしなかった。

「いまはちがいます」ナイジェルのほうも、まるでジェンの考えを読んだかのように笑みを浮かべた。その笑みにはどこかしら魅力があった。トロールのような体型を埋め合わせる魅力が。「あなたと同業種の仕事といってもいいかもしれない。ある意味では。いまやっているのは、どちらかというと私立探偵のような仕事ですけれども。それで、じつはお話ししたいことがあるんですが、ここではちょっとどうかなと思いましてね」ナイジェルは一瞬なにかに気を取られ、それからつづけた。「じつのところ、そろそろ帰らなければと思っていました」そういうと、なめらかな動きでゆったりと腰をあげ、お尻から草の葉を払った。お尻もなかなか感じがよかった。

ナイジェルは立ちあがると、ためらうそぶりを見せながらいった。「シンシアからあなたの番号を聞いて、電話をかけてもかまいませんか？」

「ええ」ジェンは答えた。「もちろん」デートの誘いかもしれないと思い、ジェンは気をよくして浮かれかけたが、ナイジェルの頭にあるのはもっと堅苦しい用件のようにも見えた。

「プライベートの番号がいやだったら、職場の連絡先でもかまいません」

ナイジェルがシンシアのほうへ向かい、礼儀正しく彼女に別れの挨拶をするところを、ジェンは見送った。妙に悲しかった。友人を得る大切な機会を逃したような気がした。

その晩の残りは下り坂だった。ジェンはビールを片手にしばらくのあいだひとりで座り、炎に見入っていた。ウェズが誰にも聞こえないほど小さくハミングをしながら、ジェンの娘といってもいいくらい若い女性に腕を回してゆったり踊っているのが目に入ると、ジェンはよろよろ立ちあがり、歩いて家に帰った。

2

ドアを叩く音と娘の大声で、ジェンは目を覚ました。昨夜、服はかろうじて脱いでいたが、メイクを落とさずに寝てしまったせいで、まつげがマスカラで固まり、枕カバーはファンデーションと口紅で汚れていた。つまり、楽しい夜を過ごしはしたが、品位を落とすような真似はしなかったということだ。もし服を着たまま寝ていたら、それは悪い兆候だった。起きたときに見知らぬ他人がいるようだとなお悪い。しかしそんなことは子供たちが元夫の両親の住むウィラル市まで行かないかぎり、絶対にしなかった。エラとベンがここにいるときに男を連れこむほど恥知らずではない。

「なあに、エラ。入って」ジェンは体を引き起こして座り、ベッド脇の時計を見た。十時だったが、週末で非番だから焦る必要はない。昨晩は仕事帰りに買物も済ませてあったので、朝食のパンと牛乳もあるし、子供たちは自分で冷蔵庫をあさっておなかを満たすくらいのことはできた。少なくとも、二人は甘ったれには育たなかった。はらわたを刺す罪悪感が二日酔いの胸やけよりも苦痛なときには、いつもそう思うことにしている。

ドアがあき、エラが入ってきた。そばかすの散る、痩せっぽちの十六歳。飾りけのない姿で悠々としている。理系のオタクで、おなじ学校に通うザックと付き合っている。ザックもやはりオタクで、ジェンがうんざりするほどよくしゃべる。

「どこかに出かけて楽しんでくれればいいのに」ジェンはたびたびそういっている。自分が早まった結婚をしたものだから、娘にはあまり若いうちに落ち着いてほしくないと思っているのだ。

「充分楽しんでるよ」

そういって二人は屋根裏にあるエラの小さな部屋へ消えていく。酒を飲むでも、ドラッグやセックスに耽《ふけ》るでもなく、化学の宿題に熱中するか、ネットフリックスで一風変わったファンタジーのシリーズを観るためだった。

今朝のエラはネグリジェ姿で幼く見えたが、明らかに不満顔で部屋を横切って窓をあけた。「この部屋、お酒くさいよ。空気を入れ替えないと」エラのほうが親でもおかしくなかった。

「そうね」ジェンはずきずきと痛む頭を無視しようとしながらいった。「万事順調？」

「スマホを階下《した》に置きっぱなしにしたでしょ。あたしが起きてからずっと鳴ってるよ。マシュー・ヴェンって見えたけど」

「くそ」マシュー・ヴェンはボスだ。いままでいちばんいい上司だが、そんなにおもしろい人というわけでもなかった。堅物で、ジェンの見たところ、福音派の教義で厳しく育てられた子供時代にいまだに囚われている。きっとエラと同じように不満顔でいることだろう。「昨日の夜、出かけるまえに服を乾燥機に突っこんでいったんだけど。わたしが猛スピードでシャワーを浴びているあいだに、それを引っぱりだしておいてもらえない？」

「昨日は晴れてたでしょう。外に干したってよかったのに」さらなる不満顔。エラは母親を救うだけでは気が済まず、世界を救いたいらしい。

「そうね、でも乾燥機に入れとけばアイロンをかけなくていいから。省力になるじゃない？」ジェンは顔をしかめてみせた。こうすると娘が笑うのはわかっていた。この手のやりとりは儀式のようなもので、エラは優位に立つのが好きなのだ。

ジェンはすでにベッドを出てバスルームへ向かっていた。そしておもねるような声でいった。「それから、やかんを火にかけて、コーヒーを淹れておいてくれない？　昨日、ちゃんとしたやつを買っておいたから」

ジェンは鎮痛剤二錠をコーヒーで流しこみながら、マシューに電話をかけた。エラはトーストも焼いておいてくれた。ベンの姿はなかった。週末はたいてい昼どきにならないと部屋から出てこない。ジェンはトーストにバターを塗りながら、ヴェンが電話に出るのを待った。もし緊急の呼び出しなら、次に食事ができるのはいつかわかったものではない。

「すみません、ボス。今日は非番だったから、いままで電話に気がつかなくて」

「不審死だ」マシューがいった。「ロスとわたしはすでに現場にいる。ウェスタコムだよ。大きな敷地内に工芸品の作業場がいくつかあるような場所だ」マシューはジェンに郵便番号を伝えた。殺人事件とはいわなかった。なにかをいうとき、マシューはつねに慎重だった。

「できるかぎり急いで向かいます」朝食を終えたらすぐにね。

「運転に問題はないだろうか？」なるべく決めつけるような声を出さないようにしているのが感じられたものの、ジェンにはマシューがこう思っているのがわかった——昨夜、痛飲したなら、血中アルコール濃度がまだ基準値を超えているかもしれない。

「ええ」ジェンはいった。「もちろんです。では、あとで」

　少なくとも、ウェスタコムは内陸方向にあった。つまり、観光客が原因の渋滞とは反対方向に運転していけばよかった。ノース・デヴォンに移ってきてからそろそろ五年になるので、ジェンは狭く曲がりくねった道路とか、こっそりやってくるトラクターやら対向車やらを隠す高い土手や生垣にも慣れつつあった。しかし夏の交通量には——子供たちやキャンプ道具やサーフボードを積んだ大型の自家用車がつくる、絶えることのない車の流れには——いまだに慣れなかった。海岸から内陸へはずっと上り坂だったので、途中でランドローバーと馬の運搬車をやり過ごそうと待避所に入ると、入江全体が見渡せた。二つの川、トー川とトーリッジ川が陽光にきらめきながら大西洋に注ぎこんでいる。いまではここがジェンの住みかだったが、いまだにマージーサイドが恋しかった。水上を行き交うフェリーや、バーケンヘッドから望む目を見張るようなリヴァプールの街並みから離れて暮らすのは、大事な人と死別したときにも似た感情をもたらした。いやに感傷的な、昔ながらのリヴァプール人ね、とジェンは思った。可能なかぎり天国にいちばん近い場所に暮らしながら、それでも満足せず、故郷を夢見ているなんて。

スマートフォンのナビが、一車線の道を進めといってきた。小型車二台がすれちがうだけの幅もなく、道のまんなかに雑草が生えている。角を曲がると、そこが現場だった。道がなくなり、いつのまにか庭になっていた。かなり大きな家が建っている。温かみのある赤煉瓦はシンシアの家の壁とおなじ色だが、こちらのほうが古く、ところどころ崩れかけていた。二階建てで、その上の屋根裏が寝室になっているのだろう。スレート屋根から小さな屋根窓《ドーマー》がいくつか突きでている。庭の一方にはコテージがあり、もう一方には大きな納屋があった。あとは入口にハーフドアのついた小さな離れがいくつか並んでいた。集合住宅が個別にさまざまな使われ方をしている。すべて、もともと農業用だった建物を改修したものだ。ジェンがそれを知っているのは、庭に降りたった瞬間に、以前来たことがあると気づいたからだった。ウェスタコムは、海辺のインストウから五キロ足らずのところにあるが、村の賑わいからは完全に切り離された独自の世界のように感じられた。それがジェンの記憶にあったのだ。現実味の薄い、小さな魔法の国に紛れこんだような感覚が。一度しか来たことがないのに、忘れていなかった。ここに来たことはどこか罪深いおこないのように感じられたものだが、自由への祝福というか、人生を取り戻したことへの祝いのようでもあった。ジェンは若いときにも向こう見ずで無責任だったわけではないが、ここへ来たときにはちょっとそれに近い状態だった。ある年のイースターのころ、子供たちがホイレイクで祖父母と過ごしていたときに、ウェズに連れられてきたのだった。そのときのジェンは、前夫の父母が子供たちに自分の悪口を――無責任で、きちんと子供の面倒を見られるだけの能力もないと――吹きこむのではないかと心配で、ずっとぴりぴりしていた。まあ、もう顔も見たくない前夫のロビーが、子供たちとずっと一緒にいたがったわけではないのだが。ロビーは親権を要求したりはしなかった。それよりも新たな独身生活のほうがずっと大事だったのだ。面会交流はどんどん間遠になり、しかも向こうにいるあいだ、エラとベンがアルバート・ドックの旧市街にある父親の広いアパートメントに滞在することはなく、代わりにウィラル市の海辺にあるヴィクトリア朝様式のヴィラで祖父母のレグとジョーンと過ごした。ロビーはときどき、仕事と私生活が暇なときにそこへおいでましになるだけだった。子供たちとの日曜のランチがお気に入りだった。ロビーの世界では、日曜日の昼どきにはたいしたことは起こらないし、ジョーンはなかなか料理が上手だから。

ジェンがウェズに会ったのは、そのときが初めてだった。シンシアがジェンを連れだしたのだ。「ようやく親の責任から自由になったのに、家でくよくよしてちゃ駄目」そういって、シンシアはジェンをインストウの海辺のバーへ連れていった。「ジャズの店よ。知人を何人か紹介する」バーは狭くて暗く、混んでいた。オーナーは中年のスコットランド人で、ジョージと呼ばれており、ミュージシャン全員を親友のように紹介した。チェックのテーブルクロスの上にロウソクを挿した壜が並び、漁網が天井からさがっている。キッチュだが、わざと狙った俗悪さだった。ジェンは音楽にもそこの人々にも恐れをなしていた。人々は曲と曲のあいだにジェンが読んだことのない本の話をし、ジェンが観たことのない映画の話をした。当然の結果としてジェンは飲みすぎ、大きすぎる声でたくさんおしゃべりをした。ウェズはその晩は観客のひとりで、演奏はしていなかったが、常連客であることはジェンにもわかった。店のスタッフを全員知っていたし、ジョージは彼のことを、少々道を踏み外した息子のように甘やかした。シンシアとその仲間たちがバーンスタプルに戻ろうと話していたとき、ウェズはジェンの手を取っていった。

「あともう一杯だけ付き合ってくれないかな。きみの家まではタクシーを使えばいい」二人は月明かりの海辺を歩いた。星を見あげると、ジェンの頭はぐるぐる回った。タクシーがやってくると、二人はウェズが屋根裏の二間つづきのひと部屋を借りている家へ向かった。もちろん、タクシーの料金はジェンが払った。いま、車から降りたったときにふと、不審死はウェズと関係があるのかもしれないとジェンは思った。

マシューとロスは庭に立っていた。科学捜査班のメンバーのような保護スーツとシューズカバーを身につけていたが、紙のスーツを着てマスクをしていても、見ればわかった。マシューは軍人さながらの直立姿勢で立ち、目は御影石のようなグレーだった。ロス・メイはウィペット犬みたいな痩身で、子供のようにもじもじしていた。ジェンは二人のそばへ行き、紙のスーツを手に取って、それを身につけながらマシューに話しかけた。

「男性ですか、女性ですか？　ここには以前来たことがあります。知り合いの男性がここに住んでいるんです。いえ、そのときは住んでいたんです。もう引っ越したかもしれません。何年かまえのことなので」捜査が進むまえに、上司に状況を知らせておいたほうがいいと思い、ジェンはいった。

「男性だ」マシューは答えた。「きみの友人の名前は？」

正確には友人ではありません、とジェンはいいそうになったが、それは余計な情報だろうと思いとどまった。それに、マシューはストレートな答えを好む。

「ウェズです」ジェンはいった。「ウェズリー・カーノウ」そして一瞬ためらってからつけ加えた。「じつは、昨夜も会いました」

マシューは首を横に振った。「その名前じゃないな」そういってジェンを見た。「この場所について知っていることは？」

ジェンは肩をすくめた。「一度来たことがあるだけですが」一夜をともにした翌朝、ウェズは一階にある広くて散らかった共用キッチンで朝食をつくってくれた。床には板石が敷かれ、アーガのオーブンに点々と油汚れがついていた。いつもどおりの二日酔いだった。焼きたての精白パンのあいだから脂の滴るベーコンサンドを、コーヒーで流しこんだ。ほかの人が何人か出入りしたが、ジェンは気にも留めなかった。気持ちはウェズだけに向いていた。ウェズは裸足で、ぼろぼろのジーンズとゆるいTシャツを着ていた。二日酔いの朝でさえ、ジェンはほれぼれとウェズを眺めた。ウェズは思いやりのある恋人で、ジェンにとっては目新しかった。いまでもあの晩のことを思いだすと笑みが浮かんだ。「アーティストのコミューンのような場所です。母屋ではオーナーが暮らしていて、屋根裏の二つのフラットを芸術家や職人に貸しています。作業場もあるんですよ」

ロスが薄笑いを浮かべる。アーティストとかコミューンといった言葉に反応して、何か皮肉めいたことをいいたそうだったが、ボスのまえではやめておこうと思ったようだった。ロスも学習しているのだ。

ジェンはつづけた。「わたしの知人の男性は、リサイクルの家具に手を入れたり、流木で彫刻をつくったりしています。ミュージシャンでもあるんです。もしかしたら、ジョナサンは会ったことがあるかもしれませんね」

マシューはうなずいた。マシューの夫のジョナサンはウッドヤード・センターの運営をしている。バーンスタプルにあるアートセンターで、大勢の人が利用する大きな公共施設だ。ジョナサンは自由奔放な芸術家のグループとも付き合いがあった。ウッドヤードはマシューが進んで行くような場所ではないが、マシューもまた学習しており、ジョナサンの友人たちとうまくやれるように努力していた。福音派的な教育を受けて育ったせいで、楽しかったり、クリエイティブだったり、刺激的だったりする活動を本物の仕事と見なすことがマシューにとってはむずかしいのだ。警察に入ったのは、責務を全うしようとする気持ちや共同体意識を取り戻せるからで、それはマシューがブレザレン教会を去ったときに失ったものだった。ジョナサンはときどき、きみは自分の問題を深刻に捉えすぎる、といってからかった。マシューは意識を部下に戻した。「では、われわれの被害者を見にいこうか」

ジェンは紙のフードに髪をたくしこみ、マスクをつけてマシューのあとにつづいた。農業用の建物の並びが、アトリエや作業場に改修されている。

「誰が発見したんですか？」

「被害者の娘、イヴだ。ここに住み、仕事もここでしている。吹きガラス職人なんだ。今朝八時半に、作業場で父親を見つけた」マシューはいったん口をつぐんでからつづけた。「死因は見れば明らかだが、ドクター・ペンゲリーがこちらへ向かっている」

細長く天井の低い離れの部屋へ、庭から直接通じるハーフドアがあった。室内は暗く狭苦しいだろうとジェンは思っていたのだが、屋根の大半が天窓になっており、陽光が降りそそいでいた。そして耐えがたいほど暑かった。熱は部屋の隅の溶解炉で発生しているようだった。なぜ誰も炉を止めようとしなかったのだろうとジェンは思いかけたが、もちろん、科学捜査班が作業を終えるまで触れてはいけないのだ。近づいてみると、炉は止まっているとわかった。おそらく前日の熱がまだ残っているのだろう。壁際のラックからは、先が四角い箱のようになった鉄のシャベルや平たいシャベル、それに金属製の長いパイプが何本かぶらさがっていた。ペンチやトングやブロートーチといった、拷問の道具でもおかしくない器具類の収まった棚もいくつかあった。

全体的に、拷問部屋のような雰囲気のある場所だった。昔、いろいろなことを教えてくれた修道女のなかで、とくに想像力の豊かなひとりが説明してくれた地獄の様子と似ている、とジェンは思った。男がひとり、磨かれた作業台のまえで仰向けに倒れていた。陽光の筋が差している。粉々に砕けたガラスの破片がまわりじゅうに散らばり、ナイフのように長く鋭いかけらに首を貫かれていた。出血があった。大量の血液が床じゅうに広がり、一方の壁にも飛び散っていた。

「発見場所で殺害されたようだね」マシュー・ヴェンがいった。

上司の声は、ジェンの耳にはほとんど入らなかった。「知ってる人です」ジェンはいった。「少なくとも会ったことがある。昨日の夜ですよ。シンシア・プライアの家のパーティーに行ったんですが、この人もそこにいました。名前はナイジェル・ヨウ」ジェンはいったん口をつぐんでからつづけた。「保健サービス当局を監督する組織で働いているんです。何かの調査に関わっているといってました。わたしに話したいことがある、でも急がないからって」

「きみに話したいというのは、仕事のことで？」作業場のドアは開いたままで、彼らは入ってすぐのところに立っていた。マシューはふり返ってジェンのほうを向いた。

ジェンは肩をすくめた。「そうだと思います。でも、パーティーの場だったので。すでに何杯か飲んでいましたし。だいたいどんなふうか、わかると思いますが……」

いや、マシューにはわからないかもしれない。酒はほとんど飲まないし、酔って自制を失ったりすることなど絶対にないのだ。ジェンは、マシューが酔って服も脱がずにベッドに入るところを思い浮かべようとしたが、そんな考え自体が馬鹿げていた。死体をもう一度見やり、シンシアの庭で感じた濃厚なスイカズラの香りと親切そうな笑顔を思いだすと気が遠くなりかけた。「やさしそうな人でした」

「娘のイヴがキッチンにいる。まえに来たことがあるなら、場所はわかるね。最初の供述を取ってきてもらいたい。記憶が鮮明なうちに」

ジェンはうなずいて庭に出た。そしてつかのま佇《たたず》み、深呼吸をした。日射しがすでに熱かったが、キッチンは涼しい。床にはいまも板石があったが、記憶にあるオーブンはなくなっており、隅のほうに新しい電動のクッカーが据えつけられていた。それに、部屋全体が以前より清潔で片づいている。あとはほとんど変わっていなかった。二十代後半か三十代前半くらいの女性がテーブルのまえに座っていた。ストライプのTシャツにオーバーオールという恰好で、赤いジョギングシューズを履いている。彼女がひとりだったので、ジェンはほっとした。ウェズの姿はなかった。

「イヴ？」

女性がふり返った。まだ泣いている。父親を発見してからずっと、もう何時間も泣いているのだろう。

「お悔やみを申しあげます」ジェンはいった。「あなたのお父さんに会ったことがあります。一度だけ。じつは昨日の夜なんですけど。素敵な方でした」

「最高の父親でした」

「わたしは刑事なんです。いくつかおたずねしたいことがあるんですが、かまいませんか？」

イヴはうなずいた。

「そのまえに、何か飲み物でも持ってきましょうか？　紅茶とか、コーヒーとか？」わたしはコーヒーがいい、とジェンは思った。まだ額の奥に鈍痛があった。

「それなら、水をお願いします」

ジェンは二つのグラスを満たした。蛇口から直接注いだだけの水なのに清澄で冷たかった。

「井戸水なんです」イヴが顔をあげていった。「父は、郡でいちばんの水だっていってました」

「お父さんはここに住んでいたんですか?」ちょっと想像がつかなかった。ナイジェルは几帳面そうな人だった。ひどく生真面目で見るからにきちんとした人だったので、シンシアのパーティーでは目立っていた。それに、シンシアは確か隣人といっていたはずだ。しかしそれも確認したほうがいい。

悲しみに沈んではいたものの、イヴは小さく笑い声をたてた。「まさか! バーンスタプルに家があるんです。わたしはそこで育ちました。でも、父はよくここに来たんです」

「お母さんもそちらに住んでいるんですか?」出会ったときには独身だと思いこんでしまったが、どうやら妻がいるようだった。有能で気遣いのできる妻が。マシューなら、妻はヨウ氏の死亡を知らされたのか、誰か彼女と一緒にいてあげられそうな人はいるのかとたずねるだろう。

「母は若年性アルツハイマーで」イヴはいった。「二年まえに亡くなりました」抑揚のない、固い口調だった。それについてはこれ以上訊かないで。耐えられない。いまはやめて。

ジェンは手を伸ばして、相手の女性を腕で包みたくなった。「きょうだいはいますか?」

イヴは首を横に振った。「家族は父とわたしだけでした。すごく仲がよかったんです」一瞬の間のあとに、イヴはつづけた。「いまはもうひとりぼっち」そう話す声は静かだったが、それでも絶望の叫びのように聞こえた。

ジェンは友人やパートナーについてたずねようかと思ったが、いまはまだ友人では慰めにならないような気がした。「昨夜、わたしがお父さんに会ったのはずいぶん遅い時間だったんですが。ここに来る約束をしていたんですか？」

「夜の約束ではありませんでした。朝、会うことになっていたんです。父はガラスの制作を手伝ってくれていました。わたしがやっているような作業には助手が必要なんです。練習しないとスキルが身につかないんですけれど、母が亡くなるまえに、父は病院から無給の長期休暇を取って、手伝いができるようにと講習を受けたんです。それに、母の世話をする時間も必要だったし。そういう父親だったんです。予定では丸一日作業をするはずでした。フランクの伝手《つて》で、ロンドンのギャラリーに作品を置いてもらえることになったんですけど、納期がきつくて」

フランクというのが誰のことかたずねたかったが、それはあとでもいい、とジェンは思った。

「だけど、お父さんはもう病院では働いていなかったんですよね？」

「ええ、ノース《N》・デヴォン《D》患者《P》協会《T》の所長でした。国民《N》保健《H》サービス《S》管轄の地元の公立病院を利用者の立場から監視する、見張り番のような組織です」イヴは間をおいてからつづけた。「父は、しばらくまえから医師をやめることを考えていました。もっと母と一緒に過ごしたいと思うと、シフトが合わなくなって。だけど患者協会ならふだんの仕事は九時から五時までだし、融通もきいたから。勤務時間についてはかなり自己裁量に任されていたんです」イヴはまた間をおいてつづけた。「母は、父がちょうど所長に任命されたころに亡くなったんですが、それでもやっぱり父は病院をやめることにしました。新たな挑戦だといって」

「昨夜、お父さんがウェスタコムに来た理由に心当たりはありませんか？　どうしてあなたにいわずに、あなたの仕事場にいたんでしょうか？」

イヴは首を横に振った。「まったくわかりません。朝は早い時間からはじめる予定でしたけど。七時半の約束で。わたしは準備があったから、七時に仕事場へ行きました」

つかのま沈黙がおりた。外から田舎特有の物音が聞こえる。鳥の歌声と羊の鳴き声。ジェンはいまだに慣れなかった。

「あなたはここに住んでいて、仕事もここでしているんですか？」ジェンはたずねた。

「ええ、屋根裏のフラットを借りています。二間つづきなんですけど、一方はすごく狭くて寝られるだけのスペースもありませんから、バスルームとリビングという感じですね。リビングの隅にも小さな冷蔵庫とガス台があるんですが、この大きいキッチンをウェズと共用しています。ウェズはここにいるもう一人のアーティストです。だけど、部屋からの眺めがいいし、仕事場がこんなに近くにあるのも魅力なんです」

「ここには、ほかに誰が住んでいるんですか？」

「テナントは四人と、子供が二人ですね。ウェズ・カーノウも屋根裏の部屋を借りています。わたしのところよりさらに狭いんですよ」ジェンはその名前を知っているそぶりは見せなかった。「それから、サラとジョンのグリーヴ夫妻と、双子の子供たち。こちらは庭の向こう端のコテージに住んでいます。ジョンは農場の管理をしているんです。サラのおじさんがここの所有者で。そのオーナーは母屋に住んでいます」

「オーナーの名前は？」

「フランシス・レイ」イヴは顔をあげてつづけた。「彼の名前はあなたも聞いたことがあるんじゃないかしら。有名な経済学者だから。わたしたちはみんな、フランクと呼んでますけど」

ああ、ロンドンのギャラリーにつないでくれたフランクね。ジェンはうなずいた。その名前には覚えがあった。レイの名前は、ひところあらゆるニュースで耳にしていた。彼は自分からスポットライトのなかに躍りでたりはしなかった——引っ込み思案で有名なのだ——が、ジャーナリストやコメンテイターにもてはやされた。金融危機が起こるまえに正しく予測し、うまくやり過ごしてひと財産築いたのだ。他人の不幸の上にね、とジェンは思った。どういうわけか、銀行家や蓄財家はみな無傷で切り抜けた。ジェンが子供のころ身につけた信条が変わることはなかった。

「どうしてここに住むことになったの？」

「コテージに住んでいるサラを通して。サラとはバーンスタプルの近所で育った幼なじみで、ここの仕事場と屋根裏部屋が空いたときに、フランクに会ってみたらどうかといってきたんです。フランクは、わたしのことも、わたしの作品も気に入ってくれたようで、それでここに住むことになりました」イヴはつかのま口をつぐんでからつづけた。「じつは、フランクは昨日の夕方、ここにいたんですよ。外出が多いんですが、ここにいられるときには、一杯どうかとみんなを招待してくれるんです。儀式のようなものです」

「フランクはここにずっと住んでいるわけではないんですか？」

「ロンドンにもまだ家を持っていますが、売るつもりだといっています。ここがいちばん好きなんですって」イヴは情のこもった、温かい声でいった。大好きなおじについて話すような声。

「フランクはまだここにいますか？」もしいるならマシューが事情聴取をするだろう。ボスは礼儀正しくふるまうのが得意なのだ。たとえ相手を嫌いでも。ジェンはいまだにそのコツをつかめずにいた。

「ああ、それはわかりません。いると思いますけど。昨夜話したときには、どこかへ行くようなことはいっていなかったから」

「今朝は会っていないんですか？」車が来たり、白衣を身につけた科学捜査班の面々がうろついていたりして庭がこれだけの騒ぎになっているのだから、気づかないはずはないだろう。

「会っていません」イヴはいった。「フランクはあまり庭に来ないんです。その必要がないから。いつも、入江に面した正面玄関を使います。ガレージには道に直接つながる出入口がべつについているし。ウェズとわたしが部屋に行くには、ここの裏口から入ってキッチンを通ります」

ジェンは失礼しますといって席を立った。「すぐ戻ります。申しわけないけれど、まだ訊きたいことがあるので」外に出ると、病理学者のサリー・ペンゲリーが作業場に向かっているところを見かけた。ペンゲリーは身長が低く、ぽっちゃりした体つきに赤い頬をしている。ジェンは以前、おしゃれな法廷弁護士がペンゲリーのことを「あの農場で働いてるみたいな病理学者ね」と嘲笑うようにいうのを耳にしたことがあった。だが、たとえ見かけは農家の娘でも、サリー・ペンゲリーは必要ならあえて危険をおかすこともできるくらい明敏で度胸があり、チームの面々はペンゲリーが好きだった。マシューが庭に立ってスマートフォンを確認している。彼は顔をあげると、ペンゲリーとジェンの両方に会釈をした。

「ひとりの男性が農場全体を所有しています」ジェンはサリーが作業場へ入るのを待ってから話をつづけ、腕を振って庭とすべての建物を示した。「オーナーは母屋に住んでいますが、常時ここで暮らしているわけではありません」ジェンはまた間をおいてからつづけた。「所有者の名前はフランシス・レイ」

マシューは一方の眉をあげたが、何もいわなかった。

「レイ氏が姿を消すまえに、捕まえたほうがいいかもしれません」ジェンはいった。「建物の反対側に専用の玄関があるそうです」

「被害者の娘の聴取は終わった?」

「いいえ、ひどく動揺しているので。父親とはとても仲がよかったそうです。母親は二年まえに亡くなっているんです。だからなるべく穏やかに話を進めようと」ジェンはまた間をおいた。「父親とは、今朝七時半に会うはずでした。ガラスの制作作業のときに助手をしていたようです。なぜ早朝、もしくは昨夜遅くに彼がここにいたかはわからないそうです」

マシュー・ヴェンはうなずいた。「ほかの住人に会いにきたのかもしれないね。可能性のある人間関係を確認する必要がある。あるいは、レイと会う約束だったのかもしれない。レイがなんというか確かめてみよう。きみがまだ娘のほうで手一杯なら、わたしが自分で話をしにいくよ」

ジェンはふたたびキッチンに向かいながら笑みを浮かべた。マシューの反応は、まさにジェンが期待したとおりだった。

3

ジェンが行ってしまうと、マシューは考え事をしながらしばし佇んだ。マシューは計画も練らずに接触を急ぐタイプではなかった。捜査の主導権をきちんと握っておきたかったし、自己管理もしっかりしたかった。夫のジョナサンはクリエイティブで衝動的だが、人の気持ちや状況を読むことに長けていた。マシューにはそのスキルはない。顔に日射しを受けながら、記憶をさらってフランシス・レイの情報を探した。この経済学者はひところあらゆる新聞に取りあげられていた。西部地方のアクセントで話す、つまりよそ者であることによって、投資家のなかでも目立つ存在だった。金融崩壊から十年後、レイについてのドキュメンタリー番組が制作されたが、本人は出演しなかった。出てきたのは以前の友人や同僚で、当時冷笑された予言や無視された警告について語った。

「レイがもしちがう派閥に属していたら——一流大学とかね——世間は彼の警告に注目したかもしれない」ある人はそういっていた。「そうなれば、最悪の崩壊は避けられたかもしれません。しかしレイは金融街で本当に認められた人間ではなかった。溶けこむことができなかった」

現在のレイには一風変わった世捨て人の印象があった。自分に財産をもたらした社会には幻滅していた。父親から農場を――おそらくこのことだろう――相続して、自分の原点に立ち返り、周囲の村の再建に取りかかった。落ち目の商売を買いとって、裏で魔法のような力を行使した。いまでは、食事がおいしいことで有名になったパブが二軒繁盛しており、インストウにはミシュランの星のついた魚介レストランがあり、廃業を免れたひと握りの店が郵便局とともに生まれ変わって、デリや、職人のいるベーカリー、窯元、ギャラリーになっていた。ただ、すべての変化が歓迎されたわけではなかった。エクスムーアの端の農場で育ったジョナサンは、とりわけワインを何杯か飲んだときに、高級化《ジェントリフィケーション》は都市だけの問題ではないとよくいっていた。田舎でも昔からの住民たちが疎外されることはありうるのだ、と。

国民保健サービスと関連のある無名な組織で働いていたナイジェル・ヨウと、フランシス・レイとのあいだにどんなつながりがあったのか、マシュー・ヴェンにはわからなかったが、ヨウの娘のイヴはレイの家の敷地内に住み、そこで仕事もしており、父親は定期的にやってきていた。マシューはもっと可能性を探り、調べ物をする時間がほしいと思った。

しかしレイはいまここにいて、ジェンも指摘していたとおり、いついなくなってもおかしくなかった。マシューは作業場の並びを離れ、レイを探して家のまわりを歩いた。

レイの住居のドアには、家の周囲をめぐる砂利道から行けた。ドアは内陸方向ではなく、入江に面している。昔ながらの植込みのある芝生の庭があり、二つの川がはるか先まで――トー川はクロウ・ポイントまで、トーリッジ川はアップルドアやビディフォードの町まで――見渡せる。母屋の向こう側には新しく建てられたガレージがあり、そこから庭をよけるようにして、舗装された私道が道路まで延びていた。

マシューはつかのま佇んで家を眺め、この建物は妙に分裂していると思った。こちら側は均整の取れた典型的なジョージ王朝様式で、玄関ドアの両脇に上げ下げ窓が左右対称に配置され、煉瓦が朝陽にやわらかく輝いている。以前は農場経営者の住まいだったにちがいない。かつての栄光を取り戻すべく、ドアは新たに黒く塗られ、真鍮のノッカーは磨きあげられていた。それが庭に見られる建物や屋根裏のフラットとひどくちぐはぐだった。ジェンなら、階級のちがいが表れているというだろう。コテージやみすぼらしい離れは労働者のもので、入江を見渡す立派な正面《ファサード》は地主のもの、というわけだ。マシューの見方はちがった。マシューは一方を芸術家気取りで少しばかり見苦しいものと見なし、家のこちら側を――少なくとも外見は――立派な社会的地位の象徴のように捉えた。こうした二つのグループがおなじ場所に共存しているというのは理解しがたかった。マシューはドアをノックした。

しばらくすると、レイが自分でドアをあけた。ドア枠のなかに立ち、まばたきをしている。レイはふくよかな体つきの大男だった。体の大きさは人々が記憶しているとおり。世間の目にさらされていたころは、太っていることについて、お抱えシェフの料理がもっとまずければ食べすぎることもないのにとか、もう少し体重を落とさないと結婚して身を固めることもできやしないなどと、自嘲的で野暮なジョークをよく口にしていた。マシューが地元の噂を思いだすかぎりでは、レイは結婚相手を見つけてはいなかった。

レイはストライプの綿パジャマのズボンを穿き、その上に昔ながらのタータンチェックのドレッシングガウンをはおって、歩くたびにぱたぱたと音をたてるレザーのスリッパを履いていた。ドレッシングガウンはウエストの部分がほとんど重なっておらず、組紐で留めてあった。むきだしの胸はピンク色で、胸毛はほとんどない。その外見から、マシューはなんとなく一九五〇年代の戯画化された男子生徒を連想した。ビリー・バンターとか、ジャスト・ウィリアムとか。

「なんでしょう？」レイはうろたえ、少しばかり心配そうに見えたが、見知らぬ人間に叩き起こされたことを怒っているふうではなかった。

マシューは名乗ってからいった。「たぶん、わたしのチームが庭にお邪魔していることにお気づきだと思いますが」

「いま起きたところなので。何かに気づくような時間はありませんでした」レイはまだまばたきをしていた。砂色の細いまつげをしている。ゆったりした発声が、いかにもノース・デヴォンの人間らしい話しぶりだった。この人物が大きなプレッシャーのかかる金融市場で抜け目のない取引をしているところなど想像もつかなかった。

「今朝、あなたのテナントの女性が、仕事場で父親の遺体を発見しました」

「え？」レイは、外国語を耳にしたかのようにマシューを見つめた。「意味がわからないのですが。仕事場のある女性というと、イヴしかいません。まさか、ナイジェルのことをいっているんですか？」

「遺憾ながら、そうです」

沈黙がおりた。レイはまだ理解に苦しんでいるかのように首を振っている。こんなに反応の鈍い人物が、どうしてここまで大きな影響力を持つにいたったのだろうと、マシューはまた思った。

「死因は？」ようやくレイが口をひらいた。それから一歩下がり、マシューを玄関ホールに通そうとした。「健康そうに見えたのに。心臓発作か何かで？」

「殺害されました。まだ詳細はお話しできません」

レイはよろめき、手を壁について体を支えた。それからマシューに向き直っていった。

「ナイジェルを殺したいと思う人間がいるなんて信じられませんよ。善良な男でした。捜査が進めば、いずれあなたにもわかるでしょうが。入ってください。数分待ってもらえれば、きちんとした恰好に着替えて、すぐに戻りますから」

玄関ホールは薄暗く、印象的でありながら、威嚇してくるようなところはなかった。傷だらけのオークの床に色褪せたマットがいくつか敷かれ、一方の壁際に大きな整理箪笥が置いてあった。レイはドアをあけ、マシューをリビングへ案内した。さらなる木の床と敷物、それに暖炉があり、そのまえには花の活けられた花瓶があった。花瓶は口が広く、ボウルに近い形をしていた。窓際のベンチには手織りのカバーに入ったクッションが置いてある。ここの家具はレイが子供のころからあったのではないだろうか。革の擦り切れたチェスターフィールドソファと、座面のへこんだ肘掛椅子が二つあった。だが、飾ってある絵画はまたべつだった。大きな抽象画がいくつかあり、ショッキングな色彩の固まりが目についた。部屋の隅には、流木でつくられた実物大のシャクシギの彫刻も置いてある。ウエスタコムの過去と現在の住人がつくったものだろう。花の活けられた花瓶にもう一度目を向ける。青い色の渦巻くガラスの花瓶は、おそらく被害者の娘の作品だ。こうして見ると、どうやらレイは職人たちの大家というだけでなく、パトロンでもあるようだった。

昨夜、レイがここでパーティーをした形跡としては、コーヒーテーブルにグラスがひとつあるだけだった。ほかのごみはすでに片づけられたあとなのだろう。家政婦がいるのだろうか、それともレイは自分で家事をしているのだろうか。

レイはマシューが思ったよりも早く戻ってきたが、それでもシャワーは浴びたようで、髪が濡れていた。しわになった大きな灰色のズボンを穿き――これは象の脚を連想させた――だぼだぼの黒いTシャツを着ていた。ロンドンシティでトレーダーをしていたときのような服装をするつもりはないらしい。マシュー自身はスーツの奥に隠れるのを好んだ。普段着さえ、洗濯したてのものをしっかりプレスしてあった。

「コーヒーを淹れているところなんですが」レイがドアロからいった。「カフェイン抜きでは頭がうまく働かないもので。あなたもいかがですか？」レイは遠慮がちにたずねた。まるで自分のほうが訪問者で、ホストではないかのように。

コーヒーの香りはここまで届いており、マシューはそれに惹かれていた。キッチンがすぐそばなのだろう。「お願いします」

レイは姿を消し、両手にひとつずつマグを持って戻ってきた。「ミルクがないのですが」レイはいった。「私は使わないものでね。テナントのキッチンから借りられるかもしれませんが……」

「ブラックでけっこうです」マシューは立ちあがってコーヒーを受けとり、窓のそばの椅子に戻った。

レイは少しのあいだ窓から外を眺めながら佇み、それからマシューのそばの肘掛椅子に腰をおろした。「それで、ナイジェル・ヨウが殺されたという話でしたね？」

「ええ」マシューは間をおいてからいった。「残念ながら、そうです」

「くそ！」ヨウがただの知人であり、テナントの父親というだけなら、思いのほか感情のこもった爆発的な反応だった。出てきた言葉も、口調の強さも予想外だった。レイはすぐに恥ずかしそうな笑みを浮かべた。「失礼……」

「ドクター・ヨウは友人だったのですか？」

「いえ」間があった。「まあ、ある意味ではそうともいえます。少なくとも、友人になれそうだった。イヴは二年まえ、修士課程を終えてからここに来たんです」

マシューは何もいわなかった。沈黙は味方であり、武器でもある。

レイがようやく先をつづけた。「ナイジェルは、ノース・デヴォン患者協会で働いていました。公立病院に対して、患者側の見解を提示する仕事です。小さな組織ですが、とても有能だと思いますよ。評判の高い、重要な組織です。ナイジェルが所長の地位を引き継いで以来、変則的な事態や患者の苦情まで調査するようになりました」

マシューはうなずいた。ジェン・ラファティからの報告内容と一致していた。

レイは顔をあげてマシューを見ながら言葉を選んだ。「若い友人が鬱に苦しんでいましてね。まあ、そんなに大事《おおごと》じゃない――少なくとも私はそう思ったんです。命にかかわるような問題じゃない、と。私自身にもそんな時期があったんですよ。世間の目にさらされるのが合わなかったんでしょう。その後、母が亡くなったときにまた落ち込みましたが、薬でやり過ごしました。私たちは二人でそんな話をして、体験を共有しました。マックの症状も簡単に治療できると思ったんです」レイは暖炉まえの花を見つめながらつづけた。

「もっと深刻な事態だった、いや、もしかしたら思ったのとはまったくちがう病気だったかもしれないのに、それに気づかなかったことでいまも自分を責めています。その後、ほんとうに危機的な状況になったときには、私はここを離れてロンドンにいました」レイは口をつぐみ、薄汚れたハンカチをポケットから引っぱりだして目もとをぬぐった。

マシューは何もいわなかった。まだつづきがあることはわかっていた。庭でクロウタドリが鳴いている。この場にそぐわない、歓喜に満ちた声で。

「マックは自殺しました。才能豊かで、聡明で、大切にしてくれる家族もいたのに。ある晩遅くに家を出ると、シール・ベイの上のほうの崖路を歩いて、そこから飛び降りたんです。道路脇に遺書が残っていました。雨が降っても濡れないように小さなビニール袋に入れられて、石で重しがしてあった。すべて計画してあったんですね。遺書は翌日になってから通行人が見つけたんです。遺体は三日経ってからやっと発見されました。残骸がランディ島の北端に打ちあげられて」

「それはいつのことですか？」マシューはたずねた。その事件については思いだせなかったが、自殺なら、仕事で関わることがなかったせいかもしれない。

「秋です。十月の終わりごろ」

「マックのフルネームは？」

「アレクサンダー・マッケンジー。私たちのあいだではマックで通っていました」間があった。「マックの両親のジョージとマーサは、インストウの海岸にあるバーを経営しています。〈イソシギ〉です」

マシューはゆっくりとうなずいた。事件の詳細がよみがえってきた。ジョナサンがその家族と知り合いで、青年の死にひどくショックを受けていたのだった。

「絶対に起こってはならないことでした」レイは感極まってざらついた声でつづけた。「両親には、マックの具合がどれほど悪いかわかっていました。両親は病院に相談しましたが、誰も何もしようとしなかった。マックは十九歳で、青少年福祉と成人の福祉の狭間に落ちてしまったのです。最終的には家族から警察に連絡しました。マックがあらゆる想像をして、被害妄想が止まらなかったので。警察はマックを救急救命センターへ連れていき、マックは総合病院の敷地内にある精神科の病棟に隔離されましたが、病床が足りないとかなにかの理由で、ひと晩で退院させられたんです。地域社会からの支援があってしかるべきでしたが、それもありませんでした。回復の見込みもなく、明らかに被害妄想がつづいていて、頭のなかでは陰謀にはまったり、見知らぬ男たちにつけまわされたりしていた。家族のことさえ敵だと思っていたんですよ。とうとう耐えられなくなって崖から海へ身を投げたのだと思います。逃げだすために。心の平安を求めて」

「マックと親しかったのですね」質問ではなく、ふと洩れた言葉だった。

「あの一家とは付き合いがありましたから。マックは甥っ子か、ともすると息子みたいなものでした。周囲から浮いている彼のことが、私には理解できた。さっきもいいましたが、お互いなんでも話しました。あの家には娘もいるんです。明るくて、きれいな子ですよ。頭もよくて。大学を出たばかりです。マックのほうはもう少し大変でした。問題が多いというか」レイは顔をあげてつづけた。「私と似ていました」

「それで、ドクター・ヨウがプロとしてそこに関わったのですね？」マシューはこの話がどこにつながるのか見きわめようとした。

「そうです。ジョージとマーサは、国民保健サービス《NHS》を相手取って正式に苦情を申し立てました。なんにもなりませんでしたよ。ありきたりな回答があっただけでした。パソコンで自動生成したような文章で。実際、そうだったのでしょう。それで私からナイジェルに相談し、彼が関わることになったのです」レイは間をおいてからつづけた。「あの一家には、裁判をするつもりはなかった。なにをしたところで息子が帰ってくるわけではありませんからね。しかしなにがあったか明らかにする必要がある。二度とおなじことが起こらないように」また間があった。「私たちはナイジェルを信頼していました。ナイジェルは実直で、すべてをくまなく調べてくれた。ＮＨＳ側には、あんなに熱心な人間はいないと思いますよ、医師にも、役人にも」

マシューが情報を消化しているあいだ、沈黙があった。戸外では朝陽で庭の色彩が揺らめき、窓からの眺めが印象派の絵画のようになった。

「結局なにがあったのか、ナイジェルは結論に達したのですか？」

「わかりません。私に話す内容について、ナイジェルはとても慎重でした。プロですからね。最近まったくの別件で会って、そのときに調査はどんな具合かたずねたんですが、なんともいっていませんでした。もちろん、それは理解できますよ、秘密を守る必要があるというのは」

「ドクター・ヨウがなぜ昨夜ここに来たかわかりますか？　遅い時間の到着だったはずです。十時半まで、バーンスタプルで社交的な催しに出ていたことがわかっているので」

レイは首を横に振った。「イヴに会いに来たんでしょう」間があった。「私は会っていません。会う約束もありませんでした」

「あなた自身も、昨夜ここでパーティーをしたのですよね？」

「パーティーというほどのものではありません。数日家を空けていたので、軽く一杯どうかとテナントを招いたのですよ。没交渉にはなりたくないのでね。しかしそれはもっと早い時間でした。七時にはじめて、九時まえにはみんないなくなっていましたから」

レイの声は悲しげに響いた。母親亡きあと、ここにひとりでいるのは寂しいのだろうか。ここでただ酒を飲んで、その後どこかへ出かけていく若い人々を腹立たしく思うことはないのだろうか。

「みんな来ましたか？」マシューはたずねた。「ここに住んでいる全員が？」

「ええ、みんな顔を見せましたよ。義務のように感じているのかもしれませんね。ウェズは長くはいませんでした。バーンスタプルでべつの約束があるとかで」

「それはウェズリー・カーノウのことですか？」

「そうです」レイは立ちあがって窓をあけ、鳥のさえずりを盛大に招きいれた。

「ほかの住人のことも詳しく教えてもらえますか？」

「サラとジョンのグリーヴ夫妻がいちばん広い場所に住んでいます。すでに目に入っているかもしれませんが、庭の向こう端のコテージです。双子の子供たちがいます。ほかの住人に子供はいません。ジョンは農場の管理をしてくれています。大部分を人に貸しているので、いまではたいした面積でもないいんですが、乳牛が何頭かいましてね」

「サラがあなたの姪なのですね？」

「正確にはちがいます。私にはきょうだいがいませんから」レイはそういって悲しそうな顔になった。「はとこだったかな、とにかく唯一の親戚で、子供のころからとても仲がよかったんです。サラは離れのひとつを乳製品の製造所に改修して、昔ながらのクロテッドクリームやアイスクリームをつくっているんですよ」レイはゆったりと笑みを浮かべ、ぽんぽんと腹を叩いた。「美味だが、外見によい影響はありませんね。サラは私がいないときに母屋の管理もしてくれています。屋根裏には狭いフラットが二つ。ウェズリーとイヴが使っています」

「二人には作業スペースもあるのですよね？」

レイはうなずいた。戸外の景色に気を取られているようだった。青々とした庭と、その向こうに広がる海に。

「なぜ若い人たちに門戸を開くことにしたのですか？」この質問は、ふだんのマシューらしい熟慮の結果ではなく、ふいに口をついて出たものだった。玄関を入ってきたときからずっと頭にあったのだ。もし自分がここのように美しい土地を所有していたら、大勢と共有したいなどとは思わなかっただろう。そしてもしレイがほんとうにみながいうほど裕福なら、家賃収入は必要ないはずだった。

最初は質問に直接答えずに、レイはいった。「みんなそんなに若いわけじゃない。ウェズは確か四十くらいですよ、ティーンエイジャーのようにふるまってはいても」

「それでもおなじです。質問の意味はおわかりでしょう。話し相手がいるほうが楽しいのですか？」

レイは部屋のなかへ向きなおり、マシューに気持ちを集中した。「いや、話し相手を必要としているわけじゃない。いままでだってずっと、ひとりでいることに満足してきた」レイはここで言葉を切り、息をついた。「罪悪感ですよ。大金が転がりこんできたせいです、そのために必死で働いたわけでもないのに。まあ、それほどは。ずっと数字いじりやロジックを楽しんできただけです。見かけ倒しの若いトレーダーに交じったりはしなかったし、いんちきに呑みこまれもしなかった。市場の動向が見えていたから、正しいタイミングで売っただけのことです。何より、運がよかった。しかし、生活の苦労を知らないわけじゃない。この家もいまは立派に見えるかもしれませんが、私が子供のころにはあちこち壊れそうになっていて、キッチンといくつかの寝室しか使えなかった。だから幸運を人と分かちあえば、少しは自分がましな人間になったように思えるんです」レイは微笑んだ。「あなたはきっと、私を変人だと思うでしょうね」

マシューは首を横に振った。罪悪感の威力なら知っていた。子供時代にはずっとそれを抱えていたし、いまもまだ取り憑かれているのだから。

レイはしゃべりつづけた。一度口を開いたら、あとをつづけずにはいられないようだった。マシューにはそれが告解のように聞こえた。この男には、ほかに打ち明けられる相手がいないのだ。

「最初にここへ戻ったときには、地域社会を活性化させることが正解のように思いました。郵便局や小さな商店を救ったり、パブやレストランを買いとったりすればいい、と。しかしそれでは駄目だった。すべての場所でうまくいったわけではなかった。村の一部で住宅価格が上がり、観光客や、別荘を持ちたい人がやってきました。私にとってはそれが金になった。さらなる金と、さらなる罪悪感に」レイがまた笑みを浮かべると、マシューはふたたび生真面目な男子生徒を連想した。純真で、正しいことをしようと奮闘しているのに、どういうわけかいつも失敗してしまうのだ。

「それでいまは個人を支援しているのですね？」

「まだチャリティもやっていますよ」レイはいった。「当然です。しかしこちらのほうがより大きな意味があって、人を貶《おとし》めることも少ないように思える。投資なんですよ、施しではなく」

「犠牲を払っているようにも思えるということでしょうか？」マシューはいった。「独り占めしたいはずの美しい家を、スペースを必要としている人に分け与えることで」

「犠牲？」これまでそんなふうに考えたことはない様子だった。「そうですね、もちろん、あなたのいうとおりです。結局のところ、私には利他的なところはあまりないんです。自分が少しでもいい人間だと思えるように、人々に家を提供しているわけですから」

あなたには信仰があるか、とマシューはレイに訊きたくなったが、自分には関係のないことだと思いなおした。ナイジェル・ヨウを殺した人間を見つけることとも無関係だろう。マシューはすばやく捜査に戻った。「九時に客人たちが帰ったあと、何をしましたか？」

「しばらく庭に座って、海の上の夕陽を眺めていました」間があった。「少々飲みすぎましてね。それが習慣になりつつあるんです、よくないことではありますが」

「道路から車の音が聞こえましたか？」

レイは首を横に振った。「ずっと外にいたわけではありませんから。暗くなったら家に入りました」レイは間をおいた。「そして飲みつづけました。だからですよ、起床が遅くなったのは」レイはふり返ってマシューと向きあった。「私はさっき、一緒に過ごす相手は必要ないといいましたね、警部さん。たいていはそのとおりなんですが、昨夜はみんながいなくなったあと、圧倒的な孤独感が押し寄せてきました。それはもう、耐えがたいほどに」

マシューはまたもや、宗教的な告解に近い告白を聞いているような気分になった。赤の他人に苦痛を打ち明ける人はめったにいない。マシューはどう反応していいかわからなかった。だが、反応する必要などないようにも思えた。レイは唐突によそよそしい、堅苦しい態度に戻っていった。

「もういいですか、警部さん。ロンドンから電話がかかってくる予定なので。しかしもちろん、もしなにか私にできることがあるようなら、また来てください」

二人は一緒に玄関まで歩いた。家のなかのどこかから、電話の鳴る音がした。レイは悲しげな顔で会釈をすると、踵《きびす》を返した。

4

イヴはテーブルの向かいを見やった。鼻にかかった耳障りな北部方言で話す赤毛の刑事が目につくと、さっさと消えて、もう放っておいてくれないだろうかと思った。いまこの時点では、父親を殺したのが誰であろうとどうでもよかった。問題は、父が亡くなってひとりぼっちになり、惨めな気分のときにハグしてくれる人も、元気づけが必要なときに笑わせてくれる人もいないという事実だけだった。イヴの苛立ちには行き場がなく、ともすればこんなことを引き起こした犯人よりも、自分を遺していなくなった父親本人へ怒りが向かった。しかし、イヴは礼儀正しかった。両親にしっかり躾けられて育ったのだ。だから日当たりが悪くひんやりしたキッチンで大きなテーブルのまえに座り、紅茶を飲みながら、侵入者の質問に答えていた。

「ほかの住人について教えてください」ジェン・ラファティという刑事がいった。「ウェズリーには会ったことがありますが、ほかの人々は知らないので」

「ジョンとサラのグリーヴ夫妻。双子の娘がいます。デイジーとリリー。とてもかわいいんですよ。女の子たちのことですけど。両親のほうじゃなくて」

「子供たちは何歳ですか？」

「七歳になったばかり。二週間くらいまえに誕生日を迎えたところで。パーティーをしました」父さんは風船と、双子のそれぞれにべつのプレゼントを持ってきて、わたしはケーキを焼いたんだった。

「双子の両親は、このウェスタコムでどんな役割を果たしているんですか？　どういう形でここに？」

「ジョンは農業に従事していて、サラは乳製品をつくっています。サラは、フランクのお母さんが亡くなってから、フランクの家のこともやっています。洗濯とか、そんなような家事ですね。一家は経済的に厳しい状況にあるので、フランクはいいお給料を払っています。サラはずっと働いているんですよ、また妊娠しているのに」イヴはつかのま口をつぐんだ。ときどき、サラのエネルギーに接すると、自分が無能で怠惰に思えることがあった。

「サラはいまもいろいろ計画を立てているんです。乳製品製造所の隣でティーショップを開きたいんだとか。そうすれば人の出入りが増えて、ウェズやわたしにとっても作品を売るチャンスができるからって」どうしてこんなことまでいってしまったんだろう、とイヴは思った。サラが最初にそのアイデアを口にしたときは興奮したものだったけど、いまではそれほど重要なこととは思えなかった。

「サラとジョンも、昨日の夜にミスター・レイが開いたパーティーにいたんですか？」

「ええ、最初のうちは子供たちも。途中でサラが二人を連れ帰って、寝かせましたけど。サラはあとで戻ってきて、入れ替わりにジョンが子供たちを見るために帰りました。ジョンはあんまり社交的なタイプじゃないので、逃げられて喜んでいたと思います」イヴはいったん言葉を切ったが、先をつづけることにした。この女に必要な情報をすべて与えてしまったほうがいい。そうすれば、あとは放っておいてもらえて、泣こうがわめこうが好きにできるだろう。イヴはときどき、自分をガラスのように思うことがあった。熱いときにはやわらかくて容易に形成できるガラスとおなじで、調子のいいときには感じよく人と接することができるのだが、ストレスが高じると冷えて固くなり、ほんのわずかな圧力がかかっただけで壊れてしまう。この刑事のまえで壊れるような真似はしたくなかった。「ウェズもいましたけど、少しのあいだだけでした。もっと楽しい約束があったみたいで。だけど顔を出しておいたほうがいいと思ったんでしょうね。フランクのご機嫌を取るために」

「フランクというのは、フランシス・レイのことですよね？」

「ええ、もちろん」なんなの、この人どうしちゃったの？　刑事のはずなのに、さっきいったことも覚えてないなんて。

「パーティーは何時に終わったんですか？」

「パーティーというほどのものでもなくて、ただ何杯か飲んだだけなんですけど。まあ、いってみれば、仕事のミーティングみたいなものでした」

「どういうところが？」

「サラがティーショップを開く話を持ちだしたから。当然、フランクの同意が必要なので。乳製品製造所の脇に空きスペースがあって、そこが理想的なんですけど、フランクの許可なく勝手に進めることはできませんから」

「フランクの反応は？」

「じつは、ちょっとがっかりでした。フランクは、ここを商業施設のようにするのは考えたことがないって。アクセスと駐車場の心配をしていました。フランクにとってはそれでもいいんですよ。裕福ですからね。商業施設にする必要なんかないんです」刑事がノートになにやら走り書きをしていたので、イヴはつけ加えずにはいられなくなった。「もちろん、ここはフランクの土地だし、わたしたちはここにいられるだけでも幸運なんですけど。家賃も相場よりずっと安いし。フランクは明らかに、わざと安くしてくれているんですよ」恩知らずのように思われるのはいやだった。屠《ほふ》られた動物さながらに父親が刺殺され、まだ仕事場に横たわっている遺体が見知らぬ人々に突《つつ》きまわされているというのに、自分は人にどう思われるかを気にしているなんて、とイヴは思った。

「では、お酒を飲みながらそういう議論があったんですね？」ジェン・ラファティがいった。

「その話題はどんなふうに終わったんですか？」

「フランクが、企画書をつくるようにってサラにいったんです。考えてみるからって。それで九時ごろにはお開きになって、サラもコテージに戻りました」

「それで、あなたは？」相手の女がノートから顔をあげてイヴを見た。力のある茶色い目は、赤い前髪でほとんど隠れている。

「仕事場に行って一時間ほど過ごしてから、わたしもロフトの部屋へ帰りました。十時半にはベッドに入っていたはず」

「その夜のあいだ、お父さんから連絡はなかったんですね？　こちらへ来るつもりだとはいっていなかった？」

イヴは首を横に振った。「仕事場では電波が入らないんですけど、受け損ねたメッセージや通話はありませんでした。寝るまえに確認したんです」

少しのあいだ、沈黙があった。刑事は慎重に言葉を選んでいるようだった。「お父さんがどんなふうに殺されたか、見ましたよね」

イヴは言葉をなくした。血まみれのガラスの映像が、壊れたネオンサインのように頭のなかにちらついた。ふと、自分はもうガラスを扱うことができないかもしれないと思った。しかし質問に答えなければ。イヴはうなずいた。

「あのガラスの破片ですけど。見覚えがありますか？　あなたがつくったものでしたか？」

また映像がちらついた。ときどき父親をウッドヤードの劇場へ引っぱっていって一緒に観た芸術的な映画の一場面のように、細切れのフラッシュバックで。

「はい。イルフラクームに新しくできたおしゃれなお店に、花瓶を二つ納めることになっていて。背の高い、緑色の花瓶で、ユリを活けられるくらい大きなものだったんですが、その花瓶の破片でした」できあがったときにはとても誇らしい気持ちになったものだった。まさに望みどおりの最高に優美な緑の色合いがうまく出たのだ。

「最後に見たときには、壊れていなかったんですよね？」

「ええ、わたしが仕事場を出たときには両方とも隅の棚にありました。月曜日に届けることになっていたんです」イヴはもう一度現場を思い浮かべた。「もうひとつはまだそこにありました。手づくりにしてはそっくりにできたんですよ」

太陽が移動したのだろう。窓から光が差し、光線のなかで塵が舞っている。

「ごめんなさい」いろいろと質問をして、父親を見つけた瞬間をイヴに再体験させたことを、ジェン・ラファティはほんとうに心からすまないと思っているようだった。自分が苦痛を引き起こしていることを理解しているのだ。

状況がちがったら、ジェン・ラファティとは案外親しくなれたかもしれない。イヴはサンダーランド大学内のガラスセンターで修士課程を履修しており、そこで出会った北部の人たちのことは好きだった。ジェンにはどこか、ウェア川に臨む空間を――イヴのキャリアのなかで最もクリエイティブで幸せな時間を過ごした場所を――思いださせるところがあった。しかしまた泣きだすのはいやだったので、イヴはさっきの憤りを再燃させようとした。圧倒されるほどの悲しみよりは、怒りのほうが扱いやすい。「もういいですか？」口をついて出た質問は、無礼なほど辛辣に響いた。

「だいたいのところは」ジェンは間をおいてつづけた。「お父さんの死を望んでいた人物に心当たりはありますか？」

「あるはずないでしょう！」憤りを通りこして笑えてくる。「父はやさしくて、穏やかで、思いやりのある人でした。キャリアの大半を終末医療の専門医として過ごしたんです」

「そして最近は、以前の同僚を調査する組織で働き、医師たちの仕事に探りを入れていた」ジェンはいった。「厄介なことになっていたかもしれません、もし医師たちを調べていたなら。仕事を通して、敵ができたりはしていませんでしたか？」

「父は仕事の話はしませんでした」それは本当だが、ちょっと言葉が足りない。この刑事にはすべて話しておいたほうがいいのではないか。「ただ、ずいぶんストレスを感じていたようでした。医師だったときよりも。頑固女たちの小チームをまとめるのは、父にとって簡単ではなかったはず。あそこの事務所を引き継いだとき、父は重要な仕事だといっていました。人の命を救うためのもうひとつの方法だ、しかし難題だ、と」

「最近はどうでしたか？」ジェンは促すようにいった。「最近になって、さらにむずかしくなったのでは？」

「なにかに困っているようでした」

「困っていただけ？　それとも心配していた？」

この人は最初に思ったほど馬鹿じゃない、もちろんジェンのいうとおりだ、とイヴが気づいたのはこのときだった。つい最近、父は心配そうにしていたではないか。隠そうとはしていたが、いつにない緊張感が伝わってきたし、目の下に隈《くま》があった。つまりよく眠れていなかったということだ。そうかと思うと大喜びする瞬間もあったりして、妙に感情の振れ幅が大きいなと思ったのだ。イヴはうなずいていった。「ええ。仕事上のなにかに悩まされていたと思います。取り憑かれたようになっていました。でも話そうとはしませんでした。話せなかったんです」

「守秘義務があるから」ジェンはさらりといった。「当然ですね。だけどどこかに記録していたかもしれません。いずれは患者協会の同僚と話しあったはずですから。そちらはわれわれに任せてください」

イヴはなにもいわなかったが、父の不安の引き金になったのはそのチームだったのかもしれないと思った。だが、ただの当て推量、ただの直感だ。それに、この気持ちをどう言葉にしたらいいかよくわからなかった。結局、しゃべる必要はなくなった。キッチンのドアが勢いよく開いて日光がどっと流れこみ、いちばん親しい友人ともいえる、地母神のようなサラが駆けこんできたから。

二回の流産を経て、サラの今回の妊娠は万事順調のようだった。サラは丸い体つきで背が低く、ウエストに伸縮性を持たせた独自デザインのパッチワークのスカートを穿き、チーズクロスのスモックをはおっている。七〇年代からまっすぐ抜けだしてきたみたい、とイヴはいつも思っていた。

「ああ、イーヴィ」サラがいった。「たったいま聞いたのよ。子供たちをジムに連れていって、戻ってみれば警察車輌が何台もいて大騒ぎだったのに、なにがあったのか誰も教えてくれなくて。フランクがコテージに来て詳しく話してくれた。警察の人と話をしたって」サラは隣に座って腕をイヴにまわした。イヴは、サラが髪を染めるのに使ったヘナと、かすかな牛のにおいを感じとった。

イヴはそっと身を引きながら、そもそもサラ自身がちょっと牛のようだと思った。穏やかで丸い目をしているところもそうだし、まもなくミルクを出すようになるわけだし。

「こちらはラファティ部長刑事」イヴはテーブルの向こうにいるジェンのほうを向いてうなずいてみせた。「わたしに質問をしていたところ」

「あら」サラがジェンに注意を向けると、イヴは友人がいつもどおり警察を敵視していることに気がついた。すでに毛が逆立ったような状態だった。「こんなふうにイヴを煩わせるのはちょっと早すぎるとは思わないんですか？　ついさっき父親を失ったばかりなのに」

ジェンは、あきれたように目をぐるりとまわしたりはしなかった。イヴはつかのま、おもしろいと思いながら眺めていたが、女二人のいがみ合いを楽しんでいることにすぐに罪悪感を覚えた。

「いいのよ」イヴはいった。「ほんとに。なにがあったか知るために、助けになりたいから」

「それに、ひとまずこれで終わりですから」刑事はイヴに笑みを向けた。「だけどなにか思いだしたら連絡をください。いつでもかまいません。これがわたしの名刺です」ジェンは立ちあがり、ドアロでいったん立ち止まると――明るい日射しを受けて輪郭だけが見えた――すぐにいなくなった。

「コテージにいらっしゃい」双子の一方にでもいうような口調でサラがいった。「お茶でも、ワインでも、あなたに必要なものをなんでも出してあげられるから。こういうとき、ひとりでいては駄目よ」

イヴにはそのアイデアに従いたい気持ちもあった。礼儀正しくふるまうことが習い性になっているのだ。しかしほんとうのところは、サラの散らかった家を思うと我慢できそうになかった。子供たちのおもちゃや靴があらゆるところに転がり、つくりかけの工芸品や、食べかけの食事の皿などもあちこちにあるはずだ。乳製品の製造所はいつも汚れひとつないのに、コテージのほうは、イヴの目には悪夢そのものだった。

「いまはどうしてもひとりでいる必要がある」イヴは断固とした声でいった。「申し出はほんとうにありがたいんだけど、ひどいショックだったから、ひとりの時間が必要なの」

「ほんとうに？」サラ自身はひとりでいるのが大嫌いなのだが、自分と友人はちがうのだと認められる程度にはイヴのことを知っていた。

「ほんとうに」その点を強調するかのように、イヴは立ちあがって母屋へ、かつては使用人が使っていた階段へと歩き、屋根裏の自室に向かった。ゆっくり階段を上り、鍵をかけたことのないドアを押しあける。窓は全部あけ放ってあり、部屋に流れこむ微風でカーテンが揺れている。イヴはベッドに身を投げだし、ふたたび泣きはじめた。

5

マシューは庭の片隅に立っていた。イヴの仕事場からできるかぎり離れた場所だった。マシューはつねに外からなかを覗きこむ観察者だったし、科学捜査班の仕事の邪魔になるのはいやだった。自分の存在すら感じさせたくなかった。わかったことはすべて、夜のブリーフィングで伝えてもらえるはずだ。ジェンがキッチンから姿を現し、マシューのほうへ歩いてきた。

「どうだった？」マシューは声をかけた。「なにか役立つ話が聞けただろうか？」マシューはまだレイとの会話を思い返しており、自殺した青年の治療に関するヨウの調査についてもっとよく考えようとしていたのだが、いまはいったん頭をすっきりさせて、ジェンの報告にきちんと耳を貸そうとした。

「ここがどうなっているか、どんなふうに運営されているか、以前よりよくわかったと思います」ジェンは間をおいてからつづけた。「ここの住人がヨウ氏を殺害したいと思う理由は見あたりませんが、娘の話では、仕事に関する心配事があったようです。となると、ヨウ氏がわたしと話をしたがっていた理由にも納得がいきます」ジェンは顔をあげた。「もし昨夜、もう少し長く一緒にいたら、話してくれたかもしれません。そうしたらこういうことはすべて……」ジェンは科学捜査班の車輛や青と白のテープのあるほうを腕でなぎ払うようにしてつづけた。

マシューは首を横に振った。「避けられたかもしれません」「もし疑惑が固まっていたら、ノース・デヴォンのすべての公立病院を運営する管理組織の上層部に報告するか、正式なかたちで警察に来ていたはずだ。社交的な集まりできみにそういうことを話したとは思えない」

「固まってはいなかったのでは。証拠はないけれど、疑念というか、なにかがおかしいという感触がぬぐえなかったのかもしれません」

「もしかしたらね。被害者の職場の人間に話を聞く必要があるな」

「いますぐわたしがやりましょうか？ これから病院に行くこともできますけど」

「ドクター・ヨウは病院を拠点にして働いていたわけではない。完全に独立していた。イルフラクームに、ノース・デヴォン患者協会の小さなオフィスがあるのを見つけたんだ」マシューはすでに電話をかけてみたのだが、自動的に留守番電話につながった。「いまは業務時間外だ」

「だけど公立病院と密接に関わる仕事をしていたはずです。話を聞いてみてもいいのでは」

マシューは優先順位を考える。ジェンはいつも即座に行動することを好むが、マシューとしては、ヨウの同僚や国民保健サービスの役人と対面するまえに、ヨウの果たしていた役割についてもっとよく知っておきたかった。マシューは首を横に振っていった。「いまはこの現場に集中するべきだ。ロスとわたしは、きみの友達のウェズリーに話を聞きにいこうとしていたところだ。フランシス・レイはウェズリーが朝方に帰宅したのが聞こえたような気がするというんだが、まだ姿が見えないのでね。明らかに、きみに頼める聞き込みではない。友人だから。グリーヴ夫妻から話を聞いてもらえるだろうか？　夫妻からも供述が必要だ」

ジェンはうなずいた。「イヴと話をしていたときに、女性のほうと少しだけ顔を合わせました」

「それで？」

「いかにもヒッピーという感じでしたね。警察の大ファンというわけではなさそう」

マシューは笑みを浮かべていった。「きっときみなら彼女を納得させられるだろう、われわれは赤ん坊を取って食ったりしないと」

ジェンはなにかいいたそうにしたが、結局なにもいわなかった。

科学捜査主任のブライアン・ブランスコムとおしゃべりをしていたロスがぶらぶらとやってきた。「そちらがよければいつでも行けますよ、ボス」まるでマシューのことをずっと待っていたかのような言い草だった。じつはマシューのほうが待っていたのに。ロスには傲慢で横柄な印象を与えることがいまだにあった。

「そうか、ありがとう、ロス・メイ刑事。待たせてすまなかったね」

ロスは皮肉に気づかず、ただうなずいただけだった。マシューは思わず、にやりとした。

母屋の見取図はレイと一緒に確認してあった。二人でキッチンを通り抜け、狭い木の階段を上って、くすんだ天窓からの明かりだけを頼りに薄暗い廊下へ出た。一方の端にイヴ・ヨウの部屋のドアがあり、もう一方の端にウェズリーの部屋への入口があった。マシューがノックすると、なかからかすかなうめき声が聞こえてきた。マシューはそれを入っていいという返事として受けとり、ドアを押しあけてなかに入った。ロスもあとにつづいた。

入るとすぐに居間だった。天井が傾斜していて、小さな屋根窓《ドーマー》が二つある。一方の端にシンクと冷蔵庫と電子レンジがあった。あとの部分は六〇年代か七〇年代の学生の部屋のようだった。インド風ブランケットに覆われたソファが二つあり、壁にはマシューが聞いたこともないバンドのポスターが貼ってある。床にはイグサ・マットが敷かれ、椅子にギターが立てかけてあった。かすかだがまちがえようのない大麻のにおいがする。レイのテナントがこういう、ロスの世代の人間には現実とも思えないような時代と場所から抜けだせずにいることに、マシューは衝撃を受けた。完全に価値観の異なる大昔だ。ロスはこぎれいな家のローンを払い、私道にある二台の車を維持し、毎年の休暇を太陽の下で過ごすために懸命に働いている。きっとこういうカオスや、いかにも安定を欠いた暮らしぶりは軽蔑の対象だろう。だが、マシューの夫のジョナサンなら理解できるかもしれない。ジョナサンならここでくつろげるだろう。一瞬、マシューは板挟みになっているように感じた。時空の歪みにはまり、両方から引っぱられているような気がした。

「こんにちは」マシューは大声でいった。

「誰？」寝室からの声はくぐもって力なく聞こえた。

「警察です」

「くそっ」間があった。「ちょっと待って」

おそらく昨夜着ていたジーンズとTシャツを身につけたのだろう。いちばん手近にあったから。服はしわくちゃで、床の上の山からさらったようだった。あいたままの寝室のドアから、汚れた衣類が積みあがっているのが見えた。ベッドは低く、やはりインド綿で覆われていた。こちらのカバーには縁取りがなく、一方の端がほつれている。ウェズリーが抜けだすと、ベッドは空《から》になった。おかげで面倒なことにならずに済んだ。この男はシンシア・プライアの家のパーティーで出会った誰かを連れこんでいるのではないかと、マシューは思っていたのだ。

「なにがあったんだい？」ウェズリー・カーノウは長くて黒い髪をポニーテールにまとめようとしながらいった。「昨夜は飲みすぎて」そして微笑んでみせた。マシューはこれを、本能的に相手を惹きつけようとしている、または取り入ろうとしているものと解釈した。

「年のせいかな。若いときは二日酔いになんかならなかったのに」

「われわれは殺人事件の捜査をしています」

「えっ！」ウェズリーは、髪をゴムバンドで留めようとして腕をあげた恰好のまま動きを止めた。「冗談でしょう？」それからキッチンのほうへ行き、湯沸かしのスイッチを入れた。「コーヒーか、紅茶は？」

「いえ、けっこうです」マシューはロスに答える隙を与えなかった。

「ねえ、座ってくださいよ。悪いけど、昨夜は遅くなっちゃって、まだちゃんと目が覚めていないんで」インスタントコーヒーを淹れたあと、ウェズリーはふり返って二人に向きあった。「誰が死んだんです？」

「ナイジェル・ヨウ。イヴの父親です」

「まさか！」ウェズリーはコーヒーのマグを片手に、二人の向かいのソファにどさりと座りこんだ。「なんなんだ。おれはまた、どこかのよそ者の話かと思いましたよ。よくわからないけど、古い死体が森に隠されていたとか、公園から出てきたとか。自分が知ってる人のことだとは思わなかった。なんてこった、イヴ！　イヴはどうしてますか？」

マシューは最後の質問を受け流していった。「ナイジェルのことはどの程度知っていましたか？」

「よく知ってましたよ。たいてい週末になるとイヴのところにやってきて、ガラスづくりの手伝いをしたりしていて、ほとんどパートナーみたいなものでした。おれがつくったものもいくつか買ってくれて。あの人のことはすごく好きでしたよ」ウェズリーはいったん言葉を切り、大きな音をたててコーヒーをすすってから、ショックの浮かぶ顔をあげた。「きのうの夜、見かけましたよ。バーンスタプルのパーティーにいたんですよ。あそこで会うなんて驚きました。ナイジェルはパーティーが大好きってタイプじゃないから。ちょっとイヴと似てるかな、仕事以外のことにあんまりかまわないところが。だけど隣人がひらいた会だったから、義理で顔を出しただけかも」

あるいは、悩みの種だった一件について、うちの部長刑事に話すためだったか。

「昨夜は何時に帰宅しましたか？」

「はっきりとはわかりません。ものすごく遅かったわけじゃないけど。一時とか？　一時半とか？　そこの細い道をぶらぶら上ってくるのにしばらくかかったので」

マシューはうなずいた。マシュー自身は仕事がなければ十一時には就寝する。ジョナサンならやはり、一時をものすごく遅いとは思わないだろう。マシューもジョナサンの考え方に慣れ、ほかの人々の習慣をまえよりも受けいれられるようになりつつあった。

「帰ってくる途中、なにかふだんとちがうことに気がつきませんでしたか？」

「ナイジェルはここで殺されたんですか？」ウェズリーは、これほど自宅の近くで殺人があったことにまたもやショックを受けているようだった。

「ええ、娘の仕事場で」この情報を伝えるのはかまわないだろうとマシューは思った。窓の外を見れば、なにが起きているかはわかるのだから。

ウェズリーは両手でマグを包むように持ちながら座っていた。若い男のような体つきだが、これだけそばにいると中年に近づいているのが見て取れた。額と目のまわりにしわがあった。マシューの目には、ウェズリーはずいぶんくたびれているように見えた。

「インストウまでは友人の車に乗せてもらって、そこから歩いたんですよ。もちろん真っ暗だったけど、少しは月明かりもあったから、運動を楽しむような気持ちで。まだちょっと酔っていたけれど、気分よく酔ってたから。ハッピーで、いろんな計画があって。頭のなかに音楽が流れてて。少しのあいだ道路から逸れて、野原の端っこに座ってました。干し草の刈り取りが終わったばかりで、とてもいいにおいがしてた。ちょうどそんなふうにいい気分になれる程度の酔いだった。それで入江のほうとか、対岸の夜景を眺めながら、歌の歌詞を考えたりしていたんです」

「その友人の名前を教えてもらえますか」

「もちろん。ジェイニー・マッケンジー。親父さんがインストウの海岸のそばでバーをやってます。昔からの友達で、一緒に音楽をやったりもする。ジェイニーが退屈したり、ほかにもっといい相手がいなかったりするときは、よくつるんでるんです」ウェズリーはジーンズのポケットに入っていたスマートフォンを出し、画面を見ながらマシューに番号を告げた。

ここにもまたつながりがあった。ジェイニーはマックの姉だろう。みんなから好かれる、明るくてきれいな子。

「ここまで車で送ってもらえなかったんですか？」

「まさか」ウェズリーは苦笑した。「そのときにはもう、おれの相手はたくさんって感じだった。ジェイニーは人の世話を焼くのが好きなタイプじゃないし」

「では、大通りからずっと歩いて帰ってきたのですか？」

ウェズリーは肩をすくめた。「いい夜だったたし、慣れてるから」間があった。「それに一キロちょっとだし。そういえば、農場から下ってきた車がいたな。おれは道のどまんなかにいてね。夜のその時間には誰も通らないから。あっちもびびったはずですよ。おれは生垣のなかに飛びのいて、向こうは急ブレーキを踏んだ。ほんの何センチかのところで轢かれずに済んだ」

「その車についてなにか覚えていることは？」

ウェズリーは首を横に振った。「ヘッドライトで目が眩《くら》んじゃって。スピードも出てたし。あんな道にしては速すぎるスピードだった。ほかに車が走っていないとしてもね。車はすぐに坂の下に消えて、おれはイラクサで刺し傷だらけになって生垣から這いだした」ウェズリーは腕を差しだしたが、傷はもう消えたようだった。

「で、それが一時くらいだったのですね？」

「もしかしたらもっと遅かったかも。家のすぐそばだったから」

「ここに着いたとき、なにか変わったことは？」

「とくに気がつかなかったけど、死にかけた直後でまだ動揺していたからね」ウェズリーは椅子の背にもたれ、目をとじた。昨夜の光景を、星明かりに照らされた深夜の庭を思い描こうとしているのだろう。ロスがじっとしていられなくなり、自分で質問を差しはさもうとしているように見えたので、マシューは身振りで制した。ウェズリーの目がひらいた。

「建物の明かりはひとつもついていなかった。確かですよ、ついていたら気づいたはずだから。サラが環境警察で、エネルギーを無駄遣いすると大げさに嘆いてみせるんです。イヴはそのルールに従ってるから、彼女の仕事場の明かりがつけっぱなしになっていたら気がついたはずなんですよ。どこもかしこも静かだった。おれはキッチンから入って、部屋にあがった」

「あなたとイヴはキッチンのドアの鍵を持っているのですか？」

「そう、それで家に入るんですよ。あとのスペースはフランクのもので、彼は庭に面した玄関のドアを使うんです」

「仕事場は？　仕事場には鍵をかけていますか？」ジェンもイヴにおなじことをたずねただろうが、確認しておいてもいいだろう。

「かけてます。おれが使う材料は、人が捨てようとするものがほとんどだけど、工具には相当金がかかっているから。こんなところまで盗みにくる人もいないけど、安全策をとっておくに越したことはないと思って。イヴもおなじだと思う。委託品をつくるのに何時間もかかることがあるし、設備にはものすごい金がかかってる。溶解炉は、二十一歳の誕生日プレゼントとして父親から贈られたものだし」

なるほど、それで辻褄があう、とマシューは思った。「ナイジェルはそこの鍵を持っていましたか？」

「ああ、おそらくね。イヴが出かけるときにはナイジェルが留守番をしていたので。エクセターにイヴの学生時代の友達がいて、イヴはときどき週末に遊びに行ってたから」

「パーティーから帰宅したとき、ドクター・ヨウの車を庭で見かけましたか？」

ウェズリーは首を横に振った。「でも、だからといって車がなかったとはかぎらない。おれたちはみんな、ジョンのトラクターが通れるように、車は庭の隅のほうに停めるから。そこは暗がりになってる」

今度はマシューのほうが目をとじたくなった。さまざまなシナリオを思い浮かべるために。ナイジェルの車は庭で発見されたので、ここまで運転してきたはずだった。ジェンは、彼がパーティーではほとんど飲んでいなかったといっていた。誰かと会う約束があったのだろうか？　なぜバーンスタプルの自宅ではなく、ここで？　しかし事情聴取の最中に警部が眠っているように見えてはまずいので、マシューは目をあけたまま立ちあがった。

「いまのところ、訊きたいことは以上です。きっとまたいずれ、ほかにも疑問が出てくると思いますが」

「もちろんそうでしょう。またいつでもどうぞ」

二人が立ち去ることに、ウェズリーはほっとしているようだった。大麻のことを心配しているのだろうか。それとも、この男はなにかもっと大事なことを隠しているのだろうか。

6

海岸そばの低く白い家で、ジョナサンは怠惰な土曜の朝を楽しんでいた。マシューは仕事だった。早朝に電話で叩き起こされていた。ジョナサンも起きだし、マシューがシャワーを浴びているあいだに二人分のコーヒーを淹れ、その後、夫の車が有料道路に乗って遠ざかっていくのが聞こえるとすぐに二度寝した。ふたたび目を覚ましたときには、あいた窓から日射しが流れこんでおり、セグロカモメの長鳴きと海岸の波音が聞こえた。どこか遠くで犬が吠えている。いまの季節、クロウ・ポイントには犬を散歩させる人が大勢いるのだ。

ジョナサンはキッチンで計画を立てていた。明日、マシューの母親が日曜のランチにやってくる。そんなシンプルなイベントが多くの困難をはらんでいた。まえまえから何度か招待していたのだが、いままでは毎回断られてきた。息子の夫に会いに来る気にならないほど高慢で偏屈なのだろうか。いや、彼女自身が属する小さな世界――ひどく保守的で緊密な宗教団体——の友人たちからどう思われるか心配なのだろう。息子の幸福よりも体裁を気にしているのだ。マシューもおなじ団体のなかで育ち、その後信仰を捨てはしたものの、ブレザレン教会に対して強い憤りは感じていないようだった。以前の友人たちや母親と関わるのを渋る程度だ。明日はマシューの母親の誕生日だった。ジョナサンが招待状を書いて送ると、招待を受けることを告げる短くて堅苦しい返事が送られてきた。自分がなにをしたかジョナサンがマシューに伝えたのはこの返事を受けとったあとで、マシューはそれ以来ずっと心配していた。どんな状況であろうと、マシューは心配性なのだ。今朝はどこかほっとした様子を見せながら、慌てて殺人現場へ出かけていった。仕事がいい具合に気を逸らしてくれるだろう。

もちろん、ジョナサンは料理をするつもりだった。料理は大好きで、ときどき、ウッドヤードを辞めてレストランをはじめることを夢想するほどだった。地元の食材を楽しめるような、気取らない、居心地のいいレストランを。しかし、実現しないだろうと思ってもいた。ウッドヤードはバーンスタプルのトー川沿いにあるアートセンターで、地域社会のハブでもあり、ジョナサンの子供といっても被造物といってもよかった。ジョナサン自身が資金を調達して開設し、魔法のようなオープニングの晩以来、ずっと運営してきたのだ。ウッドヤードのない人生など、いまでは想像もできなかった。

ランチは伝統的なサンデーローストがいい。日曜日だし、ドロシー・ヴェンもそれを期待しているだろう。きっと伝統を重んじるタイプだろうから。会ったことはなかったが、ジョナサンはもうドロシーのことを知っているような気がしていた。サンデーローストならマシューも喜ぶはずだ。ジョナサンはここのところほぼ完全に菜食を通していたし、料理をするのはたいていジョナサンなので、マシューも——少なくとも家では——菜食になっていた。牛のリブか、なにか厚切り肉をメインにすればご馳走になるだろう。得意のヨークシャープディングを披露するチャンスでもある。食後にケーキを用意してもいい。特別なバースデーケーキをこれから考えよう。たっぷりのホイップクリームと、庭で今年初めて採れるイチゴを使った、なにか見栄えのするものを。

ジョナサンはコーヒーをもう一杯淹れ、外に置いた錬鉄製の椅子に座って入江の景色をぼんやり眺めながらそれを飲んだ。短パンにサンダルを引っかけた恰好で、むきだしの脚に当たる日射しがすでに熱かった。買物リストをつくり、町なかまで行こうと考えていると、スマートフォンが鳴った。ウッドヤードの開設当初、ジョナサンが若手アーティストの支援方法を模索していたときに、ウッドヤードでの展覧会を勧めた若い工芸品のつくり手のひとりだ。その後、イヴ・ヨウとはすぐに、単なる仕事相手以上の付き合いになった。イヴの母親がアルツハイマーの最終ステージに入り、死が間近に迫っていたときに、二人は友人同士になった。ある日、イヴがジョナサンのオフィスにやってきて泣きだし、悲しみや罪悪感や怒りを吐露したのだ。ジョナサンはイヴをなだめ、イヴは数週間後に、透明で捻じれた取っ手のついた青い曇りガラスの水差しを持ってきた。「ほんのお礼のしるし」といっていた。ジョナサンがヘレン・ヨウの葬儀に出向いたのは、その二週間後のことだった。

いま、ジョナサンはイヴからの電話をうれしく思った。イヴが連絡を取りたいと思ってくれることが誇らしかった。ジョナサンはイヴの父親ほどの年齢ではなかったが、もし子供がいたとしたら、イヴのように情熱と創造力のある人に育ってほしかった。イヴのエネルギーと、自分の作品にのめり込む姿勢を、ジョナサンはとても好ましく思っていた。

「やあ、イヴ」

「会って話せませんか?」

土曜の午前中にインストウまで行って、ジョージ・マッケンジーのバーで一緒にコーヒーを飲んだことは以前にもときどきあったが、いまはまだ食事会のメニューが頭の中心にあった。なにかをつくろうとするときに気持ちが急くのはいやだった。

「もちろん」ジョナサンは気軽に答えた。「来週はどうかな?」

「よければ、今日会えたらいいなと思っていたんですけど。とてもひどいことが起きてしまって。しばらくウェスタコムを離れたいんです」

　そういわれて初めて、ジョナサンにもイヴが動揺しているのがわかった。いまはなんとか持ちこたえているのだ。しかし電話で根掘り葉掘りたずねたくはなかった。イヴはもともと内気な若い女性なのだ。取り乱したところを見たのは、オフィスに来て泣いたときだけだった。母親の葬儀の場でさえ自制を保ち、落ち着いて見えた。

「もちろんいいよ」食事会のことは忘れて、ジョナサンはそう答えた。「ジョージの店でいいかな？〈イソシギ〉でランチはどう？」

　少々ためらうような間があった。「あそこではまだちょっと家に近すぎるかも」

「ぼくはどのみちバーンスタプルに行くつもりだったんだ。それなら、ウッドヤードのカフェではどうかな？週末ならそんなに混むこともないし」

「完璧です」イヴがほっとしたのがジョナサンにもわかった。「三十分後で大丈夫ですか？」

「道路状況が最高によければそれくらいで行けるかな。だけど、そうだね。できるだけ早く行くよ」

　かつて、ウッドヤード・センターは資材置き場だった。ドアや窓枠の木材がここでまとめられ、国じゅうのあらゆる場所へ船で運ばれていった。ジョナサンが人生の一部を注ぎこもうと決めたとき、ここの土地は何年も放置されており、厳重に張り巡らされた高い金網の奥に崩れかけた倉庫があるだけだった。空っぽの建物を取り壊して大型ショッピングセンターを建てようという計画があったが、大通りの商店がすでに生き残りに苦労していたし、この土地にはもっとべつの可能性があるとジョナサンは思ったのだ。そのビジョンが、パフォーマンスや展示のためのスペースを備えたアートセンターとしてのウッドヤードを生みだした。ここでは地元の聖歌隊とユースシアターも活動しており、学習障害のある人々のためのデイセンターも入っていた。

カフェからは川が見渡せた。テラスとのあいだのスライディングドアはあけてあり、大半の客が外の席に座っていた。ルーシー・ブラディックという名のダウン症の女性がウェイトレスとしてパートタイムで働いており、いまは空いたテーブルの上を片づけていた。ジョナサンに気づくと小さく手を振り、特大の笑みを浮かべた。イヴは先に到着していた。室内のテーブルに――柱の陰に隠れた隅の席に――ついている。イヴの姿を目にしたとたんに、彼女がずっと泣いていたことがわかった。ジョナサンはハグをした。イヴの肩はまるで縒《よ》り合わせたワイヤーでできているかのように強張っていた。

二人はしばらくのあいだ、黙ったまま座っていた。どうしたのかとたずねる必要はない。

心の準備ができたら、イヴは自分から話すだろう。黙ったまま待つというのは、ジョナサンがマシューから学んだスキルのひとつだった。

「今日、あなたの夫に会いました」イヴがとうとう口をひらいた。「マシューという名前で、刑事だっていっていましたよね？」

「そうだね。今朝早く、呼びだされて現場に行ったよ」この話の流れは、ジョナサンの予想とまったくちがった。

「ウェスタコムに来ました。農場に」イヴは顔をあげてつづけた。「ちらっと見かけただけですけど、いい人そうでした」イヴは恐ろしいほど抑制された声でいった。「わたしと話をしたのは女性でした」

「それはきっとジェンだね。ジェン・ラファティ」

イヴはうなずいた。「父が殺されたんです。わたしの器の破片で刺されて。今朝早く、仕事場でわたしが発見しました」

「ああ、イヴ」それこそ刺されたかのようなショックだった。顔から血の気が引き、自分は気を失って倒れるんじゃないかとジョナサンは思った。ヨウ氏を見つけたときのイヴの反応はどれほどのものだっただろう。最高に創作意欲を掻きたてられるはずの場所で、恐ろしい場面を目撃してしまうとは。イヴと父親とのあいだには、ジョナサンと養父母のあいだにはなかったような強い結びつきがあった。イヴとナイジェルの親子関係がずっと羨ましかった。ジョナサンは椅子をイヴの椅子に寄せ、もう一度イヴを腕で包みこんだ。一時間まえには日曜のランチのことで頭を悩ませていたなんて信じられなかった。正しいメニューを選ぶことが、世界でいちばん大事なことのように思えていたなんて。「なにがあったか、ぼくに話したい？」

「わからないんです」イヴはいった。「そこが最悪なんです。なにが起こったのか、なぜ起こったのかわからないところが。まるっきりでたらめみたいで。父はいい人間で、みんなから好かれていました。なのにわたしのガラスで殺されて。あんなに血を流して。合理的な考えでないことはわかっているんですけど、自分にも責任の一端があるような気がしてしまうんです」

ジョナサンは、なんといっていいかわからなかった。ふだんなら言葉はやすやすと出てくるのに。ジョナサンは少しのあいだ、イヴの手を握りしめた。小さくて、骨も細くて、小鳥のようだった。手だけがまるでべつの生き物のように震えていた。

しばらくして、ジョナサンが口をひらいた。「マシューが解決するよ。それがマシューの仕事だから。そのために生きているような人だから」

イヴはそっと手を引っこめた。「そろそろ戻らなきゃ。ずっと逃げてるわけにはいかな

「しばらくのあいだ、うちに来るかい？」考えるより先に、言葉が口をついて出た。

イヴはつかのま考えてからいった。「今日はやめておきます。いまはひとりでいたいんです。でも、もしかしたら、そうさせてもらうかも。たぶん、何日かしたら」

「いつでもいいよ。ほんとうに、いつでも」

いもの」

7

ジェンはウェスタコムのコテージの外に立ち、呼び鈴を鳴らして待った。コテージは、低い軒といい、藁ぶき屋根といい、絵本から飛びだしてきたような外観だったけれど、ジェンはその美しさを楽しむような気分ではなかった。午後の早い時間で、ひどく空腹だったから。朝食がはるか昔に感じられた。サラ・グリーヴがドアをあけ、黙ったまま容赦なく立ちふさがった。

「お邪魔してすみません」ジェンはいった。「でも、どうしてもお訊きしたいことがいくつかあって」

「都合が悪いんだけど」

「イヴのお父さんは亡くなったんですよ。誰かが首にガラスの破片を突き刺したせいで。イヴの仕事場の床じゅうに血を流して。都合が悪いで済ませられる話ではありません」ジェンはここで言葉を切り、この女性ときちんとした関係を築くチャンスが仮にあったのだとしても、これですべて台無しにしてしまったと思った。ロスだってもっとうまくやっただろうし、マシューはきっと怒るだろう。しかしこの女性の発する空気や、自分が昼食を食べ損ねていることや、まだ二日酔いが残っていることが重なって、ジェンはひどくいらいらしていた。謝ろうとしたところで、サラ・グリーヴが脇へよけた。

「まあ、あなたは自分の仕事をしているだけなんでしょうね」

「最初の数時間がとても大事なんです」ジェンはいった。「ここの全員から話を聞く必要があります」

暗い廊下があって、フックに何枚もコートがかけられ、靴やブーツが棚からあふれていた。

「散らかっているのは大目に見て」無意識に出てきた言葉だろう。ジェンが家のなかの状態をどう思おうと、サラがほんとうに気にするとは思えない。キッチンにつながるドアはあいていた。背が高く、印象的な顎ひげを生やしたハンサムな男と、短パンとTシャツを着た小さな女の子二人が、磨きあげられたマツ材のテーブルについていた。ランチが終わったところらしく、残り物が一方の端に寄せてあった。テーブルのもう一方の端にはファイルの山や、毛糸の入ったかご、一方の腕の取れた人形、レゴのピースなどが積み重ねられている。

男が立ちあがり、ドアロを凝視した。ジェンは敵意を感じた。家に見知らぬ人間が入ってくると、いつもこんな反応をするのだろうか？「警察の人よ」サラがいった。「いつか訊きたいことがあるんだって」

「おれは仕事に戻らなきゃならない」しかしジョン・グリーヴはその場にとどまり、ドアのほうへ動くことはなかった。

「長くはかかりません」部屋の窓は小さく、日光が直接差しこんではいなかった。庭の明るさに慣れた目にはひどく暗く見えた。この暑さでも、かすかに湿ったにおいがした。コテージは外から見る分には牧歌的ですばらしいが、四人家族には窮屈そうだった。ジェンはまだ目が慣れずに苦労しながら、キッチンの細かいところまですべてを見て取ろうとした。どうやらジェンが座れる場所はなさそうだった。

「向こうで遊んできたら？」サラが子供たちにいった。「寝室のノートパソコンを使っていいから。三十分だけね」

予期せぬご褒美に、子供たちは駆けだしていった。

「ふだんはパソコンを使わせないの」サラは椅子に腰をおろし、ジェンにもテーブルの席につくようにとうなずいてみせた。ジェンは一瞬、もし自分がちゃんとした母親だったら、子供たちのインターネットへのアクセスを制限したかもしれないと思った。しかしもう遅すぎる。ベンは夕食の席でもスマートフォンをいじらずにはいられないのだ。ジョン・グリーヴも椅子に戻った。パン切り台やチーズの皮、萎びかけたサラダなどを片づけようとする動きはなかった。サラが椅子の背にもたれていった。「それで、知りたいことっていうのは？」

「昨夜、または今朝早く、なにかふだんとちがうことを見たり聞いたりしませんでしたか？」

夫妻は目を見交わした。なにが起こっているのか、ジェンにはわからなかった。二人は秘密のメッセージを送りあっているのだろうか？　しかし訊かれる内容は予想できただろうから、口裏を合わせたいなら時間はいくらでもあったはずだ。

「おれは十時には寝ていた」ジョン・グリーヴがいった。「搾乳のために早く起きなければならないから」

「あたしはもっと遅かった」サラがいった。「フランクが、乳製品製造所に関する変更点について、書類にまとめたものをほしがったから。考えがはっきりしているうちに書きはじめたほうがいいと思って」

「それは何時に終わりましたか？」

「十二時。もしかしたらもう少し遅かったかも」

「庭で車の音がしませんでしたか？　昨夜、ナイジェルがウェスタコムまで車で来たことはわかっているんです。少なくとも、ナイジェルの車はここにあります」

サラは首を横に振った。「ヘッドホンをして音楽を聴いていたから。子供たちを起こさないように」

「車のヘッドライトが見えませんでしたか？」

「いいえ、残念ながら。画面に集中していたので」

ジョンが顔をあげていった。「今朝、搾乳に向かっていたときに、ナイジェルの車に気がついた。ずいぶん朝早く来たんだなと思ったよ」

「ナイジェル本人は見かけませんでしたか？」

「いや。イヴのフラットに一緒にいるんだろうと思った」

「ふだんとちがうことはなにもありませんでした？」

「残念ながら」ジョン・グリーヴは立ちあがった。「さて、もう行かなければ。忙しい時期なんでね」ジョンは妻に向かって短くうなずき、部屋を出た。ジョンが廊下でブーツを履いているところがドアロから見えた。ジョンが庭に出ると、陽光が突然流れこんできた。

雑然とした部屋のなかに沈黙がおりた。ジェンは待った。サラにはもっということがあるのではないかと思ったのだ。すべてが静止していた。ジェンは一瞬、陰鬱なオランダ絵画——全体的に茶色い室内と、腐りかけた果物を描いた絵——のなかの人物になったような気がした。そういえば、友人のシンシアは自分ではアートの専門家のつもりで、ときどきあちこちの展覧会にジェンを連れまわした。

沈黙が長引いたあと、サラがようやく口をひらいた。「みんな、ここを楽園のように思うのよね。フランクが家を空けるときにあたしが母屋の管理をするのと引き換えに、ここの家賃はタダ同然だし、フランクはウェズとイヴにも格安で部屋を貸してるから。でも、だからって不自由がないわけじゃないのよ、実際問題としてお互いに頼りあって暮らしていくのはね。ここだって見かけはいいかもしれないけど、最新設備は入れられないし。それに、フランクはむずかしいところのある人だし」

「どんなふうにむずかしいんです？」ジェン自身は楽園のように思いはしなかった。冬には大西洋から強い西風が吹きこんでくるだろうし、この家は隙間風も外のぬかるみもきっとひどいだろうと想像がついた。害獣も出るのではないだろうか。ネズミとか、ラットとか。

また沈黙がおりた。階上《うえ》にいる少女たちの笑い声だけが響いた。

「いろいろとこだわりのある人なのよ。裕福な人同士ならそれでもいいんだろうけど、あたしたちみたいな人間にはむずかしいところもある」

「ティーショップのアイデアのことですか?」

「まあ、そうね。だけどほかにもあるの、ジョンをいらつかせるようなことが。それで険悪な雰囲気になることもあるんだけど、ジョンはストレスに対処するのがすごくうまいわけじゃなくて。フランクは動物福祉とか完全オーガニックに熱心で、あたしたちだってそうだけど、いくらかは妥協もしないと無理なのよ。フランクはあえて無理な冒険をしてお金を捨てたがっているように見える。あたしたちにはそんな真似はできない。娘たちのことを考えなきゃならないんだから。これから生まれてくるこの子のことも」そういって、サラはぽんぽんとおなかを叩いた。

「ミスター・レイとは親戚なんですか?」

「フランクのお母さんが、あたしのおばあちゃんの妹。あたしはナンシーおばちゃんと呼んでた。子供のころ、よく農場に遊びに来てね。そのころにはフランクはもうロンドンで働いていて、農場はぼろぼろだったけど。金融危機のあとまもなくフランクのお父さんが亡くなって、それでフランクは例のお金を全部注ぎこんでここを復活させようとした」サラは間をおいてからつづけた。「ナンシーが亡くなったのはほんの数年まえ。九十代だったけどまだ元気で、活動的だった。ガーデニングをした翌日に心臓発作を起こして、自分のベッドで亡くなったのよ。フランクはショックで打ちのめされていたけれど、ナンシーにとっては望みどおりの最期だったのをあたしは知っていた。そのときから母屋の家政婦の役割もするようになったのよ、乳製品づくりと並行して」

「きっと毎日くたくたでしょうね、子供たちの面倒も見なきゃいけないわけだし」

サラはちょっとにやりとしてみせた。「そう、それがあたしの世界。ずっとくたくたのまんま」そうはいいながら、サラは困っているようには見えなかった。

「そういう状況を、あなたの夫はどう思っているんでしょうか?」

また沈黙がおりた。「ジョンはこの状況を厄介だと思ってる」サラがようやく口をひらいた。「もっと独立して、自分たちだけでやっていけたらいいと思ってる。夫はぜんぜん芸術家気質ではないから、ここの敷地内で起こるいろいろなことが――ウェズがここをなにかのコミューンみたいに思って友達を滞在させたり、あたしたちが寝ようとしているときに庭で即興のギグをはじめたりするのが――ほんとは苦手なの。さっきもいったけど、夫はストレスに対処するのが下手だし」

「あなたは? 苦手ではないんですか?」

「本音をいえば、そういう暮らしが気に入ってる。人がいて、活気があるのは大好き。エクスムーアの端にあるような人里離れた山のなかの農場で、昔ながらの妻の役割をこなすだけの生活が、自分にできるかどうかはよくわからない。そういうのがジョンの夢ではあるのだけど」

ジェンはよくよく考えてみた。それが夫妻のあいだに問題を引き起こすかもしれない。自分ならいつでもサラの味方になるだろう。

ジェンが言葉を口にできずにいるうちに、相手が先をつづけた。「だけどまあ、やってみるつもり。それがフェアってものでしょう。ここへ移ってきてからはあたしの好きにさせてもらってるから。いまは自分たちだけの土地を探そうとして、猛烈な勢いでお金を貯めているところ。だからティーショップの件がとても重要なの」

ジェンはうなずいて理解を示した。「あなた方二人は、ナイジェルのことをよく知っていましたか？」

「あたしは子供のころ、イヴとおなじ通りに住んでいたのよ。あたしのほうがいくつか年上だったけど、イヴのほうが頭がよくて、いい友達だった。お互いの家を出入りするような仲だった。二人ともまだほんの子供だったころの話よ。だからナイジェルのことは子供のころから知ってる。いまもバーンスタプルのおなじ家に住んでいるはず。ジョンはあたしと結婚した当初、何回か会ってるけど――ナイジェルはあたしたちの結婚式に来てくれたから――ほんとうに知りあったのは、ここに移ってきてからね」ここで初めて、サラはテーブルに残った食べ物に気がついたようだった。重い動きで立ちあがると、やみくもに皿をシンクへ運びだした。「ある意味では、二人はよく似てた。どちらも寡黙で、有能で。悪い意味の〝男らしさ〟を誇示することもなくて。お互いに好意を持ってた。ジョンは表には出さないけど、すごく動揺してる」サラはふり返ってジェンと向きあった。「あたしはナイジェルが大好きだった。第二の父親みたいな人だったの。子供のころは、親にいえないようなことも相談できた。何があったのか、必ず突きとめて。イヴとあたしたちのために」

だったら余計なプレッシャーをかけないでよね。ジェンはうなずいて、立ちあがった。

8

午後の遅い時間になって、マシューはジェンとロスにバーンスタプルへ戻るように命じた。「なにか食べて、それから、最初の目撃証言をチームで共有できるように、メモをつくっておいてもらいたい。ロス、農場の住人全員について、インターネットで調べておいてもらえるだろうか。犯罪歴が出てこないかどうか。それから、被害者の通話記録に関して情報をもらえるかどうか確認してほしい。被害者が使っていたスマートフォンのキャリアについては、イヴが詳しく教えてくれた。ジェン、ドクター・ヨウ周辺のソーシャルメディアの動きや報道を調べてもらいたい。彼の仕事が物議をかもした可能性もあるし、かなり目立ったこともあったかもしれない。ドクター・ヨウが以前の雇用者と対立するような仕事をはじめたのならとくにね。われわれはそろそろウェスタコムから引きあげて、あとは科学捜査班と捜索チームに自由にやってもらおう。

では、六時のブリーフィングのときにオフィスで会おう。サリー・ペンゲリーが急ぎで検視をしてくれるそうで、それが夜遅くになりそうなんだ。まあ、そもそも可能ならね。わたしが立ちあう」

マシューはここで言葉を切って二人を見やり、指示を呑みこんだかどうか確認した。

「ロス、ジェンを乗せて戻ってもらえるだろうか？　わたしに車を残していってもらいたい。町へ戻る途中で〈イソシギ〉に寄りたいんだ。ジェイニー・マッケンジーが働いているはずだから、ウェズリーのアリバイを確認しようと思う」

それから、自殺したあの青年、マックについてももう少し探りたい。ナイジェルが亡くなったときに手がけていたケースだから。

マシューが〈イソシギ〉に到着したとき、店のそばには路上駐車できる場所がなく、砂丘の向こうにある〈グロリアス・オイスター〉というシーフード・スタンドの外に停めるしかなかった。外のピクニックテーブルに客がひとりいて、カニの脚から身を掻きだすことに没頭していた。マシューはここのオーナーのリンジーを知っていた。マシューとジョナサンのお気に入りの店でもあったから。車を停めておいてもいいかたずねると、リンジーはどうぞと手を振った。

「どのみち店はもうすぐしめるから。今日は大忙しで、もうほとんど売り切れてしまって」

大勢の家族連れや、日焼け止めクリームで肌のてかてかしている人々、暑気で顔を赤くした人々のあいだを縫って、マシューはバーまで歩いて戻った。〈ホッキング〉のアイスクリームの移動販売車が停まっているところには、低い塀を挟んでビーチまで届く行列ができていた。マシューは唐突に子供時代のことを思いだした。母親は、どんなかたちであれ出来合いの食べ物をよしとしなかった。「神がつくりたもうた体をきちんと手入れしないのは罪ですよ」

しかし父は、母と結婚するためにブレザレンの一員になっただけなので、もう少し柔軟だった。一緒に出かけるようなことがあれば、〈ホッキング〉のバンに出くわしたときには、チョコフレークバーの刺さったバニラのコーンアイスを二人で楽しんだ。父はウィンクをしてこういったものだった。「秘密だぞ、いいな？」マシューは少しばかり堅苦しいところのある少年だったので、こういう隠し事をあまり快く思っていなかった。しかしアイスクリームを断ったりはしなかった。もっと肩の力を抜いて、父と一緒に過ごすひとときを存分に楽しめばよかったと、いまは後悔していた。父は数カ月まえに亡くなったので、そんな機会がおとずれることはもうない。

マシューは〈イソシギ〉に到着するとすぐに、自分が思い違いをしていたことに気づいた。午後のお茶と夕方の最初のビールのあいだに凪のような時間帯があるだろうと思っていたのだが、店は混雑していた。人々は歩道とビーチを隔てる塀に腰かけ、すでに飲んでいた。店内に目を向けると、カウンターのまえから外の通りに届くほどの行列ができている。コーヒーマシンがたてる騒音と、大声の会話と、耳障りな笑い声がかちあって、マシューは頭が痛くなった。聴覚の負担になるほどの騒音を浴びせられ、自分は完全に場違いだと思わされた。〈グロリアス・オイスター〉とおなじく、ジョナサンと一緒に来ることもある店だったが、もっと静かで、くつろいで音楽に耳を傾けられる夜の時間帯でなければ無理だった。戸口に佇み、いまは帰るべきだろうか、きちんと約束を取りつけてから改めて再訪しようかと考えていると、ジョージ・マッケンジーに見つかった。ジョージはマシューに手を振り、バーの騒音があっても部屋の向こうからはっきり聞きとれる大声で話しかけてきた。

「ナイジェルのことは聞いたよ。庭にまわってもらえるかい」

マシューは建物の脇の通路を通り、木のゲートをくぐって庭に入った。ゲートのかんぬきが向こう側にあったので、手が届くように背伸びをしなければならなかった。ここは客が入れる場所ではないのだ。空っぽのビア樽やワインの木箱があり、コンクリートの地面には煙草の吸い殻が散らばっている。スタッフが人目につかないように煙草を吸う場所なのだろう。あけ放たれた窓からキッチンが見え、店員を呼ぶ大声や鍋がぶつかり合う音が聞こえた。ジョージはすでに庭に出ており、木陰で高い壁にもたれていた。

「こんなところで申しわけない」イギリス南部で働くようになって長いのだが、ジョージの言葉にはまだスコットランドのアクセントがあった。「相手のいっていることが聞こえる場所がここしかなくてね」ジョージは顔をあげてマシューを見た。「信じられないよ。誰がこんなことをしたんだね？」

「まだわかりません。いろいろとはっきりしないことがあって」マシューはわざと曖昧にいった。「ドクター・ヨウのことはみんな褒めていますね。あなたはヨウ氏をよく知っていましたか？」

「個人的なことは知らない。友人というわけじゃなかった。息子の自殺をめぐる状況を調べてくれていたんだよ」

「そう聞きました」マシューは間をおいてからいい添えた。「フランク・レイが話してくれました」また沈黙があった。「フランクは、なぜ息子さんとそんなに仲がよかったのでしょう？」

「たぶん、変わり者同士だからだろう」言葉が即座に口をついて出たが、ジョージはそれをすぐに後悔したようだった。「息子のことは愛していた、当然だ。だが理解できなかった。息子は子供のころから変わっていた。極端で、強迫観念に取り憑かれていて、心配性で」

「マーサは？　彼女のほうはどう思っていましたか？」

「ああ、わが愛しの妻ね」ジョージはため息をついた。反応にいちいち芝居がかったところがあった。「マーサは、いかにも母性たっぷりといわれるような人間じゃないし、マックが子供のころ、ほとんどここにいなかった。例の医療ドラマに出演していてね。ブリストルで撮影されたから、大半の時間をそこで過ごしていた。ときどき、マーサにとっては撮影スケジュールと打ち上げパーティーが人生のすべてなんじゃないかと思うことがあるよ」

「しかし、もうマーサは俳優業を引退したのでしょう？」マシューがこのあいだ〈イソシギ〉の音楽の夕べに来たときには、マーサ・マッケンジーは家の正面にいた。いまでも魅力たっぷりで、人々の注意を引いてバーを支えていた。

「まあ、俳優業のほうがマーサを引退した、とでもいっておこうか。もし仕事のオファーがあれば、まずまちがいなく飛びつくだろうね」少しの間。ジョージの顔には皮肉な笑みがあった。「マーサの優先順位リストのなかで、わたしが高いところにいないのは承知しているよ。しかしマーサは自分から仕事をくれと頼みに行くにはプライドが高すぎるんだ」

「マックが亡くなったとき、マーサはここにいましたか？」

「ああ、いた。で、当然のことながら打ちのめされていた。われわれ全員がそうだった」

「ちょっと考えたのですが……」――マシューは慎重に言葉を選んでいった――「フランクとマックのあいだには、友情以上のものがあったのでしょうか」

「恋人同士だったかもしれないと思うのかね？」ジョージがいった。「あるいは、フランクがマックを手なずけていたかもしれない、と？　結局のところ、マックはまだたった十九歳だったわけだからね。いや、しかしわたしはその手の問題を疑ったことはないよ。フランクは思いやりのある男だし、二人は気の合う者同士だった。二人とも一匹狼で、世界ってものをなんとか理解しようと苦労していた。マックがパートナーを見つけてくれていたら、われわれもうれしかったんだがね。夢中になった女の子は何人かいたが、付き合いがつづかなかった。ひどく極端で手がかかったり、不安定だったりするところを見せて、相手を遠ざけてしまったんじゃないかと思う」

「お嬢さんはここにいますか？」

「ああ、ジェイニーならカウンターの向こうで働いている。話をするのはあまり忙しくないときでもいいかね？　いま、店内がどんな様子かは見てのとおりだから」

「ジェイニーは昨日の夜も働いていましたか？」

ジョージは首を横に振った。「いいや、ひと晩休ませてくれといってきた。で、こっちもあの子にはひと休みする資格が充分にあると思った。いまの季節は商売にはもってこいだが、ここのところ容赦のない忙しさだったから。娘はバーンスタプルのパーティーに行ったよ。ウェスタコムのウェズリーに連れられてね」ジョージは小声で笑いながらつづけた。「帰ってきたときには、うちにいたほうがましだったといっていたよ。パーティーの参加者がみんな母親やわたしに近い年齢だったらしい。もっと盛大なパーティーが好きなんだよ、うちのジェイニーは。もっと活気のある催しが」

「ジェイニーはウェズリーを家まで車で送りましたか？」

「ああ、農場への小道の入口までね。残りは歩かせた、退屈な夜のお返しだっていっていた」

マシューはうなずいた。これまでのところ、ウェズリーの話と一致していた。「ジェイニーは何時に戻りましたか？」

「はっきりとはわからない。娘が着いたときにはわたしはまだバーにいたから、十二時半くらいかな。ちょうど最後の片づけが終わりそうなところだった。ジェイニーは運転があって飲んでいなかったから、寝るまえの一杯を一緒にやったんだ」ジョージは壁の反対側の家のほうへうなずいてみせた。「ご存じのとおり、隣が自宅だからね」

マシューはまたうなずいた。「明日、うちの刑事がジェイニーから供述を取らせてもらいます。何時に来たらいいですか？」

「午後の早い時間かな。日曜はランチの代わりにブランチをやってるから、店も午後には落ち着いているだろう」

日曜のランチといわれて、マシューはびくっとした。明日は母の誕生日だ。母が家にやってきて、ジョナサンが料理をする予定だった。マシューは不安を覚えた。こういう社会不安のようなものは、ブレザレンを抜けてからずっと人生の一部になっていた。マシューはあるとき唐突に信仰心を失い、それをはっきり表明して、自分をいちばん大事にしてくれていた人々――両親や友人たち――から追放されたのだ。〝追放〟の話は教団じゅうに広がり、自分は正直な気持ちを話しただけだと頭ではわかっていたものの、自分には人と関わる資格などないのではないかと思うことがマシューにはたびたびあった。

喪失感は学生だったあいだずっとつづき、働きはじめたころまでつきまとった。世界と向きあう自信を取り戻せたのはジョナサンのおかげだった。一瞬、捜査がランチをキャンセルする口実になるのではないかという考えがマシューの頭をよぎったが、食事を中止にしたらジョナサンになんといわれるかは想像がついた。臆病の誹《そし》りは免れないだろう。殺人事件があろうとなかろうと、昼食の席にはつかなければならない。マシューは意識をジョージ・マッケンジーに戻した。

「あなたとフランク・レイはどうやって知りあったのですか？　あなたはここで育ったわけではありませんよね。レイ氏はどうしてそんなにマックに好意を？」

その質問はジョージを驚かせたようだった。会話はもう終わったものと思っていたのだ。

「フランクがわたしたちを助けてくれたんだよ」ふだんはあか抜けした、くつろいだ雰囲気のジョージが、このときは少しばかり恥じ入っている様子だった。「三年まえ、うちの店は経済的に苦しかった。そのころはもっと、昔ながらのカフェで、朝食と昼食と午後のお茶を出していた。ちょうどマーサがテレビ番組を降板したころで、定収入がなくなって、貯金もなかった。マーサは稼いだ金が口座に入ってくるそばから使っていたからね。実際、絶望的だったよ。店を失う可能性もあった。そんなときにフランク・レイが二軒向こうでレストランをはじめて、ランチの客がみんなかっさらわれてしまったんだ。わたしは怒ってフランクに抗議の電話をかけた。フランクからはウェスタコムに来てくれといわれてね。向こうもそのために特別にロンドンから来るって話だった」ジョージは間をおいてからつづけた。「話し合いは予想したのとは大違いだったよ。わたしは義憤に駆られて、いってやりたいことを全部考えておいたんだが、フランクはただ聞いているだけだった」

「それで、融資を？」

「ああ、金を貸してくれた。しかし金だけじゃなく、アイデアも出してくれた。いや、わたしからアイデアを引きだしてくれたというか。〝あの店については、あまり熱心じゃないようですね。情熱がない。あなたがやってみたいと思う、理想的な商売は？〟わたしは三十分くらいの対決のつもりでいたんだが、結局夕方から夜までずっとそこにいたよ。テラスでいいワインを飲みながら、入江に夕陽が沈むのを眺めていた。わたしは音楽の話をはじめた。役者としてのマーサの経験や人脈の話もした。それでフランクが計画を持ちだしたんだ。〝〈イソシギ〉はパフォーマンス空間にするべきだ。そのための資金を出そう〟ってね。で、フランクはいったとおりにした」

「レイ氏は正しかったわけですね」マシューはいった。「おかげで店が独自のものになった。どんなふうに運営しているのですか？　あなた方は共同経営者なのですか？」

ジョージは首を横に振った。「フランクは資金を貸してくれたんだよ、無利子で。最初の一年で返済したが、その後友人付き合いがはじまった。で、アドバイスが必要なときやアイデアを思いついたときにはいつでも付き合ってくれる」

「それでマックとも知り合ったんですね？　あなたを通して」

「あの最初の晩に話したのは、仕事のことだけじゃなかったんだ。さっきもいったとおり、フランクはものすごく聞き上手でね。精神科医か牧師になってもいいんじゃないかな。わたしは家族の話をした。マックと、マックが抱える問題についても。当時息子は十六で、学校で苦労していて、退学の危機に直面していた。フランクは、〝庭の手入れをする人間が必要なんだが、マックはそういうアルバイトに興味があるかな？　週末だけだし、とくにスキルは必要ない。芝生を刈ったり、花壇の雑草を抜いたりしてくれる人がほしいんだよ〟といってね。庭づくりは全部フランクの母親のナンシーがやっていたから、フランクは母親の思い出として庭をそのままきれいにしておきたかったんだね。あの二人の友情はそうやってはじまったんだ」ジョージは間をおいた。「マックが死んだとき、フランクはまるで家族をなくしたみたいなありさまだった。わたしたちとおなじくらい悲しんだ」間があった。「葬儀でスピーチをしてもらったら、みんな涙を誘われた」

「それで、フランクがナイジェルに、自殺にいたった状況について調査を頼んだのですか？」

ジョージはうなずいた。「フランクはことを起こす方法を心得ているからね。たぶん、金の力もあるんだろう。それが助けになって、われわれの懸念が真剣に取りあげられることになった。なにをしたところでマックが帰ってくるわけじゃないが、マックの扱いについて答えの出ていない疑問がたくさんあるからね」ジョージの声は徐々に小さくなって消えた。

地域のメンタルヘルス関連のチームが限界に近いくらい働いていることを、マシューは理解していた。最近の警察は、困難を抱えた人が最初に連絡を入れる場所になってきた。かつては家宅侵入の捜査に使われていた時間が、いまでは地域メンタルヘルス・チームの対応を調べたり、救急救命センターに向かったりすることに使われるようになった。マックの扱いは、おなじように鬱症状や依存症に苦しむほかの若者たちと比べてさらに悪かったのだろうか。マシューは時計を見た。ずいぶん遅くなってしまった。もうすぐブリーフィングのためにチームのメンバーが集まる時間だ。それなのに、マシューはまだ食事をしていなかった。

「ありがとうございました。どうぞ、店に戻ってください」マシューはテイクアウトできそうなサンドイッチをジョージに頼もうかと思ったが、そうすると、カウンターのまえのあの行列を飛ばすことになる。奇妙で堅苦しいこだわりの多い母親に似たせいか、マシューには行列を無視することはできなかった。

バーンスタプル警察署の指令室に捜査官が集まりつつあった。署の建物は粗野なコンクリートづくりで、再開発の予定があった。市庁舎はすでにべつの敷地に移転していたので、自分たちは物事の中心にいる上層部の面々から忘れられ、置き去りにされたのではないかとマシューはときどき思った。ノース・デヴォンは社会の主流から何キロも離れており、いまだに孤立しているように感じられた。マシューは町に戻る途中でガソリンスタンドに寄って、サンドイッチとまずいコーヒーを買い、自分のオフィスに着くと大急ぎで食べたのだが、指令室に入ったのはほぼ最後だった。

マシューは部屋の前方に立ち、チームの面々が落ち着くのを待った。長くはかからなかった。メンバーはみな、マシューが注目を集めるために怒鳴るような男ではないことをすでに学んでいた。マシューは辛抱強く、刑事の大半はそうではなかった。メンバーはまだしゃべっていた同僚を肘でつつき、やがて全員が口をとじた。

マシューはチームに対して話をするときにも大声を出したりはしなかった。みながマシューのそばに座り、注意深く耳を傾けねばならなかった。

「被害者はドクター・ナイジェル・ヨウ。ノース・デヴォン病院に勤務していた元医師で、現在は、公立病院の管理部門に対して患者の見解や経験を代弁する小さな組織で働いていた。ヨウ氏は業務を拡大し、ケアに関する苦情の追跡調査をはじめていたようだ。ノース・デヴォン患者協会はイルフラクームを拠点とし、ヨウ氏は四人からなる小チームを率いていた」最後の部分は協会のウェブサイトから入手した情報だった。「ヨウ氏の遺体は、娘のイヴがウェスタコム農場にある彼女の仕事場で発見した。イヴは吹きガラス職人で、父親が土曜日の早朝に仕事を手伝いに来る約束になっていた。イヴのいう早朝とは七時半だが、死亡時刻は午前一時前後と思われる。車が一台、農場からの小道を海岸へ向かって猛スピードで走り抜けていったのを見たという目撃者がいる。ウェスタコム農場だけにつながる小道だ。だが、昨日の深夜、もしくは今日の未明にナイジェルがなぜ農場に行ったのかはまだわからない」

最前列で、ロス・メイが手を挙げた。若くて熱心な姿が、教師を感心させようとする男子生徒のようだった。この刑事は、メンターであり後ろ盾でもあるジョー・オールダム警視がもうすぐ早期退職を余儀なくされることを知っていて、それで直属の上司の機嫌を取ろうとしているのだ、とマシューは思った。しかしその考えが頭に浮かぶとすぐに、いや、そういう見方はフェアじゃないと思いなおした。もっと経験を積めば、ロスはいい刑事になるだろう。

「なにかな、ロス」

「検視が済んだら、もっとはっきり死亡時刻がわかりますか?」

マシューの苛立ちが増した。それは古い見方であり、まちがった知識なのだ。「それはなさそうだ。誰か、理由を説明できるだろうか?」

ジェンが即座に答えた。「死亡時刻を正確に割りだすことは不可能であるという研究結果が出ています」

マシューは小さな笑みをジェンに向けた。「そのとおり。ドクター・ペンゲリーもいつもそういっている。そこでわれわれは、当て推量や病理学者の魔法に頼らず、古いスタイルの捜査を実践しなければならない。ジェン、わかっているかぎり、きみは生きているドクター・ヨウを最後に見たひとりだ。何時だった？」

「ニューポートのシンシア・プライアの家でひらかれたパーティーの席で、はっきり何時とはいえないんですが、午後十時半から十一時のあいだだったと思います」ジェンは理解を求めてマシューを見た。「何杯か飲んでいたので。時計を気にしていませんでした」

「ほかのゲストに話を聞いてもらえるだろうか？　時間を特定できるかどうか確認してほしい。あるいは、ヨウ氏がその後どうやって夜を過ごすつもりか誰かに話さなかったかどうか、調べてみてもいい」

「了解です」

「ウェズリー・カーノウというウェスタコムのべつの住人が、深夜に農場から出ていく車を見たと主張しているが、殺人者が外部の人間であると断定することはできない。カーノウのつくり話である可能性もゼロではないし、車が道をまちがえて迷っていただけかもしれない。住人たちの情報がもっと要る。ロス、身元調査をすることになっていたね」

ロスは立ちあがり、室内の面々と向きあった。昇進したときのために練習しているんだな、とマシューは思った。そしてすぐにまた自分の意地の悪さを内心でたしなめた。

「ウェズリー・カーノウ。四十二歳。規制薬物の所持で警告を受けたことがあります。少量の大麻ですね。捜査官は個人的使用と判断しました」沈黙を挟むことで非難を表明してから、ロスは先をつづけた。「それ以外の前歴はありません。道交法違反はべつですが。スピード違反で一回、擦り減ったタイヤで一回捕まっています。いまわかっているかぎりでは結婚歴はなく、子供もいません。それから、イヴ・ヨウ。被害者の娘で、どんなかたちであれ警察と関わったことはありません。それはコテージに住むジョンとサラのグリーヴ夫妻も、家の所有者であるフランシス・レイもおなじです」

「ありがとう、ロス」だいたいマシューが思っていたとおりで、とくに進展はなかった。

「被害者の電話のキャリアにも連絡して、いくらか情報を引っぱりだしました。通話とテキストメッセージに関してはだいたいご想像のとおり、大半が娘宛てでした。ほかの連絡先は詳しく見る時間がありませんでしたが、くり返し出てくる番号がひとつあって、かなり頻繁に連絡を取っていたようです。ローレン・ミラーという名前の相手です」

マシューはその名前に見覚えがあった。患者協会のウェブサイトで見たのを思いだした。

「協会で働く同僚のひとりだ。意外ではないね」

「何回か、とても長い通話をしています。しかも深夜に」ロスはいわんとしていることがその場の全員に伝わるのを待ってから、席に着いた。

「ああ、追跡調査をする価値はあるね。だがもちろん、結論を急いではいけない」マシューは間をおいた。「昨夜、ヨウ氏はどこかに電話をかけただろうか？　夜遅くに彼をウェスタコムへ向かわせるようなことが、なにかあったはずなんだが」

ロスは首を横に振った。「最後の通話はローレン・ミラーが相手で、午後遅くにかけています」

マシューはそれについて考えをめぐらした。では、被害者をウェスタコムに呼びだした土壇場の連絡はなかったということか。マシューは部長刑事を見た。「ジェン、なにかおもしろいことが見つかったかな？」

「フランク・レイに関しては、ニュース記事のアーカイブが山ほどありました。グーグルで検索しただけで何ページも出てきます。金融危機の直前に安く買った株を売ることで財を成したんですが、ルールを破った証拠はありません。怪しい取引に関わったことはないようです。ほかの人より早くリスクを認識しただけみたいですね。今日の午後、サラ・グリーヴから興味深い話を聞きました。サラの夫はウェスタコムを出て、エクスムーアの丘陵地帯に農場を持ちたがっているんですが、サラはあまり乗り気ではありません。アーティストのいる環境が気に入っているし、とくに次の子供がもうすぐ生まれそうないまは、友達が恋しくなるだろうといっていました」ジェンはマシューの視線を捉えてつづけた。

「こういうことが事件にどの程度関係しているかはわかりませんが、バックグラウンドは知っておいたほうがいいだろうと思って」

「ああ、もちろんだ。ゴシップはわれらが友だよ」マシューは室内を見まわしていった。

「わたしは、明日の昼どきは身動きが取れない。大事な家族の集まりがあるので。ジェン、パーティーの参加者と話をして、ナイジェルが立ち去った正確な時刻と、遅い時間に農場へ向かった理由を調べてみてもらえるだろうか？　ロス、きみには〈イソシギ〉に出向いてもらいたい。見たところ、午後の早い時間がベストだ。ジョージ・マッケンジーとは先ほど話をしたが、娘のほうは手が空かなくてね。カーノウの話を裏づける証言が必要なんだが、ウェスタコムの住人についてなにか知っているようならそれも聞いてきてくれ。わたしはナイジェル・ヨウの自宅を確認する。仕事の記録を家に置いていたかもしれない」

午前中の早い時間のうちにできるだろう。キッチンはジョナサンに任せよう。ランチまでには戻れるだろう。

母がホームグラウンドに侵入してくると思うと、吐き気を催すような恐怖がぶり返した。マシューはチームのメンバーに笑みを向けて部屋から送りだし、自分は病院の死体安置所へ、ナイジェル・ヨウの遺体とサリー・ペンゲリーが待つ場所へ向かった。

9

　イヴはウッドヤードでジョナサンと会ったあと、まっすぐ農場へは帰らなかった。サラの息苦しくなるような愛情にも、ウェズがおずおずと向けてくる憐れみにも向きあうことができなかった。センターのマネージャーが立ち去ったあと、イヴはコーヒーをもう一杯飲み、少しのあいだルーシー・ブラディックとおしゃべりをした。ルーシーの笑顔はどんな部屋も明るくしてくれる。そんなつもりはなかったのに、イヴはいつのまにかまた泣きだしていた。

「大丈夫？」ルーシーがたずねた。

「あんまり。父が亡くなったばかりだから」

　ルーシーの顔を影がよぎり、笑みが消えた。ルーシーの父親は八十代だった。永遠に生きられる人などいないことはルーシーにもよくわかっていた。

　イヴは荷物をまとめて車に向かった。駐車場には物陰がないので、車内は焙《あぶ》られたようだった。オーバーオールを着ていてもシートが焼けつくように感じられ、ハンドルは熱くて触れなかった。イヴは衝動的に森の墓地へ向かった。母親が柳編みの棺《ひつぎ》に入れられて埋葬された場所だ。バーンスタプルよりさらに内陸で、イルフラクームへ向かう途中にある。木々が新しく植えられたばかりの小さな雑木林で、川から近い。葬儀のとき、イヴと父親は墓の上に苗木を植え、ウェズリーをはじめとする友人たちが〈イエロー・サブマリン〉を元気よく演奏した。曲を選んだのはイヴと父親だった。イヴが子供のころ、旅行に出かけるときにいつも歌った曲で、葬儀も一種の旅立ちのようなものだと二人は思ったのだ。墓石や記念碑はなかったが、どこに墓があるかはわかっていた。前回来たときには父親が一緒で、ところどころに水たまりのようにブルーベルが群生していた。

木陰に座り、水位の下がった川が小石の上を流れる音を聞きながら、いまイヴが考えるのは母のことだった。母のヘレンも医師だった。患者のことにいつも一所懸命で、猛烈な活動家で、国民保健サービスのために闘う開業医だった。怒りっぽいがおもしろい人で、新医師らしからぬ派手な服と、新聞で怒りの投書を読むのが大好きだった。夫に対して、新しい役割を引きうけることを考えてもいいのではないか、と最初に言いだしたのはヘレンだった。ふざけたような、冗談半分の口調だったけれど。ちょうどイヴが修士課程を修了してサンダーランド大学から戻ってきたころのことで、イヴはそのときの会話を覚えていた。家族みんなで夕食のテーブルを囲み、娘の帰還を祝してつくられたブッフ・ブルギニョンを食べながら、口当たりのよい赤ワインを飲んでいたときのことだ。北東部の学生住宅で過ごしたあとだったので、すばらしく贅沢に感じられた。

「あなたには新しい挑戦が必要なんじゃない」ヘレンは夫にそういった。「なんだか退屈しはじめているみたいだから」

「まさか経営者側にまわれという意味じゃないよね？　想像できるかい？」

そのときはみんなで声をたてて笑ったが、たぶんあの会話が種をまき、ナイジェルが後に医師を辞めるきっかけとなったのだろう。その後ほどなく、ヘレンは若年性アルツハイマーの初期兆候に気づきはじめた。そして秘密にしたまま専門家のところへ検査を受けに行き、診断が確信できるまではパニックを自分のなかだけに抑えこんでいた。家族を二人とも締めだして。

その後、また特別な夕食の席がもうけられた。またもやおいしい料理が出て、ワインを飲んだ。告白は家族全員の人生を変えた。「どうやら駄目みたい」ヘレンはそういった。

「最初の検査で決定ではないんだけど、自分でわかるの」

そしてナイジェルの先行きについてまた話し合いになった。

「患者協会の所長に応募しようと思う」ナイジェルはテーブル越しにヘレンの手を握って

いった。「私には新しい挑戦が必要だって、きみもいっていたね」

「わたしに介護が必要になるから？」

「転職を考えているのは、もっときみと一緒に過ごしたいからだよ。人生の後半に入ったらそうしようって、ずっと計画していたじゃないか。この仕事なら九時五時で働けて、無茶な時間のシフトもない」

沈黙がおりた。イヴは息を詰めて母親の返事を待った。もちろん、涙をこらえようとしてもいた。

「きみが決めてくれ」ナイジェルの意識は完全にヘレンに向けられていた。いままで両親と暮らしてきて初めて、イヴは自分が邪魔になっているような、二人のあいだに立ち入っているような気がした。

ヘレンはうなずいた。決断がなされた。

「もちろん、その仕事がもらえる保証はないがね」

「絶対にもらったほうが身のためよ」この時点では、ヘレンはまだ自分を失っていなかった。

病気の進行は非常に早く、ヘレンはまもなく弱り、混乱するようになった。ときどき昔の自分を取り戻すこともあったが、それもだんだん少なくなっていった。ヘレンの気分は苛立ちと上機嫌のあいだを行ったり来たりしていたが、ナイジェルは辛抱強く、文句もいわずにいつもそばにいた。イヴももちろんたびたび訪ねていき、ヘレンは娘に会えるとうれしそうな顔をした。声をたてて笑う瞬間もあった。ところがある日、イヴが訪ねていくと、ヘレンはイヴを他人のように扱った。その後まもなくヘレンは亡くなった。ナイジェルが患者協会の新しい役割を引き継いでから、まだほんの何カ月かのころだった。苦しみが長引かず、施設に入ることもなかったのは救いだったと誰もがいったが、父はそうは見なしていないことをイヴは知っていた。父は病院に戻って、また医師の仕事に打ちこむつもりだろうかと思ったが、患者協会での仕事に就くことを望んだのはヘレンだったので、ナイジェルはその仕事をつづけた。

いま、そよ風がいくらか暑気をやわらげ、頭上の木々の葉を揺らすなか、下生えに散る陽光を眺めながら、あの決断が父の死につながったのだろうかとイヴは思った。

10

サリー・ペンゲリーは死体安置所でマシューを待っていた。白衣を着て、長靴を履いている。

「週末なのに、こんなに迅速に対応してもらえて、感謝しています」サリーに家族がいることをマシューは知っていた。村の小学校で校長をしている夫と、子供が少なくとも三人いる。以前、ジョナサンと一緒にペンゲリー家のバーベキューに招かれたことがあった。庭と果樹園、それにポニーのいる放牧場のある、やたらと広い敷地だった。そのときは子供がたくさんいてみんな走りまわっており、マシューにはどれがサリーの子供かよくわからなかった。無秩序で陽気な夜だった。ジョナサンはおおいに楽しんだ。マシューはそうでもなかった。虫がいたし、草の上に座らなければならなかったから。

「わたしにとってはこのほうが、明日の朝より都合がいいから」サリーはいった。「フィンはランニングクラブがあるし、ジョーはユースオーケストラでしょ、フレディは波がよさそうだからクロイド・ビーチに行かなければならないっていうのよ。わたしたち親の人生は、いまいましい子供たちに支配されてる」間があった。「それに、ドクター・ヨウを必要以上に長く現場に残しておきたくなかった。あの娘さんもかわいそうに。父親の死体が仕事場のドアロにあったなんて」

マシューはうなずいた。

「あなたは最初から最後まで立ちあわなくてもいいから」サリーはすでにステンレス台の上の死体に集中していた。サリーのそばで死体安置所の技術者が静かに手際よく動く。

「死因は明らか。それにもちろん、身元もわかっている」サリーはマシューをふり返った。

「大変な一日だったんでしょう。早く家に帰りたいでしょうね。どんどん進めましょう」

助手がナイジェルの衣類を切りひらき、サリーは実況中継をはじめた。

「ズボンのポケットには、ハンカチと、家の鍵が二つ。車のキーはない」サリーはまたふり返り、もの問いたげにマシューを見た。

「車のキーは車内に残されていました」マシューはいった。これは重要だろうか。ヨウ氏は到着したとき、なにかに気を取られていたのか？　ウェスタコムの住人は車を盗むようなことはしないと信用していたのだろうか？　しかし、車は自動的にロックされるのでは？　マシューは事件ごとに捜査メモをつけており、いまも固い表紙の青いノートをひらいて、父親が農場にいるとき、ふだんから車に鍵をかけなかったかどうかイヴにたずねること、と書きつけた。

サリーはまだ実況をつづけていた。「死因は首の刺し傷。動脈と、心臓および脳の機能を制御する大事な神経が切断されている。盛大に出血したはず、少なくとも血圧が下がるまでは。仕事場の壁に飛び散った血液にも、脈動に応じた跡が見られた」

マシューは一瞬目をとじ、犯行現場と血痕を思い浮かべた。ひとりの人間の体からあんなに大量の血が出るとは想像以上だった。

サリーがつづけた。「殺人の凶器はこのガラスの破片ね。軸には砕けないだけの強度があったけれど、骨に当たった箇所には変形が見られる」サリーはマシューをふり返った。「実際、すべて現場で思ったとおり」

「ちょっと疑問だったんですが」マシューはいった。「ガラスは劇的な効果を狙っただけの見せかけではなかったのですね」

サリーは首を横に振った。「ガラスはものすごく強いこともある。わたしは研修の一部をアバディーンで受けたんだけど。パブではよく、グラスで殴りあう喧嘩があったものよ」サリーはつかのま口をつぐんでからつづけた。「夫のもとへお帰りなさいな。報告はできるかぎり早く届けるし、なにかふつうとちがうことがわかったらすぐに連絡するから」

マシューは一瞬ためらった。個人的な用事を避けるための心強い口実として、仕事を優先することが習慣になっていた。しかしサリーのいうとおりだ。この場でマシューにできることは、もうなにもなかった。

マシューが帰宅したときにはすでに暗くなっていたが、ジョナサンはまだキッチンにいた。音楽がかかっている。マシューには聞き覚えのない、なにかクールでブルース風の曲だ。ジョナサンはシンクに向かって、野菜の皮を剥いていた。それからふり返り、少しのあいだマシューを抱きしめた。体を離してから、ようやく口をひらいた。

「今日、イヴに会ったよ。なにがあったか話してくれた」

「イヴは大丈夫かな。どう思う？」マシューは長テーブルのまえの椅子に座った。

「ああ、いずれ落ち着くよ。だけど母親のすぐあとに、父親まで亡くすとはね……」ジョナサンは間をおいてからいった。「しばらくうちに来たらどうかといったんだ。あそこにひとりでいるべきじゃないと思う。父親が殺された場所のすぐそばに」

マシューはすばやく顔をあげた。一瞬、ジョナサンがいったことが信じられなかった。

「イヴは殺人事件の証人なんだよ。容疑者になる可能性もある。ここにイヴを迎えることは不可能だってわからないのかい？」

「イヴが父親を殺したかもしれないなんて、ほんとうにそんなふうに思うのか？」ジョナサンは顔を強張らせ、頑なにいった。「それに、仕事のきまりが思いやりよりも大事なの？」

「規則は大事だよ！」マシューは叫びに近いくらい自分の声が大きくなっているのに気づき、努めて冷静さを、理性的な態度を保とうとした。「規則だけがわれわれを混沌から隔てる場合だってあるんだ」

二人は黙って立ったまま見つめあった。マシューが先に目を逸らした。そしてシンクのほうを顎で示しながらいった。「悪いけど、そんなに腹は減ってない」

「これは今夜の支度じゃないよ」ジョナサンがいった。「明日の準備をしているんだ。きみのお母さんのための豪華ランチだよ」ジョナサンの声が少し明るくなった。少なくともジョナサンの頭のなかでは、二人のあいだの張りつめた空気はもうなくなっていた。明らかにランチの機会を楽しみにしているのだ。ジョナサンはマシューに腕をまわし、軽くキスをした。まったく、ジョナサンらしい。対立が嫌いで、決して議論を長引かせない。やさしさに包まれた瞬間がすべてをよりよくすると思っているのだ。マシューは昔ながらの不安が頭痛のように居座るのを感じたが、なにもいわなかった。

11

ロスとメルには、日曜日に決まってやることがあった――どちらも休みが取れた場合には。メルが出勤しなければならないときもあった。メルは高齢者の施設のマネージャーで、仕事に真剣に取り組んでいた。だってフェアじゃないでしょう、ケア・スタッフがシフト制で働いているのに、わたしが自分の順番を飛ばしたりしたら、とよくいっている。十六歳のときにそこで働きはじめ、町はずれの専門学校で介護資格を取ってすっかり溶けこんだ。そのときには、二人はもう付き合っていた。幼なじみのようなものだった。メルはケア・アシスタントから徐々に昇進し、服装もダサいピンクの制服から私服に変わった。いつもお洒落だった。ロスはメルが老人の尻を拭いていると思うといやで、彼女の仕事を少しばかり恥ずかしく感じていたときもあったが、いまではメルを誇らしく思っている。

メルとロスは学校で出会った。メルはいつだってクラスでいちばんきれいで、容姿端麗なだけでなく、おおらかで落ち着いた性格でもあった。人を中傷したりからかったりするのが気のきいたことだと思っているような高慢な女の子たちとはちがった。我が強いわけでもなかったし、過度に学究志向でもなかった。どんなにルックスがよくても、ロスがそれを脅威に感じることはなかった。付き合いはじめたのは十五のときで、二十代の前半に結婚した。

ロスの両親には困難な時期があり、自分は絶対にああはなるまいとロスは思っていた。メルが教会の通路を歩いてきて妻になるまえに、ロスの人生の計画はすでにできあがっていた。安定が重要だった。友人たちがまだ賃貸の部屋に住み、将来への投資もせずに旅行や派手な車に金を使っているあいだに、ロスとメルは自分たちの家を買った。ロスには将来のための大きな計画があった。昇進とより広い家だ。豪勢な休暇はそのあとで充分だろう。

日曜日の朝はパーク・ランではじまった。ロスは自分のやっているスポーツが好きだった。冬はラグビーだ。まだ子供だったころ、ジョー・オールダムの紹介でクラブに入った。その後、オールダム警視は、大事な試合のときにはたいてい応援に来てくれた。まあ、ハーフタイムのころにはバーに引っこむのだが。この季節になると、ロスはずっと健康でいたいと思うのだ。年を取って父親のようになることを考えると恐怖だった。体がたるみ、腹の贅肉がベルトの上から垂れさがって、外見に引け目を感じるようになるのはいやだった。

メルもいいランナーで、ときどき友達と朝のランニングに出かけていき、体を動かすとの楽しみで頬を上気させ、笑いながら帰ってくる。メルへの愛情がいちばん大きくなるのはこういうときだ。メルにはほんとうに感心させられる。ロスはパーク・ランを一緒に走ろうと、ジェン・ラファティを説得しようとしたことがあるのだが、ジェンは気でもちがったのかという目でロスを見た。は？　ジョークをいっているの？　日曜の朝？　ジェンがもっとこっちのいうことを真剣に受けとめてくれればいいのに、とロスは思う。ジェンはすべてを冗談にしてしまう。ロスは心からジェンのためを思っているのに。彼女の年齢なら、もっと運動をしたほうがいいし、酒量を減らしても害にはならない。まあ、そんなことを実際にいったことはないのだが。ジェンは人を警戒させるような、ナイフさながらに切りつけるような言葉の使い方を心得ていた。たったひと言で、ロスの自信や自己信頼を切り刻むことができるのだ。もし学校にいたころに知っていたら、ジェンもまた、ロスが疫病のように避ける少女たちのうちのひとりだっただろう。

ランニングのあと、メルはいつも朝食をつくった。ここがロスの一週間のクライマックスだった。ランニング仲間には、公園近くのカフェにブランチを食べに行く者もいたが、ロスには理解できなかった。金がかかるし、食事もたいしてうまいわけではない。バーンスタプルにはまともな食事を出す店がなかった。そしてメルはかなりの料理上手だった。今日はスクランブルエッグと、サワードウブレッドのトーストにスモークサーモンを載せたものが出てきた。食後には、ポット一杯分のコーヒーを落としてくれて——平日はインスタントコーヒーで間に合わせているのだが——それをマグにたっぷり注ぎ、庭で飲むのだ。ロスは顔に日射しを受けながら座り、自分の望みはこれだけだと思う。よい刑事になることと、よい夫になることだけだ、と。ときが来れば、よい父親になることも加わるかもしれない。メルがデッキチェアから立ちあがり、小道の横の花壇から雑草を抜きはじめた。

ロスは時計を見た。「そろそろ署に行かなきゃならない。例のウェスタコムの殺人事件を捜査しているんだけど、ボスは家でなにか大事な用事があるっていうんだ。ジェンがなにをするつもりかは知らないけど」ロスはぐるりと目をまわしてみせてからつづけた。「誰かしら待機していたほうがいいからね」

メルはまだしゃがみこんでいて、ロスのほうを向こうとふり返り、日射しに顔をしかめた。

「心配しないで」メルはいった。「お皿洗いくらい、わたしがやっておくから」

メルの声に棘があるような、かすかに皮肉がこめられているような気がして、ロスはいった。「かまわないかな？」メルの気分を害するつもりなどまったくなかったのだ。

「ええ」メルは立ちあがって微笑んだ。「大事な仕事だってわかってるから」

とたんにほっとした。メルが攻撃してくることなどないのは知っているはずだったのに。気にしすぎだったのだ。「帰りはちょっと遅くなる。証人の供述を取りにインストウまで出かけなきゃならないし、そのあとブリーフィングもあるんだよ」

「いいわよ。こっちは女友達とでも飲みに行くから」

またもや言葉の奥に憤りがこめられているような気がしたが、メルの顔を見ると、まだ微笑んでいた。


警察署はサウナのようだった。閉めきった窓から日射しが流れこんでいるうえ、当然エアコンはついていなかった。ロスはあらためてナイジェル・ヨウが先週電話をかけた相手のリストを見た。イヴとローレン・ミラーのほかは、すべて仕事関係のようだった。寂しい男だったのだろう。社交的な付き合いがほとんどない。テキストメッセージはひとつだけあって、死亡前日の六時にシンシア・プライアから送信されたものだった。《あとでお会いできるのを楽しみにしています》。その日はそれだけだった。ということは、ウェスタコムで誰かと会うはずだったとしても、約束はもっとまえに取りつけてあったのだろう。

あるいは、ナイジェルが固定電話から連絡をしたか。もしくは突然の衝動で行動したか。もちろん、これは憶測にすぎない。ジョー・オールダムからは、憶測には懐疑的であれと教わったが、マシュー・ヴェンはそれを便利な道具と思っている節があった。われわれの仕事は〝もし～だったら？〟と考えることがすべてだ。シナリオをいくつか考え、事実がそこに当てはまるかどうか確認してみても害はない。危険なのは、事実をシナリオに合わせて捻じ曲げることだ。

インストウへ向かうにはまだ少し早かったが、それでもロスは警察署を出た。自宅に寄ってメルをびっくりさせようと思ったのだ。ベッドに入ってもいいかもしれない。昼下がりのセックスは昔からロスのお気に入りだったし、それに、ここのところなんだかんだでご無沙汰だった。二人ともひどく忙しかったから。胸が弾んだ。恋人との秘密の小旅行を計画する男子生徒に戻った気分で、新しい高級住宅地を抜け、洗車する男たちや外で遊ぶ子供たちの横を通り過ぎた。しかし家に着いてみると、私道にメルの車はなかった。たぶん、ぶらりと両親の家にでも行ったのだろう。電話をかけても出なかったので、ロスは待たないことにした。柄にもない衝動に駆られた瞬間は過ぎ去った。

海辺へ向かう車よりも、インストウから出てくる車のほうが多かった。家族で過ごす日曜の午後は、これからはじまる一週間の準備にあてる時間なのだ。宿題をしたり、髪を洗ったり、学校の制服にアイロンをかけたり。少なくともロスが子供のころはそうだった。それに、行楽シーズンのピークはまだ先だ。〈イソシギ〉には何人か客がいたが、長々とコーヒーを飲みながらくつろいでいるようだった。ロスはこの店に入ったことがない。ロスが来るような店ではなかった。客の大半がロスの親の世代なのだ。若い女がカウンターでグラスを拭いていた。髪はブロンド。白いブラウスは生地が薄く、下着が透けて見えた。彼女がテーブルを片づけるためにカウンターから出てきたので、スキニージーンズを穿き、コンバースのスニーカーを履いているのが見えた。

「ジェイニー・マッケンジーさんですか？」

「はい」相手は初めてロスに気づいたようだった。「ああ、刑事さんね。警察から誰かが来るって、父が言ってました」

「ええ、金曜日の夜のことで、話を聞きたいのですが」

ジェイニーはまだトレーを手にしていた。「ちょっと待って。これを片づけてきますから」そういってキッチンへ姿を消し、ほどなく中年の男性と一緒に戻ってきた。「父です。わたしが話をしているあいだ、店を見てもらいます。ビーチを歩きながらでもかまいませんか？　一日じゅう店にこもりきりなので」

ジェイニーはロスを見て、同意を待った。

「もちろんかまいませんよ、そのほうがよければ」

ジェイニーはロスに笑みを向け、ロスは彼女につづいて外に出た。

午後遅い時間で、戸外はいっそう暑く、すでに多くの車がバーンスタプルへ戻っていったというのに、ビーチはまだ混雑していた。子供たちが海に出たり入ったりしながら駆けまわり、しぶきを散らして大声をあげている。ジェイニーは靴を脱ぎ、波打ち際まで行って、混雑のいちばんひどい場所から離れるように、海岸の先のほうへ向かって歩いた。ロスはどうしたらいいかわからなかった。仕事用の服装なのだ。ビーチ向きではない。結局はジェイニーについていったが、乾いた砂の上だけを歩いた。大声を出さなくても話ができるぎりぎりの距離だった。

「金曜日の夜、ウェズリー・カーノウとパーティーに行きましたね？」

「ええ。あたしが思うような楽しいパーティーとはちがいましたけど」ジェイニーはしかめ面《つら》をして見せ、ロスは笑みを誘われた。

「だったら、どうして行ったんですか？」どこからこんな質問が出てきたのか、ロスにもよくわからなかった。捜査とどういう関係があるというのだ？　しかし、ジェイニーにはなんとなく興味を覚えた。きっと自信家だろう、傲慢ですらあるかもしれない。一流大学に行き、どこへ行っても注目を浴びるだろうと思われるルックスで、母親はそこそこ名の知れた有名人なのだ。ロスはつねづね、自分よりいい教育を受けた人間を懐疑的な目で見てきた。値踏みされているように感じるのだ。しかしジェイニーにはそういう印象がなかった。彼女には、どこか幼い少女のようなところがあった。怖いもの知らずでありながら、早熟な子供みたいなところが。ジェイニーは最初に頭に浮かんだことを、フィルターにもかけずに口にしそうだった。相手にどう思われようとおかまいなしに。

ジェイニーは肩をすくめた。いま、ジェイニーは大きなサングラスをかけていて、ロスには彼女の顔がよく見えず、なにを考えているかもわからなかった。「退屈だったから。家にいたり、店で働いていたりするよりはマシだろうと思ったんです。それに、ウェズは友達だし。誘ってくれたから。どんな場所に行くことになるか、詳しいことは教えてくれなかったんですよ」

「パーティーでナイジェル・ヨウに会いましたか？」

ジェイニーは太陽を背にしていた。日射しが白く眩しく、ジェイニーの姿はシルエットになって見えた。

「ええ。ナイジェルはそんなに遅くまでいたわけじゃないけど」

「言葉を交わすあいだくらいはいましたか？」

「ほんの少しおしゃべりをしました。たぶん、あのパーティーで素面《しらふ》だったのはナイジェルとあたしだけだと思う」ジェイニーはちょっと笑ってからつづけた。「中年の酔っぱらいたち。あの人たちがどんなふうかわかります？」

「わかりますよ」二人は歩きつづけ、気兼ねのない沈黙がしばらくつづいたあと、ロスがいった。「ドクター・ヨウのことはどれくらい知っていましたか？」ロスはマシューの身になって考えようとし、ボスがしそうな質問をした。マシュー・ヴェンが着任した当初は、好きになれる相手とは思えなかったが、クロウ・ポイントでの死体の扱いやその後の出来事を目にし、渋々ではあるが評価せざるをえない気持ちになっていた。

「よくは知らなかった」ジェイニーがいった。「両親の友人なんです。少なくとも、友人のようなものといっていいと思う。ナイジェルは弟に何があったのか、なぜ退院を許されて自殺するにいたったのか、調べようとしてくれていたんです」

「弟さんの身になにがあったと思いますか？」これもヴェン警部のような質問だった。

ジェイニーはこの質問に驚いたようで、しばらく黙りこんでからいった。「弟は病気で、それで自殺したんです。国民保健サービスからクソみたいな扱いを受けたのは確かだけど、ただ、本人が自殺したいと思ったなら誰にも止められなかったと思う。弟にはほんとに、とても頑固なところがあったから。両親は、弟を本当には愛せなかったから、罪悪感があるんじゃないかな。あの子はめちゃくちゃで、親とはぜんぜんちがったから。だから両親は非難できる相手を探してる」

「あなたは弟さんを愛せたんですか？」一瞬、ロスはジェイニーに笑い飛ばされるのではないかと不安になった。もし誰かがこんな質問をしてきたら、自分なら恥ずかしくなって、その気持ちを笑いで隠そうとするだろう。

しかしジェイニーは真剣に考えていった。「ええ。弟のことは愛してました。手がかかったし、自分のことだけで頭がいっぱいで、世界とのあいだに自分を守る壁を持たないような子だったから、まわりじゅうのみんなが〝自分が彼の面倒を見なければ〟という義務感に駆られた。だけど、弟は楽しくてやさしい人間にもなれたし、あたしを気遣ってもくれた。そういう弟だった」ジェイニーは自分だけの物思いに耽っているようだった。「ノース・デヴォンにはよく休暇で来たんです。ここに住んで商売をはじめるまえのことですけど。母は初めてのテレビのシリーズで大きな報酬を手にしたとき、シール・ベイの砂丘にある小さな別荘を買ったんです。すごく素敵だった。絵本からそのまま抜けだしてきたみたいなところで。マックとあたしは岩場の水たまりで遊んだり、サーフィンをしたり、やりたい放題。ピクニックをして、アイスクリームを食べて。シール・ポイントまで延々と歩いたりもした。母はつねに子供に関心を向けてくれるたぐいの親じゃなくて、たいていの時間は次のエピソードの台詞を覚えようとしてた。父はあんまり家にいなかった。そのころはまだIT業界で働いていたから。それで、あたしたち二人だけで過ごす時間が多かったんですよ。マックは当時でさえ痩せっぽちで変わった子供だったけれど、口喧嘩をしたり、姉弟でなにかを競ったりした記憶はなくて。そういう姉弟ではなかった」

「シール・ポイントは、マックが自殺した場所ですね？」

「そう。たぶん、幸せに過ごした場所だから」ジェイニーはロスを見た。「弟にとって安心できる場所だったから」

二人は歩きつづけた。ロスの靴には砂が入ってしまった。靴下と足のあいだに入りこんだ砂粒がざらざらしたが、砂を取りだすようなタイミングでないことはロスにもわかった。そんなことをしたらどう見えるだろう。ジェイニーは浜辺でこんなにくつろいでいるというのに。

「金曜日の夜、ウェズリーを車で送りましたね。だけど家までは行かなかった？」

「農場につづく小道の入口で落としました。酔っぱらってたから、歩けば酔い醒ましになるだろうと思って。それに、ウェズには翌朝起きなきゃならない用事はなかったけど、あたしは店で朝食の仕事があったから」

「カフェで働くのが、あなたのフルタイムの仕事なんですか？」

「いまのところは」ジェイニーは浅瀬をあとにしてロスに並んだ。「学位はあるんですけどね。オックスフォードで取った学位が。だけどヴィクトリア朝のフィクションを専攻した学生に、現代のイギリスではあんまりお声がかからなくて」

ロスはこれにはどう答えていいかわからなかった。

「ウェズリーは、車が一台通り過ぎたといっています。ウェスタコムからの小道をものすごいスピードで下ってきた、と。しかし記憶がひどく曖昧なんです。あなたもいっていたとおり、ウェズリーは酔っていましたから、すごく説得力があるというわけではないんですよ。詳しいこともわからないし。あとになってもう少しなにか思いだすかもしれませんが、いまのところあまり役に立つ情報はありません。ウェズリーを降ろしたあとに、猛スピードで農場へ上っていく車を見かけませんでしたか？」

「そのときは見てませんけれど、もっとあとで、頭がおかしいんじゃないかと思うようなスピードで村を抜けていった車ならいましたよ」

「どんな車でしたか？」

「黒で、よくあるMTB車でした」

「MTB？」

ジェイニーは笑みを浮かべた。「大きすぎる車《マッチ・トゥー・ビッグ》。このへんの路地や小道を走るには大きすぎるってことです」

ロスも笑みを浮かべたが、余裕があればそういう頑丈な車を買うのも悪くないと思っていた。レンジローバーとか、その手の車だ。

「ナンバーは見えましたか？」

「まさか。一瞬で行ってしまったもの」

「ほかに、ドクター・ヨウについてなにかありますか？　誰かが彼を殺したいと思う理由に心当たりは？」

ジェイニーがすぐには答えなかったので、ロスはなにかあるのかもしれない、殺人の動機を理解できるような情報の断片が出てくるかもしれないと思った。しかし二人でもと来た道を歩いている途中で、ジェイニーは首を横に振った。

「ありません。ナイジェルは立派な人でした。みんなそういうと思います」

12

日曜日の朝は、仕事がなければジェンはたいてい昼どきまでベッドのなかにいた。昔は、母親らしいことをしようと思って、サンデーローストをつくったこともあった。肉も野菜もヨークシャープディングもそろったフルバージョンのひと皿を。しかしエラがほぼ菜食になり、ベンがゲームをしながらオンラインで友達としゃべっているほうがいいと宣言したいまとなっては、努力するかいもないように思われた。誰もたいして食べたいと思っていない食事をつくるために、あんなに手間をかけるなんて。ジェンはきっぱりやめ、いまでは日曜は朝寝坊の日になっていた。

しかし今日は子供たちよりも早く起きだし、友人のシンシアに電話をかけた。シンシアはつねに早起きなのだ。いま考えると、捜査はシンシアのパーティーのときすでにはじまっていたようなものだった。

「ナイジェルのことはもう聞いたでしょう。ちょっと話をしに行ってもいい？　警察の人間として」マシューもいうように、ゴシップも役に立つんだけどね。

「もちろん」

シンシアが息を吸いこんだのが聞こえ、質問を山ほど浴びせられそうだとわかったので、ジェンはすばやく会話を切りあげた。電話で詳しい話はしたくなかった。「それなら、コーヒーを淹れておいて。二十分で行くから」

シンシアの夫、ロジャー・プライアがドアをあけた。ジェンが訪ねていくと、ロジャーはまれに仲間に加わることもあったが、たいていは自室にこもっていた。ロジャーは長身の堂々とした男で、ごくふつうの見かけをしていたが、髪だけは漆黒といっていいくらい色が濃かった。染めているにちがいないとジェンは確信していた。控えめな人にしては、妙な虚栄心もあったものだ。ここまで考えて初めて、捜査をするならシンシアよりもロジャーに話を聞いたほうが役に立つかもしれないと思い当たった。よくは覚えていなかったが、ロジャーは地元の公立病院で重要な仕事をしていたはずで、そのつながりには当然もっと早く気づいているべきだった。

「シンシアが庭で待っていますよ」ロジャーがいった。二人はジェンの家のリビングより広い玄関ホールに立っていた。明るい色の木が基調の室内に、家族の写真がいくつも飾ってある。「われわれ二人にとってもたいへんなショックでした。ウェスタコムで亡くなった男性は隣人でしたから」

「わたしはその殺人事件の捜査チームにいるんです」

「ああ」ロジャーはいった。「だったら、この話はできないということですね。守秘義務については私もよく知っている」

「ナイジェルは、あなたと同僚だったことがありますよね。そして最近も公立病院絡みのケースについて調べていた。もしかしたら、捜査の助けになってもらえるかもしれませんね」

「いや、それは無理でしょう。そういうことなら病院に連絡を入れてもらわないと」ロジャーは引きつった、悲しげな笑みを浮かべてみせた。「残念ながら、私も守秘義務に縛られる身なのでね」つかのま沈黙があった。「どうぞ、ここを抜けていってください。シンシアが待っている」そういって、ロジャーはドアの向こうへ消えた。書斎のなかのデスクと壁面の本棚がちらりと見えたが、ドアはすぐにしっかりとしめられた。ジェンはこの家には何度も来ているが、書斎にだけは入ったことがなかった。

庭に出ると、シンシアが木製の白い椅子に座っていた。顔を心持ち上に向け、目をとじて日射しを浴びている。青と紫が目立つシルクの長いチュニックを着て、白いリネンのスラックスを穿き、シルバーのサンダルにシルバーのフットネイル。今週は髪も紫だった。

　自分は人を妬むような女じゃないとジェンは思っていたが、シンシアの庭は羨ましかった。歯科医の待合室でときどき手に取るような雑誌からそのまま抜けだしてきたような庭だった。全体的に色彩豊かなうえ、芝生はカーペットさながらになめらかで、苔も雑草も見あたらない。花壇には珍しい花と、鮮やかな緑の輝く低木が入り交じっている。もちろん、プライア家には庭師を雇う余裕があり、シンシアは監督するだけなのだ。錬鉄製の白いテーブルには、コーヒージャグと、マグが二つ置いてある。シンシアはジェンが近づく足音を耳にして、顔を向けた。あまり眠っていないような顔だった。目の下の紫色の隈は本物で、髪の色と合わせたメイクというわけではなさそうだった。

「信じられない」シンシアがいった。「昨日の夜、ウェズリーが電話をくれた。わたしたちも知っておくべきだと思ったからって」非難のこめられた言葉だった。**どうしてあなたが教えてくれなかったの？**

「わたしはその殺人事件の捜査チームにいるから」ジェンはさっきの言葉をくり返した。

「ずっと手一杯だった」シンシアはときどき、ほかの人にも子供がいてフルタイムの仕事があるのを忘れることがあった。

「ええ、それはわかるけど、ほんとにすごくショックで」

「金曜日の夜、ナイジェルはここにいた」ジェンはコーヒーを注いだ。「パーティーが大好きというわけじゃなさそうだったけれど」

「そうよ。あなたに会うことだけが目的だったんだもの」

「どういうこと？　昨日初めて会ったんだけど」

「金曜の午後に電話してきたのよ。わたしたちが友人同士だと知って」シンシアは顔をあげ、一瞬、いつものシンシアに戻った。「部長刑事の友達がいるってすごいことよね。いつでもちょっとした話題になるし。有名人みたいなものよ。ナイジェルからは、あなたに会えるように取りはからってもらえないかと頼まれたの。できれば急ぎでって。パーティーに来るから、あなたも来たらいいじゃない、といったのよ。ほんとうに来るかどうかわからなかったんだけど、結局現れた」間があった。「もしかしたら、あなたたち二人がうまくいくんじゃないかとも思ったの。ヨウ夫人は若年性アルツハイマーで亡くなっていて、ナイジェルも独り身だし」

出会いの仲介をほのめかすようなシンシアの言葉は無視した。ナイジェルが亡くなったいまとなっては、ひどく不適切な考えに思われた。グロテスクにさえ感じられた。まるで死体とくっつけばいいといわれたかのように。

「金曜日、ナイジェルは何時にここに来たの？」来た時間は重要ではないかもしれないが、ボスが知りたがるかもしれない。

「はっきりしないけど、五時くらいかな。もう少し遅かったかも」シンシアはいったん言葉を切ってからつづけた。「ちょっと元気がないように見えた」

「どうしてわたしと話がしたかったのか、理由をいってた？」

シンシアは首を横に振った。「いいえ、すべてがとても謎めいていた。秘密は大事にしまいこまれてた」

「ナイジェルのことはよく知っていた？」

「何回かディナーに呼んだことがあるくらいの仲だった。妻のヘレンのほうがわたしの友達だったのよ。ナイジェルとの距離が縮まったのは、彼がヘレンの世話をするために時短勤務のできる仕事を選んだときね。患者協会で働くようになって、多くの仕事を在宅でできるようになった。わたしはときどきお邪魔してヘレンと一緒に過ごしたの。ナイジェルが息抜きをしたり、イヴと一緒にガラスづくりの作業ができるようにね。ガラスについては、なにか講座に通ったりもしていたし」

「だけど、ナイジェルとロジャーは同僚だったんでしょう、ナイジェルがまだ病院で働いていたときに。そこでもつながりがあったはずじゃない？」

「あら」そういわれて、シンシアはわざと言葉を濁そうとした。「そうでもなかったんじゃないかな。実際のところ、ロジャーは経営陣のひとりに過ぎないし。ナイジェルは前線で働いていたわけだから」

「患者協会で新しく調査役を引きうけるまではね。転職してからロジャーに連絡したはずよ。だってナイジェルはマッケンジー家の息子の件を調べていたんでしょう？　公立病院の怠慢が自殺につながったんじゃないかと思って」ジェンは間をおいてからつづけた。「ロジャーにとってはたいへんだったんでしょうね」

沈黙の瞬間があった。ジェンはまえまえから、シンシアのことを親しい友人だと思ってきた。もちろん暮らしぶりはまったくちがった。月に一回美容院へ通い、高価で華美な衣類を身にまとうシンシアには、現実世界を思わせるところなど微塵もなかった。しかしそれも彼女が治安判事裁判所の席につくまでのことで、ひとたび裁判に臨めば、シンシアは自分の目のまえにいる犯罪者たちに並外れた理解を示した。シンシアも機能不全の家庭で育ったのではないか、とジェンはときどき思った。たぶん、相手の身になって考えることのできる彼女の能力は、自身の経験から身についたものではないだろうか、と。

「ジェン、正直なところ、マッケンジー家の件でナイジェルが果たしていた役割について、わたしから話すわけにはいかないの。まだ病院内で継続中の調査があったはずだから、それについてはロジャーに訊いて」いまやシンシアはかなり居心地の悪そうな様子だった。「さっき訊いたんだけど。なんとも答えずに書斎に逃げこんでしまったから」

また沈黙がおりた。遠くから、近隣の住人が芝生を刈る音が聞こえた。刈った草のにおいとバラの香りが立ちこめている。すべてがまさに完璧だったが、いまこの瞬間、ジェンには完璧であることがよいとは思えなかった。

シンシアを怒らせたくはなかったが、この会話が警察の仕事であることはまえもって警告してあったはずだ。警察の仕事はつねに個人の思いやりよりも優先されるべきだと、ジェンは思っていた。元夫は絶対にそうは考えなかった。それもたくさんあった争いの種のうちのひとつだった。おれの考えでは、おまえはまず妻であるべきだ、とよくいわれた。女にとって、仕事はリストのずっと下のほうに置くべきものだ、と。

「実際のところ」シンシアがようやく口をひらいた。「病院側からすると、ナイジェルはちょっと厄介な存在になりつつあった。行き過ぎというか。患者協会の権限は、従来はとても小さなものだったのだけど、ナイジェルはそれを拡大しようとした」

「どんなふうに?」

「以前の協会は、もっと全般的に患者の代理人の役割を果たしていたの。病院の方針についてアドバイスをしたり、業務へのフィードバックを伝えたり。ナイジェルは、もっと患者個人と病院当局とのあいだの係争に関わりたがった。ロジャーはそれをちょっとプロらしからぬ態度だと思った。裏切りに近いもののように感じたのね。ナイジェルは国民保健サービス側の元職員ではなく、私立探偵のように行動していると、夫はいっていた」

「で、とくに問題を引き起こしたのがアレクサンダー・マッケンジーの自殺だった、ということ？」

ふだんはとても冷静で自信に満ちた態度のシンシアが、椅子のなかでちょっともじもじしたように見えた。「ナイジェルは、以前からほかのいくつかの件にも興味を持ってはいたのだけど、ジョージ・マッケンジーの息子が自殺のまえに受けた扱いについては、妙な考えに取り憑かれたみたいになっていた」シンシアはまっすぐにジェンを見てつづけた。

「どんなに気まずかったかわかるでしょう。わたしにとっても、ロジャーにとっても。ジョージは友人なのよ。〈イソシギ〉で音楽をやるようになってから、わたしも何度も足を運んでる。気の毒にも思ったし。だけどロジャーはわたしの夫で、あんなことがあったあいだもずっとわたしのサポートを必要としていた。ロジャーがいちばんいやがったのは、精神保健事業に関してメディアが魔女狩りをはじめることだった。ナイジェルは精神科医ではないんだし、古巣にこんなに近いところで起こった問題に首を突っこむべきではなかったのよ。明らかに利害の衝突があった」

「金曜の夜にナイジェルがわたしに会いたがったのは、それが理由？　アレクサンダー・マッケンジーの死について話をしたかったの？」

「わからない」シンシアはふり返ってすばやく家を一瞥した。夫に聞かれていないことを確かめるため？「正直なところ、知りたいとも思わなかった」

「わたしは結局、ナイジェルとそんなに長くは話さなかった」ジェンは、シンシアがこんなにびくびくしているのを見たことがなかった。法廷を出て、麻薬で頭がおかしくなった男にナイフで脅されたときでさえ、びくついたりしなかったのに。「あなたはナイジェルが帰るまえになにか話した？」

「ナイジェルはさよならといいにきただけ」シンシアはいった。「当然よね。ナイジェルは紳士だもの。黙ってふらふら出ていったりしない」シンシアは早口でまくしたてた。教師を相手にぺらぺらと言い訳をする子供のように。コーヒーの飲みすぎだろうか。すでにマグがいっぱいになるまで注ぎたしているし、シンシアは濃いコーヒーをブラックで飲むのが好きなのだ。それとも、急いで話を逸らそうとしているのだろうか？

「ナイジェルは、ここを出たあと、どこへ行くつもりかいってなかった？　車がウェスタコムで見つかったから、金曜の夜か土曜の早朝に自分で運転して行ったらしいんだけど」ジェンは努めて平静な声で話そうとしたが、そろそろ忍耐が尽きかけていた。それに傷ついてもいた。シンシアのことは友人だと、ほんとうの友人だと思っていたのに。それなのにいま、シンシアはジェンのことを、嘘をついてもかまわない能なしかなにかのように扱っている。

返答がなかった。

「シンシア。誰かがガラスの破片をナイジェルの首に突き刺したの。それはもう深々と。遊んでいる場合じゃないのよ。デパートで万引きした小娘を捕まえるのとはわけがちがうの」

「人と会うことになってるといっていた。いつもどおり、礼儀正しく。〝すばらしいパーティーだったよ、シンシア、だけど残念ながらもう行かなきゃならないんだ〟って。ちょっとおかしいなとは思った。だって、どうしてそんなに遅い時間に人と会う約束なんかするの？」

たぶんあのとき、わたしが頭を使う会話ができる状態じゃないと気づいたからね。ただ帰る口実をでっちあげただけかもしれない、とジェンは思った。「じゃあ、ナイジェルの自宅に誰かが来るはずだったってこと？」

「わたしはそういう意味だと思ったけど。お客さんが来て、泊まっていくのかもしれない、と。ナイジェルはヘレンの両親とも仲がいいし。もしかしたら、電話がかかってくるのを待っていたのかもしれない」シンシアは顔をあげ、挑むような、それでいて信じてほしいと懇願するような目でジェンを見た。「金曜の夜にここがどんなふうだったかはわかっているでしょう。音楽がかかっていたし、まわりの騒音もあった。ナイジェルがほんとうはどういうつもりだったかなんて、わからないわよ」

「娘に会いに行くとはいっていなかった？　ウェスタコムまで出かけるとは？」

「いっていなかったと思う。ほんとうのところ、あの晩はあなただってわたしとおなじくらいナイジェルと話してたでしょ。ゲストはほかにもたくさんいたし、わたしはみんなが楽しめるように気を配らなきゃならなかったんだから」

こことおなじくらい完璧な隣人の庭で、芝刈り機の音がかたかたとつづいていた。クロウタドリが鳴いている。しかしジェンには、シンシアが率直に話しているとは思えなかった。シンシアには秘密が――もしかしたら複数の秘密が――あって、二人のあいだはもうもとには戻らないのかもしれない。ジェンは椅子を押して立ちあがった。シンシアは目をとじて、そこから動かずにいた。

「金曜の夜、ロジャーはどこにいたの？」この質問をするのに、ジェンは意図したよりも大きな声を出してしまった。

シンシアの目がひらいた。「夜じゅう家には寄りつかなかったわよ、邪魔にならないようにって。夫があまりパーティーを好きじゃないのは知っているでしょう」

「だけど、どこにいたの？」

シンシアも立ちあがった。ゆっくりと慎重に、主張を通そうとするかのように。二人で立ち、睨みあった。「なんなのよ、ジェン？　夫にはアリバイが必要なの？　わたしはうちの弁護士に電話するべき？」いつもより上流階級のアクセントが強調されていた。**首を突っこんでくるんじゃないわよ、平民が！**

「訊いただけでしょう、シンシア」ジェンはただもう疲れてしまった。いつものように朝寝をして、そのあとしっかり朝食をとれたらどんなによかったことか。「あの晩、ナイジェル・ヨウと少しでも関わりのある人がどこにいたか、全員について知る必要がある。それがわたしの仕事なのよ。病院当局を守るのがロジャーの仕事であるのとおなじように」

「夫は病院のオフィスにいた」シンシアは、少しばかり度が過ぎるほどはっきり、ゆっくりと一語一語を発音した。「遅くまで働いていた。ストレスの多い仕事よ、少なすぎる予算と、少なすぎる看護師と、少なすぎる医師で現場をまわしつづけなきゃならないのは。夫も頻繁に残業してる」

「帰宅は何時だった？」

シンシアは肩をすくめた。「さあ、わからない。わたしは十二時くらいまで居残ってた五、六人のゲストと一緒に庭にいたから。ウェズが音楽をかけてた。ジェイニーがそれに合わせて歌っていた。まあ、飽きるまでは。すべていつもどおりで、くつろげる晩だった。

わたしがベッドに入ったときには、ロジャーはとっくにぐっすり眠っていた」シンシアはジェンと向きあい、頑なな、皮肉のこもった言葉をぶつけた。「きっと車でウェスタコムに行って、例のガラスの破片をナイジェルの首に突き刺す時間くらいはあったでしょうね。ナイジェルがここを出てすぐ農場に向かったなら。だけどそれなら血がついたんじゃないかしら。ロジャーのスーツはワードローブに吊るされているし、シャツは洗濯かごに入れてあった。今朝それを洗濯機に入れたけれど、染みはなかったわね。それは保証できる」

シンシアは耳障りな笑い声をたてていった。「まったく、馬鹿げた話よね」

ジェンはなんとも答えなかった。善良な男の暴力的な死について、笑えるところなど微塵もなかった。

ふつうなら、別れ際にハグをして、間をおかずにまた会う約束をするところだった。今日のシンシアは、相手がついてくるだろうという前提でジェンのまえを足早に歩き、家の脇をまわって正面の門に向かった。まるで、ジェンには家のなかを抜けて近道をすることさえ許されないかのようだった。ぴかぴかに磨かれた御影石の天板の調理台があるキッチンや、ペールウッドの羽目板でできた玄関ホールを通り抜けたり、ロジャーが仕事をしている、あるいは隠れている部屋のドアのまえを通るなどもってのほかというわけだ。職人や庭師や窓の清掃員とおなじ扱いだった。装飾の施された錬鉄製のゲートに到達すると、二人は少しのあいだ立ち止まった。二人ともとげとげしい気分で、気まずかった。強い女同士のぶつかり合いだった。

馬鹿げてる、とジェンは思い、腕を広げていった。「仕事なのよ。仕事が友情の妨げになることもある」

シンシアがためらいを見せ、ジェンは相手がハグに応じるものと思った。しかし結局、シンシアがそれ以上そばに寄ることはなかった。「この件がさっさと片づくといいわね。そうしたら、また友人同士に戻れるかもしれない」そういってシンシアは踵を返し、長いシルクのチュニックをはためかせながら歩き去った。ハグを待って腕を広げたままのジェンを残して。

13

日曜日の朝、マシュー・ヴェンはいつもどおり早い時間に目を覚ました。捜査とはなんの関係もない不安がこの期に及んでまだ残っていた。個人の生活にのしかかってくる重荷よりも仕事のほうが楽でずっと面倒が少ないと、マシューはまえまえから思っていた。今日は母親の誕生日で、母親はもうまもなくキッチンの長テーブルで日曜日の昼食をとることになる。マシューには母の心境の変化がまだうまく呑みこめず、もし、きょうだいが病気になったとかなんとか——きょうだいといわず、ブレザレン教会のメンバーというかもしれない、マシューが生まれたときから加わっていたコミュニティだ——口実をでっちあげて最後の最後に約束をキャンセルしてきたら、自分は傷つくのか、あるいは安堵するのか、それさえはっきりわからなかった。

マシューがシャワーを浴びて着替えをするあいだに、ジョナサンも起きだしていた。音楽がかかっており、ジョナサンはそれに合わせて調子よく大きな声で歌いながら、豪華なバースデーケーキに必要な材料を出しはじめた。牛のリブはすでに冷蔵庫から出してあり、口のなかでとろけるようになるまでこれからじっくり焼くんだ、とマシューは聞かされた。ジョナサンはこういうもてなしに関するすべてが大好きだった。準備も、調理も、友人たちとテーブルを囲んで座るのも。マシューはいまだに心から楽しめるわけではなかったが、進歩していないわけではなかった。しかし相手が母となるとまたちがう。母は確実な物事だけに縛られた人生を送る、心配性で気むずかしい女性で、いまのようになった息子を完全に見下しているのだから。

音楽をかけたまま、二人は一緒にコーヒーを飲み、トーストを食べた。戸外では太陽が輝いていたが、二人はそれを当然と見なした。誰にとっても、晴れた空と熱波がいまや当たりまえのものになっていた。

「庭で食べてもいいかもしれないね」ジョナサンがいった。「外にテーブルをセットすることもできるよ」

「まさか、駄目だよ。母はきっと気に入らない」なにしろ冒険的なことやふつうとちがうことが大嫌いなのだから。

「わかったよ、それなら室内でいい。だけど花を採ってくる。山ほどの花を」ジョナサンはコーヒーカップを置いた。「お母さんを拾うときに電話して。準備万端、整えておくかも、これは仕事より大事なことだよ。少なくとも、いだろう。
今日のこれは」
ら」間があった。「きみは間に合うよね？　これは仕事より大事なことだよ。少なくとも、
マシューはうなずいた。はじまってしまったからには、最後まで見届けなければならないだろう。

路上に出て、バーンスタプルに向かいはじめるとほっとした。交通量もまだそれほど多くなく、目的の家はナビを使わなくてもすぐに見つかった。ヘレン・ヨウが亡くなり、ナイジェル・ヨウが妻の死を悼んでいた家だ。心地よくバランスの取れた家で、贅沢なところのない、しっかりとしたつくりだった。町の中心からは離れているが、ニューポートの店やパブは近く、ジェンの小さなテラスハウスからも遠くない。コミュニティの一部であり、孤立しているわけではない。道路の騒音が庭に入らないようにするための高い塀があり、最初は入口を見つけるのに苦労した。入口は脇道から木陰の多い庭へつながっていて、庭は町から切り離されたオアシスだった。車やトラックのたてる轟音がくぐもって遠くに聞こえる。イヴから鍵を渡されていた。科学捜査班が家の捜索も済ませていたが、細かい調査はまだだった。暴力の痕跡はここでは見つからなかった。ヨウが発見場所で殺されたのは明らかだ。

家のなかは涼しかった。マシューは家のなかを歩きまわり、細かいところを見るまえに全体の雰囲気をつかんだ。家族向けの家だが、もう家族は暮らしていない。イヴが子供だったころより片づいているのだろう。ナイジェルが掃除人を雇っていたことはすでにわかっていた。もう何年もここで働いている女性で、木曜日の午前中に三時間ほどバスルームとキッチンの掃除をするのだが、ナイジェルの妻が生きていたとき、そしてイヴがまだこの家に住んでいたときにおそらく散らかっていたはずの日用品はどこにもなかった。マグカップがひとつ、すすがれて食洗機に入れればいいだけの状態で、キッチンの水切り台に置いてある。スリッパは廊下への出入口のそばにそろえられていた。庭に面したリビングのコーヒーテーブルの上には、きちんとたたまれた金曜日のガーディアン紙があった。小さなテレビがあり、リモコンは横の棚に整然と入れてある。

どうやら、ヘレンの心と体が病気に支配されはじめたとき、ナイジェルは妻の居場所を階下の部屋へ――木々の見える居心地のいいリビングへ――移したようだった。ベッドがまだそこにあり、マットレスカバーと枕が三つ、一方の端にまとめてあった。ナイトテーブルには、棚の部分にカセットレコーダーと、オーディオブックや音楽のテープが積んである。たぶん、この部屋を完全に片づける気にはなれなかったのだろう。

ジョナサンが突然病気になったら自分はどう対処するだろう、ナイジェル・ヨウのような献身と忍耐をもってこんなによく夫の世話ができるだろうかとマシューは考えた。できるといい、と思う。しかし健康を害するというならおそらく母親のほうが先だろうとすぐに思い当たった。母親の世話についておなじ疑問を自分に投げかけてみたが、答えは出なかった。

マシューは階上へ移動し、ナイジェルの書斎に入った。いちばん狭い寝室をつくりかえた部屋だ。道路と、向かいに並ぶ小さな家々に面している。騒々しい一団が、道の反対側にあるバプティスト教会に入っていくのが見えた。自分がなにを探しているのかよくわからないまま机の引出しをあけはじめると、大きな手帳が出てきた。一ページが一日分で、仕事とプライベートの両方の予定が几帳面な手書き文字でびっしり書いてあった。ナイジェルは自分の人生をきっちり管理していたようだった。

ナイジェル・ヨウの死の前週の記入項目を確認した。いくつかの予定が書きこまれている。ひとつは〈チーム・ミーティング〉。その横には口の両端が下がった顔の絵がついている。この予定は、楽しみにしていたわけではないようだ。ほかはすべて仕事関係のようだった。地元団体とのセッションがいくつか、ソーシャルワーカーとの面談が一件、農村のケアホームへの訪問が一件。

シンシアのパーティーの金曜日には、病院でミーティングが二件あったようだ。一件めのほうがより重要なものと思われた。三つの名前が箇条書きにされていたが、そのうちのひとつが目を引いた。ロジャー・プライア。マシューはシンシア・プライアとは法廷で会ったことがある。これは公立病院で働いているという夫にちがいない。またつながりが出てきた。

そのページのずっと下のほうに、もうひとつ記入があった。パーティー(ジェン・ラフ)。これもまた、ナイジェルが部長刑事に会うために自らシンシアの集まりに招待されるよう仕向けたことを示すしるしだった。まったく残念なことだ、とマシューは思った。ジェンがもう少し長くナイジェルと過ごし、彼の懸念に耳を貸していればよかったのだが。しかし、ジェンがすでにおなじように考えて罪悪感に取り憑かれていることもわかっていたので、これ以上ジェンをいやな気持ちにさせるつもりはなかった。

おなじページに、なにかぎりぎりになってから走り書きしたと思われる、判読しづらい数字がべつのインクで書きとめられていた。８５３１、いや、８５３７だろうか。はっきりとはわからない。なにかの照会番号か、ＰＩＮコードだろうか？　マシューは手帳を自分のアタッシェケースに入れ、庭に面した寝室へ移動した。ナイジェル・ヨウがかつて妻と共有していたはずの部屋だ。

寝室は、マシューの想像とはかけ離れていた。階下の部屋のような、いかにも独り身の男らしい質素なところがなく、雰囲気がまったくちがった。新しく塗ったペンキのにおいがかすかに残り、壁のひとつが鮮やかな赤になっていた。その赤い壁に、灯台と崖を写した大きな白黒写真がかけられている。ナイジェルというよりはイヴの趣味のように思えた。娘が父親を励まそうとしたのだろうか。深い悲しみから抜けだしてもらうために。

それから、寝室に隣接したバスルームへ入った。バスタブのそばの棚にロウソクがあった。ドアのフックには、ドレッシングガウンが二つかかっている。シンクの上には電動歯ブラシが二つ。もしかしたらナイジェル・ヨウは、みんなが思っているような悲しみに沈む寡夫ではなかったのかもしれない。

マシューは時計を見た。まだ十時半だった。ロス・メイから知らされたローレン・ミラーの電話番号を確認し、自分の電話に打ちこむ。女性が出て、マシューが名乗ると、こういった。

「当然ですよね。ナイジェルのことで話があるのでしょう？　昨日の夜、ニュースを見ました」年齢を感じさせない、感じのいい声で、教養のある人の話しぶりだった。「わたしはアップルドアに住んでいます」女性は郵便番号と住所を告げた。「お待ちしています」

マシュー・ヴェンが子供だったころ、アップルドアは治安の悪い場所として知られていた。麻薬取引と若者の暴力的活動の中心地だった。造船所があり、それは郡内のこの地域でいちばんの産業といってよかった。母親からは、この町に住む少年たちと付き合うことを止められていた。いまでは造船所は閉鎖され、ノース・デヴォン第二の川であるトーリッジ川の河口にある町、アップルドアは、芸術的な雰囲気をたたえた場所へと変貌をとげ、狭い通りには完璧に塗りあげられたコテージや、バリスタのいるコーヒーショップや、高級レストランが並んでいる。町はずれにある以前の公営住宅は、いまでは大半が個人の所有になっていた。年に一回ブックフェスティバルがあり、ギャラリーでは地元のアーティストが個展をひらいた。ここに家を買えるほど裕福な地元民はほとんどおらず、冬になると多くの家——セカンドハウスや貸別荘——が空っぽになった。土地の価値はあがったのだろうが、晴れた日曜の朝には車を停めておける場所がなかなか見つからず、そんなときには昔を懐かしく思うのだ。

結局、駐車に問題はなかった。ローレン・ミラーは洒落た新しい家の建ち並ぶ町はずれの集落に住んでいたから。もしここで、美しく造園された庭や、その向こうにあるトーリッジ川の河口の眺めを楽しみながら暮らす経済的余裕があるなら、生活費のためにノース・デヴォン患者協会で働いているわけではないのだろう。ろには必要最小限のものしかなく、ほとんど装飾品がなかった。ここに子供がいるところは想像できない。海の景色を描いた大きな絵が白い壁にかかっていた。マシューは自分でも気づかぬうちにその絵を凝視していた。広い空と空間にめまいがする。

「すばらしいでしょう?」ローレン・ミラーがマシューのうしろに立っていた。身長はマシューと同じくらいで、銀色の髪をした優雅な女性だった。そこまで年配というわけではない。ただ、時流に乗るために髪を染める必要があるとは思っていないようだった。おそらくは名前のせいで、マシューはもっと若い人を想像しており、ローレンがドアをあけたときには少しばかり気詰まりな瞬間があった。ここがほんとうに目的の家なのか、確信が持てなかったのだ。「ロンドンに住んでいたころに、美大生の卒業制作展で手に入れたのですが、そのアーティストはコーンウォール出身なんです。見ておわかりかと思いますけれど」

「いつこちらに移られたんですか?」

「一年ちょっとまえに。わたしはビディフォードで育ったので、大学に入るまえはここにいたんです」ローレンはふり向いて、ソファに座ってくださいと身振りで示した。「戻ってきたのは母のことがあったから。母は、いまでは盲目に近いのです。一緒に暮らしています。母も自分のことが自分でできないわけではありませんが、父が亡くなったあと、人付き合いもぐっと減ってしまったので。昔から明るくて気さくな人でしたから、寂しい思いをしているんじゃないかと思うと耐えられなかったのです。それで、町なかにあった母のコテージを売却して、一緒にここへ移りました」間があった。「だけどもちろん、逃げ帰ってきたことには自分の都合もありました。離婚のごたごたがあって。子供はいないので、ハイゲートのフラットを売却した際のわたしの取り分でここの購入費用は容易にまかなえましたし、引退まで暮らしていくのに困らないだけのものも残りました」

「それでも仕事に戻ることにしたのですね？」

「そうですね、正気を保つために」ローレンは笑みを浮かべた。「それに、ナイジェルに頼まれたから」

「友人同士だったのですか？」

ローレンはしばらくしてから答えた。「それ以上の関係だった、と自分では思っています。少なくとも最後の数カ月は」

「恋人同士だったということですか？」ただの友人ではないだろうとすでに当たりをつけてはいたものの、マシューは思わず顔を赤くした。ピューリタン的な教育を受けてきた過去が、いちばん出てきてほしくないときに顔を出し、ショックを与えるのだ。

「ほんとに最近になってからですけれど。それまではずっと親しい友人でした。どうしてそんなに驚くんですか、警部さん？ それほど意外に思うのは、わたしたちの年齢のせいでしょうか?」

「イヴがなにもいっていなかったので」マシューは答えた。「ひと言いってくれてもよさそうなものなのに、と思って」

「イヴは知らなかったのです。会ったことはありますが、二回だけで、しかもほかの人もいる場でした。ナイジェルとわたしはとても慎重になっていて、付き合いを公にするのは待とうと決めたのです。一緒に仕事をしていましたし、イヴはお母さんととても仲がよかったから、厄介なことになりかねない、と。それに……」ローレンはまた悲しげな笑みを浮かべてつづけた。「……秘密にしておくことには、どこか心躍るものもありました。若く、愚かになった気分でした。ロマンティックでもあった。わたしたち二人とも、少しのあいだわがままになれる機会がほしかったのです。わたしも母にさえ話していません」ローレンからまっすぐに視線を向けられると、マシューにはいまの彼女がどれほど不幸かがわかった。

「ナイジェルとはどうやって知りあったのですか?」

「ウェスタコムのフランク・レイのところでディナーパーティーがあったんです。フランクとはロンドンで短期間一緒に仕事をしたことがあって、わたしはフランクに好感を持っていました。たぶん、自分と似たところがあったからでしょう。おなじ場所の出身で、がむしゃらにお金を稼ごうとする若い人たちになじめなくて。フランクの家の大きなダイニングルームでみんなとテーブルを囲みました。フランクと、イヴ、ナイジェル、それからあそこで働いていた男の人と」

「ウェズリー・カーノウですか？」

「ええ。その人です。わたしはナイジェルの隣の席でした」ローレンは間をおいた。「あの晩のことは全部覚えています。わたしにとっては、以前の生活から抜けだす最初の一歩でした。ナイジェルが、職場の経理担当の女性が早期退職することになったというので、新しい人が見つかるまでわたしがその仕事を引きうけると自分からいったのです」

「それで、いまもまだそこで働いているのですね？」

「ええ、いい頭の体操になりますし。ごく基本的な経理ですけれど、きちんとした理由のある仕事だし、それに、わたしが引き継ぐまえの財政状況はずいぶん混乱していたんですよ」ローレンは微笑んだ。「報酬はふつうの生活がなんとかできる程度ですが、お金はわたしがあそこで働いている理由ではありませんから」

つかのまの沈黙のあと、マシューが口をひらいた。「とても落ち着いていらっしゃいますね」

「たぶん、そう見えるのでしょうね。母のまえでも必死に取り繕おうとしてきましたから。

つらいものですよ、ひとりで悲しむのは。ある意味では、自分には悲しむ権利なんかないように思えます。人まえではとくに。世間の人たちにとっては、わたしたちのあいだにはなにも特別なことはなかったわけですから、場違いな感情を、しかも彼の娘の気持ちを乱すかもしれない感情を主張するのは絶対にいやなのです。警部さんにも、わたしたちの秘密を尊重していただけるとありがたいのですが」ほんの一拍の間のあと、ローレンはつづけた。「なにが起こっているのですか、警部さん？　誰かがナイジェルの死を望む理由なんてひとつも思いつきません」

「その点について、あなたに助けになってもらえるかもしれないと思ったのです」マシューはいった。「あなたはナイジェルと一緒に働いていた。そしてとても近しい存在だった。あの晩、ナイジェルがなぜウェスタコムに行ったのか、知っていますか？」ローレンは首を横に振った。「パーティーのことなら知っていました。シンシア・プライアの家のパーティーに呼んでもらえるように、自分から連絡したんです。あなたのところの刑事さんに会えると思って」

「なぜ刑事と話をする必要があったのですか？」

ローレンは首を横に振っていった。「わかりません。直前になって決まったことなので、それについては話をする機会がありませんでした。あの晩はわたしが彼の家に泊まる予定だったのですが、キャンセルのメッセージが送られてきたのです。とても申しわけなさそうでした。ナイジェルがいま取り組んでいる問題について、非公式にプロのアドバイスがもらえるかもしれないから、と」

「マッケンジー青年の自殺の件ですか？」

「わたしはそのように受けとりました」

「警察の意見が必要になりそうな案件はほかにもありましたか？」

「それはないと思います。手がけていた仕事の大半は、おきまりの日常業務でしたから」ローレンは顔をあげてつづけた。「ナイジェルに訊かれたんです、一緒にパーティーに行きたいかって。でもわたしはそんな気になれませんでした。カップルとして人まえに出るより先に、イヴと母に知ってほしかったのです」ローレンは立ちあがり、窓辺に移動した。「もし一緒に行っていたら、ナイジェルはまだ生きていたかもしれない」

ローレンがまだ窓際にいるうちに、部屋の向こう端のドアから年配の女性が入ってきた。杖を使って歩いていたが、姿勢はよく、白い髪は娘とおなじように美しくカットされていた。「そろそろランチまえのシェリーを飲んでもいいころじゃないかしら。一緒にどうかと思ってね」

「お客さんが来ているの」ローレンはいった。「ヴェン警部。ナイジェル・ヨウの殺人事件を捜査している人」

「こんにちは」マシューは立ちあがった。仮に相手に見えていないとしても、立つのが礼儀だと思ったのだ。

年配の女性はマシューのほうを向いていった。「シェリーをご一緒できたりはしないわよね、警部さん？」

「すみません」マシューはいった。「残念ながら、いまは忙しくて。それにもちろん、勤務中ですし」

「もちろんそうね」彼女はつかのまためらった。慎重に言葉を選んでいるようだった。

「わたしはドクター・ヨウに会ったことはありませんが、娘からは善良な人だ聞いています。娘は人を見る目があるんですよ。ただ、彼がいなくなって、わたしにいっているよりもずっと悲しんでいるように感じるんです」またためらったあと、母親はローレンのそばへ歩いていき、杖を使っていないほうの手を伸ばして娘の腕に触れた。思いやりのこもったしぐさだった。「目はよく見えないけれど、耳は問題なく聞こえるの。母親としては、夜中に娘が泣いている声がするのはつらいものよ。この子はここ二カ月ほどとても幸せそうで、わたしもうれしかった。そこへこんなことが起こって。ナイジェルを殺した犯人を見つけてちょうだい、警部さん。それでもナイジェルは戻ってこないけれど、なにかしらの事情は明かされるでしょう。ローレンがこのひどい悪夢を理解するために、助けになるようななにかが」

「もちろんです」マシューはいった。「手を尽くします」ほんとうは結果を約束したかった。なにか元気づけになるようなことをいいたかったが、結局のところ、これ以上いえることはなにもないとマシューは思った。

マシューが辞去したときにも、女性二人は部屋の向こう端の窓辺に立ったまま、互いの体に腕をまわしていた。

14

プライアの家を出たとき、ジェンはぴりぴりして、落ち着きをなくしていた。シンシアとの衝突に動揺し、町なかへと歩きながら、気がつくとよくよく考えこんでいた。まだ十一時にもならなかった。トー川は引き潮の影響で水位が低く、泥と腐った草木のにおいがした。警察署に着くと、チームに所属する制服警官のヴィッキー・ロブが防犯カメラの映像を凝視していたが、ロスとマシューはいなかった。

ヴィッキーが顔をあげた。「金曜の夜にドクター・ヨウの車が町を出たときの記録を見つけようとしているんです。ビッキントンに防犯カメラがあるので、そちらのほうへ行ったんじゃないかと思って」

「なにか見つかった？」

「いえ、コーヒーを淹れてこようとして止めたところです。映像の質がほんとに悪くて、目の玉が飛びだしそうですよ」

ジェンはパソコンに向かい、ロジャー・プライアについて見つかるかぎりのことをすべて調べた。犯罪歴はなく、これは予想どおりだった。しかしマスコミの報道と、ソーシャルメディアでの短い言及にいくつか興味を引くものがあり、その線を追ってみることにした。どうやらプライア夫妻がノース・デヴォンに移ってきたのは、ジェンより少しまえのようだった。それ以前はロンドンに住んでいて、ロジャーはカムデンの大きな公立病院でメンタルヘルスサービスの部長をしていた。それよりずっと小さな病院への異動には――複数の事業を取りまとめるCEOという新しい地位に就いたとはいえ――いまひとつ説明がつかない。控えめで引っ込み思案なロジャーが、ストレス関連疾患か燃え尽き症候群にでもなったのだろうか？　いや、それよりもっと単純なことかもしれない。もしかしたら、シンシアがロンドンを離れた田園生活にロマンティックな夢を見て、移住しようと夫を説得したのでは？　シンシアは自分の好きなようにやりたいタイプの女性だから。

ジェンはノース・ロンドンの地元紙のページを、プライア家の二人が街から移住する九カ月まえまでさかのぼった。すぐに、ヴィッキーがしているのとおなじくらい集中のむずかしい作業だと気づいた。しかしなんとかやり通した。結局、問題の記事は簡単に見つかった。写真つきのトップ記事だった。威厳をたたえたロジャーが、記者会見のおこなわれた病院の外に立っているところ。記事は、ある青年の死に関する本格的な事後調査の結果を報じていた。見出しにはこうあった――個人の引責なしとの結論に。

ジェンは先を読んだ。十六歳の青年が病室で首を吊った。ほんの数メートル先では、スタッフがナースステーションでおしゃべりをしていた。青年の名前はルーク・ウォレスで、複数の精神疾患を抱え、警察によって病院に運びこまれた。警察は、青年が家で暴力行為におよんだ――家具を叩き壊し、妹を脅した――と家族から通報を受けていた。これに先立って、一家は地元の公共支援を要請していたが、なんの助けも得られなかった。

同紙はその六カ月後にプライアの辞任を報じていた。徹底した事後調査によって責任なしとされたにもかかわらず、プライアは地位を維持できなくなったようだった。ルーク・ウォレスの死をめぐる状況は、アレクサンダー・マッケンジーの件とはまったくちがったが、ロジャーが神経質になって、ナイジェル・ヨウの調査を終わらせたがっていた理由はわかった。保護が必要な青年の死についてまたもやマスコミに大々的に取りあげられるのは、なんとしても避けたかったのだ。

オリジナルの記事を見つけたあとは、ソーシャルメディアで事件をめぐるゴシップやおしゃべりを拾うのは簡単だった。フェイスブックでは〈ラヴ・ルーク〉というグループができており、ルーク・ウォレスの思い出がシェアされていた。ルークはもともとは親切で温かい性格だったようだが、思春期に入ったとたんにふさぎこみ、引きこもりがちになったらしい。家族仲はよかったような印象を受けた。父親は図書館で働き、母親はソーシャル・ワーカー、弟は明るくて人気者だった。母親が、投稿でほかの親たちに懇願していた。

わたしたちは、息子も昔からよくいる不機嫌なティーンエージャーのひとりで、いずれ成長とともに改善すると思っていました。自分たちの身に、悪いことなど起こらないと思い込んでいたのです。息子は病気だったのに、家族はみな自分のことにかまけていて気づきませんでした。息子は自室でひとりで過ごす時間が——インターネットに接続している時間が——長過ぎたのです。わたしたちのようにならないで。子供たちに、子供たちがしていることに、注意を払ってください。

息子の死に関して、この母親はすべての責任を引きうけていた。すべての罪悪感を。しかしツイッターはべつの標的を見つけていた。#LoveLuke というハッシュタグのついたツイートが、とりわけ病院とロジャー・プライアを責めていた。

この男がこれ以上若い命を潰すのを許すな。

なぜロジャーが辞任してバーンスタプルに移ったのか、これでジェンにも理解できた。ジェンは椅子の背にもたれ、この事件が持つ意味を考えた。最初に頭に浮かんだのは個人的な問題だった。シンシアのことは親友だと思っていたのに、彼女がロンドンから移ってきた事情を話してくれたことはなかった。公式の調査の結果、ロジャーは責めを負うことを免れたのに、ソーシャルメディアではひどく叩かれたようだった。ジェンは夫妻に対して心から同情を覚えた。シンシアがあんなにぴりぴりしていたのも無理はない。

しかしこれは警察の捜査にも関わる問題であり、ジェンは捜査をまえに進める最善の方法を考えださねばならなかった。ボスに確認しないうちにルークの母親と話をするわけにはいかないが、ボスからは緊急事態でないかぎり連絡を控えてほしいといわれていた。そして、いまこの問題をプライア夫妻に投げかけることは、友人付き合いが妨げになってできなかった。誰かほかの人間に任せるしかないだろう。

ジェンの思考はシンシアへ戻った。体格といい、色鮮やかな服装といい、あんなに派手で誇らしげに見えながら、毎日そういう見せかけを保つのにどれほどの努力が必要だったのだろう。ロンドンからバーンスタプルへの移住は不名誉に感じられただろうに。もしかしたら、年月が経つうちに少しは暮らしやすくなったのかもしれない。もしかしたら、夫妻は南西部へ移ってきた理由を忘れかけていたかもしれない。そんなときにアレクサンダー・マッケンジーが自殺したのだから、過去につきまとわれているような気がしたことだろう。プライア夫妻は移住によってルーク・ウォレスの一件から逃れたが、もしナイジェル・ヨウが調査を進めていたら、ルークの件を隠したままにしておくことはできなかっただろう。

ジェンは心の底からシンシアの大邸宅に戻りたかった。警察の人間ではなく、友人として。理解できると伝えるために。ワイン一本を分けあって飲みながら、シンシアが愚痴を吐きだせるように。しかしジェンは刑事で、だから結局はいまいる場所にとどまるしかなく、自分が拾い集めた事実をすべて報告書にまとめた。マシュー・ヴェンがオフィスに戻ってきたときに渡せるように。

ジェンがまだパソコンの画面を睨み、自分が書いたものをチェックしているときに、部屋の向こうからヴィッキー・ロブの歓声が聞こえた。立ちあがって背中や脚を伸ばし、ヴィッキーが座っている場所まで歩くことが息抜きになった。

「なにが見つかったの？」ジェンはできるかぎり明るい声で訊いた。

「被害者の車です。ようやく。ビッキントンの通りに設置された防犯カメラじゃなくて、インストウのはずれにあるガソリンスタンドのカメラでしたよ。深夜の映像です。十二時近く。被害者は十一時半にここにいました」ヴィッキーは大喜びだった。さっきまでは、なにも見つからないものとあきらめかけていたのだ。

「ウェスタコムへ行くには、インストウに着くまえに曲がるはずじゃない？」

「たぶん、ガソリンが残り少なかったんですよ。で、荒野に向かうまえに満タンにしたかった」

「ああ、きっとそうね。少なくとも、これである程度時間が特定できる」ジェンはブリーフィングのための報告書にメモした。これもマシュー・ヴェンに伝えるべき詳細のひとつだった。それから、帰宅して子供たちの様子を見たほうがいいかもしれないと考えた。べンのことが頭にあった。不機嫌なティーンエージャーで、自室でパソコンのまえにいる時間が長過ぎる息子。

そのときロス・メイが入ってきて、ジェイニー・マッケンジーとどんな話をしたか聞かせたがった。相変わらずだ。性急で、わかったことをすべて吐きださなければ気が済まない。まるで学校から帰ってきた子供のようだ。教室でなにがあったかしゃべりたくて、両親に無理やりすべての詳細を聞かせようとする子供。ジェンはもう一度座り、ロスに十分だけあげようと思った。それ以上は駄目。電話が鳴ったのはそのときだった。

15

日曜日の朝、イヴは早い時間に目を覚ました。昨夜は記憶に残らないおぼろげな夢をいくつも見て、安眠できずに過ごした。心臓の鼓動が速まり、四肢を強張らせながら、ときどき眠りから浮上しては、またゆらゆらと悪夢に沈んでいった。七時になると起きだし、窓辺に立って農場とその向こうに広がる丘陵を眺めた。鳥のさえずりや、遠くにいる羊の鳴き声が聞こえてくる。ここに移ってきて以来、いつも生活の背景にある音だった。スマートフォンを取りあげ、受けそびれた電話や新着のメールを確認する。友人たちが様子をたずねたり、助力を申しでたり、お悔やみを述べたりして、劇的な出来事に足跡を残したがっていた。人々が寄せてくる関心に悪酔いしそうだった。イヴがほんとうに必要としているのは仕事場で過ごす一日であり、ガラス制作のリズムのなかでわれを忘れることだった。吹きガラスのパイプをひねる絶え間ない動きや、加熱、溶解、息の吹き込みに没頭できれば、現実逃避になるだろう。少なくともしばらくのあいだは。今日はいいものがつくれそうな予感があった。満足のいく形と、爆発的な色彩を持ったものができるかもしれない。完全に唯一無二の作品が。しかし仕事場はまだ犯罪現場で、外には退屈そうな顔をした警官が立っていた。イヴはコーヒーを淹れ、階下にいる警官にも一杯持っていくべきかもしれないと思った。しかし結局、倦怠感に負けた。階段を降りて広く冷え冷えとしたキッチンを通り抜けていくだけでもたいへんな労力だった。

イヴはまたスマートフォンを眺め、メッセージにざっと目を通した。ローレン・ミラーという名の女性からも一通届いていた。父親の同僚だ。会えないかといってきている。**とんでもない！**　いまいちばん避けたい相手だった——父親の死というドラマに参加したがる部外者は。イヴはコーヒーを注ぎたし、窓辺の椅子に戻った。ジョン・グリーヴが搾乳所から牛を出している。イヴは、ジョンが乳牛を公共広場のそばの放牧場に追いやるさまを眺めた。

少し経つと、サラ・グリーヴがコテージから出てきた。グリーンのオーバーオールを着ており、丸くてぷくぷくした果汁たっぷりのグースベリーみたいに見えた。この角度からだと、サラの頭はとても小さく、グースベリーの軸のようだった。サラはイヴのほうを見あげ、手を振って、コテージでお茶かおやつでもどうかと身振りで誘った。イヴは首を横に振った。それからすぐに、もう今日はウェスタコムを離れなければ駄目だと思った。警察官や科学捜査員が悪夢のような白い上着とマスクを身につけた姿で仕事場や父親の人生をばらばらにして調べているあいだ、このフラットにただ座っているよりいやなことがほかにあるだろうか？

イヴはスマートフォンの電源を入れ、サラにテキストメッセージを送った。しばらくのあいだ出かけたいんだけど。わかってくれるよね。心配しないで。もし誰かに訊かれたら、お茶の時間には戻るっていっておいて。イヴはお茶の時間という言葉が気に入っていた。午後遅い時間からすっかり夜になるまでのどの時間にも当てはまる、融通のきく言葉だから。サラの夫のジョンはディナーティーと呼ぶ。イヴはまたスマートフォンの電源を切った。このままフラットに置いて出かけたい気もしたが、最後の瞬間に思いなおして手に取った。みんなこの手のデバイスに頼りすぎ！　とイヴは思った。こんな危機のさなかにあっても、スマートフォンを持たずに出かけることなど想像もできなかった。

イヴの車は庭にあり、車を出そうとするとゲートのところにいた知らない警官に止められた。丸みのある童顔と短いブロンドの女性だった。

「こんにちは、シャロンといいます。ここで全員に目を光らせていろといわれているんです」間があった。「ヴェン警部に行き先を知らせましたか？」シャロンの声は充分に親切そうではあったが、質問が気に障った。

「べつに自宅謹慎を命じられてるわけじゃないんですけど」イヴは自分の言葉に自分でショックを受けた。まるで誰かべつの人間が話したかのようだった。気がつくとハンドルをぎゅっと握りしめていた。ジョナサンの招きを受けて、しばらくのあいだ彼の家にいるべきだったかもしれない。しかしそうすると、父親の事件を捜査している刑事とひとつ屋根の下で暮らすことになる。それもずいぶん奇妙な話だ。

「もちろんです。あなたが大丈夫だってことを確認したいだけなんです。ちょっと過保護な母親みたいなところがあるんですよ、うちのヴェン警部は」

あなただって、八歳児としゃべるような話しぶりじゃない。そうは思ったが、口には出さなかった。イヴは人とぶつかることにうまく対処できた試しがないし、疲労困憊で騒ぎを起こす気力もなかった。「もし無礼だったらごめんなさい。どうしてもここを離れたくて。わかってもらえると思いますけど。連絡を取りたければ、スマートフォンがありますし」

「もちろんそうですよね。それじゃあ、気をつけて」警官は小さく手を振ってイヴを送りだした。

イヴは車を進めた。愛車はミニで、車内は安全な場所のように感じられた。大学を卒業したときに両親から贈られた車だった。一年まえ、もう少し新しいものに乗りかえたらどうかと父親からいわれたが、まだしばらくは乗るつもりだ、この車種の電化モデルが出るまで買い換えを待ってもいいかも、と答えたのだ。環境保護のために、できることはするつもりだ、と。

とくに行き先は決めていなかった。インストウのそばの大通りに出ると、トーリッジ川沿いにあるビディフォードの町を目指し、その後は海岸へ向かった。ノーザム・バローズで車を停め、パーキングメーターにでたらめにコインを詰めこんで、入江とゴルフコースを隔てる砂利敷きの土手の上を歩いた。二つの川をクロウ・ポイントのほうまで見渡したとき、太陽はイヴの背後にあった。まだ行楽客がビーチに押し寄せるような時間ではなかったが、犬を散歩させている人々や、混雑しはじめるまえにいい場所を見つけようとする家族連れがいた。その後、イヴは車に戻り、内陸方向へ走った。伸びすぎた背の高い生垣があったり、まんなかに雑草が生えていたりする細い道を進み、道に迷っても気にしなかった。迷子になるのは気分がよかった。ガラス制作に逃げこむのと似た感覚だった。考えるのをやめられた。

最後には空腹を覚え、交差点にさしかかったときにサウス・モルトンを示す標識に従った。家畜市場のそばにある駐車場の最後のスペースに停めることができて、自分でも滑稽に思えるほどうれしかった。町は日曜日特有のくつろいだ雰囲気で、午後の早い時間ということもあり、パブやカフェは遅めの昼食をとる人で混みあっている。天井の低いコーヒーショップに空いたテーブルを見つけ、お茶とサンドイッチを注文した。匿名でいられてとても心地よかった。誰からも大丈夫かと訊かれたりしないし、まわりじゅうでごくふつうの会話が飛び交っている。一瞬、刺すような罪悪感を覚えた。まるで父親の首に刺さったガラスの破片のようだった。父さんが亡くなったばかりなのに、どうしてこんなに満ち足りた気分に浸れたのか。イヴは泣きだし、ウェイトレスが伝票を持ってくると花粉症のふりをしながら支払いを済ませ、すぐに外の通りへ出た。

車に戻るとエクスムーアに向かって北へ走った。涼風を求めて走りつづけ、川のそばの木陰で一度だけ車を停めた。向こう岸に釣り人がいたが、イヴには見向きもしなかった。イヴがスマートフォンの電源を入れたのはこのときだった。習慣になっているのだ。いつでも世界とつながっていたいと思うのは、イヴの世代が受けた呪いだった。

昨夜連絡してきた友人たちから、またテキストメッセージが届いていた。全部無視した。今日くらい気を遣わずにやり過ごしたっていいだろう。悲嘆に暮れているいまくらい、その程度の自由はあってもいい。少なくとも今日一日、なんでもしたいようにすることが許されてもいいはずだ。ふと、ウェズリーからのメッセージが目についた。妙に堅苦しく、いつものウェズリーらしくない。ウェズリーのことはどう思っていいか、いまだによくわからなかった。変わり者の兄のように思えることもあった。気まで当てにならないが、それでも気を配ってくれてはいる。そうかと思うと、責任感や集中力の欠如にただただ苛立つこともあった。どうしていまだにこんな生活をしていられるのか？　少なくとも四十歳にはなっているはずなのに。もしかしたら四十五歳かも。個々の作品にもう少し真剣に取り組みさえすれば、ミュージシャンかアーティストとして立派にやっていけただろうに。

メッセージにはこう書かれていた。もし時間が取れそうなら、話したいことがある。急ぎの用件だ。四時半に、ウッドヤードの倉庫で待っている。

いまは三時半。行く気になれば余裕をもってバーンスタプルに着ける。ウェズリーの仕事場はウェスタコムにもあったが、彼は作品をファウンドオブジェで制作するため、材料の大半は廃棄物のコンテナから拾ったものや、貨物用の木枠や、流木の大きな断片なのだ。ウェズはそういったものから、家具でもありアートでもあるものをつくった。よじれたガーデンベンチとか、コート掛けとか、廃棄された寝室のドアを使ったコーヒーテーブルとか。それをすべて入れておくスペースが仕事場にはなかったので――なにしろイヴの仕事場とおなじくらいの大きさなのだ――ウェズはウッドヤードで倉庫を借りていた。建物の後ろにある大きな倉庫だった。賃借料の代わりにときどきワークショップを主催する約束だったはずだが、最初に二回だけやって、あとは忘れているようだった。

もしこれがスペルミスや絵文字がところどころに交じるような、ウェズリーのふだんのテキストメッセージだったら、ほかのものと一緒に削除していたかもしれない。しかしこれはとても真剣なメッセージに見え、倉庫で会うことがウェズリーにとって非常に大事なことなのだと思われた。それに、あてもなく車を走らせるのはもう充分だった。ウッドヤードなら目的地にちょうどいいし、帰宅を少し先延ばしすることもできる。もしかしたらジョナサンにも会えるかもしれない。ジョナサンのことはいつも、年の離れた兄か、親切な若いおじのように感じていた。しかしいまはどうしても父親代わりのように思ってしまう。イヴはウェズリーに返信を送った。了解。

16

　マシューはアップルドアにあるローレン・ミラーの家を出て、車でバーンスタプルに戻った。ドロシー・ヴェンが家で迎えを待っている。自分が育った平屋建ての窓から母親が外を覗いているのが見えた。両親が中年になったばかりのころからずっと、老人が住む家のようだとマシューは思っていた。少なくとも母親のほうは昔から心配性で、なにか思いがけない災難がふりかかるのを見こしていたかのようだった。その災難は、愛するひとり息子がブレザレンの会合で公然と信仰を捨て、一家全員に恥をかかせるというかたちで初めて起こったわけだが。

　母と息子をふたたび引きあわせたのは殺人事件だった。海岸で死体が見つかり、学習障害のある女性が誘拐された。少しばかり気まずいままであっても、和解にいたったことには感謝すべきなんだろうな、とマシューは思ったが、いや、まったく接触がないほうが楽だった、と考えることもあった。接触すれば責任が生じる。いま、痩せて尖った顔がこちらを覗いているのを目にして、いやでも母の老いが見て取れた。そしてマシューはひとり息子で、母親を気にかけるべき唯一の人間なのだ。

しかし、ドアをあけた母に弱っている兆候はまったくなかった。「遅かったじゃないの」

約束の時間より五分早かったが、マシューはなにもいわなかった。そして車のドアをあけ、母が乗りこむのに手を貸した。「誕生日おめでとう」

「いつもとおなじただの一日よ。大騒ぎするほどのことじゃない」

「会合には行った？」もちろん、町はずれの埃っぽい公民館でひらかれるバラム・ブレザレン教会の会合のことだ。立ちのぼる湿気と消毒剤と年老いた女たちのにおいを、マシューはいまでも覚えていた。

「もちろんよ！　信徒仲間のアンソニーが車で送り迎えしてくれた」

もちろんそうだろう。ブレザレンは醜聞と腐敗で混乱したかもしれないが、母親は忠誠を貫くことに決めたのだ。マシューにはその気持ちが理解できた。共同体を離れるのは、若かったときのマシューにとってさえ充分つらかった。ましてや母はブレザレンしか知らないのだ。マシューとおなじく、彼女もその共同体のなかで生まれ育ったのだから。

あとの道のりは黙ったまま進んだ。ドロシーは両膝を固くとじ、その上にハンドバッグを載せていた。いまもグリーンのスカートに長袖の白いブラウスという、会合に行くような恰好をしていた。この暑いのに、グリーンの手編みのカーディガンまで着ている。さすがに帽子は取っていた。マッシュルーム形のウールの帽子で、ブレザレンの礼拝のドレスコードに合わせたもののようだった。

ドロシーが先に口をひらいた。「正確にはどこに住んでいるの？」

「クロウ・ポイントの海岸近くだよ。覚えているかな、昔、あそこのビーチでピクニックをしたよね？」

母親はうなずき、初めて小さく笑みを浮かべた。「お父さんはピクニックが好きだったわね」間があった。「わたしにはその楽しさはわからなかった。砂がいろんなところに入りこむんだもの。だけど、あの人はひらけた空間がとても好きだった」

「父さんがいなくなって寂しいだろうね」

一瞬、マシューは自分が見えないしるしを踏み越えて、母親の個人的な領域に入りすぎたものと思ったが、しばらくして返事があった。「そうね。ずっとそう。信徒仲間がいなかったら、孤独のせいで死んでしまうかも」

その言葉にマシューは息を吞んだ。とたんに罪悪感の波が押し寄せてきた。母がブレザレンから離れないのは頑固だから、あるいは今年はじめの騒動も意に介さず信仰心を失わなかったからだと思っていた。しかしもちろん、あそこの人々は母の友人なのだ。母が夫を亡くしたときにも、マシューが寄りつかなかったときにも、彼らはそばにいてくれたのだ。

二人の車はブローントン中心部の信号で停まった。海岸へ向かう車の列がすでにできており、二回めの青信号でようやく交差点を抜けられた。ブロンズ色の肌を露出した若い女性のグループが目のまえの道路を渡ると、マシューは母の非難を感じとったが、母はなにもいわなかった。車はのろのろ進み、やがて大湿地への分岐点に到達した。ここは地元民のための場所だった。大半の行楽客は知らないのだが、こちらも海岸へつづく道であり、細長く延びるソーントン・サンズ・ビーチの反対端へ出られる。有料道路の管理人用コテージのすぐそばにある料金箱に小銭を入れるとゲートが持ちあがり、マシューはそこを通り過ぎた。ほどなく私道に入り、エンジンを切る。

「風の強い日にはずいぶん侘しい感じになりそうね」母親がいった。マシューは彼女のために車のドアをあけ、降りるのに手を貸した。母親はしばらくまわりを見ながら佇んだ。

「だけど庭は素敵だこと」

「ジョナサンがやったんだよ」マシューはいった。「ジョナサンのほうが器用で、独創的なんだ」

母が答えるまでにまたもや間があった。「それは知らなかった。あなただって子供のころは独創的だったじゃないの」

マシューは微笑んだ。その言葉は擁護のように聞こえた。子供のころのマシューを、そしてマシューの夫との関係を擁護するかのようだった。結局はすべて丸く収まるのかもしれない。「さあ、入って。彼が優秀なコックでもあることがすぐにわかるよ」

母親は鼻を鳴らした。「そんなに手間をかける必要なんかなかったのに」

ジョナサンは車の音を聞きつけて玄関で二人を出迎え、腕を大きく広げて挨拶をした。「いらっしゃい！　お誕生日おめでとうございます、ミセス・ヴェン！」そしてマシューの頰に軽くキスをした。

母親はそれには気づかないふりをして、キッチンを見まわした。「とてもしゃれているわね」

「ぼくたちも気に入ってます」ジョナサンがいった。

テーブルがセットされ、花瓶が二つ置かれていた。庭から採ってきた深紅のバラがたっぷりと活けてある。窓は大きくあけ放たれ、カーテンが風にそよいでいる。ジョナサンができるかぎり戸外での食事に近づけようと工夫したのだ。

ジョナサンはエプロンをはずし、戸棚のドアの内側にかけた。黒い短パンを穿き、前面に地ビール醸造所のロゴの入ったTシャツを着ている。ドロシーには覚えのない名前だった。足にはビーチサンダルを引っかけている。ジョナサンの爪先は幅が広くて平らで、マシューはホビットの足と呼んでいた。ジョナサン以外の人間には見せない茶目っ気と親密さの表れだった。母親はしばらくのあいだ、ジョナサンのことを別の惑星から来た生き物のように興味深げにしげしげと眺めた。

「おなかは空いていますか？」ジョナサンがたずねた。「それとも、先に家のなかを見てまわりますか？」

「もう食事にしたらどうだろう？」母親に家じゅうを見せるなど、マシューには耐えられなかった。寝室にはドレッシングガウンが二つあり、バスルームには歯ブラシが二本あるのだ。それに、ジョナサンはすごく片づけが得意というわけではない。なにが残されているかわかったものではない。見せるなら先に確認したかった。「いつなんどき仕事に呼び戻されるかわからないから。殺人事件を捜査している最中なんだ」

「それもそうだね」仕事と聞いて、ジョナサンはあきれたようにぐるりと目をまわしてみせた。ただし、マシューだけに見えるように。「それにもちろん、シャンパンも用意してあるよ」

ドロシーはまだ口をきかなかった。花があって、天井のラックから銅鍋がさがっていて、壁にアートがかかっている――大半はジョナサンがウッドヤードでひらいた展覧会のポスターだ――という部屋に、そのスペースと色遣いに、圧倒されているようだった。ドロシーはほとんど息もつけずにいた。

ジョナサンは冷蔵庫のまえまで行って、ボトルを取りだした。スーパーマーケットの自社ブランド品にすぎなかったが、それでもシャンパンであることに変わりはない。「手はじめにこれを飲みましょう」

母は断るだろうとマシューは思った。ブレザレンではアルコールは禁じられていなかったし、父はたいていの晩は労働後のウイスキーを楽しんでいたものだったが、ドロシーが一緒に飲むことはなかった。信仰上の信念というよりも、快楽を否定することによる苦難を楽しんでいるのではないかとマシューは思っていた。いま、母はハンドバッグを握りしめて部屋のまんなかに立ち尽くし、あたりを見まわしながら緊張しているように見える。確固たる自信を持った姿の母しか見たことのないマシューにとっては新鮮だった。

「オレンジジュースもありますよ、もしそちらのほうがよければ」ジョナサンがとても穏やかな声でいった。ウッドヤードに来る、ディセンターのクライアントを相手にしているときのように。「今日はあなたのお祝いなんですから。なんでもお気に召すままにどうぞ。こちらに来て、窓を背にして座ったらいかがですか？　日射しがまぶしくないように」ジョナサンはドロシーの腕を取って、テーブルの上座に案内した。

マシューも母が席に着くところを見ながら移動した。母は微笑んでいた。マシューではなく、ジョナサンに向かって。「シャンパンを一杯いただこうかしら」ドロシーはいった。「結婚式の乾杯で少し飲んだことがあって、とてもおいしかったのよ」

ジョナサンはふり向くと、マシューにウインクをしてボトルをあけた。

電話は午後遅い時間にかかってきた。それまでにドロシーは、牛肉がとてもやわらかく仕上がっているとか、ヨークシャープディングがうまく膨らんでいるなどといってジョナサンを褒めていた。「わたしはどうしてもこねるのが下手でね。ヨークシャープディングだけじゃなくて、パンケーキでもそう」凝ったデコレーションにキャンドルを立てたケーキは大成功だった。いままでずっと健康的な食事を心がけてきた母が、じつはかなりの甘党だったことにマシューは初めて気がついた。なにしろ勧められて二切れめのケーキを食べたのだから。ジョナサンのリードで、マシューとジョナサンの二人がバースデーソングを歌った。現実離れした奇妙な午後だった。マシューを絶えず悩ませ、セラピストとの真剣な対話の主題にもなってきたこの女性が年老い、孤独で無力になってしまったことが——人と付き合って親切を受けることと引き替えに、進んで妥協する人間になったことが——マシューには信じがたかった。

ドロシーはいまではかすかに頬を紅潮させ、カーディガンを脱いでいた。ハンドバッグは椅子の下に置かれている。母はふだんより若く見え、マシューが見たこともないほどくつろいでいた。ジョナサンはすでに皿を片づけていた。テーブルには空っぽのコーヒーカップが二つ並んでいる。ドロシーは紅茶が飲みたいといい、ジョナサンは小さなポットに紅茶をつくった。ドロシーはそれが気に入った。ティーバッグにはいまだにいい顔をしないのだ。マシューはスマートフォンをマナーモードにしておいたのだが、ポケットのなかでバイブレーションが作動するのがわかった。

マシューは電話を見た。「失礼。これにはどうしても出なければ」そういって庭に出ると、カモメの鳴き声と海岸の波音が聞こえた。

「ボス」電話をかけてきたのはジェン・ラファティだった。「お邪魔してすみません。今日、お忙しいのは承知しているんですが」

「どうした？」

「来ていただいたほうがいいかと。たったいま、９９９番に緊急通報がありました。また死体が見つかったようです」

17

イヴはのんびり時間をかけて運転し、バーンスタプルまで戻った。トー川沿いの大規模製材所が改装された場所——つまり現在のウッドヤード・アートセンター——に到着すると、そこにはほとんど人がいなかった。学習障害のある成人のためのデイセンターは週末はしまっているし、日曜日には各種教室の開催もなかった。ピラティスも、地元の聖歌隊の練習も。水彩画を習いに来る中年女性たちもいなかった。カフェはあいていて日曜のランチを出すのだが、それももうすぐ終わるころだ。午後遅い時間の暑気と静けさのなかで、イヴはかつての材木置き場を思い描いた。労働者がいて、機械があり、途方もない騒音に包まれていたはずのこの場所を。いま、ここは沈黙に支配されている。

正面にビジター用の駐車場があったが、イヴは大きな木製のゲートを通過して裏へまわり、スタッフが車を停める舗装の粗い庭に出た。こちらのほうが、ウェズリーが見つけて拾ってきた素材の保管場所に近かった。

ウェズリーの倉庫は特大サイズの納屋くらい広く、木造ではあるが堅固なつくりだった。ウェズは以前、センターの閉所後にそこでパーティーをひらいて、ジョナサンをかんかんに怒らせたことがあった。パーティーが進行中であることを誰かが伝えたのだろう。センターのマネージャーであるジョナサンがやってきて、激怒し、ウェズリーに向かっていい加減にしろと怒鳴り散らした。「こういうことをするための保険はかかっていないんだよ。誰かが怪我をしたり、火事を出したりしたらおしまいなんだ。ぼくだけじゃないんだよ、デイセンターのクライアントも、聖歌隊で歌っている女性たちも、きみの友人であるはずのアーティストたちもみんなおしまいだ。大人になれよ、ウェズリー！」

それでもウェズリーはまだここにいて、いまだに施設を使っていた。ウェズは独特の魅力と他人の善意によって人生を切り抜けている、とイヴは思った。ウェズリーは確かに人あたりがよく、一緒にいて楽しい相手だった。そのうえどこへ行っても場の雰囲気を軽くして、みんなに受けいれてもらうことができるのだ。

倉庫の扉は両開きで、フォークリフトが通れるくらい広かった。ウェズはふだん、自分がなかにいるときにはドアをあけておくのだが、今日はしまっていた。だが、鍵はかかっていない。南京錠が引っかかったままになっていた。イヴはドアをあけた。窓は小さく、壁の高い位置にあって、ひどくくすんでいる。何十年分もの煤や無数のクモの巣で汚れ、外の明かりがほとんど入ってこなかった。

「ウェズ！」人を呼びだしておきながら遅れて来るというのは、いかにもウェズリーらしかった。しかしここにいるのはまちがいない。そうでなければドアには南京錠がかかっていたはずだし、それに、イヴはウェズリーの白いバンを見かけていた。日射しを避けて、隅のほうに停めてあった。倉庫の奥へ進むうちに、イヴの目が暗がりに慣れてきた。窓のうちのひとつに、まんなかがきれいになっているものがあり、日光がスポットライトのように差しこんでいた。貨物用の木枠が隅のほうに乱雑に積まれている。ウェズはこういう木枠を作品に多用した。色を塗って店の看板にしたり、レストランやバーの入口を示す奇抜な案内板をつくったり、メニュー用の黒板のフレームにしたり。友人への贈り物もつくった。ヴィクトリア＆アルバート博物館で展示されることになったイヴの花瓶の絵を描いて日付も入れ、プレゼントしてくれたこともあった。その絵はいまでもイヴのフラットにかかっている。結局のところ、たぶんこういう何気ないやさしさのせいで、まわりの人間はウェズに利用されている事実に目をつぶってしまうのだろう。ここはただの物置きではなかった。大きな家具はここでつくっているので、室内中央に作業台があった。

いま、イヴには男が見えていた。イヴはなにを見つけることになるのか半ば予期しながら、その男にゆっくりと近づいた。ウェズは物静かな男などではないのだから。ほんとうならイヴの呼びかけに反応して跳ぶように立ちあがり、大声で挨拶を返し、腕をまわしてくるはずだった。イヴは怯えていた。仕事場の床の血だまりに横たわる父の姿が、まだ生々しく頭に残っていたからだ。

ここも血まみれで、ガラスの破片があった。わたしのガラスだ、とイヴは思った。今度は緑ではなく、青だった。首に突き刺さっている。ブルーの花瓶がここで壊されたのだ。イヴはこれをつくって、フランク・レイにプレゼントしたのを思いだした。ガラスの破片が作業台の上に散り、差しこむ日光を反射している。血は作業台だけでなく、近くの壁まで飛び散っていた。イヴはガラスのかけらに視線を引き戻した。光線が当たって、まるでなにかの飾りつけのようだ。ふと、どうしてこれがここにあるのだろうと疑問に思った。ウェズリーを直視しないように気を逸らしたかった。ウェズリーは蒼白で動かず、暑気のなかですでに乾きかけて黒っぽくなった血だまりで硬直している。９９９番に通報しなければとイヴが思ったまさにそのとき、外で物音がした。むせぶようなサイレンの音が聞こえ、でこぼこの舗装の上を歩くブーツの足音が軍隊の太鼓のようなリズムと音量で響く。すぐに数人の警官がドアから駆けこんできた。膝をついて両手を頭の上に挙げろ、とイヴに向かって怒鳴りながら。

18

マシュー・ヴェンが到着したとき、現場にはすでにジェン・ラファティがいた。母のことはタクシーで自宅に送ってくれるようにとジョナサンに頼んできた。

「運転しては駄目だよ」マシューはそういって出てきた。「血中アルコール濃度が基準値を超えているはずだから」いつなんどきも警官でしかないといわれそうだが、実際、シャンパンのボトルの大半をジョナサンが飲んだのだから仕方がない。

ジョナサンはうなずいて、マシューが家を出るときにはすでに小型タクシーを呼ぼうと電話をかけていた。「お母さんを降ろしたら、そのままウッドヤードに行くよ。向こうで会おう」

マシューの母親は、突然の動きと雰囲気の変化に混乱していた。いままでの人生では劇的な出来事などほとんど経験してこなかったのだ。少なくとも、はっきり意識にのぼるような事件には、友人の娘が誘拐されて捜査の一端を垣間見ることになるまで遭遇したことがなかった。マシューの父親だって、看病の末に予期されたとおりの安らかな死を迎えたのだ。その死は突然の出来事ではなかった。しかしマシューが慌てて家を出たときにも、母親は騒ぎたてたりはしなかった。誕生日の祝いが予定より早く切りあげられても、恨み言を口にするでもなかった。年を取って、要求が少なくなってきた。孤独が母を変えたのだ。

マシューも混乱していた。緊急通報と死体の発見について要領を得ない話を聞かされたからだ。当初は、最初に現場に到着した捜査官が犯人の身柄を押さえたと伝えられた。死体のほうへ身を乗りだすようにしてしゃがみこんでいた女性が、ガラスの破片を手にしていたという。衣服に血液も付着していた。しかしその女性が手にしていたガラスは殺人の凶器ではなかった。凶器はまだ被害者の首に刺さっていた。そして女性はイヴ・ヨウだった。マシューには、父親を亡くしたばかりの彼女がシリアルキラーだとは思えなかった。考えるだけでも馬鹿げていた。

マシューがウッドヤードに着くと、ジェンが話をしに車から降りてきた。血の気の引いた顔をしているな、とマシューは思った。ジェンにとっては個人的にも衝撃だったのだ。被害者とは、このあいだ話してくれたよりも近しい関係だったのだろうか、とマシューは疑問に思った。

「イヴが犯人だなんてありえません」ジェンはいった。「管理人は、イヴが四時二十分に車で入ってきたところを見ています。緊急通報があったのはその十分まえでした。カーノウは、イヴがここへ着くまえに死亡していたんです」

いま、マシューにはジェンの車の助手席に座ったイヴが見えていた。イヴは凍りついたように動かず、顔面蒼白だった。イヴもカーノウの魅力に取りこまれた女性のひとりなのだろうか？　マシューはジェンが述べたロジックについて考えた。「イヴがカーノウを殺害するまえに電話を入れることも不可能ではないが、それはないだろうとわたしも思う」マシューは間をおいてつづけた。「通報したのは男性だろうか、それとも女性？」

「録音を聞けますよ。どちらとも判断がつきません。声がくぐもっていて。分析にかける必要がありますね」

マシューは車のほうを顎で示した。イヴは石のように微動だにせず、前方を凝視している。「イヴからはなにか訊きだせた？」

「あまり。まだショック状態で。イヴの自宅へ連れ帰って、そこでまた話をしてみます。父親の家はもう科学捜査班の作業が終わったから、そちらへ行くほうがいいか訊いてみたんですが、それよりは農場へ戻りたいというんです。バーンスタプルの家には思い出が多すぎるから、と。母親のことをいっているんだと思います」

マシューはうなずいて、それからウッドヤードのメインビルのそばに立っている制服警官の一団に目を向けた。彼らと一緒にロス・メイがいた。「うちの熱心な若き刑事が指揮を執っているようだね」

「ええ」ジェンはいった。「でも、ロスを責められませんよ。緊急通報の受付係から連絡が入ったとき、わたしはオフィスにいました。電話があって、どうやらそれが目撃者からで、ウェスタコム殺人事件の関係者が襲撃されたといわれれば、ぐずぐず待っているわけにはいかないでしょう。被害者がまだ生きている可能性も、加害者がまだ現場にいる可能性もあったわけですから」

マシューはすぐには返事をしなかった。この件の責任者に相談するまでのあいだくらいは、待っていたってよかったんじゃないか。しかし、緊急事態でないかぎり邪魔をしないでくれといったのはマシュー自身だった。自分のチームで、自分の責任なのに。「一団を掻き集めて出発するまえに、ロスはきみに相談したのかな？」

ジェンは一瞬にやりとしてみせた。「ええ、でも現場ではロスが先頭に立ちました。わたしはしばらくうしろにいて、応援を要請したり、ボスに電話をかけたりしていたので」

マシューはうなずいて、少なくともジェンの判断は正しかったのだと示した。「イヴはどうしてここに来たんだろう？」

「テキストメッセージを受けとったんです。どうもウェズリーがここで会おうといってきたみたいですね。でも、死体からスマートフォンは出てきませんでした」

「では、イヴは誰かに嵌《は》められたということか。犯人がウェズリーの電話からメッセージを送ったのだろうか？」

「そのようですね」

マシューは突然、激しい怒りを覚えた。こういう気分の急変に襲われることがマシューにはときどきあり、その獰猛さが自分でも怖かった。赤い霧が立ちこめるのではなく、鮮烈な白色光がひらめくのだ。抑制がきかなくなり、攻撃性の高いエネルギーがどっと押し寄せる。イヴを殺人現場に呼び寄せたのはわざとであり、悪質なからかいといってよかった。殺人者は、緊急通報の声とテキストメッセージが送られたタイミングを警察が確認すると知っていたにちがいない。イヴを現実味のある容疑者に仕立てようとしたわけではないのだ。残酷だった。まるで生きた昆虫から羽をむしる子供だ。マシューは時間をかけて深呼吸をし、数をかぞえ、体のなかの緊張を逃がそうとした。「管理人は、今日の午後に庭で誰かほかの人間を見かけなかったのだろうか？」

ジェンは首を横に振った。「いえ。午後は休みを取っていて、中央の駐車場に通じる正門に鍵をかけるまえに、誰も残っていないか確認しようと戻ってきただけだそうで。こちらの庭のほうは、時間外にスタッフが使いたくなったときのためにいつもあけてあるそうです」間があった。「だけど、防犯カメラがありますよね」

「たぶんね」確信はなかった。ジョナサンはごくわずかな資金でここを運営している。メインの建物とデイセンター周辺のエリアではセキュリティを維持しているだろうが、おそらくここはしていないのではないか。現場保存用の保護スーツを身につけようとしたところで、先にイヴに声をかけておくべきだとマシューは思った。フードとマスクをつけた誰だかわからない人間に話しかけられるのは、いまのイヴにとってはいちばんいやなことだろう。保護スーツを着ると、どんなに親切な職員も不吉に見えるのだ。マシューは車のドアをあけ、イヴの隣に腰をおろした。横向きに座り、足はひび割れたコンクリートの上に出したままにした。イヴに圧迫感を与えたくなかったから。「またこんなことになって、ほんとうにお気の毒に思います」マシューはいった。「どんなふうに感じられるものか、想像もつきません」

イヴはマシューのほうを向いていった。「まだ苦痛はありません。現実味がなくて。まるで映画のセットに迷いこんだみたいで」

「もちろんそうでしょう。ショックが大きすぎる。あなたの車を少しのあいだ預からなければならないのですが、できるかぎり早くお返しします。心配することはなにもありません」

「青いガラスの花瓶でした、あのなかにあったのは」イヴはあいまいに倉庫を手で示したが、目を向ける気にはなれないようだった。「わたしの作品のひとつでした。誕生日のプレゼントとしてフランク・レイにあげたものです。フランクは、わたしたちと過ごした夜、あの花瓶に花を活けていました。わたしが仕事場で父を発見したまえの日の夜です」

「確かですか？」

「もちろん！」気分を害したような声だった。「作品はどれも少しずつちがうんです。一点ものですから。わたしには見分けがつきます」

科学捜査主任のブライアン・ブランスコムが、マシューを犯罪現場に案内した。中年のブランスコムは几帳面かつ控えめで、何事にも理由なく首を突っこむようなタイプではなかった。仕事が遅いといわれていたが、マシューにいわせれば衝動的にすばやく動くよりも遅いほうがはるかによかった。二人はつかのま倉庫のスライディングドアのそばに立ち止まり、そこからなかを覗いた。病理学者はまだ到着しておらず、ウェズリーの遺体はスペース中央に置かれた作業台の脇に横たわったままだった。砕けた青いガラスが一筋の陽光にきらめいている。室内はインスタレーションアートさながらの様相だった。

「では、被害者はここで殺害されたと思っていいのだろうか？」

「ああ、そう思うね」ブランスコムは地元出身だった。特有のアクセントに気分がなごむ。

「あれだけの血が流れているからね」

「なんだか舞台のように見える。ウェスタコムの刺殺現場よりもずっと」

「たぶん、時間があったからじゃないかな」ブランスコムはドアから入り、壁のまえに立った。ひとりの科学捜査員が、指紋検出用のパウダーブラシを持って動きまわっていた。マシューには男性捜査員のように見えたが、断定はできなかった。事件についてもう少し詳しいことがわかるまでにそう時間はかからないだろうが、今日は日曜日なのだ。郡は大きく、チームは小さい。

「まだ報告をもらっていなかったと思うけれど」マシューは自分もいい加減にマスクに慣れるべきだとは思うものの、快適とはいいがたいし、現場保存用の保護スーツが熱気を閉じこめるので、耐えられないくらい暑かった。「ヨウの殺害に使われた緑のガラス片からは、使える指紋が採れたのかな？」

「不鮮明なものだけだった。しかも娘の指紋だ」ブランスコムは死体のそばへ移動しながらいった。「それには説明がつく。ガラスの容器は彼女がつくったんだからね」身の入らない声だった。いま、ブランスコムの注意はすべてこの現場に向いているのだ。「被害者はここ、この作業台のまえに立っていたんだと思う。ほら、ヘッドホンをつけているね。おそらく音楽を聴いていたんだろう。殺人者が近づいてくるのが聞こえなかったのかもしれない。少なくとも、手遅れになるまでは」

「しかし、侵入者が花瓶を作業台に叩きつけたとしたら聞こえていたはずだね。何が起こっているかも見えたはず」マシューはその現場を思い描こうとした。ウェズリーが仕事に没頭している。木の板が——古い梁の一部かもしれない——作業台の上に置かれ、万力で押さえつけられている。床にある鋸《のこぎり》は、殺害されたときに手から落ちたもののようだ。ヘッドホンをつけていたため、襲撃者が近づく音は聞こえなかったかもしれないが、花瓶が砕かれるところは視野に入っただろう。

「花瓶はまえもって準備されたものかもしれない」ブランスコムがいった。「どこかよそで叩き割って、破片を持ちこんだのかもしれんよ。で、ひとつは刺殺に使い、残りは劇的効果を狙ってここにぶちまけた」

そして、われわれにウェスタコムを思いださせるために。

「ウェズリーはスマートフォンで音楽を聴いていたはずだが」——これはマシューの独り言だった——「その電話が見つからない」

「DNAが検出される可能性はある。この気候なら、殺人者も汗をかいただろう。仮に手袋をしていたとしても、汗の滴が額からガラスの表面に落ちたかもしれない」

「ほんとうに付着していたら、見つけてくれるのはわかっているよ」お世辞ではなかった。ブランスコムの返答も必要なかった。ブランスコムにどれだけの仕事ができるか、マシューにはよくわかっていた。

マシューは話をつづけ、最初の思考を言葉にしていった。「この犯人からは自信過剰で、進んでわざわざリスクをおかしているような印象を受ける。ウッドヤードを利用する一般の人は、ふつうはここまで入ってこないが、それにしたっていつなんどき邪魔が入ってもおかしくない。殺人者は、今回はあまり慎重ではなかったとみえる」

「だといいが」

「さっきの説が正しいとすると」マシューはいった。「殺人者はウェズリーの背後から近づき、不意を襲った。つまり、われわれは右利きの犯人を探していると思っていいだろうか？」

「ああ」ブランスコムは確信をこめていった。「それはまちがいない」

「ありがとう。あとは任せるよ。なにか重要なことがわかったら連絡してくれるね？」

ブランスコムは返事をするまでもないと思ったのか、黙ったままだった。

外に出ると、かすかに風の流れがあったが、それでもやはり以前より暑かった。マシューは保護スーツを脱いだ。外の道路に車が停まり、ジョナサンが降りてきた。短パンとTシャツにビーチサンダルという、ランチのときの恰好のままだった。マシューは一瞬、快適さを求めてゆったりした気楽な服装をするのはどんな気分なのだろうと思った。しかしマシュー自身は、シャツを着てネクタイを締め、よく磨かれた、きちんとした靴を履いているほうが居心地がよかった。服装が自信の支えになるのだ。マシューはジョナサンのほうへ行った。まだ完全にはテープの張られていない犯罪現場にジョナサンが入りこむのを防ぎたかったからだが、彼がそばにいるといつでも心が落ち着き、最後にはすべて丸く収まるだろうという安心感が得られるからでもあった。

「お母さんはちゃんと家まで送り届けたよ」

「ありがとう」マシューは一瞬の間のあとにつづけた。「それに、今日のもてなしもありがとう。母にとって特別な誕生日にしてくれて」

ジョナサンは肩をすくめた。「たやすいことだよ、相手が近すぎる存在でない場合にはね。きみだって、うちの両親にはぼくよりましな接し方ができるはずだ」それからジョナサンは、白いゾンビのような保護スーツを着た捜査官たちが動きまわっているほうを顎で示した。「被害者は誰？」

「ウェズリー・カーノウ」マシューは反応を待ったが、ジョナサンから返答はなかった。

「もちろん知っているね、ウェズリーがきみから倉庫を借りていたなら」

「使用料なんかもらったことはないけどね」

その反応の冷たさにマシューは驚いた。ジョナサンはさまざまな敗者や放浪者や脱落者に同情を寄せてきた人間なのに。「ウェズリーのことが好きではなかった?」

「たぶん好きすぎた、そこが問題だったんだ。もう何年もまえに、とっくに追いだしておくべきだったのに」ジョナサンは間をおいてからつづけた。「なめられているのはわかってた。ウェズはまわりの人間を利用したけど、なぜかみんな気にしないんだ。甘やかされて駄目になった子供みたいに、ウェズは愛されようと必死だった。たしかに人を惹きつけるところはあったけど、結局自分のことしか考えていないんだよ」

マシューはなにもいわなかった。話はまだ終わっていないとわかるくらいには、夫のことを知っていた。

「たとえばね。ウェズはここで作業をしているとき、デイセンターにぶらりと顔を出すことがあった。で、学習障害のある利用者たちとおしゃべりをするんだ。そこに座ってじっくり耳を傾けて、みんなを笑わせたりもして、一見、利用者たちに大きな関心を寄せているように見える。やさしいんだな、と思ったよ。ところがあるとき、ウェズが来るのは必ず午後で、調理実習があって利用者たちがお菓子を焼く日だけだと気がついた。お茶とケーキにありつくために顔を出していたわけだ。単純な話だよ」

「お茶とおしゃべり、両方のためだったかもしれない」ふだんは寛容な夫が、ウェズリーの些細な身勝手にどうしてここまで苛立つのだろう。ウェズリーは知り合い全員にこういう反応を引き起こしていたのだろうか？

「そうだな、ぼくがシニカルになってるだけかもしれない」

そんなことはないだろうとマシューは思った。ジョナサンはいつもみんなにとっての最善を考えている。この発見は役に立つだろう。「帰りは遅くなるよ」マシューはいった。

ジョナサンはふり返って、イヴがジェンの車のなかにいるのを見た。「イヴはここで何をしているんだ？」

「彼女がウェズリーの死体を発見したんだ」

「まさか！」ジョナサンはいった。「また？　父親の遺体を見つけたばかりなのに。うちに連れて帰ってもいいかな？　ほんとに、ひとりでウェスタコムに帰すなんて、そんなことはできないよ」

「駄目に決まってる！」今度はマシューが苛立つ番だった。「説明したじゃないか。イヴは証人なんだよ。容疑者の可能性もある」

「まったく、妙な仕事もあったものだな。イヴは人を傷つけたりしないよ」

つかのま沈黙があった。

「今回の件がすべて片づいたら」マシューがいった。「そのときには家に迎えよう。きみが魔法を使って、イヴに食事をさせて、元気を取り戻してもらえばいい。イヴに友人が必要になるのはそのときだよ」

「いまだって必要だ。だったらぼくがイヴと一緒にウェスタコムに行って、もうひとりでも大丈夫と思えるまで一緒にいる」

マシューは少し考えてからうなずいた。「二人一緒に、ジェンが車で送ってくれる」

19

ウェスタコムへ戻るあいだじゅう、イヴは無言で、身動きもしなかった。ジョナサンは車の後部座席でイヴの隣に座り、腕をまわして引き寄せた。イヴの体が熱くて驚いた。真っ白な顔をして凍りついたように動かなかったから、氷のように冷たいものと思っていたのだ。突然、シュールレアリスムの彫刻のような、奇妙なイメージがジョナサンの頭に浮かんだ。イヴが解凍されて悲しみが流れだし、その悲しみが車内を埋めつくして、二人とも溺れてしまうところが。

対向車線には、ビーチで一日を過ごした人々、あるいはバーやカフェで長く怠惰な午後を過ごした人々の自動車がバーンスタプルへ戻る太い流れをつくっていたが、ジェンの車はその流れに逆らうように走っていた。ジェンもあえて口をひらこうとはしなかった。いつかきっと、ジェンはマシューとおなじくらいすばらしい刑事になるだろう、とジョナサンは思った。ジェンが精神的なトラウマについて理解しているからだ。被害者には、気が済むまで時間を使い、独自の癒しの過程をたどることが許されてしかるべきだ、人はみなそれぞれにちがうのだから。ジェンはそう思っているように見えた。

ジョナサンがウェスタコムの農場を見るのは初めてで、車が農場の庭に停まると、風景の美しさに圧倒され、ここに来た理由をしばし忘れた。沈みかけた太陽があたりをやわらかく輝かせ、魔法がかかったように見えた。すべての色が強調され、鮮明さを増している。煉瓦や母屋のタイルの赤に、道路脇の野原の緑。道路では白黒の牛が草を食《は》んでいる。藁ぶき屋根のコテージのある遠景は、ノース・デヴォン観光協会のポスターのようだった。すべてがあまりにも完璧で、現実とは思えない。ジョナサンには風景が平面に、まるで絵画か舞台セットのように見えた。この妙な夕焼けのなかでは、景色に奥行きが感じられないのだ。車が完全に停まった。しかしイヴは降りようとしなかった。

ジェンもじっと座ったままでいた。「動ける?」しばらくして、ようやくジェンがいった。「急がなくていいけど」そうはいいながら、ジェン自身はシートベルトをはずし、車を降りようとした。

「ぼくがイヴと一緒に行く」ジョナサンがいった。「きみは来なくてもいいよ」

「どうしてもイヴと話さなきゃならないんです」ジェンの声は充分に穏やかだったが、明らかに口論に備えているようだった。**これは警察の仕事だから。あなたには関係のないこ**

とよ。

「まだ駄目だ」ジョナサンはいった。「必要なことは、もうウッドヤードで聞きだしたはずだ。少なくとも、当面必要な情報は」ジェンがなにかいい返そうとしているのが、ジョナサンにもわかった。「一時間」ジョナサンは言葉をつづけた。「イヴが正気を取り戻して、さっきあったことから立ち直るまで、それくらいの時間はくれたっていいだろう？」ジェンは考えているようだった。もし同意してくれなかったらどうするべきか、ジョナサンにはよくわからなかった。捜査の中心となるチームの一員の邪魔をしたと知ったら、マシューは激怒するだろう。しかし最後には、ジェンはうなずいた。「わかりました」

ジョナサンは身を乗りだしてイヴのシートベルトをはずし、ついでイヴが車を降りるのに手を貸した。「さあ、おいで」ジョナサンはいった。「家まで一緒に行くよ」イヴが大きなキッチンを通り抜けて階段を上り、フラットへ移動するあいだも、ジョナサンはイヴの肩に腕をまわしたままでいた。

風通しのいい居間に、二人で一緒に座った。窓はあけ放たれ、そよ風がカーテンを揺らしている。イヴはまだ無感覚に陥ったままに見えた。まるで病人のようだった。ジョナサンがソファに座らせ、イヴの背中にクッションを当てがった。

「なにか持ってこようか？」ジョナサンはいった。「紅茶とか？」

イヴは笑みを浮かべた。ジョナサンがウッドヤードに到着してから、初めて顔の筋肉が動いた。「どちらかというと、ワインのほうがいいですね。冷蔵庫にボトルが入ってるので」

ジョナサンはボトルを出し、引出しからコルク抜きを、食器棚からグラスを見つけて、ワインの栓を抜いた。それから、グラスを置いた低いコーヒーテーブルを挟んで向かい側の床に腰をおろした。「きみとウェズリーのあいだのことはよく知らないんだけど」ジョナサンはいった。考えるよりも先に言葉が出てきた。

「わたしにもよくわかりません」イヴはまた小さく微笑んで、ワインをひと口飲んだ。

ジョナサンはイヴがまた話しはじめるのを待った。

「ウェズリーのことは好きでしたよ」イヴはいった。「でも、本人が望むほどじゃなかった。ウェズリーは崇拝に近い好意を求めてましたから。あるいは、少なくとも熱烈な観客を。だからひとつのものに落ち着くことができなかったんだと思います。ウェズはおもしろいアートをつくるけど、誰かがすばらしいといってくれるまでは、自分の作品の価値を信じられなかった。音楽でもおなじ。作品そのものよりも、それが引き起こす反応に興味があった」イヴは顔をあげてつづけた。「ウェズはただ愛されたかったんだと思います。

たぶん、みんなおなじなんじゃないですか」

「ウェズのほうは、誰かを愛してた?」

「わたしじゃないですよ、もしそういうことが訊きたいなら」グラスが空いていた。イヴは立ちあがって部屋の隅の冷蔵庫まで行き、グラスを満たした。それからジョナサンのほうにボトルを振ってみせたが、ジョナサンは首を横に振った。

「たぶん、ジェイニーのことがちょっと好きだったと思います」イヴはいった。「ウェズがジェイニーに向ける視線は、ほかのときとちがったから。よく〈イソシギ〉に行っていたし、ジェイニーが店にいると、はしゃいだ感じになった」

「ジェイニーのほうにもそういう気持ちがあったのかな?」ジョナサンはマッケンジー一家を知っていた。〈イソシギ〉とウッドヤードは、アート関係のイベントでときどき連絡を取りあうことがあったからだ。よそから来たミュージシャンが、客層の異なる〈イソシギ〉とウッドヤードの両方で演奏をするとか。ジョナサン自身はジェイニーのことを、どこにでもいる女子学生のひとりとしか思ったことがなかった。美人だけど未熟で、ちょっと気取り屋の女の子。ウェズとジェイニーがカップルになったところは想像がつかなかった。

「え、まさか。ウェズには高嶺の花だったんじゃないですか」イヴは間をおいてからつづけた。「ジェイニーのことはよく知らないんですけどね。彼女は長いあいだ大学に行ったきりだったから。もっと友達になる努力をするべきだったと、まえから思ってました。弟を失って、その後人生に行き詰まって家業の手伝いをしているというのは、楽なことではないと思うんです。だけどわたしはいつもガラスの仕事を優先してしまって」

ジョナサンは立ちあがり、室内を歩きまわった。ひとところに座ったまま、テーブルを挟んでイヴをじっと見ているのがいやだったのだ。べったり床に座っていてさえ、尋問しているように感じられた。それに、ジョナサンはふだんからじっとしているのが苦手で、長時間動かずに座っていることなどできなかった。暖炉の上に大きな家族写真が飾ってあり、ジョナサンはそこで足を止めた。ナイジェルとイヴは見てわかったし、こちらに笑いかけてくる魅力的な中年の女性がイヴの母親のヘレンなのだろうと想像がついた。背景には砂丘と、先の尖ったマラム草が写っている。どこで撮った写真だろう、とジョナサンは思った。

「一度だけ、ウェズリーと寝たことがあるんです」イヴの言葉が思考に割って入り、ジョナサンの意識を写真から引きはがした。「学生のころから付き合ってた男に振られたばかりのときで、寂しくて、みじめで。ウェズリーが話を聞いてくれて。少なくとも、ウェズはここに来て、父がアイラ島のお土産にくれた高級ウイスキーを飲むのを手伝ってくれたってことですね。そのときは話を聞いてくれてるものと思ってましたけど。それで、一緒にベッドに入った。だけどべつに意味はなかったんですよ。たいした意味は」

「慰めの情交ってやつか」

イヴは小さく笑った。おそらく少し酔ってきたのだろう。「そんな感じ。あとで考えたら、くだらないテレビ番組でも見ながらチョコレートかなにか食べてたほうがよっぽどよかったんですけどね。翌朝には後悔して、わたしたち二人とも、そのときのことは二度と口にしなかった」

「ウェズリーはウッドヤードのカフェにもよく来ていたよ」ジョナサンはいった。「いつも女性連れだった。毎回ちがう女性だったけど、いつも似たようなタイプだった」

「年上で、ちょっと芸術家っぽい人？　きっと食事代はいつも女性のほうが払ってたと思う」

「そうなんだよ」そういえば、ウェズリーが現金を手にしてカウンターのまえに立ったのを見たことがない、とジョナサンは気づいた。

「サラとわたしはそういう女性たちのことをグルーピーって呼んでました。ウェズのファンですね。ウェズは親切にも、彼女たちと出かけてあげて、食事をおごらせてあげてたってわけ」

「サラって誰?」マシューみたいなしゃべり方になってきたな、とジョナサンは思った。質問ばかりして。いまはイヴにしゃべらせるべきなのに。

「サラ・グリーヴ。庭の向こう側のコテージに住んでる」

沈黙があった。ジョナサンがふと気づくと、イヴは泣いていた。涙が頬を流れ落ちている。ジョナサンは立ちあがり、作業台からキッチンタオルのロールを取ってくると、二枚切りとってイヴに手渡した。

「ウェズを殺したのはわたしのガラスだった」イヴはいった。「父さんとおなじ。どうしてそんなことをするの? わざわざフランクの家から花瓶を盗んできて、壊すなんて。そのうえ、わたしがウェズを見つけるように仕組むなんて。誰がそこまでするほどわたしを憎んでいるの?」

「きみを憎んでいるとは思えないよ」

「だったら、なぜわたしのガラスを使ったの? どうしてわたしに疑いが向けられるように仕組んだの?」

ジョナサンにもわからなかった。だからソファのイヴの横に座り、また腕をまわして、まるで子供にするように、イヴの顔から髪をよけてうしろに撫でつけた。

20

マシューが農場に入っていくと、窓のあいた車のなかにジェンが座っているのが見えた。日はとっくに暮れ、長く尾を引く影と、鳥の声だけが響く静けさがあるばかりだった。マシューは車から降り、歩いてジェンのほうへ行くと、屋根裏のほうを顎で示していった。

「イヴはどう？」

「わかりません。まだ話をしていないんです。質問をはじめるまえに一時間ほしいと、ジョナサンにいわれて」

マシューは怒りがひらめくのを感じた。捜査の邪魔をして、警察のスタッフに指図するなんて、いったいどういうつもりだ？

「もう階上に向かうところでした」ジェンは居心地の悪そうな顔をしていた。まるで口論する両親のあいだに挟まれた子供だった。フェアじゃない、とマシューは思った。ジェンをこんな立場に立たせ、職権の行使を妨げるとは。ジョナサンは、マシューとの関係を利用して自分の意思を通したのだ。「そろそろ一時間になりますから」

「こんなことになってすまない」マシューはいった。「イヴは目撃者だし、きみはさっさと聞き取りを済ませて、べつにやりたいこともあっただろうに。ジョナサンだってそのくらいわきまえているべきだった」

「ジョナサンは、ただやさしくしようとしただけですよ。イヴはひどい経験をしたから。支えが必要だったんです」

「われわれは警察の人間だ」鋭く、固い声になっているのがマシューにも自覚できた。

「ソーシャルワーカーでなく」

「では、いまはどうしたらいいですか？」

マシューは一瞬考えてからいった。「家に帰るんだ。することもないままここで時間をつぶすはめになったのは、きみのせいじゃない。子供たちに顔を見せるんだ。明日の早朝にブリーフィングの招集をかけた。七時半だ。話しあうべきことがたくさんある」間があった。「わたしのほうは、フランク・レイと話をしにいく」

「ガラスの花瓶がまだリビングにあるか見にいくんですか？　イヴが正しくて、あの花瓶が被害者を刺すために使われたかどうか確認するために？」

マシューはうなずいた。「それから、今日一日レイがどうしていたか確認するために。

彼がウェズリー・カーノウをどう思っていたかも知りたい」

マシューはジェンの車が出ていくまで立ったまま見送り、気持ちを静めようとした。イヴのフラットまで上っていって、ジョナサンに帰れといいたい気もしたが、人まえで口論をしたところでなんの役にも立たないし、イヴに気まずい思いをさせるだけだろう。そういう会話はもう少し待たなければならなかった。マシューは母屋をまわりこみ、夕焼けの赤い光のなかを歩いた。


リビングの窓からフランク・レイの姿が見えた。マシューがいる場所からは、花の活けられた青い花瓶がいまも暖炉まえにあるかどうかは見えなかった。フランクは仕事をしているようだった。椅子のアームに置いた書類の束をぱらぱらとめくっている。小さくて円い眼鏡をかけているせいで、よけいに例の漫画の主人公、ビリー・バンターに似て見えた。そうこうするうちに仕事に疲れたようで、フランクは眼鏡をはずし、両手に顔を埋めた。マシューはドアをノックした。マシューの姿が見えると、フランクは手招きした。ドアには鍵がかかっていなかった。

「警部さん、なにか進展があったんですか？　ナイジェルになにがあったか、わかったんですか？」

マシューの視線は暖炉に引きつけられた。花はない。花瓶もない。マシューはフランク・レイに目を戻していった。「残念ながら、べつの知らせです。ウェスタコム農場に関係のあるべつの事件が起こったのです。ウェズリー・カーノウが死亡しました」

「死因は？　事故ですか？　自殺ですか？」フランクの口から爆発的な勢いで言葉が出てきた。その口調があまりにもフランクらしくなかったので、マシューはひどく驚いた。

マシューはすぐには答えなかった。声を平静に、ふだんの話し方のままに保とうとした。捜査チームの一部の者から退屈な人間だと思われているのは知っていたが、戦略としてわざと感情の欠如を装うこともあるのだ。武器といってもいい。怒鳴ることでなにかしらの結果が出るところなど、見たことがなかった。「ウェズリーは自殺しそうなタイプだったのですか？」

「そんなふうに思ったことはありませんでしたが。ただ、死んだと聞いて、二つの出来事には関連があるのかもしれないと思いましてね」

「ウェズリーがナイジェルを殺して、それで自殺したと思ったのですか？」ずいぶん妙な結論に飛びついたものだ、とマシューは思った。「良心が咎めて、後悔して。ミスター・カーノウには人を殺すことができたと思いますか？」

「大半の人間にはできると思いますよ、警部さん」

わたしにもできるだろうか？　おそらく、激怒して、理性が真っ白な光に呑みこまれれば。イヴの手づくりのガラスのように、自制心が粉々に砕け散れば。

「われわれは、ウェズリーが自殺したとは思っていません」マシューはいった。「彼も殺害されたと見ています」

フランクは視線を逸らした。「いったいここでなにが起こっているんだ？」フランクの声は低く、つぶやきに近かった。「まるでB級ホラー映画じゃないか」

「ウェズリーはここで殺されたわけではありません。ウッドヤード・センターで刺されたのです。作品のための資材をしまってある場所で」マシューは間をおいてからつづけた。「イヴが発見しました」

「なんてことだ！」フランクは、信じられない、という目でマシューを見た。「またイヴが見つけたなんて。あの子はどうしていますか？」

「当然ながら、たいへん動揺しています。いまは友人と一緒にいます」いままでは立っていたのだが、マシューはここでソファに腰をおろした。「ウェズリーの最近親者に知らせなければなりません。誰に知らせるべきか、どうやって連絡を取ればいいか、ご存じですか？」

「もちろん！」フランクは力になれることがあって喜んでいるようだった。「名前はマーティンとリズ。マーティンは金融ジャーナリストだったから、仕事を通して知りあったんです。電話番号をお教えしましょう。二人は引退してフランスに移住しましてね。ドルドーニュで快適な暮らしを送っていますよ」フランクは震える手で不器用にスマートフォンを操作し、番号が見えるようにとマシューに手渡した。

「ウェズリーがここに住むようになったのはそれが理由ですか？　あなたが両親の友人だったから？」

「カーノウ一家はコーンウォールの出身なんです。それが、ウェズリーの父親であるマーティンと私がロンドンで出会ったときの共通点だった。もちろん働いている分野はちがいましたが、二人ともウェスト・カントリーの男だった。そしてともに金融政策に興味があった。ウェズリーは昔から、街にいるよりもコーンウォールの祖母のところにいるほうが楽しそうで、長い休みになるといつもそちらへ行っていましたよ。結局、トルーローで学校に通うことになって」フランクは間をおいた。「その後あらゆることを試しましたが、長つづきしなくてね。美術学校を中退して、ニューキーで二シーズンのあいだバーの経営をしたんだが、儲けが出せず、夏のあいだバンドに加わった。ずっと両親が援助していたけれど、それもあまり本人のためにはならなかった。そのころにはウェズももう三十代で、中年といってもいい年齢だったのに、自分の生活費をきちんと稼いだこともなくてね。最後には、両親からも見捨てられた」

「それで彼を気の毒に思ったのですか？」これも罪悪感につながる話なのだろうか、単なる幸運と他人の犠牲の上に自分の快適な生活が成り立っているという自覚の話に。

「路頭に迷わせるようなことはしたくありませんでした」フランクはいった。「ウェズリーは家賃を払っていましたよ、イヴとおなじようにね。いくつかすばらしい作品もつくった。ここで落ち着いて、幸せに過ごしているように見えた」間があった。「私は、少しは助けになれたのだと思いたかった」

「ウェズリーはナイジェル・ヨウと知り合いでしたか？」

「イヴを通して知っていただけだと思いますよ」フランクは少し考えてからつづけた。「ナイジェルの妻のヘレンが亡くなったあと、ナイジェルを夕食に招待したことならありましたが。ほかの面々と一緒に。ウェズリーはここでナイジェルと出会ったはず」

「ローレン・ミラーも招待したことがありますね？　彼女はその後、ナイジェルの同僚になりました」

「そうです！　素敵な女性ですよ」間があった。「私としてはもう少しお近づきになれればうれしかったんですがね……」フランクの声が徐々に小さくなった。「しかし結局、恥ずかしくて二人きりで会ってほしいとはいえなかった。それに、私は彼女のタイプではありませんでした。もしかしたら、誘えば気の毒に思って付き合ってくれることはあったかもしれませんが、べつに惹かれているわけではなかったでしょうし。彼女のほうはね」

マシューは何もいわなかった。どうやら、ナイジェルとローレンは自分たちの関係をフランクに明かしていないようだった。それならいまさらいう必要もないだろう。

「ウェズリーはマッケンジー一家と友人付き合いをしていましたね」マシューはいった。「ナイジェルが一家の息子の死について調査していたことを知っていたと思うのですが。一家とそういう話をすることもあったでしょうし」

「たぶん、家族のほうはね。しかしナイジェルは話さなかったはずです。彼が噂話をするようなことはありませんでした。ナイジェルは非常に慎重で、マックの死をめぐる状況についてわかったことを、私にも話してくれませんでした。ジョージとマーサにも話していなかったんじゃないかな。二人から苦情が出ていたかもしれないが、ナイジェルは最初からいっていましたからね。なにかわかったことがあったら、病院への報告書に記載する、と」

「公にする予定はなかったということですか？」それは興味深い、とマシューは思った。

「いや、いずれは公になったと思いますよ。しかし、まずは病院側に対応の機会を与えることになっていたはずです」

「報告書は完成していたのですか？」

「わかりませんね、協会にいるナイジェルの同僚に訊いてみないと。もちろん、ローレンが知っているかもしれませんが」フランクは間をおいた。「ナイジェルの調査結果について、ウェズリーが知る方法はなかったと思いますよ」フランクは窓のほうを向いて、庭を見つめながらつづけた。「それに、ウェズリーはいつも自分のことしか考えていなかった。調査結果を気にしていたとは思えません。自分に関係がないかぎり」

　遅い時間になっていた。空はゆっくりと色を失いつつあった。フランクは明かりをつけておらず、部屋は薄暗かった。

「これは訊いておかなければならないのですが。今日の午後、あなたは何をしていましたか？」

　暗かったので、マシューには相手の表情がはっきりとは読めなかった。

「ここで仕事をしていましたよ。だいたいは書斎にいました。午後に、少しのあいだ外で座っていましたが、どこにも出かけませんでした。門のところに警官がいましたね。彼には私道から外の道路へ出る場所が見えるから、確認できるでしょう」

　マシューはうなずいた。たしか、農場の下のほうからインストウへつながる道があったはずだが、フランクがイバラやハリエニシダの生垣を通り抜けてそこへ出るとは思えなかった。マシューは立ちあがった。「昨日来たときには、暖炉まえに花を活けた花瓶がありました。大きくて丸い、花瓶よりもボウルのような形状のものです。イヴがつくったものだと思うのですが。あれはどこへいったのですか？」

フランク・レイは、花瓶がないことに初めて気づいたかのように暖炉まえのスペースを見た。「サラが早い時間に来て、手早く片づけをしたのでしょう。花が枯れかけていたから、それを捨てて花瓶をしまったんじゃないかな」

フランクが花瓶のことを訊かれた理由に興味を持たないのは妙だなとマシューは思ったが、何もいわずに外へ出た。

マシューは農場の庭にしばし佇んだ。警察のバンが停まっており、ウェズリーのフラットに明かりがついていたので、すでに科学捜査班が到着して仕事にかかっているのだとわかった。まだジョナサンの姿は見えなかった。イヴのフラットまで行って、どうなっているのか確かめたい気持ちがまた起こったが、怒りは薄らいでいたし、騒ぎたてるのは絶対にいやだった。

上司のジョー・オールダムからボイスメールが入っていた。今回の捜査に関して、少しばかり予算が上乗せされたという。「本部長は、早期解決へのプレッシャーにさらされている。シリアルキラーが野放しになっていると思われて、観光客が来なくなると困るんだよ。マスコミはすでに第二の殺人のことを嗅ぎつけている」

オールダムは相変わらずだった。部下に責任を押しつけ、プレッシャーをかけて、ほんの少し余分な予算を取りつける以外、実際的な行動はなにも起こさない。引退間近でやる気もなく、対立や論争を避けながら最後の一年を無事に乗りきりたいだけなのだ。本気で責める気も起きなかった。

帰宅するのにジョナサンを残して自分ひとりで車を使い、タクシーを拾わせるのはあんまりだろうと思って、ジョナサン宛にテキストメッセージを打とうとしたところで、グリーヴ家のコテージのなかの光景に注意を引かれた。カーテンがしまっていなかったので、窓を通して、額のような窓枠のなかに夫妻が見えた。二人はキッチンテーブルのまえに座っていた。テーブルにはコーヒーのマグが置かれている。マシューは窓をとんとんと叩いて、二人を驚かせてしまった。サラが手を振って、入るようにと身振りで示した。

「びっくりさせたならすみません。ちゃんと考えるべきでした……」マシューはつづけて自己紹介をした。

「まえにあなたのところの部長刑事とお話ししましたよ」

「ええ。しかしそれはあなたがたの隣人が殺害されるまえのことですね」

「もちろん」サラは一瞬口をつぐんだ。「ウェズのことだから、いまにもふらりと入ってきて、全部悪趣味な冗談だったんだよっていいながら、お酒でもねだってくるような気がして仕方ないんですけどね。なにもかもが悪夢のようで、とても怖い」サラは立ちあがって、反射的に電気ケトルのスイッチを入れていた。「これからどうするのがいちばんいいか、相談していたんです。少しのあいだ、娘たちを連れて母のところに泊めてもらうべきかもしれない。でも学校もあるし、うちにはいまの仕事をつづけるのにぎりぎりの資金しかないし」

サラがひどく疲れていることがマシューにも見て取れた。「ひとつだけ質問させてください。今日、フランクの家に掃除をしに行きましたか？」

「いいえ、まさか！　そんな時間なかったもの。ここ二日くらい、頭がおかしくなりそうなほど忙しくて、ようやくふだんの生活に必要な最低限のことに取りかかろうとしていたところなのに」サラは顔をあげてつづけた。「なぜ？　フランクが来てほしいといってたんですか？」

「あなたが手早く片づけをしに来たといっていました」

サラは首を横に振った。「勘ちがいしてるんだわ。冷蔵庫にクリームの容器を入れておきましたけど――フランクはあれが大好きなんですよ――それだけです。それは大事なことなんですか？」

マシューはかぶりを振った。「いえ、べつに。ただ、全員について、誰がどこにいたか調べようとしているだけです。お二人は出かけましたか？」

「あたしはバーンスタプルへ買物に行きました」サラがいった。「娘たちを連れていたので、先に公園に寄って。ここにだっていくらだって遊ぶスペースはあるのに、あの子たちは公園が大好きで。あたしも少しくらい子供たちと離れたかったし。わかってもらえますよね」

「もちろんです。ミスター・グリーヴ、あなたは今日どこにいましたか？」

男は顔をあげていった。「ここです。仕事で。こんな騒ぎがあったって、仕事がひとりでに片づくわけじゃないんでね」

マシューはうなずいた。夫がひとりでいるときに話を聞ければいいのだが、と思った。ジョン・グリーヴはなにか憤りを抱えているようだった。それに、妻と娘が午後じゅうバーンスタプルにいたなら、ここを抜けだすこともできたのではないか。このあたりのことは熟知しているだろうし、農場から離れたところに車を置いていてもおかしくない。しかし、いまはそういう会話をすべきときではなかった。マシューも疲れていて、集中力がなくなってきたのが感じられた。話を聞くのにふさわしい気分ではなかった。この仕事では、注意深く熱心に話を聞くことがすべてといってもいいのに。

庭に戻ると、ジョナサンが車にもたれて待っていた。薄暮のなかではジョナサンの髪はとても白く、光輪のように光を放って見えた。

「イヴは大丈夫？」

ジョナサンは肩をすくめた。「この状況にしてはね。ピノのボトルを半分くらい飲んだけど、部屋に酒はそれしかないから。確認したよ。ひどい二日酔いで目覚めるなんて、いちばん避けたいことだろうからね」

「きみはジェン・ラファティに話をさせるべきだった。捜査の邪魔をしていい立場じゃないんだよ」マシューはロックを解除して車に乗った。ジョナサンもあとにつづいた。

「邪魔なんかしていない。イヴの友人としてふるまっただけだ」ジョナサンは間をおいた。「ジェンが来たらすぐに席をはずすつもりだった。だけど少しでもイヴの苦痛を減らしたかったんだよ。ひどいストレスだったから。ショックで体を固くしていた」

マシューはエンジンをかけた。なんとも答えず、張りつめた空気をそのままにした。

「イヴがあの二人を殺したと思っているわけじゃないんだろう？」とうとうジョナサンがたずねた。「父親と友人の二人を。イヴが自分のガラス作品を壊して、二人の首に突き立てたあと、血が流れるのを眺めていたと思っているわけじゃないよね？」

「まさか！」マシューはいった。「もちろんそんなふうには思っていない」

「だったら、ぼくがどんな害を及ぼしたっていうんだ？」

マシューはルールや手順の重要性について話そうとしかけたが、そんな言葉にはなんの意味もないとわかっていた。ジョナサンにとってルールが大事だったことなど一度もないのだ。だから話をせず、二人とも黙ったまま海辺まで戻った。

21

翌日、ロスは早めに署に到着したが、それでもボスのほうが早く、彼はふつうなら上の階級の人間が自分でしようとは思わないようなことをしていた。マシンでコーヒーを落としたり、作戦指令室に椅子を並べたり。マシュー・ヴェンがそうやって進んで協力するのは立派なことだとわかってはいたが、そのせいでロスは居心地の悪い思いをしていた。ロスは境界線をはっきりさせ、自分の立場をわきまえておきたかった。野心もあった。いつか自分が警部になったあかつきには、捜査にまつわる些細な物事には関わらないようにしたかった。だからヴェンがよくない慣例をつくってしまうのではないかと心配だった。

ジェン・ラファティは、赤い髪を振り乱してぎりぎりに駆けこんできた。ロスはサイモン・ウォールデンの殺人事件で一緒に働いてから、以前よりジェンのことがわかるようにはなったが、それでもまだ扱いにくいと思っていた。意固地だし、ロスの考えをぜんぜん真剣に受けとめてくれなかった。それに、すぐにつまらないやつに味方するし、全体的に感情的なのだ。マシュー・ヴェンがまえに立った。ボスは葬儀屋のように見えると、ロスはまえまえから思っていた。これくらいの暑さになってもときどき着る地味な黒いスーツと、磨きあげられた黒い靴と、物思いに沈んだような陰鬱な態度のせいだった。髪もすでにかなりグレーになっている。

ヴェンが話しはじめていた。

「殺人が二件だ。ナイジェル・ヨウとウェズリー・カーノウ。二人はウェスタコム農場のコミュニティでつながっている」間があった。「当然、メディアは大騒ぎするだろう。タブロイド紙の見出しに〝サンシャイン・コーストで連続殺人〟と書かれているのをすでに目にした。しかしそういうたぐいの憶測は無視するべきだ。被害者二人はべつべつの個人であり、それぞれに家族もいる。きちんと敬意を払う必要がある。それでも、もちろんわれわれもつながりを探してはいる。二件の殺人は、偶然や行き当たりばったりの犯行ではありえない」

ロスはあくびを抑えようとした。ボスが早く要点をいってくれればいいのにと思った。上司の話はまだつづいていた。

「ナイジェル・ヨウはノース・デヴォン患者協会と呼ばれる組織で働いていた。ドクター・ヨウの手帳を見て、死亡した日の午前中に、病院で働いている三名の人物とミーティングの予定があったことを確認した。その三名には、今日わたしが会うことになっている。精神疾患を抱えて自殺した青年の扱いに関して、病院側の過失かケア不足の証拠をヨウが発見していた可能性がある。自殺した青年はアレクサンダー・マッケンジーといい、二番めの被害者ともつながりがある。青年の姉のジェイニー・マッケンジーが、ウェズリー・カーノウの友人だった。ジェイニーとウェズリーは、ミスター・ヨウの死体が発見された朝の前夜も一緒にいた」マシュー・ヴェンは室内を見まわして、全員が情報の重要性と込み入った人間関係を呑みこんだことを確認した。

ロスは今度こそあくびをしてしまった。まるで学校に戻ったかのようだった。

「どちらの被害者も発見された場所まで自分で車を運転していったものと推定できる。病理学者も、両者とも発見現場で殺害されたことを認めた。被害者たちは、つくり話でおびき寄せられた可能性がある。どちらの件でも、被害者のスマートフォンがまだ見つかっていない」ヴェンは部屋の外を見ていった。「ロス、ヨウのキャリアから情報を引きだしてもらったと思うが、ウェズリー・カーノウのほうも頼めるだろうか？　病院での面会に同行してもらいたいのだが、先方は九時半まで都合がつかないそうだから」

「わかりました、ボス」ロスは努めて熱意ある声で答えた。

ジェン・ラファティが挙手をした。「病院のＣＥＯであるロジャー・プライアについて、おもしろい情報を拾いました。ロジャーは、金曜夜のパーティーをひらいたシンシアの夫でもあるんですが」

ヴェンは興味を引かれたようだった。「今日、会う予定のひとりだ」

「ロジャー・プライアは、精神疾患を抱えた十代の患者の自殺に関する調査のあと、ロンドンの大きな公立病院での役職から降りることを余儀なくされています。報告書は名指しで個人の責任を追及するものではありませんでしたが、マスコミはプライアの責任をほのめかし、ソーシャルメディアでは袋叩きでした。患者は病院内で自殺したんですが、ロジャー・プライアがまたもやスキャンダルに巻きこまれるのを避けたいと思った理由はこれでわかりますよね」

「そうだね」ヴェンはつかのま目をとじた。この知らせをヴェンがどう思っているかはわからなかった。「ありがとう、ジェン。関連情報をすべてこちらにまわしてもらえるだろうか？　ミーティングのまえに読んでおく。それから、もちろんロスにもコピーを頼む」

やれやれ、最高だな！　とロスは思った。一時間で退屈な背景情報を読めってことか。しかもあんまり関係なさそうだし。それに、スマホの通信記録も追わなきゃならない。いったいなんのために警察に入ったんだ。こんなことのためじゃないぞ。

「了解です」ジェンはいった。「それから、カムデンで自殺した青年の母親に話を聞いてみようと思うんですが。青年の名前はルーク・ウォレス。母親の居場所は突きとめられるはずなので、さらに詳しい情報が引きだせるかと」

ヴェンはうなずいた。「いい計画だ。しかしそのまえに、マッケンジー一家と話をしてもらいたい。全員からいっぺんに話が聞けるだろう。女優で母親のマーサも、いまなら家にいる。あの一家がどんな様子か、感触をつかんできてもらいたい。証人として供述を取るつもりは、まだいまのところはない。どちらの被害者に関しても動機がないからね。だがいずれにせよ、あの一家は事件の中心にいる」

「わたしは〈イソシギ〉の常連です。まあ、とくに親しいわけではありませんが。それでもその聞き取りに当たってかまいませんか?」

ヴェンが答えるまでの一瞬のあいだ、ロスは息を詰めて、自分とジェンの役割を交換するように命じられることを望んだ。電話のキャリアを調べるのと、病院でスーツを着たお偉いさんに会うのはジェンにやらせてくれ、と思った。ロスとしては、ジェイニーにまた会いにいくのはかまわなかった。ビーチのそばのバーに座り、コーヒーを飲みながらおしゃべりをして、事件に関する重要な詳細を集めつつ、ジェイニーのことをよりよく理解できるなら悪くない。

しかし警部は笑みを浮かべただけだった。「ここにいる大半の人間が、一度や二度は

〈イソシギ〉に行ったことがあるはずだよ。きみならプロとしてきちんと話を聞いてこられるだろう」ボスは部屋全体に目を向けていった。「ほかにわかったことは？　アイデアや、情報は？　なにかわたしが見過ごしていることがないだろうか？」

ロスが立ちあがった。「昨日、ジェイニー・マッケンジーと話をしたときに、カーノウが見たという、猛スピードで道を下ってきた車について訊いてみました。ジェイニーによれば、ウェズリーを降ろしたときにはなにも見なかったけれど、バーから家に向かって歩いているときに、一台の車がすごいスピードで村を抜けていったそうです」

「車種は？」

ロスは肩をすくめた。「大きくて黒い車だったといってました」

ジェンが挙手をしていった。「ロジャー・プライアは黒のSUVに乗っています」

ヴェンは笑みを浮かべた。「知っておいて損はない情報だ。しかしここの住人の多くがそうだし、行楽客の大半もそうだね。ヴィッキー、また防犯カメラの映像を確認してもらえるだろうか？　ほかになにか？」

沈黙があり、少しの間のあとにマシュー・ヴェンがつづけた。「では、捜査のルーティンに戻ろうか。ヴィッキーのおかげで、ナイジェル・ヨウの車がインストウのはずれのガソリンスタンドに寄ったときの記録が見つかった。遺体で見つかる前夜の映像だ。ジェン、スタンドのスタッフに確認してもらえるかな？　ヨウを見たことを覚えている者がいないかどうか。それから、土曜の朝方にインストウにいたという謎の黒いＳＵＶを探すのと同時に、昨日の午後のバーンスタプルへの車の流れも見てみよう。二カ所でおなじ車が見つかれば、大当たりだ。カーノウがウッドヤードに到着した時間も特定したい。それも防犯カメラの映像からわかるかもしれないね」

ヴェンはまた顔をあげた。「あともうひとつ。ヨウは同僚と交際していた。ローレン・ミラーという名の女性だ。ロス、知らせてくれてありがとう。ウェズリーの通信記録からも、すぐに同様の結果を出してもらえるといいんだが」ヴェンは書類をきちんと束にしてまとめ、部屋を出て自分のオフィスへ向かった。

病院はゆるい上り坂の上にあった。町の端だったが、木々に囲まれているので田舎のような雰囲気がある。ロスとヴェンは受付の列に並んで待った。苦しそうにぜいぜい息をする年配の男性と、金切り声をあげる子供を連れた女性のうしろだ。ロスは、いずれメルと子供のいる家庭を築きたいと思っていた。メルもときどき夢見るような、ものほしそうな声でそれを口にした。しかしもちろん、二人の子供は行儀がいいはずだ。人まえで金切り声をあげたり、癇癪を起こしたりはしないだろう。そういうのは両親次第なのでは？　メルはきっとすばらしい母親になるだろう。

ロスは警察の身分証をちらつかせて列を飛ばしてもいいのではないかと思ったが、ヴェンには無限の忍耐力があるようだった。ようやく案内のデスクに到達すると、受付係は病院の建物から離れた四角いビルを指差していった。「その三人は管理棟にいます」

三人は、駐車場の見渡せる細長くて風通しのよい部屋で待っていた。長身で黒髪の年配の男性と、女性が二人。一人はめかしこんだ中年女性、もう一人は若いアジア人だった。三人は長方形のテーブルの端の席に着いている。就職試験の面接官みたいだ、とロスは思った。三人がまえもって集まり、口裏を合わせたのは明らかだった。ロスの母親は昔から医師を神のように思っていたので、ロスは突然緊張を覚えた。まるで自分のほうが尋問を受けるかのように。

ヴェンは自己紹介をして、三人のそばの椅子に座った。「こちらはロス・メイ、捜査チームの一員です」ロスは会釈をして、メモ帳を取りだした。口をひらくことは期待されていなかったが、ボスはミーティングの詳細な記録をほしがるはずだった。

ロスは男性が中心になって話を進めるのだろうと思っていたが、立ちあがって二人を迎えたのは年上のほうの女性だった。「広報部長のフィオナ・ラドリーです。こちらの二人は同僚で、当病院CEOのロジャー・プライアと、ラトナ・ジョシ。ラトナはアレクサンダー・マッケンジーと接する機会のいちばん多かった精神科医です。彼のケアについてご質問があるということだったので」

「もちろん、ナイジェルの死にはわれわれ全員がひどく動揺しています」プライアがいった。「退職して患者協会で働きはじめるまえは、ナイジェルは評価の高い同僚でしたから。ここには友人が大勢いますし、おおいに惜しまれることになるでしょう。われわれからのお悔やみを娘さんにお伝えください」

あらかじめ準備されたスピーチのようだな、とロスは思った。

「あなたは個人的な友人でもありましたね」ヴェンがいった。

その言葉が、プライアに居心地の悪い思いをさせたようだった。「ナイジェルは隣人でした。彼の妻の死後、われわれは夫婦でナイジェルを支えました」

プライアは質問にまっすぐ答えないたぐいの証人なのだとロスは判断した。ロスの嫌いなタイプだった。

「すみませんが、警部さん」広報部長はかん高い声の持ち主だった。「ここでの話し合いは客観的な事実から離れないようにすべきだと思うのですが」

「ドクター・ヨウは、ひとりまたは複数の特定されていない犯人によって刺殺され、あなたがた三人は彼が死亡した日の午前中に彼と会っていた。これが客観的な事実です」

室内に沈黙がおりた。フィオナ・ラドリーはハンドバッグからティッシュを取りだし、くしゃみをした。「失礼。花粉症なんです」

ヴェンは彼女を無視していった。「そのミーティングではなにを話しあったのですか？」

「ご存じだと思いますけど。ドクター・ヨウは、ここの患者のひとりが自殺した件について調べていて、話し合いの場を求めてきました」ラドリーはいったん言葉を切ってからつづけた。「守秘義務のある話し合いの内容について、詳細をお伝えできないのはご承知ですよね」

ヴェンはその言葉を無視して、もうひとつべつの質問をした。「ドクター・ヨウは、ミスター・プライアが同様のスキャンダルのあとに北ロンドンでの以前のポストを辞任したことを知っていましたか？」

また沈黙がおり、しばらくしてヴェンが言葉をつづけた。「これは公の記録にある事実で、秘密でもなんでもありません」

それにはプライアが答えた。「警部さん、あの件では徹底した事実調査がおこなわれ、病院当局も私個人も責任を免れたのですよ」その言葉は、すでに何度も口にされたかのようにすんなりと出てきた。

「しかし外聞はよくありませんね、似た事例にまた巻きこまれたとなると」ラドリーがまた割って入り、落ち着いた口調で流暢《りゅうちょう》にしゃべった。「ナイジェルは、ここの手順が厳格に守られていなかったのではないかと懸念していたのです。アレクサンダーは警察官によって救急救命センターに運びこまれたあと、精神保健福祉法に基づいて強制的に入院させられました。その翌朝、われわれは彼に自己決定能力があると判断し、彼が自主的に退院するのを認めました」間があった。「金曜日の朝のミーティングで、わたしたちはドクター・ヨウに対して、ガイドラインが厳格に守られていたことを請けあいました。ドクター・ヨウはその説明に満足したように見えましたよ」

しかしそれでも、とロスは思った。ヨウはその夜パーティーに行ったわけだ。病院のCEOの妻が主催のパーティーに、その件について部長刑事に相談するという目的で。辻褄が合わないじゃないか。

「ミスター・マッケンジーの自主退院について、許可の決定を下したのは誰ですか？」ヴェンの声のトーンはまったく変わらなかった。判断は控え、あくまで穏やかな尋問に徹している。

「わたしです」若いほうの女性、ラトナ・ジョシが口をひらいた。ほっそりした体つきで、黒のスラックスにゴールドのシルクのブラウスを合わせていた。

「ドクター・ジョシはゴースヒル病院の研修医です」ラドリーが、主導権を手放すまいとしてまた口を挟んだ。

「新任ですが」ジョシがいった。北イングランドのアクセントがあり、言葉は鋭く、断固とした響きがあった。「その週末のあいだ、精神科の責任者を務めました。ほかに二件、緊急入院の手続きが進行していて、病床がなかったのです。マックには気にかけてくれる家族がいましたから、退院して地元の福祉からサポートを受ければ大丈夫だと思ったんです」ジョシは顔をあげてヴェンを見つめた。「だけど当然のごとく、福祉のサポートチームもわたしたちと同様に手一杯でした」

「では、彼は制度の隙間に落ちてしまったのですね」

「そういうことです」若い医師はいった。「十八歳の誕生日を迎えるまでは子供として扱われるというのも、状況を悪化させる一因でした。継続したケアが受けられなかったのです。けれどもナイジェルは、個人に責任を負わせることには興味がないようでした。患者協会は、二度とおなじことが起こらないように、システムに問題がないか確認したいのだといっていました」

「家族はメディアに話すといっていたんです」ラドリーは苛立ちを見せはじめた。「国民保健サービスにとって、マスコミに悪評を立てられ、少ない予算から莫大な補償金を支払うことになるのは最も望ましくない事態です。わたしたちは、アレクサンダーの死亡事件を受けて業務全般を見直したことをナイジェルに説明しました。ナイジェルはその説明を受けいれてくれたと思います。病院業務の手順が改善されたことを、ナイジェルからマッケンジー一家に説明してもらうことが当方の希望でした」

「それで？」ヴェンはたずねた。「ドクター・ヨウは、あなた方の立場から家族に話をしたのですか？」

「この件に関するナイジェルの見解が、少しやわらいだような印象を受けました。少なくとも、病院の言い分に耳を傾けてくれた」ラドリーは同僚を見やりながらつづけた。「話し合いは友好的に終わったと思います。そうじゃないかしら？」

プライアは勢いよくうなずいた。ジョシはなにもいわなかった。

「議事録はありますか？」

「まさか！」またラドリーが答えた。「公式な会合ではありませんでしたから」間があった。「いまの説明が信用できないという意味でしょうか？」

「言外の意味などありません」ヴェンはいった。「しかし対話の記録があれば役に立ったでしょうね」間があった。「ドクター・ヨウは、どのように調査を進めるつもりか話しましたか？」

「いいえ」

ヴェンはうなずいたが、言葉は返さなかった。代わりにべつの質問をした。「あなた方とのミーティングに臨んだときのドクター・ヨウの様子は？　うわの空であるとか、なにか不安があるようには見えませんでしたか？」

ラドリーは少し考えてからいった。「とくに不安な様子はありませんでした。ナイジェルが不安そうにしているところなんて想像もつきませんね。ただ、もしかしたら少しうわの空ではあったかもしれません。なにか別件が頭にあるのだろうと思いましたけど」

「ドクター・ヨウの手帳には、おなじ日のもっと遅い時間に、病院でもう一件べつのミーティングがあると記されていました。その相手が誰だかわかりますか？」

ラドリーは首を横に振った。「でももちろん、調べてみることはできますよ、警部さん」そういって、晴れやかなプロの笑みを浮かべた。プライアに関心が集中するのでないかぎり、どこまでもお手伝いしますよ、というわけか。

「ミーティングの終わり間際に」ヴェンがいった。「あまり仕事に関係のない、ほかの話題が出ませんでしたか。その日の夜の予定とか、週末の予定とか？」

「いいえ」ラドリーはいった。「残念ですが。そういう話はありませんでした」

三人はこれで会見が終わったことを確認しようとして、ヴェンを見た。ロジャー・プライアは目のまえの机上のファイルをまとめはじめた。ロスには、三人が安堵しているように思えた。予想していたほど厄介な会見ではなかったといわんばかりの気持ちのゆるみというか、緊張感からの解放が見て取れた。

ヴェンもすでに立ちあがっていた。「あともうひとつだけ」その言葉は全員を捕らえ、凍りつかせた。三人とも銅像さながらに固まり、質問を待った。おそらく戦々恐々としながら。「ドクター・ヨウの手帳に、数字が書きこんでありました。8531、あるいは8537かもしれない。かすれていて、はっきり読みとれないのです。この数字の意味がわかりますか？　ファイル番号とか、患者番号とか？」

ロスはまたもや安堵を感じとった。この質問は、三人を困らせるものではなかったのだ。プライアが即座に答えた。「申しわけありませんが、なんのことやら。その数字にどういう意味があるのかはまったくわかりません。きっと、ここでのナイジェルの仕事とは関係のないものでしょう」

二人が車へ戻ろうと歩いていると、うしろから足音が聞こえてきた。若い精神科医のラトナ・ジョシが、黒いバレエパンプスを履いた足で軽やかに追いかけてくる。長い髪は三つ編みで一本にまとめられて背中に垂れ、足取りに合わせて揺れていた。二人は駐車場へつづくマカダム舗装の小道で、直射日光の下にいた。固い地面に当たった熱が跳ね返り、場所によってはアスファルトが溶けて足もとがべたべたした。

ジョシは走ったせいで少し息を切らしていた。「お知らせしておいたほうがいいと思ったことがあって。ミーティングではいいたくなかったんです。フィオナから、質問に答えるだけにしろといわれていました。進んで情報を出すことはない、と」

「つづけてください」すでに立ち止まっていたヴェンが、ジョシのほうを向いた。

「金曜日の例のミーティングのあと、ナイジェルを見ました。夕方でした。わたしは仕事を終えて帰るところだったんですが、廊下でばったり出くわして」

「では、ドクター・ヨウはたしかに病院に戻ってきたのですね？　やはりべつのミーティングがあったということですか？」

「あるいは、一日じゅういたのかもしれません。いろいろな部署の人に会うためによくあることでした。ナイジェルはたびたびここに来ていましたから」

「もちろん、それも確認させてもらいましょう。ミズ・ラドリーも協力してくれるといっていましたし」ヴェンはジョシに笑みを向けた。「ドクター・ヨウの様子はどうでしたか？」

「怒ってました」ラトナ・ジョシはいった。「激怒していました。あんなふうに怒るのは見たことがなかった。ナイジェルは、ふだんは物静かな人でしたから。こんなことで黙ったりはしない、といっていました。真実が語られなければならない、と」

22

〈イソシギ〉は月曜が定休日だった。「週に一日のお休みだ」ジェンが約束を取りつけようと電話をすると、ジョージがそういっていた。「わかった、全員出かけないようにするよ。家のほうに来てもらいたい。そっちにいるから」

家は白漆喰塗りで、隣のカフェバーとおなじく海に面しており、ビーチから狭い道を一本隔てただけの場所にあった。二階には錬鉄製のバルコニーがあり、ジェンが家の外に車を停めたときには、マーサがそのバルコニーに立っていた。マーサは煙草を手にして手すりにもたれ、海岸に向かって煙を吐きだしていた。マーサ・マッケンジーの存在は、ジェンの子供時代の一部だった。マーサが三十年以上出演していた連続ドラマを見るために、夜の早い時間にテレビのまえにいたものだった。ジェンは無意識のうちにマーサの名声を意識し、有名人と会うことにわくわくしていた。

「あなたが刑事さんね」マーサの声は深みがあってよく通った。ベビーカーを押しながら歩いていた女性が、ふり返ってじっと見た。彼女もマーサに見覚えがあったようで、興奮して小さく手を振った。マーサは手を振り返した。とても優雅に。「ちょっと待ってて、いま階下に行って入れてあげるから」

若い母親は少しばかり羨ましそうにジェンを見てから歩き去った。

ジェンは以前にもマーサをバーで見かけたことがあったが、まわりに小さな人だかりのできた魅力的な存在として遠目に見ただけで、紹介されたことはなかった。しかしマーサのほうは、ジェンに見覚えがあるようだった。「もちろんよ、あなた、ウェズリーのお友達でしょう。かわいそうなウェズリー。ショックだったでしょう？　わたしたちもみんなそう」マーサはそういうと腕を伸ばしてジェンを軽く抱きしめた。煙草と高価な香水のにおいに包みこまれ、ボスになんていわれるだろう、とジェンは思った。ハグではじまる会見なんて。だけど、まあ、一家の人たちをリラックスさせるようにともいわれているし。しばらくすると、マーサは身を引いていった。「さあ、入って。ほかの家族はまだ朝食を終えていないんだけど、わたしはどうしても煙草が吸いたくなっちゃって」

キッチンは細長く、突き当たりに両開きのガラス扉があり、その向こうにはパティオガーデンがあった。テラコッタの鉢が並び、粗いつくりの石の壁には蔓植物が這っている。部屋のいちばん長い壁に沿って棚がつくりつけてあった。棚は黄色く塗られ、ちょっと変わった小物が置いてある。明るい色の陶器やガラス、貝殻。小さな彫刻はウェズリーがつくったものにちがいない。扉がひらいていたので、キッチンとパティオがひとつのスペースのように見えた。ジョージとジェイニーは扉の内側にいて、明るい色の木のテーブルのまえに座っていた。コーヒーのジャグと、クロワッサンがひとつ残った皿が置いてあった。

「月曜日には遅い朝食をとるの」マーサがいった。「儀式みたいなものね」

ジェイニーが顔をあげ、微笑んでみせた。なにかいいたいことがありそうだなとジェンは思ったが、結局、ジェイニーはマグカップのなかを見つめているだけだった。疲れきって、ぼんやりしているように見えた。ジョージが立ちあがって、片手を差しだした。「ジェン」ジョージはいった。「慣れ親しんだ顔が見られてうれしいよ。警察は知らない人間を送ってよこすと思っていた」

「正式な事情聴取というわけではないんです」ジェンはいった。「それはおそらく、もっとあとになります。みなさんは両方の被害者と知り合いですから。そのときには、べつの人間がお話を伺います。今日は捜査の助けになってもらえるかどうかを確認する、予備的なおしゃべりのようなものです」ジェンの注意はまた外の庭に向いた。「お庭がとてもきれいですね」

「マックがやったんです」ジェイニーがいった。「マックのデザインで、マックの作品です。あたしたちが越してきた最初のころに見せたかった！　マックのために、このまま保とうと家族で努力はしてるんですけど、みんなマックほど園芸の才能がなくて」

ジョージはまだ立ったまま、コーヒーを注いでいた。「なにか食べるかね？　そのクロワッサンはもうあんまりうまくないだろうが、トーストを焼いてあげられるよ。あとは卵とか？」スコットランドのアクセントのおかげで、ジョージはいつもほかの人にはない印象を与えた。

ジェンは首を横に振った。「残念ですが、おたずねしたいことがあるので」

「もちろんそうでしょうとも」マーサがいった。「だからここに来たんですものね」

「どなたか、昨日ウェズリーを見ませんでしたか？　みなさんお友達ですよね。もしかしたらウェズリーが立ち寄ったりとか？」

「わたしは見ていないな」ジョージがいった。「料理人のひとりが病気で休んでいたから、一日じゅう厨房にいたんだよ。カウンターにもほとんど出なかった。ジェイニーがきみの同僚と話をするために外に出たとき以外は」

「店のスタッフがそれを裏づけてくれますか？」

「わたしにアリバイがあるかどうか？」ジョージはおもしろがっているようで、気分を害した様子はなかった。「日曜日は早い時間に店をしめるんだ。このあたりは日曜にランチを出す店が多いから、なにもうちまで競争に加わることもないと思ってね。常連客は朝食かブランチを食べにやってきて、店は午後の早い時間にしめる。だから私には閉店時間までのアリバイはあるよ。きみのところの刑事がひとり、ジェイニーと話をしに来たし。そのあとのアリバイはない」

「どこかへ出かけたんですか？」

「内陸方面へドライブした」ジョージはいった。「ちょっとのあいだ、人混みから逃れたくてね。トーリントンの近くに、マックが好んで散策していた場所があるんだ。あの子はよく歩いたよ。シール・ポイントがいちばんのお気に入りだったが、日曜の午後にはものすごい人出だからね。それで代わりに内陸へ向かった。戻ってきたのは六時ごろだな」

簡単な質問に対してずいぶん長い説明にも思えたが、ジョージはふだんから饒舌だった。ジェンは妻のほうを向いていった。「あなたは一緒に行かなかったんですか？」

マーサは微笑んだ。顔のパーツがどれも大きいので、惜しみない笑みに見える。マーサは口紅をつけていた。ジェンはそれについて考えた。家にいるだけなのにメイクを怠らないとは。日常生活も演技なのだ。「ウォーキングはあんまり好きじゃないの。とくにこの暑さではね。わたしはベッドでだらだらしていた。しばらくうたた寝もした。シエスタというのは、とても洗練された習慣だと思わない？　ジョージが帰ってくるまで起きなかったわ」

こうしたやりとりのあいだ、ジェイニーは黙ったまま、なんの反応もしなかった。しかしいま、顔をあげていった。「あたしのことも聞きたいんですよね」

「お願いします」

「シフトが終わったあと、シャワーを浴びて着替えてから出かけました。あたしもここから逃げたかった。夏のあいだは尋常じゃなく混むから。灰色の季節を恋しく思うこともありますよ。西から嵐が来て土砂降りになればいいのに、そうすれば人がいなくなるからって。どうして実家に戻ってきたんだろうと、われながら不思議になることもある。だけどあのときは車が出せなかった。車はバーの横の小道に停めてるんですけど、どこかのろくでもない行楽客が出口をふさいじゃって。ほんとうにすごく頭にきたから、メモ用紙に文句を書いてフロントガラスに貼りつけて、車輛ナンバーを書き留めたんです。駐車苦情の通報を入れてやろうかと思いましたよ。もちろん、そんなことはしませんでしたけど。それ以上くよくよしたくなかったし、まあ、些細なことだし。結局、散歩に出かけました。クリケット場を通りすぎて、フレミントン・キーのほうへ。向こうはちょっと静かなんですよ。それでも人はたくさんいますけど、頭がおかしくなりそうな混雑ではなくて」

「車のナンバーのメモはまだありますか？」

「まさか」ジェイニーはいった。「たぶん、ないですね」

「探してみてもらえませんか」ジェンはいった。「もしもってこともあるから」

その言葉が暗に意味する内容が伝わるまでのあいだ、しばらく間があったが、なんの反応もなく、誰かが不愉快に思った様子もなかった。ジェイニーは同意してうなずいた。

「きっと、掘り返すように探せば見つかるかも」

「ご家族の車は二台だけですか？　あなたにはご自分の車はないんですね、ミセス・マッケンジー？」

「ないわ」マーサが答えた。「車が要るときには、ジョージかジェイニーのを使ってる」

「みなさん、ウェズリーと仲がよかったようですが。どうやって知りあったんですか？」世間話のような質問から入ったほうが相手が気楽に、自然な会話をはじめられると思って、ジェンはそうたずねた。

「バーの常連だったんだ」ジョージがいった。「それに、ウェズは友達同士みたいな雰囲気を出すのがうまかったから。友達になりたいと、相手に思わせるのが。うちは仕事で酒を出しているのに、気がついたらウェズには飲み物をおごるようになっていたよ。そんな人間はウェズだけだった。顧客全員に飲み友達みたいに酒をふるまっていたら、店がつぶれてしまうからね」

「ほんとうのところ、あたしはどれだけ仲がよかったのか、よくわかりません」ジェイニーがいった。「あの人は根が役者だったと思います。無意識のレベルで。ママとちょっと似てる。ウェズはこちらが望むような人間になるんですよ。バーにいてくれる分にはすごくいい人だった。ウェズはこちらが望むような人間になるんですよ。バーにいてくれる分にはすごくいい人だった。場を盛りあげることができたから。ウェズが入ってくると、突然みんな、自分が気の利いた、おもしろい人間になったような気分になるんです。だけどその魔力の奥にはなにがあったんだろう？」ジェイニーは肩をすくめた。「いまとなってはもうわかりませんね」

「最近、彼が誰かを怒らせたようなことは？」

また沈黙があった。「これはすごく些細なことかもしれないけど」マーサがいいだした。「殺人の引き金になるようなことではないんだけれども」

「かまいません、話してください」ジェンはいった。「知っておけば役に立つかもしれませんから。わたしはそのためにここでみなさんとコーヒーを飲んでいるんですよ。供述を取っているわけではありません。背景情報を、ゴシップを集めているんです」

「ウェズリーは中年女を惹きつけるすべを知っていた」マーサは突き放すようにいった。おそらく、自分は中年女ではないと思っているのだろう。「たぶん、ウェズリーといると若返ったような気分になったんでしょうね。ウェズリー自身だってもう若くはなかったわけだけど。どこへ行ってもまわりに女たちが集まってきて、くすくす笑いながら、食事や飲み物をおごってた。だけどそのなかでもひとり、特別なファンがいたの。シンシア・プライアよ。彼女のことはもちろん知っているでしょう」

ジェンはうなずいた。

「シンシアの夫は朴念仁で、彼女と共通の趣味もなかった。シンシアはウェズリーのことを文化面のパートナーのように思っていたのね。自分が興味を持ったショウを見るためにウェズリーをロンドンに連れていったり、展覧会に引っぱりまわしたりすることをなんとも思っていなかった。当然、お金は全部彼女が払った。一等車の運賃も、一日の終わりのすばらしい食事も。ウェズリーが同行することと引き換えに。だけど最近、ウェズリーはシンシアとあまり会わなくなった。もしかしたらとうとうロジャーが口を挟んだのかもしれない。ロジャーのことはよく知らないけれど、体裁を気にするタイプなんじゃないかしら。だけど、どちらかというとウェズリーのほうから距離を置いていたような印象があった」マーサは娘のほうを向いていった。「どう思う、ジェイニー？　ウェズリーのことは、たぶんわたしたちよりあなたのほうがよく知っているでしょう」

わからない、というようにジェイニーは首を振った。「なにがあったかは知らない。さっきもいったけど、ウェズリー・カーノウをほんとうに理解していた人なんていないと思う。あたしたち全員にとって、彼は謎だった」

「マックとは仲がよかったんですか？」それならば、被害者たちのあいだにまたべつのつながりがあったかもしれないとジェイニーは思った。二人が友人同士だったなら、青年の死について調査しようとするナイジェルの活動を、ウェズリーが支えていたのかもしれない。

「ウェズリーは、自分に手を焼かせる人間が好きじゃなかった」ジェイニーはいった。「いつも自分のほうが手を焼いてほしかった。で、鬱の人というのはものすごく手がかかるんです。病気の最後の症状が出ていたあいだ、ウェズから距離を置かれて、マックは傷ついていたと思う。病院から退院させられたとき、マックはウェズに連絡を取って、会ってほしいと頼んだんです。メッセージを送っても電話をしても返事がなかったから、ウェスタコムまで歩いていったんですよ。あのころのマックはとても不安定で、片時もじっとしていられなかった。うろうろ歩きまわって、独り言をいって、頭のなかではおかしな声が聞こえていた。戸口にいきなり血迷った男が現れたものだから、ウェズはどう扱ったらいいかわからなかった。ああいう剝き出しの感情は彼の手に負えなかった。最後には、ウェズはあたしに電話をかけてきて、マックを連れて帰ってくれといった。車で家に向かうあいだずっと、マックは泣いてました。憧れて、友達だと思っていた相手から、最悪のかたちで拒絶されたように感じていたと思う。それが自殺する前日の話です」

「ひどいと思ったでしょうね」

それでもウェズリーと出かけたりするわけね。シンシアのパーティーでは一緒に踊っていたし。

「そうでもありません。ウェズリーが不快に思ったのも理解できました。マックが自分の弟じゃなかったら、あたしもまったくおなじ反応をしたと思う」ジェイニーは間をおいてからつづけた。「最近では、メンタルヘルスの問題についてオープンであることが当たりまえのように思われてる。同情を示してみせることが。だけど病人の現実は――妄想とか、麻薬でハイになりっぱなしの人みたいに絶えず動きまわるところとか、うんざりするほどくり返される被害妄想なんかは――昔と変わらない。深刻な鬱症状がまわりの人間をどれほど疲弊させるかは、実際に経験してみないとわからないんですよ」ジェイニーは顔をあげた。「ごめんなさい。意固地になってるみたいに聞こえますよね。だけどほんとに、信じられないくらい大変なんです。だからプロの手助けが必要なの。責任をほんの少しでも肩代わりしてもらいたかったし、なにより、マックの精神状態を少しでもよくして、身の安全を守ってくれる人がいるという安心感がほしかった。あたしたちにはもう無理だったから。なのに公共医療サービスはなんの手助けもしてくれなかった」

「ウェズリーに責任があるとは誰も思わなかったんですか？」

「思わないよ！」ジョージが即座に反応していった。「責任があるとすれば医療サービスだよ。まったく運営がなっていなかった。ジェイニーがあんなふうにウェスタコムからマックを連れ帰ってきたとき、わたしは電話をかけたんだ。マックの担当医にね。秘書が出て、先生から折り返し電話しますといわれたが、もちろん電話はなかった。福祉のサポートチームにも電話をかけたよ。そっちもなしのつぶてだ。どうやら、うちの息子は緊急に治療が必要なほど希死念慮が強いとは見なされなかったらしい。それに家族がいたから。病院からは睡眠導入剤が処方された。あの晩、われわれはそれを飲ませ、息子がベッドに入ったことを確認した。眠っていると思ったよ。翌日は月曜で、定休日だったから、わたしたちはふだんより遅くまで寝ていた。ジェイニーもいっていたとおり、わたしたちはみんな疲れていたんだ。ところが起きてみるとマックの姿がなかった。もしかしたら薬を飲まなかったのかもしれない。あるいは思ったほど薬が効かなかったのかもしれない。みんなで息子を探しに出たよ、それこそ半狂乱になってね。きみには想像もつかないだろうと思う。いまでも夢に見るんだよ……。その後、マックの車がなくなっていることに気がついた」

「彼のメモを見つけたのは誰ですか？」

「どこかの行楽客」ジェイニーがいった。「マックの車がないとわかると、父が警察に電話して、警察は砂丘のなかにあるあたしたちの別荘のそばで車を見つけた。遺体はその後何日か見つからなかった。潮に運ばれて、ランディ島の北端に流れ着いていたから」

ジョージがジェンのほうを向いた。顔じゅうに涙が流れ、口をひらくと、鋭く耳障りな声が飛びだした。「あれはウェズリーのせいなんかじゃない。彼は精神疾患について訓練を受けたわけじゃないんだから。早すぎる退院の判断をした連中のせいでも、危機的な状況への反応が遅すぎた連中のせいでもない。悪いのはシステムだよ。システムが息子を見殺しにしたことを、社会全体に知らせたいんだ」

ジェンはどう答えていいかわからなかった。マックが亡くなってから、ジェンはバーに二回行っていた。ジョージはふだんどおりの洗練された態度で、常連客のお悔やみに感謝のハグと、ありがとうという言葉で応じていた。こんなふうに怒りを見せることはなかった。ジョージは妻とおなじくらい達者な役者だったのだと、いまになってジェンは気づいた。息子の死を落ち着き払って受けいれていると、まわりじゅうの人間に信じこませたのだから。

ジェンは立ちあがった。「これ以上みなさんのお邪魔をしたくはないんですが、ジェイニーともう少しおしゃべりをしてもかまいませんか」ジェンはジェイニーのほうを向いた。

「ウェズリーといちばん仲がよかったのはあなたみたいだから。インストウあたりまで出て、コーヒーでも」ジェイニーには、親のまえではいいたくないことがありそうだと、ジェンは思っていた。

「いいですよ」ジェイニーはいった。それからつかのま考えたあと、ためらいがちな声でいい添えた。「シール・ベイに行くのはどうですか？　ちょっと歩いて、シール・ポイントに向かうとか。マックが幸せでいられた場所なんです。午前中に行くつもりでした。今日はそんなに混んでないと思うし」

マーサが腕を娘の肩にまわしていった。「あなたはそれでいいの、ジェイニー？　いろいろ思いだすんじゃない？」

ジェイニーは触れられて身を固くした。「どっちみち、殺人事件のせいで全部戻ってきてると思わない？　悪夢も。フラッシュバックも。昨日の夜はぜんぜん眠れなかった。ちょっとうとうとすると、すぐにまた幻が浮かんで」

怒りと苦々しさのこもった声だった。ジェイニーの手が震えているのを、ジェンは見て取った。失った弟をくり返し思いだすのがどんな気持ちか、ジェンには想像もつかなかった。

「職務中に海辺をぶらぶら歩けるなんて最高」ジェンはいった。「アイスクリームを食べてもいい。ご馳走しますよ」

車はマッケンジー家の別荘のそばに停めたが、なかには入らなかった。木造で、ペンキが剝がれかけている。ほかにもっと大きくて立派な別荘はいくらでもあったが、子供二人にとっては充分魅力的な場所だっただろうということはジェンにもわかった。最高の隠れ家だったはずだ。

ジェイニーが先に立って砂丘を抜け、海のほうへ出て、海岸沿いの小道を歩いた。二人きりで海と向きあうまで口をきかなかった。海水はオイルのようになめらかで、日射しをまともに受けてぎらぎら光っている。ジェイニーがいっていたとおり、小道は比較的静かだった。

「ウェズリーのことをもう少し聞かせて」ジェンはいった。「どれくらい仲がよかったの？」

しかしジェイニーは崖が海にいちばん突きでている場所で立ち止まり、水平線に浮かぶランディ島を眺めていた。

「マックがあたしたちに残したメモは、ここで見つかったんです」

「なんて書いてあったの？」

「いままで《》」


「最後には心の平安《ピース・アット・ラスト》を見つけたいって」ジェイニーはふり返ってジェンを見た。「いままさに、あたしもそんなふうに感じてる。連続殺人事件なんて。まるでくり返し殴られているみたい。強盗にあって、何度も何度も蹴られて、やっと終わったと思ったら、犯人が戻ってきてまた殴られるみたいな」

「でも、自殺したいわけじゃないんでしょう？」

一瞬ためらったあと、ジェイニーは答えた。「まさか。心配しないで。あたしは生き残りだから。かわいそうなマックはそうじゃなかった」

「じゃあ、ウェズリーのことを話して。もし話す気になれるなら。話しても蹴られてるように感じないなら」

「ええ、大丈夫。家から離れられてうれしい。あたしたち全員、マックの自殺から影響を受けているけど、受け方はそれぞれにちがうから。母と父は、とにかくいままでどおりの暮らしをつづけなきゃ、と思ってる。だけどいつか、ひどくこたえるはず」

「もうこたえてるんじゃないかな。対処のしかたがちがうだけで」

「そうかも」ジェイニーはまだ海を見やっていた。陽炎《かげろう》のなかのランディ島が、水平線の上でゆらめいている。「ウェズリーには、ちょっと放浪者みたいなところがあった。上昇志向の両親には、お金はたくさんあったけど、息子のために使う時間はあまりなかった。

少なくともあたしにはそんなふうに思えた。ウェズリーはいつも、おばあちゃんのほうが本物の母親みたいだっていってたから」ジェイニーは小さく笑ってつづけた。「おばあちゃんが彼を甘やかして駄目にしたんだと思う。だからこそ、ウェズはあんなにおばあちゃんが好きなんでしょう。中年女性のグルーピーとうまくやれるのも、そのせい」

「例のパーティーではどんなふうだった？」

「いつもどおり。リラックスしてた。自分の取り分を気にしなくていいくらい食べ物とワインがあるってわかってたから。いかにもウェズリーらしい」

「不安そうだったり、心配そうには見えなかった？」

ジェイニーはまた笑った。「ウェズは不安とは無縁だったと思う」

「ナイジェル・ヨウは、パーティーでウェズリーに話しかけていた？」

「ナイジェルは最初に入ってきたとき、全員に話しかけてた」ジェイニーはジェンをふり返ってつづけた。「だけど、あなたもあの場にいたでしょう。あたしが見たようなことは、全部あなたも見てるはず」

「だって」ジェンはいった。「あなたは素面だった。わたしはそうじゃなかった」

その後、歩いて車まで戻る途中でアイスクリームを買った。車に乗ると、ジェイニーはバッグのなかを掻きまわし、最後には紙切れを引っぱりだした。「あった！　あいつの車輛ナンバー。あたしの車の出口をふさいだやつ」つかのまの勝利の瞬間だった。この会話がどの程度役に立つものか、ジェンにはよくわからなかった。しかしインストゥに戻ってジェイニーを車から降ろすと、ジェイニーはすばやくハグをしてきた。「ありがとう。ほんとに。話ができて、すごく気が楽になった」

バーンスタプルに戻る途中で、インストゥのはずれのガソリンスタンドに立ち寄った。防犯カメラの映像によれば、ナイジェルがシンシアの家を出たあと、ウェスタコムへ向かう途中でガソリンを入れようと立ち寄ったのはここだった。カウンターの向こうの高いスツールに腰かけた飾りけのない中年女性に向かって、ジェンは名乗った。

「金曜日の夜に、あなたがここで働いていたわけではありませんよね？」

「いましたよ。夜勤で。八時から、十二時の閉店まで」

「防犯カメラの映像から、ある男性が立ち寄ったことがわかっているんですが。ドクター・ナイジェル・ヨウ。その夜遅く、または翌朝の早い時間にウェスタコム農場で殺された人物です」

女性の顔がぱっと明るくなった。興奮の一瞬、彼女にとっては名声に近いものが手に入る瞬間だ。「そのニュースならラジオで聞いたわ」

ジェンは写真を取りだし、カウンターの上に置いた。「この人を覚えてますか？」

「ええ！　あの晩の最後のお客さんですよ。ここがまだあいていてよかったっていってました。ずいぶんガソリンが減っていたのに、気づいてなかったんだって。夜のこの時間にガス欠を起こしたら大変でしたねってあたしがいったら、なにもない荒野に向かうところだからなおさらですよ、といってましたよ」

すべて辻褄が合う。完全に思ったとおりだった。「ありがとうございます」ジェンは立ち止まって、この女性を喜ばせようと、ちょっとした情報を明かした。「おそらく、殺人犯を除けば、生きている彼に最後に会ったのはあなたなんですよ」前庭まで歩いてふり返ると、女性がすでに電話をかけているのが見えた。友達全員にニュースを広め、奇妙な喜びに浸るために。

23

ナイジェル・ヨウが拠点としていたノース・デヴォン患者協会のオフィスは、イルフラクームにあった。ホープ・ストリートから遠くない。そこはサイモン・ウォールデンという、マシューがノース・デヴォンに着任して最初に手がけた殺人事件の被害者が住んでいた場所で、車を停めて坂の下のほうの町を眺めると、事件のイメージが――混沌とした奇抜な家と、快活で雄弁なそこの住人たちのことが――よみがえった。

マシューは現在の捜査に注意を戻そうとした。病院からアレクサンダー・マッケンジーに関するメモを持ちだすことを許され、ここへ来るまえに読んであった。目新しい情報はほとんどなかった。マックの死にまつわる状況を隠蔽することが突然必要になったきっかけなど、なにも見あたらなかった。善良な男性の殺人の説明になるような事柄も、やや年を食ってはいるが魅力のあるヒッピーが殺されたことについても、なにもわからなかった。

マッケンジー青年の自殺の件にナイジェル・ヨウが関わりを持ったことには、とくに不可解なところはなかった。ナイジェルはマッケンジー一家の友人だったし、おそらくマックの自殺をひとつのテストケースと見なしたのだ。病院が急性の鬱病に苦しむほかの患者にも誤った対応をしていた可能性があるので、マックをその最初の一例として取りあげようとしたのだろう。それはたぶん、検討すべき課題のなかでメンタルヘルスの優先順位を押しあげようとする際に、有用な武器になるはずだった。

いや、不可解なのはナイジェル・ヨウの劇的な殺人事件のほうだった。これがどうしたらマックの死と結びつくのか、マシューにはよくわからなかった。ナイジェルの調査は進行中だった。このメモには、新しい情報はなにも書かれていなかった。もしナイジェルがなにか新しい事実を発見していたとしても、医師や病院のチームには明かしていなかったようだ。しかし患者協会の同僚には明かしていたかもしれない。

マシューがメイン・ストリートにつながる急な坂を下りはじめたとき、電話が鳴った。見覚えのない番号だった。

「ヴェン警部、フィオナ・ラドリーです」

やっきになってロジャー・プライアを守ろうとしていた広報部長か。

「病院内の同僚に確認しました。先週の金曜日、ナイジェルは終末医療チームとミーティングをしました。四時からの予定でしたが、彼は少々遅れたようです。定例の会合で、病院と社会福祉の連携に関し、われわれの病院で改善が決まった事柄について話しあったそうです」ラドリーは警察への電話でも企業メッセージ的な発信がやめられないようだった。

マシューは急な坂道を下りつづけた。通りには人けがなく、玄関まえの階段で眠る猫を一匹見かけただけだった。観光客も、港からずいぶん離れたこのあたりまではやってこない。患者協会のオフィスは住宅を改築した建物で、一部にエドワード朝様式のテラスハウスだった名残りがあった。隣は歯科医で、反対隣は住宅だった。ドアにかかった真鍮の案内板がオフィスの存在を示し、ここから入るようにと来訪者に告げている。マシューはまえもって連絡をしなかったので、人がいるかどうかもわからなかったが、黄色いノースリーブのトップスに黄色いスカートという恰好の四十代とおぼしきふっくらした女性がデスクのまえに座り、マニラフォルダーで自分をあおいでいた。机上には雑誌があった。表紙から判断するに、有名人のスキャンダルを楽しむことが唯一の目的の雑誌のようだ。室内はとても暑い。女性はマシューを見て驚いたようだった。マシューは警察の者だと名乗った。

「気の毒なナイジェルのことでいらしたんでしょうね」女性はかけていた大きくて縁の太い眼鏡をはずし、目を拭いたが、マシューには涙が出ているようには見えなかった。「今朝はなにをしたらいいかわからなかったんですけど、とにかく出勤しなきゃと思って。役員のひとりに電話したら、新しい所長が見つかるまでとにかく事務所をあけておけといわれたんですよ」

「あなたはどういった役割でお仕事をしているのですか、ミズ……？」マシューはそこで言葉を切った。

「ブルです。ステフ・ブル。理事と呼ばれていますけど、実際には雑用全般を担当してます。電話を受けたり、受付に座ったり。書類の印刷や整理とか、全員のスケジュールの確認、議事録の作成なんかもします」

「ここではあと何人が働いているのですか？」

「あと三人。ジュリーと、トニーと、ローレンです。みんなパートタイムだから、月曜日にはほかの人は来ないんですよ。ジュリーとトニーはおもに地元グループを相手に仕事をしています。ローレンは資金集めと経理の担当ですけど、最近ではナイジェルの右腕みたいになっていて、彼が長年温めてきた計画の手伝いをしていますよ」この口調から察するに、ステフ・ブルとローレン・ミラーは親友というわけではなさそうだ、とマシューは思った。

「ノース・デヴォン患者協会の仕事の全体像が、じつはよくわからないのですが」マシューはデスクまえの来訪者側の椅子に座っていった。「よければ説明してもらえますか」

「わたしたちは、患者のために医療機関への意見を代弁する組織です」間があった。「地方自治体と患者グループの双方を相手に働く、一種の調整機関です。さまざまな調査結果を、主要な公立病院とその運営機関に伝えます」

「通常の仕事の一環として、個々の過失についての調査もするのですか？」

「ナイジェルが来るまではちがいました」そういって、ステフは唇をぎゅっと結んだ。余計なことをいうまいとするかのように。たぶん、死者を悪くいっているように見えるのがいやなのだろう。「もう引退してしまいましたけど、まえはフィリップが責任者だったんです。いい人でしたよ。自分の役割について、ナイジェルとはちがう捉え方をしていました。もっと医療機関を支えるような、医療サービスの改善のための情報を提供する仕事として。フィリップのやり方はもっと……」ステフはまた口をつぐんでからつづけた。「……協力的でした」

「ナイジェルは協力的ではなかった？」

ここでなにが起こっているのか、マシューにもわかったような気がした。まえの所長は引退への準備期間を静かに過ごそうとして、対立を嫌ったのだろう。そこへ、医師の経験があり、自信もエネルギーもたっぷり持ちあわせたナイジェルがやってきて、旧体制のもとで気楽に仕事をしていたスタッフに新たな仕事を割り当てたのだ。

「わたしたちの役割はさまざまな物事を一新することだと、ナイジェルはいってました。よりよい方法を探し、もっと積極的に患者の意見を伝えることだ、と。ジュリーとトニーには元どおりに地域社会相手の仕事をさせておいて、ナイジェル自身はいろいろな調査に精を出していましたね」

「ローレン・ミラーは？」

「ああ、ローレンはナイジェルが連れてきた人で、ナイジェルの信奉者でしたよ。あの人は仕事をもらうために、いろいろともっともらしいことをいったんでしょう。ローレンのまえにはミリーがいたんですけど、ナイジェルが来て最初のひと月で辞めてしまって。昔からここで働いていたから、新しいやり方についていけなかったんでしょう」ステフは眼鏡越しにマシューを見てつづけた。「あたしは、もうちょっとがんばるべきだっていったんですよ。定年まであとたった一年なんだからって。だけどミリーはプレッシャーに耐えられなかった。ストレスで気が滅入ってしょうがない、といってました」

「それで、そのストレスは、協会がもっとやりがいのある役割に挑戦するべきだというナイジェルの提案によって生じたものだったのですか？」

「いいえ、それはミリーにはあまり関係ありませんでしたよ。まあ、それがあたしたちのところにある資金でカバーできるかぎりは。ちがうんですよ、ナイジェルが会計検査官を呼んで帳簿を確認するっていうもんだから。もちろん法にかなった要求ではあるんですけど、フィリップはずっとその必要を感じていなかったみたいなのに」

マシューはうなずいた。ミリーはおそらく不正を働いていたわけではなく、無能だったのだろうと思ったが、またローレンから話を聞いてみるのも悪くない。「もしよければ、ほかのスタッフの連絡先を知りたいのですが……」

ステフは自分のスマートフォンを見て、携帯番号とメールアドレスをすらすらと書きだした。「ジュリーとトニーは近隣に住んでいるんですけど、ローレンの住所はアップルドアなんですよ」まるでアップルドアがこの国の反対端にあるかのような口ぶりだった。「で、それを言い訳に、週に一日は在宅勤務をするっていうんですからね」これも気に食わない点のひとつのようだった。

オフィス内のこういう毒を含んだ空気のなかでナイジェルはどうやって生き延びてきたのだろう、とマシューは思った。マシュー自身もチームの管理にはてこずっていたから。ロス・メイはジョー・オールダム警視の子飼いだし、ジェン・ラファティは衝動的で短気なのだ。ステフは雑誌に注意を戻し、またファイルで自分をあおぎはじめた。腕の動きに合わせて、二の腕の下側の脂肪がたぷたぷと揺れている。いつのまにかそれを見つめていたことに気づき、マシューは無理やり目を逸らした。

「ナイジェルの手帖のなかに数字を見つけたのですが」マシューはいった。「8531、または8537。この数字になにか心当たりはありませんか？　案件番号とか？　ファイル番号とか？」

ステフは首を横に振った。「まったく心当たりがありませんね」ろくに考えもせずにそう答えた。

マシューは質問を重ねた。「金曜日の朝、ナイジェルは病院でのミーティングに出かけました。さらに、おなじ日のもっと遅い時間にも病院へ出向きました。定例の会合だったとか」

「ええ。ナイジェルの特別な関心のひとつでした。終末医療についてです。個人的な興味だったのでしょうね、妻を亡くしているから。痛ましいことです」ステフの声に、ヨウの悲しみや興味を共有している気配はなかった。「ケアホームの調査もはじめていました。まるであたしたちにはまだ仕事が足りないとでもいうように」

では、これでラドリーが電話でいっていたことの裏づけが取れたわけか。あとのほうのミーティングは、アレクサンダー・マッケンジーとは関係がなかったのだ。ナイジェルが病院でラトナ・ジョシに出くわしたのは偶然だったのだろう、ジョシがいっていたとおりに。

「では、ナイジェルは二つのミーティングのあいだの時間にはなにをしていたのですか？」

「わかりません」ステフは肩をすくめた。「オフィスに戻ってくるものと思っていましたけど、現れませんでした。電話連絡さえ入れてきませんでしたよ」

マシューは立ちあがった。ヨウの人生に関わったほかの人々はみんな、彼の死にショックを受けていたのに、この女性はたいして気にもかけていないようだった。マシューがドアまで来たところで、ステフはまた口をひらいた。「あの人は聖人なんかじゃありませんでしたよ。みんなが思ってるような人じゃなかった。自分なりの主義主張があるのは結構ですけど、みんながみんな彼とおなじように頭がよくてやる気があるわけじゃない。ナイジェルからは、あたしたちよりも自分の理想のほうをはるかに大事にしているような印象を受けましたよ」

24

警察署に戻る途中、マシューはウッドヤードに立ち寄った。建物の裏手にはまだテープが張られ、赤い顔をした退屈そうな巡査がひとり立っていたが、センターそのものは朝の臨時閉鎖のあとにひらいたところだった。マシューは、ヨガマットを抱えた年配のご婦人がたと一緒になかへ入った。殺人事件に関するゴシップが耳に入ってきた。

「リズがいうには、ウェズリー・カーノウが殺されたんですって。あんなにいい人だったのに。クリスマスのクラフトフェアで、彼のアート作品をいくつか買ったわ」

「だけど、考えちゃうわね。モーリーンは、今朝の教室をキャンセルしてた。念のためにって」

「殺人犯がヨガの教室に来るとは思えないけど」さざ波のように笑い声が広がった。

「あら、わからないでしょ。わたしも来ようかどうしようか、よくよく考えちゃったわよ」心配そうな、パニックを起こしかけているような声がいった。「今年のはじめにもいろいろあったでしょう。ずいぶんおかしな偶然じゃない？」

女性たちは建物の奥へ進み、エントランスホールはほぼ空っぽになった。平日の午前中にしては、あまりにも人が少ない。ジョナサンにとってはこれも心配の種だな、とマシューは思った。ウッドヤードはごくわずかな資金で運営されているので、自由契約の教室がキャンセルされるのは痛かった。最近では、運営していくだけでも苦しいのに。

マシューはカフェで夫を見つけた。スタッフとおしゃべりをしている。昨夜はまだ、二人のあいだの空気は張りつめていたが、いま、顔をあげたジョナサンは満面に笑みをたたえていた。そばにルーシー・ブラディックがいた。テーブルを拭いていたらしく、まだ手に布巾を握っている。ルーシーは不安そうな、動揺した様子で、ジョナサンはルーシーをなだめようとしていた。「きみに悪いことはなにも起こらないよ、ルーシー。断言できる。このまえのときとはちがうんだ」

「ウェズリーは友達だったのよ」ルーシーはいった。「わたしは悲しいの。自分の心配をしてるわけじゃない」

「ウェズリーと最後に会ったのはいつ？」マシューもルーシーをよく知っていて、やはり友人同士だった。

「昨日。ウェズリーは昨日ここに来て、誰かを待ってた」ルーシーはカフェのマネージャーのほうを向いていった。「そうだったでしょ、ボブ？」

ボブは肩をすくめた。「ぼくは気づかなかったな。まあ、午後なかばまでは大忙しだったから」

「ウェズリーは誰かと一緒だった？」ジョナサンがたずねた。

ルーシーは首を横に振った。「ひとりで出ていった」

「誰かを待っているって、どうしてわかった？」

ルーシーは少し考えてから答えた。「よくここで人と会ってたから。席に座って、ときどきはコーヒーを注文して、フリーペーパーを読みながら待ってると、そのうちに誰かが来て、ウェズリーにランチをおごるの」間があった。「それか、ケーキ。ウェズリーはボブのケーキが好きだった」

マシューは微笑んだ。「ウェズリーが会ってた人たちだけど、みんな女性だった？」

ルーシーは、初めて気がついたかのようにうなずいた。「そういえば、みんな女性だった！」

「そのなかに知ってる人はいる？」

ルーシーは眉を寄せていった。「何人かは常連さんもいるけど、名前は知らない」

「写真を見たら、その人だってわかるだろうか？」

「どうかな」不安がぶり返すのが、マシューにも見て取れた。

「テストじゃないんだ」マシューはいった。「どちらかというと、ゲームみたいなものだよ」間をおいてつづける。「お父さんと一緒に見てもらってもいい。もしそのほうがよければ」

「いまは一緒に住んでないの」ルーシーは顔をぱっと明るくした。つかのま不安は忘れ去られたようだった。「自分の家があるから」

ジョナサンが微笑んでいった。「場所はリヴァー・バンクだったよね、ルーシー？ 支援つきの住宅だ」

「おお、楽しきわが家よ」ルーシーはそういってまた大きな笑みを浮かべた。

「お父さんは寂しがっているだろうね」マシューはモーリス・ブラディックのこともよく知っていた。八十代の寡夫で、学習障害のある娘を心から愛していた。だからこそ独り立ちさせたのだと、いまマシューは気がついた。

「週末には、父さんの家に行くこともあるのよ」ルーシーはそう認めた。「話し相手がいると喜ぶから」

「では、何枚か写真を持っていくかもしれない」

「もしよければ、わたしのフラットに来て」ルーシーはいった。「紅茶を淹れてあげる」

ウッドヤードを出ると、マシューはウェスタコムへ向かった。じっとしてもいられなかったし、夕方のブリーフィングまでは警察署の暑いオフィスにどうしても戻りたくなかった。いまは午後の遅い時間で、道路は静かだった。なにもかもが日光に洗われていた。何週間も雨が降っていないせいで野原はひどく乾燥し、石灰をまいたかのように白くなっている。マシューはフランク・レイのことを考えていた。先ほどウェズリーの死の知らせを伝えたときには、殺人の凶器がガラスの破片であることを——前日にはウェスタコム・ハウスの居心地のいいリビングに飾ってあった花瓶であることを——話さなかった。おそらく、もう話してもいい頃合いだろう。

農場の庭に車を乗り入れると、グリーヴ家の双子がいた。家族で暮らすコテージの横の木からブランコがさがっており、二人はそれで遊んでいた。ひとりがブランコに座り、もうひとりがうしろに立って、ブランコを横に揺らしている。二人ともかん高い声で笑っていた。なんて牧歌的な子供時代だろう。マシュー自身はひとりっ子で、ほとんど笑い声のない家庭で育った。母はいつもマシューの友達を批判したので、自分はちがう、自分はある意味では友達より上なのだと思いながら成長した。どうりでクラスメートに嫌われていたわけだ。誰も近寄ってこなかったのも不思議はない。

家をぐるりとまわって母屋の玄関へ行き、ドアをノックしたが、応答がなかった。フランク・レイには、これから数日はロンドンの家へ行かず、ウェスタコムにとどまってもらいたいと伝えてはあったが、もちろんそれは依頼に過ぎず、自宅軟禁ではなかった。もしかしたら、仕事でどこかべつの場所を訪ねているのかもしれない。だが、フランクがいないことでマシューは不安に駆られ、神経質になった。まだバーンスタプルの警察署に戻る気になれなかった。とりわけこんなに落ち着かない気分でびくびくしているうちは。フランクが戻ってくるかどうか確認するために、しばらく待つことにした。

フランクの土地の端まで歩いてみた。ジョナサンなら、あたりの低木や花壇の花の名前がわかるのだろうが、マシューにとっては謎めいた植物ばかりで、奇妙な秘密の花園に迷いこんだような気分になった。グリーヴ家のコテージとおなじく、フィクションの産物のように感じた。花々の甘い香りを嗅ぎ、昆虫の羽音を聞いていると、まるで夢のなかにいるようで、農場の庭にいる警官たちが完全に別世界の生き物のように思われた。この庭の手入れをしていたのがアレクサンダー・マッケンジーなら、彼は相当腕のいい庭師だったといえる。庭の境界線を越えて、マシューは牧草地に出た。盛りは過ぎているようだったが、それでもまだキンポウゲやクローバー、丈が高く白いデイジーといった野草が一面に咲き乱れていた。まんなかに小道があり、草が踏みしめられている。遠くに見える海は、信じられないほど青かった。

マシューは踏み固められた小道に沿って進み、ヒースの生えた場所に出た。牧草地からは低い石垣で隔てられている。これが土地の境界線なのだろうとマシューは思った。石垣には踏み段がかかっている。マシューは一方の足を木の横木に乗せて立ち、子供のころに経験したことのなかった自由と冒険がそこにあるように感じた。これに最も近い経験は、母親と一緒に出かけた海辺のピクニックだったが、当時は入念に監視されており、岩場の潮溜まりに夢中になって少しでも遠くへ行こうものならすぐに呼び戻された。ブランコに乗っているあの少女たちは、少なくとも牧草地までは二人だけで来ることを許されているのだろう。二人が母親のために摘んだ花を腕いっぱいに抱えて家に帰るところが目に浮かぶようだった。

石垣の向こうには原野が広がり、はっとするような黄色のハリエニシダが群生していた。だが小道はつづいていて、容易にたどれた。最終的には五本の横木を渡した低いゲートに行き当たり、そこを抜けるとインストウのはずれの太い道路に出られた。およそ百メートル先に、標識のない曲がり角があり、舗装道路に出られるようになっていた。舗装道路をたどれば農場へ戻れる。先ほどよりも交通量が増えていた。一日の仕事が終わる時間だった。

ウェスタコムの住人なら誰でも、この抜け道を使うことはできたはずだった。昨日だって、農場の入口にいる警官の注意を引かずに出入りできたのだ。ウッドヤードまで行ってウェズリー・カーノウを刺すには、バーンスタプルへ向かう車に拾ってもらうか、あるいは車を借りる必要があったが、おそらく殺人犯には共犯者がいたのだろう。意図的に手を貸したのか、知らずに加担したのかはわからないが。

庭を通ってウェスタコム農場まで戻りながら、もしフランクがまだ不在だったらどうするべきだろうとマシューは考えた。彼がこんなふうに姿を消したことには、なにか意味があるのだろうか。フランク・レイが殺人犯なのか？　あるいは第三の被害者なのだろうか？　自分がまえもって先のことを考えすぎるのは長所でもあり短所でもあると、マシューは自覚していた。起こってもいない災難に対処する方法を考えることに時間を使いすぎるのだ。想像力が豊かなんだね、とジョナサンはいっていた。だからこそ、きみはそんなにすばらしい刑事なんだけど、アーティストになってもよかったかもね。あるいは、作家とか。

庭園から戻って芝生に足を踏み入れると、フランク・レイの姿が見え、マシューは安堵と同時にショックを覚えた。レイの姿は、庭がマシューの頭のなかにつくりだした幻影の一部か、物語のなかから抜け出てきた架空の人物でもあるかのように見えた。レイはグラスを片手に、家屋のそばのデッキチェアに座っていた。パナマ帽のように見える麦わら帽子をかぶっている。ビリー・バンターの夏バーションだ。レイはマシューへの挨拶としてグラスを持ちあげてみせた。マシューを見ても驚いていないようだった。

「不法侵入にならないといいのですが」マシューはいった。「さっき訪ねてきたら、あなたがいなかったので」

「ええ、ラヴァコットの〈ゴールデン・フリース〉にいるチームとミーティングがあって。私のビジネスのひとつです。あそこの接客に関して賞をもらったものだから、いい知らせをスタッフにも伝えたくてね」パブへ行った理由は祝いだったはずなのに、レイは考えこむような、少しばかり悲しげな声でいった。「ここで起こったことから離れられて、いい気分転換になりましたよ」

「いまでもパブの仕事も手がけているのですね」

「そうですね……」レイは小さく笑った。「名誉は共有するが、たいへんな仕事は全部スタッフ任せですよ。経営とはそんなものです」

「ちょっと探索してみたのですが」マシューはいった。「インストウへの抜け道を見つけました。これは一般の人も通れる公道ですか？」

「庭のなかはちがいます。ウェスタコムの住人が使う分にはかまいませんがね。石垣と踏み段の向こうは公用地ですから、誰でも自由に通れます」レイはマシューを見ていった。「あそこからよその人間が入ってきて、ナイジェル・ヨウを襲ったと思うんですか？」

もっと気がかりなのは、住人の誰かがあの小道から抜けだしてウェズリーを殺したのではないかということだったが、マシューはそうはいいたくなかった。「どう考えたらいいかは、まだよくわかりません」

レイは体をまわして背筋を伸ばし、足を地面に降ろした。「なにか新しい情報があるんですか、警部さん？」

マシューはテラスを囲む低い塀に腰かけた。少なくとも上から見おろすような恰好にはなっていない。これできちんと会話ができそうだった。

「イヴはウェズリーの遺体を見つけたときに、凶器がなにかもわかったのです」マシューは間をおいてつづけた。「凶器は、イヴがあなたに贈った花瓶の破片でした。わたしが初めてお邪魔したときに、花を活けて暖炉のまえに置いてあった大きな青い花瓶です。もちろん、イヴがまちがっている可能性もあります。あなたのところで花瓶が見つかるかもしれない」

「探してみることはできますが」レイはいった。「イヴがそうと見分けたのなら、きっとここにはないでしょう。彼女はアーティストですからね。ガラス作品はどれも一点ものです。それぞれに特徴があるんです」

「先ほどあなたは、今朝サラが掃除をしにきたのかもしれないといっていましたが、サラは来なかったそうです」

「ほんとうに？　それなら、私の勘ちがいだったのでしょう」レイはまた小さく笑った。

「年を取ってぼんやりすることが増えてきましてね」

「あのガラス作品が、どうしてウッドヤードにあるウェズリー・カーノウの作業場で見つかることになったか、わかりますか？」

「私がウェズリーを殺したと思っているんですか？」レイの雰囲気が一変した。突然、とげとげしい、用心深い様子になった。

「特定の考えがあるわけではありません。ただ、あなたの家のリビングにあったガラス作品が、ウェズリー・カーノウの首に刺さるにいたった経緯を知りたいだけです」

「ここの住人なら誰でも入ってこられたはずですよ。母屋には、みなが住んでいる方向にもドアがあって、鍵は一階のキッチンにさげてありますから。まあ、防犯意識が高いとはいえませんね」

「ウッドヤードの作業場にも、武器になりそうな工具はたくさんありました。なぜ殺人者は、わざわざ危険をおかしてあなたのところから花瓶を盗んだのでしょうね。そんなにややこしい真似をする必要はないのに」

「一種のメッセージとは考えられませんか？　あるいは、犯人は私を巻きこみたかったとか？」

たぶんね。あるいはイヴを。あるいはグリーヴ夫妻のいずれかを。

「そういうことをしそうな人に心当たりは？」

沈黙の一瞬があり、鳥の歌声だけが響いた。

「警部さん、私はずっと正しいことをしようとしてきました。最初にお会いしたときにも説明しましたね。しかし評判はよくなかった。プロジェクトのうちいくつかは、望んだとおりのかたちでは進まなかった」レイは間をおいた。「なかでもあるひとつの計画が……ネガティブな反応を引き起こしました。私のところへ、いやがらせのメールや脅迫状が送られてきました」

「その計画とは？」

「エクスムーアのはずれにスピニコットという名の集落があるんです。学校は廃校寸前で、すでにいろいろな店舗もなくなっていた。いちばん近い郵便局も七、八キロ離れていました。地域そのものが虫の息だった。それで、私はそこを買ったんです」

「買ったとは、具体的にはなにを？」

「一帯のすべてを。まあ、できる範囲で。すでにかなりの数の家が売りに出されていたんですが、地元の人には高くて手が出なかったから。購入したうちの一部は、村の若い人たちに安く貸しました。いくつかは自分用に残しておいて、収入の足しにするために貸別荘にした。パブは引き継いでマネージャーを置き、復活させたんです。みんな賛成してくれた。新しいビジネスが仕事をもたらし、地域に新しい世帯を引き寄せるとわかっていたから」

「しかしなにかが変わった?」話がどういう方向へ進むのか、マシューにもわかってきた。

「ええ。おそらく、私が急ぎすぎたんでしょう。あまりにも劇的な変化を起こしてしまった。村のはずれに大きな家があって、何年もまえからケアホームになっていたんですが、明らかに存続が危ぶまれていました。地元の行政は運営をつづけるためのコストが払えなかったし、個人にも資金を出せるような人はいなかった。そこで私が提案をしたんです。経営を変えてもケアホームがこれ以上利益を生むことはないだろうと思ったので――そういうモデルではうまくいかないんですよ――私はそこをブティックホテルにする計画を立てたのです」

マシューは考えこんだ。レイは、再開発プロジェクトは利潤追求のためではなく、罪悪感にもとづいたものだといっていなかったか。

「ケアホームを支援することはできなかったのですか？　入居者が追いだされるようなことがないように。少なくともいまの入居者が存命のあいだは」

「それもむずかしいように思えました」レイはいった。「いろいろと基準を満たしていなかったので。最新の調査では、ケアに関してはすぐれているが、衛生状態や設備の面ではかなりの改善が必要という結果が出ていましたからね。年配の入居者たちはぜひとどまりたいと思っているかもしれませんが、安全が保証できないのです」レイは間をおいた。「事故でもあったらどんな思いをすることになるか、想像してみてください。あるいは、食中毒が発生したら？　それに、経営状態の悪いビジネスを下支えするのが正しいこととは思えません。長い目で見たときに持続可能でないならば、偽りの希望を与えることになりますから」

ということは、結局のところ、あなたは慈善家ではないのですね。「それで、いやがらせのメールや脅迫状が送られてくるきっかけになったのが、ケアホームの閉所なのですね？」

「そう、反対運動が起こりましてね。それが村の外にも大きく広がって」

「その運動にはリーダーがいましたか？」これが事件とどうつながるのか、マシューにはわからなかった。レイが殺されたわけではないのだし、恨みを持った誰かが投資家を巻きこむだけのために見知らぬ人間を二人も殺すとは思えなかった。しかし興味はあった。

「ええ、ポール・リードという作家です。彼の母親がケアホームの入居者のひとりだった。なぜあんなに敵意を剝き出しにしてきたのかはよくわかりませんが」レイは間をおいてつづけた。「たぶん罪悪感でしょうね。自分で母親の面倒を見るつもりはなかったから」レイは顔をあげた。「まえにもいったように、罪悪感とは恐ろしいものですよ。あるいは、彼はいい話のネタを探していただけかもしれない。次の駄作を書くために」

沈黙がおりた。まだなにか出てくるだろうとマシューは思った。「おそらくもっと早くお話ししておくべきだったんでしょうが、リードは反対運動のときに患者協会とも関わっています。ケアホームの入居者の大半は、国民保健サービスで医療を受けている患者でもあるからといって」

「では、ナイジェルは、ケアホーム閉鎖におけるあなたの役割についても調べていたのですか？」

患者協会のステフ・ブルは、ヨウが病院から社会福祉への移行について熱心に調査していたといっていた。ヨウがどんなふうにこのプロジェクトに引きこまれたのか、マシューにも見えてきた。

レイはうなずいた。「非公式にね。実際には、ナイジェルの職務というわけではなかったと思いますよ。たぶん、われわれが友人同士だから依怙贔屓《えこひいき》していると思われないように、苦情の追跡調査をしたほうがいいと思ったんじゃないでしょうか。先週、向こうを訪ねたはずです。亡くなる前日の木曜日に」

マシューは相手がさらに詳細を話すのを待ったが、レイはそれ以上なにもいわなかった。

「ドクター・ヨウの調査でなにが判明したのでしょうか？」

レイはマシューのほうを見ていった。「わかりませんね。知りようがありませんでした。ナイジェルには、報告を提出する機会がなかったんですから」

25

インストウでジェイニー・マッケンジーを車から降ろしたあと、ジェン・ラファティは警察署に戻っていた。そして昨日の午後にジェイニーの車の出口をふさいだ車輛の所有者を調べ、電話をかけた。所有者の男性は喧嘩腰にまくしたてた。

「自治体が地元民のための駐車場を用意するべきなんだよ。あれだけ外から人がやってきて、われわれのスペースを占領するんだから。こっちは子供たちをビーチに連れていきたいだけなのに。自分が誰かの迷惑になってたなんて思いもしなかったよ」

その男性にはバーミンガムのアクセントがあった。彼自身も根っからの地元民というわけではなさそうだ。しかしこれでジェイニーの話の裏づけが取れた。昨日、ジェイニーはバーンスタプルには行かなかったのだ。少なくとも、自分の車で行くことはできなかった。

ジェンはルーク・ウォレスの母親と話がしたかった。ルークが自殺したことで、カムデンで高い地位にあったロジャー・プライアは辞任せざるをえなくなった。ジェンはフェイスブックの〈ラヴ・ルーク〉のページから連絡を取り、母親と電話で話す約束を取りつけてあった。マシュー・ヴェンはまだ戻っていなかったので、ボスのオフィスで電話をすることにした。大部屋で、うしろの雑音が聞こえる状態でできる会話ではなかった。

「ラファティ部長刑事ですね」落ち着いた、ごくふつうの人の声だった。自分がなにを予想していたのか、ジェンにもよくわからなかったのだが。常軌を逸した、ヒステリックな声だろうか。あるいは、賠償金をせしめようとする強欲な人の声。「ご連絡をありがとうございます。どういったご用件ですか？」

この女性へのアプローチは慎重に考えてあった。ロジャー・プライアが殺人者だとほのめかすことなど論外だ。捜査と結びつけることさえ好ましくない。ロジャーを好きではないにしても、根拠もないのに彼のキャリアを台無しにするわけにはいかない、とジェンは思っていた。そんなことをすればシンシアは二度と口をきいてくれないだろう。すでに彼女の友情とサポートを失いつつあるのに。

「ルークと似た状況の自殺事件が、こちらでも起こりました。ノース・デヴォンの海岸のそばです。警察も関わっていまして、将来的に起こりうる同様のケースに備え、深刻な鬱症状に苦しむ人々によりよい手助けができるように、研修案がまとめられないかと考えているんです。それで、気をつけるべき徴候などを教えていただけたらと思いまして」これはすべて、嘘ではなかった。ジェンは実際、自分で身につけるべき事柄をまとめようと思っていた。鬱症状がどんなふうに感じられるかは知っていたから。

「すばらしいじゃないですか！」こんなに熱意のこもった反応は想像していなかったので、ジェンは少しばかり居心地が悪くなった。相手の女性がつづけた。「最近では、警察が精神疾患に対処するための最前線に立たなければならないことも増えましたものね。福祉が大幅に削減されて、不足分を警察が補わなければならなくなった」

「息子さんが国民保健サービスから見捨てられたように感じたのですか？」

「そのとおり。個人を責めるつもりはないんですよ。ただ、わたしたちが最も支援を必要としていたときに、助けてくれる人がいなかった」間があった。「ほかにも問題はあったんですけどね。息子は自殺を勧める卑劣なサイトにアクセスしていたんです」

「それはどういったものですか？」ジェンはメモを取ろうと、ヴェンの机の上でペンを探した。ペンは、きちんと束になったメモ用紙の横に並んでいた。当然そうだろう。

「死のうとしている人を称えるような、メンバーが命を絶つことを奨励するチャットルームがあるんです」ルークの母親はいった。「少なくとも、わたしたちにはそんなふうに見えました。彼らは心の支えを提供しているだけだといっていますけど」

「こちらで亡くなった若い男性がそういうサイトにアクセスしていたかどうか、調べる方法はあるでしょうか？」

「わかりませんね」ルークの母親は自信のなさそうな声になっていった。「ルークが使っていたリンクならお送りできますけれど。〈ピース・アット・ラスト〉という名前です。そこから情報をたどれるかもしれません。だけど、しょっちゅう変更や移転がありますし、明確に違法なわけではないんです」

「息子さんが亡くなってまもなく、病院の責任者が辞任しましたね。きっと責任を感じていたのでしょうね」

「あの人は辞めさせられたんですよ」相手の言葉が辛辣になった。「それに、すぐにべつの好待遇なポストをあてがわれていましたし。国内のどこかべつの場所で」プライアがどこでその新しいポストに就いたかに関しては言及がなかった。おそらく、詳細を調べようと思うほどの関心はなかったのだろう。

「誰かほかの人から連絡がありませんでしたか？」ジェンはたずねた。「わたしたちは、ノース・デヴォン患者協会という組織と密接に関わりながら仕事を進めていまして、そこの所長のドクター・ナイジェル・ヨウがこちらで亡くなった青年のことを調べていました」

「ありましたよ！　ルークが亡くなった直後には、もう覚えていないほどたくさんのお問い合わせをいただきましたけど、その方は最近でしたね」

「ナイジェルは電話でご連絡を?」

「最初はメールで、その後電話でお話ししました。いまあなたにお話ししたようなことを、彼にもお伝えしたんですよ」ここで初めて、疑わしげな声になった。「一緒にお仕事をしているなら、彼に訊けばよかったのでは?」

「亡くなったんです」ジェンはいった。「突然でした。それもお電話を差しあげた理由のひとつです」

沈黙があった。それから相手の女性がいった。「まあ。お悔やみ申しあげます。お話ししたのはその一度きりですけど、思いやりのある、とてもすばらしい方のようでしたから」


ジェンはぶらぶらと大部屋に戻った。ヴェンはまだ戻っていなかったが、ロスがいた。チームのなかではロスがいちばんテクノロジーに詳しかった。ジェンはルーク・ウォレスと自殺フォーラムのことを説明した。「マックのノートパソコンが手に入れば、彼がなにをしていたかわかる?」

「関係あるのかな?」ロスは相変わらず、自分の――あるいはジョー・オールダムの――

発案でない意見にはそっけなかった。

「ええ、そう思う。ナイジェル・ヨウが調査を進めていたあいだに、マックがそういう病んだサイトから自殺を奨励されているのを発見したとしたら？　ヨウは亡くなる直前の午後に激怒していたって、マックの精神科医から聞いたんでしょ？　マックが自殺を唆《そそのか》されていたことがわかって、病院の過失のせいだと思っていたときより怒りが増したんじゃない？」ジェンは少しのあいだ考えてからつづけた。「ジェイニーの話では、マックが遺したメモには〝最後には心の平安《ピース・アット・ラスト》を見つけたい〟と書いてあったって。ルークがアクセスしてたチャットルームの名前とおなじ言い回しでしょう」

「ただの偶然かも……」

「ええ、その可能性はある。だけどいろいろと辻褄が合うじゃない」

「ヨウがこの自殺サイトの管理者をこの近辺で見つけたと思うんだね？」ロスが関心を持ったのがジェンにもわかった。気をつけないと、ロスは自分の考えだったといいだすかもしれない。

「そこまでは考えてなかったけど、それもあるかも」

「子供に自殺を唆すなんて、頭おかしいだろ。そういう変人に心当たりがある？」

ジェンは首を横に振った。だが、もしかしたらウェズリーはそのサイトを見ていたのではないかと思った。自殺しようと思っていたからではなく、奇妙な、常軌を逸したものに関心があったから。そういうものが作品の栄養になるのだといっていた。しかしウェズリーも死亡しているのだ。そこは理屈に合わなかった。「技術班がマックのノートパソコンを確認してくれるとうれしいんだけど。もし渡してもらえるように家族を説得できたらね。ルークが使っていたリンクを母親が送ってくれたから。マックもおなじ場所にアクセスしていたら、興味深いわね」ジェンは間をおいてつづけた。「ナイジェル・ヨウは、亡くなるまえの週にルークの母親に電話していたの。ちょっと偶然の一致が多すぎると思わない？」

ロスがそれに答えようとしたところで、ジェンはジョー・オールダムが近づいてくるのに気がついた。警視は大柄な男性だった。昔は健康だったのだろう。ラグビークラブの指導にあたっていたくらいだから。それがいまでは締まりのない体と赤ら顔で、いつ心臓発作を起こしてもおかしくないようなありさまだった。もうとっくに引退していてもよさそうなものだが、いまの地位と権力が気に入っているのだ。家に帰れば威張り散らす相手もいないのだろうし、とジェンは思っていた。

「ヴェンはどこだ？」毛嫌いする気持ちを隠そうともせずに警視はいった。

「ウェスタコムに行っています。ミスター・レイに追加でたずねたいことが出てきて」ジェンは間をおいた。「ブリーフィングがあるので、一時間以内に戻ると思いますけれど、顔を出されますか」そうたずねはしたものの、オールダムが今夜最初の一杯を飲みにいこうとしているのはわかっていた。それがオールダムにとって抗しきれない衝動であることも。

「いや。口を挟みたいわけじゃないんだ。チームを信用してない、なんてことをいいたいわけじゃない。報告を絶やすなと、ヴェンに伝えてくれ」そういって、オールダムはよたよたと歩き去った。苦しそうに息をする様子に、ジェンは哀れを催しかけた。だが催しかけただけで、完全に同情したわけではなかった。オールダムはどこまでも不快な御仁だったから。

オールダムが部屋から出ていくのを待ってから、ジェンは話をつづけた。「ジョージ・マッケンジーに電話をかけてみる。マックのノートパソコンを預けてもらえるかどうか」

「技術者の友達がいる。凄腕だよ。パソコンが手に入ったら、そいつが自分ですぐにやってくれるように頼んでみる。予算のことはあとでなんとかしよう」

ジェンは微笑んだ。こうしてロスと協力できる瞬間は楽しく、結局のところロスはそんなにいやなやつではないのかもしれないと思えた。ジェンはスマートフォンを取りだしてマッケンジーに電話をかけた。通話を終えたときにはヴェンが戻っていて、もうすぐミーティングがはじまるところだった。

ヴェンは珍しくラフな恰好をしていた。シャツの袖をまくりあげ、ジャケットも着ていなかった。ずっと太陽の下にいたかのように赤い顔をしている。ヴェンが部屋の正面、大きなホワイトボードの横に立つと、いつもどおりすばやく沈黙がおりた。わたしにもこんな威厳があったらいいのに、とジェンは思った。

「慌ただしい一日だった」ボスはいった。「捜査がどこまで進展したかは心もとないが。答えよりも疑問が増えるばかりだ。ロス、議事録を頼めるだろうか？　書けたらできるかぎり早く全員にまわしてもらいたい。一気に呑みこむには情報量が多すぎるから」

ロスはうなずいて、iPadを取りだした。ブリーフィングのあいだじゅう、ジェンにはロスがキーボードを叩く音が会話のバックミュージックとして聞こえていた。

「はじめてもいいかな？」ヴェンが机にもたれると、夏用の色の薄いスラックスに草の染みがついているのが見えた。ジェンは驚いた。いままで汚れひとつない服装でいるところしか見たことがなかったのに。「今朝、ロスと一緒に病院のチームに会ってきた。広報部長が完全に話し合いの主導権を握っていたが、どうやら有用な情報を提供することよりも、病院のイメージのほうをはるかに気にかけているようだった。しかしマックを担当した精神科医のラトナ・ジョシは、個別に顔を合わせたときにはもう少し率直で、問題の日のもっとあとにヨウがずいぶん動転していたと伝えてきた。ジェン、明日彼女に会いにいってもらえるだろうか？」

ジェンはうなずき、ヴェンがつづけた。「ヨウが所長を務めていた患者協会は、かなり機能不全を起こしているようだった。ヨウが無用な人員を整理しようとしていたような印象を受けた。実際、財務担当の女性が希望退職しているし、信用できるスタッフはローレンだけだったようだ」

「ヨウはずいぶん非情だったんですね」ロスがいった。

「そうかもしれない。あるいは、自分の役割を真剣に受けとめるあまり、居候のような人間を容認するつもりがなかったのかもしれない」

マシューはいったん言葉を切ってまた室内を見まわし、全員が自分に注意を向けていることを確認した。「ウッドヤードにも少しのあいだ立ち寄った。ルーシー・ブラディックがいうには、ウェズリーは日曜の午後にカフェで誰かを待っていたが、その相手は現れなかったそうだ」マシューはまた室内をさっと見まわし、全員がルーシーを覚えているかどうか確認した。みんな覚えていた。チームの面々にとって、ルーシーは英雄なのだ。「ふだん、ウェズリーはそこで中年女性の友人たちのうちの誰かと会っていたようだ。その女性全員の名前を知りたい。ウェズリーが誰かに打ち明け話をしていたかもしれないからね」間があった。「ロス、きみに頼む」

「シンシア・プライアからはじめるといいと思う」ジェンがいった。

「治安判事の？」

「そう、ウェズリーのいちばんのファンだったの。それにもちろん、事件とのつながりもある。シンシアの夫は病院のトップだから。それに、ロジャー・プライアは、ルーク・ウォレスが自殺した病院でも責任ある立場だった。興味深い偶然よね」

「ロジャー・プライアには今朝のミーティングで会った」ロスは間をおいてからいった。

「冷たそうな男だった」

「北極並みよ」ジェンがいった。

「最後には」ヴェンがいった。「フランク・レイを訪ねていった。レイを待っていたとき、バーンスタプルとインストウをつなぐ大通りへ、ウェスタコムから直接抜けられる道があるのを見つけた。レイのところの庭と、ほんの少し公用地も通る。だから、ウェスタコムの住人が農場のチェックポイントを通過していないからといって、ウェズリー・カーノウを殺害する機会がなかったとはいえない」

ヴェンの話はこれで終わりで、次はきみが話してくれといわれるだろうとジェンは思ったのだが、ヴェンがつづけた。

「どうやら、レイはある一件の再開発をめぐって、いやがらせの標的になっていたようだ。それが事件とどう関わるかはまだわからないが、レイと殺人事件とのつながりが明らかになれば、メディアが陰謀論や隠蔽を考えはじめる口実になるかもしれない。これについてはわたしが気をつけておく」今度こそ、マシューはジェンのほうを向いてうなずき、話をするように促した。

ジェンはインストウのマッケンジー家を訪ねていったときのことを話した。「一家はマックが受けた扱いについて、思ったよりもずっと怒っているようです」ジェンはボスのほうを向いて、ロンドンへの電話でわかったことをまた説明した。「ドクター・ヨウも、殺害される少しまえにルークの母親に電話をかけていました。ロスとわたしは、マック・マッケンジーもルークとおなじサイトにアクセスした可能性があると考えています。マックの遺書には〝最後には心の平安《ピース・アット・ラスト》を見つけたい〟と書いてありましたが、ルークがアクセスしていたグループの名前も〈ピース・アット・ラスト〉なんです。なにかつながりがあるように思えます」

「二つの死には、五年近くの時間差がある」ヴェンがいった。「ありそうもないように思える」

「そのサイトが何件の自殺に関わっているかもまだわかっていません」

ヴェンは少し考えてからいった。「ナイジェル・ヨウが、若者たちの自殺を扇動している人物を突き止めたと思っているのかな？」ヴェンは部屋の外を見やった。「なぜそんなことをしたがる人間がいるのだろう？」

「力を行使したいから？」ジェンがいった。「あるいは支配欲でしょうか」**歪んだアートの一形態とか？** ウェズリーがそういうサイトに手を出して、自分の楽しみのために人を操っているところが思い浮かんだ。しかしウェズリーも死んでいるのだ。

ヴェンはなんとも答えず、ジェンがつづけた。「調べる価値はあると思います。ジョージ・マッケンジーから息子のノートパソコンを借りる許可を取りつけました。ロスには技術者の友達がいて、最優先で調べてもらえるそうです」

「では、それを進めてみよう」ジェンにはヴェンの考えが読めなかった。調子を合わせてくれているだけなのか、それともほんとうにやってみる価値があると思っているのか。ボスは一瞬間をおいてからいった。「金曜の午後に、ヨウがどこにいたのか知りたい。午前中に病院でミーティングがあって、ロジャー・プライアとその同僚たちと会い、終業間近の時間にまた病院にいたのはわかっている。しかしそのあいだの時間には無断で仕事を離れていたようだ。ヨウがどこでなにをしていたのか調べてみよう」

その後解散となり、ジェンは夜の通りを歩いて帰った。ニューポートでは、人々がパブから通りに出てくる時間だった。帰宅すると、子供たちはそれぞれ自室でスクリーンのまえにいて、画面に気を取られるあまり、ジェンが部屋を覗いてもほとんど反応がなかった。子供たちがなにを見ているか、どうしたらわかるだろう？　あの子たちが鬱になったら、わたしは気がつくだろうか？　どこかのいかれたやつが、自殺は壮大な意思表示であり最後の逃げ場だとまことしやかに説きつけていたら、それとわかるだろうか？

26

メルは早番だったが、ロスは妻より早く起きた。ナイジェル・ヨウの殺人事件が起こってから、ロスはメルとあまり顔を合わせておらず、ぼんやりとではあるが、妻がなにかに不満を持っているのではないかと心配していた。昨夜帰宅したときには、メルはすでに食事と寝る支度を済ませており、誕生日にロスがプレゼントしたドレッシングガウンをネグリジェの上にはおって居間でテレビを見ていた。冷蔵庫に冷肉とサラダがあって、メルはそれを並べてくれた。さらに、皮ごと焼いたじゃがいもを電子レンジにかけてくれたが、話をするのは気が進まないようだった。あとからベッドに入ったとき、ロスはメルを腕のなかに引き寄せようとしたのだが、メルは身を固くし、黙って背を向けた。いま、ロスはメルがまだ眠っているうちに、目覚まし時計が鳴るより早くキッチンへ行き、紅茶を淹れて妻のもとへ持ってきた。

「やさしいのね」昨日よりはいつものメルらしかった。ロスは乱れた髪と素顔のままのメルが好きだった。メルが体を起こして座ると、ネグリジェの一方の肩がすべり落ちた。

「なにも問題ない？」ロスは手を伸ばして肩を撫でたいと思ったが、昨夜の拒絶を思うと気が引けた。また押しのけられたら、どんな気持ちになるだろう。

「ええ」メルがいった。「万事問題なし。昨日の夜、不機嫌に見えたならごめんなさい。長い一日だったの。入居者がひとり亡くなって。もう危ないのはわかっていたんだけど、長年一緒に過ごしてきた人だったから」

「ああ、それは気の毒に」しかしそれでもロスは妻に触れることができなかったし、すっかり安心したわけでもなかった。


ロスは治安判事裁判所でシンシア・プライアを見つけた。午前中の法廷が終わって昼休みに入る直前に到着し、うしろのほうの席にすべりこんだ。シンシアは裁判長を務め、万引きをした若い女性に保護観察処分をいい渡していた。ロスはその女性と彼女の家族を知っており、執行猶予つきの実刑を食らわなかったのはものすごく運がいいと思った。治安判事が法廷を出ていくあいだに、ロスは年老いた事務弁護士やばらばらと出ていく被告側の関係者たちと一緒に席を立ち、ロビーに出て待った。

シンシア・プライアはひとりで姿を現した。オレンジ色のリネンのワンピースを着て、大きなストローバッグを持っていた。ロスのことは見てすぐにわかったようだが、会えて喜んでいる様子はなかった。

「メイ刑事、午後に担当案件があるの？　今日はもう交通違反しか残っていないと思ったけど」

「ちょっとお話を伺えたらと思いまして」ロビーにはすでに人けはなく、差しこんだ日射しのなかで塵が踊っていた。「ウェズリー・カーノウについて」

「ああ、かわいそうなウェズリー。寂しくなるわ」シンシアはロスから顔をそむけ――おそらく悲嘆を隠そうとしたのだろう――出入口に向かって歩きつづけた。「昼食に出かけるところなの。あまり時間がないから、もし質問があるなら一緒に来たらどう？」

ロスはシンシアのあとから通りへ出て角を曲がり、明らかに彼女の行きつけと思われる小さなティーショップに入った。窓からいちばん遠い小さなテーブルに予約席の札が置いてあり、シンシアはその席に座った。そしてウェイトレスが来ると、メニューも見ずにスモークサーモンのサンドイッチとアールグレイを注文した。ロスは空腹だったが、容疑者の可能性があって判事でもある人物と飲食をともにしていいかどうかよくわからなかったので、結局、コーヒーとティーケーキを頼んだ。ティーケーキはちゃんとした食事とは見なされないだろうと思ったのだ。

「ウェズリーはいい友人だった」ウェイトレスがいなくなると、シンシアはいった。「なにが知りたいの？」

「彼と最後に会ったのはいつですか？」

「金曜日の夜、うちのパーティーで。最後までいた人たちのうちのひとりだった。だけど、ウェズリーが亡くなった日曜日にも話はしたのよ。朝、彼が電話をかけてきたから。ナイジェルが殺されたことで動揺してるのがよくわかった。会えないかっていわれたわ」

ウェイトレスがトレーを持ってやってきて、それからすぐにまたカトラリーを持ってきた。年配でのんびりした店員で、ロスは苛立ちを抑えるのに苦労した。

「それで、会うことにしたんですか？」

シンシアはサンドイッチを小さく切り分けながらいった。「いいえ。もちろん、会ってあげたい気持ちはあったけれど。ウェズはほんとうに動揺していたし。だけど日曜日は家族の時間で、それは破ることのできない決まりなのよ。それに、夫にとってもいまはちょっと困難な時期だから。ナイジェルの魔女狩りについてはそちらにもいずれ全部わかるでしょうけど、そんなわけで夫を見捨てて出かけるなんて無理だった。だからきちんとした昼食をつくって、それを午後なかばに食べて、上等のワインを一本あけて、それからもう一本あけた。それがわたしたちの日曜日」

「ナイジェルの調査を魔女狩りだと思っていたなら、なぜ彼をパーティーに招いて、ラファティ部長刑事と会えるように取りはからったんですか？」

シンシアは肩をすくめた。「ナイジェルがなぜジェンに会いたがったのか、詳しいことは知らないのよ。もしロジャーとそのチームが犯罪をおかしたと真剣に考えていたなら、ナイジェルはもっと公式なアプローチをしたはずだし」

「ミスター・プライアは、あなたとミスター・カーノウとの関係をどう思っていたんですか？」ロス自身は、メルがどこかの男とふらふら出歩いて、ロンドンへ行ったり、レストランで食事をしたりしているのが友人全員に知れ渡って、自分が間抜けに見えるなど絶対に耐えられなかった。

「ちょっと、やだ、そんな関係じゃなかったんだってば」シンシアは息を詰まらせながら大笑いした。「そういう意味で惹かれてたわけじゃない。たいして好きだったわけでもないし。便利な友達だっただけ。お芝居や展覧会にひとりで行ってもおもしろくないんだもの。ひとりでなにが楽しいの？　ウェズリーはアートに詳しかったから。その気になれば人を楽しませることもできたし。ロジャーも、自分が楽しめないものに付き合わなくていいのを喜んでいたわよ」

「ほかの女性たちはどうでしたか？」ロスはたずねた。「やっぱり便利な友達だったんでしょうか?」

「そうね、なかには恋をしてるつもりになっている人もいたと思う。ウェズには人を惹きつけるところがあったし、相手を特別な人のように扱うのがうまかったから。無料の食事と、何杯かのワインと引き換えにね。お酒は高価なものが好きだったわね。だけどよっぽどすごいものを差しださないかぎり――スコットランドのお城とか、ニューヨークのアパートメントとかね――ウェズリーを縛りつけることなんてできなかったと思う。ウェズは根っからの自由人で、自分のアートと音楽を愛してた」

「ウェズリーは日曜日の朝、誰かほかの女性に電話をかけたと思いますか? あなたと会えないとわかったあとで」

「イヴに電話したかも。あの二人はすごく仲がいいというわけじゃないけど、お互いの作品には敬意を払っていたから。ほんとうのところ、よく一緒に出かけるほかの年上の女たちのことは食事券としか思っていなかったんじゃないかしら」

「ジェイニー・マッケンジーはどうですか?」

シンシアはまた小さく笑った。「ジェイニーは手の届く相手じゃないって、ウェズにもようやくわかりはじめたところだったと思う」

「あなたのパーティーに一緒に行ったでしょう」

「そうね、だけどあの夜のジェイニーはずっと、心底退屈していることをはっきり態度で示していた。ウェズリーは年齢でいえば彼女の両親のほうに近いし、ジェイニーはウェズを家族の友人というか、ちょっと気の利いたおじのように見なしていたと思う。パートナー候補じゃなくて」シンシアは時計を見た。「悪いけど、もう法廷に戻らなきゃ」

「ウェズリーと、アレクサンダー・マッケンジーの死について話しあったことはありますか？　ウェズリーはあの一家の友人だったし、ウェスタコムでは住居も仕事場もイヴと隣同士だった。マックのことには興味があったんじゃないでしょうか」

シンシアは立ちあがった。すでに会計を済ませており、ロスの分も払っていた。ロスは居心地の悪い思いをした。まるでウェズリーの役を引き継いだかのようだった。マシュー・ヴェンなら絶対にこんな立場に甘んじることはないだろうと思った。シンシアは一瞬、テーブルで体を支えながらその場で動きを止めた。

「ウェズリーは好奇心に動かされたりはしなかった。とくに、他人のことに関しては。ウェズがほんとうに気にかけたのは自分自身のことだけ。自分自身の利益とか、自分自身の快適さとか」シンシアはバッグを腕にかけた。「たぶん、よくよく考えれば、わたしたちはみんなおなじかもしれない。そういう身勝手さを隠すのが、うまいか下手かというちがいがあるだけで」

27

ジェンはラトナ・ジョシを精神科病棟で見つけた。病棟は、マシューとロスが昨日ジョシと話をした総合病院の敷地内にあった。何人もの受付係や医療秘書を突破した末に、ようやく本人に電話がつながったのだが、医師はひどく忙しそうで、うわの空だった。「ほんとうに必要なことなんですか？　昨日、あなたの同僚とお話ししましたけど」

「新たな情報が出てきまして」ジェンはいった。「ぜひお力が必要なんです」

「今日のシフトは長いんです。今夜八時までは体が空きません」

「そちらに伺ってもいいですか？」ジェンはジョシが逃げる口実を探しているのを感じとり、相手が口をひらくまえにつづけた。「十時に伺います」


マックが治療を受けていたゴースヒルという名の病棟は、病院のメインビルから遠くないところにあるモダンな建物で、公立病院の一部だった。わたしはなにを想像していたのだろう、とジェンは思った。鍵のかかったドアとか、空に向かって吠える人々とか？　実際には、国内のほかの医療センターとなんら変わりがなかった。おなじように広い入口があり、外の看板に病院のロゴが記されているのも、駐車料金の支払いをお忘れなく、という指示板があるのもおなじ。建物の外では、ジャージにTシャツという恰好の男性の一団が煙草を吸っていた。ジェンが通りかかっても、男たちは気にも留めなかった。

ラトナ・ジョシが受付に来てジェンを迎え、二人でジョシのオフィスまで廊下を歩いた。ナースステーションのそばを通りかかると、三十代の女性が慰めようもないくらい涙にくれていた。しかし通り過ぎたときには悲嘆が激怒に変わったようで、その患者はスタッフに向かって、ジェンが理解できない言葉を怒鳴りはじめた。ラトナはその女性に近づいていって腕をまわした。「ヘイ、リジー、落ち着いて。もうすぐ家に帰れるから。約束する。だけどあなたにはまだその準備ができていないみたい。部屋に戻りましょう」女性患者はラトナの肩にもたれてすすり泣き、若い医師は患者が落ち着くまで抱きかかえていた。最後には、その患者は身を引き離してあたりを見まわし、突然、完全に感情をなくして無表情になった。彼女はそれ以上ひと言も口をきかずに、二人から離れてまっすぐに廊下を戻っていった。

「彼女はいったいどうしたの？」ジェンにとっては、患者に出くわしたことも、彼女の豹変ぶりも大きなショックだった。

ジェンは答えを期待していたわけではなかったが、医師は立ち止まってオフィスの鍵をあけるときに説明した。「産褥期精神病。とても状態が悪くて、生後二カ月の子供を傷つける恐れがあったから、彼女自身と子供の身の安全のために入院させなければならなかった。家にはよちよち歩きの幼児もいる」ラトナは脇へよけて、ジェンを部屋へ通した。「病床の数は限られているし、地域の福祉もいっぱいいっぱい。ああいう決断は毎日のように下さなきゃならないの――リジーを入院させるべきか、支えてくれる家族のいる深刻な鬱の青年を入院させるべきか」ラトナはジェンに座るようにとうなずいてみせた。「あなたはアレクサンダー・マッケンジーとナイジェル・ヨウのことでここへ来たんでしょう」

「ええ、そう」ジェンは考えを整理しようとしたが、まだ動揺が収まらなかった。「だけど批判したいわけじゃない。どうしたら平気でいられるの。みんな警官はタフだって思ってるみたいだけど、わたしがあなたの立場だったら、一日も持ちこたえられそうにない」

「コーヒーを淹れるわ」ラトナはいった。「インスタントしかないけど、ないよりマシでしょう。いかが？」

「いただきます」

誰かが外の廊下を歌いながら通り過ぎていった。歌声は大きく、調子よく、楽しそうだった。患者だろうか、世話人だろうか？　それが問題だろうか？　この壁のなかではみんなおなじで、たぶんみんなちょっとずつおかしくて、みんな大きなプレッシャーを感じているのだ。

「それで、なにがそんなに差し迫っているの？」ラトナがたずねた。

「ナイジェルは、自殺したべつの青年の母親と連絡を取っていた。ルーク・ウォレスという青年の母親。ミセス・ウォレスは、息子のケアをしていた医療スタッフの過失だと確信していた。ルークはカムデンに住んでいて、当時、その病院はロジャー・プライアが管理していた」ジェンは間をおいてつづけた。「ミスター・プライアはソーシャルメディアでいやがらせの標的になって、地元のメディアでも非難された」

ラトナは聞いていた――精神科医というのは、聞くのがうまくなければ務まらないのだろう――が、なにもいわなかった。

ジェンはつづけた。「わたしもミセス・ウォレスと話をした。患者に自殺を勧めるウェブサイトに息子がアクセスしていたことを、ナイジェルにも話したといっていた。もしマックもおなじことをしていたら？　それなら、死体で発見される直前の夕方にあなたが見たというナイジェルの激昂した姿にも説明がつくかもしれない。もしかしたら、ナイジェルの怒りはあなたや病院ではなく、ウェブサイトの向こうにいる人たちに向けられたものかもしれない」

「だからナイジェル・ヨウは殺されたと思っているの？　あの日、アレクサンダー・マッケンジーを海に飛びこませた個人を特定したから？」

「それもひとつの可能性ではあると思う」ジェンはコーヒーをひと口飲んだ。「どう思う？　充分ありそうな話じゃない？　マックがその手のサイトを見ていた可能性は？」

沈黙がおりた。ラトナは眉をひそめて考えこんでいる。性急で軽率な判断はしないのだろう。オフィスは中庭——建物のまんなかにある四角い芝生のスペース——に面していた。女性のグループが草の上に座っておしゃべりをしている。首から通行証をさげた年配の女性が会話をリードしているようだった。なにかのグループセラピーだろうか？　話の内容はジェンのところまでは聞こえてこなかったが、それでも興味があった。ラトナが時間をかけて質問の内容を真剣に考えてくれてうれしかった。

「見ていた可能性はあるかもしれない。ただ、仮にマックがインターネット上のグループからそういうメッセージを受けとっていたとしても、それがわたしたちにわかったとは思えない。もし本人が自殺を決意したなら、嘘をついて、大丈夫なふりをして、わたしたちが聞きたがりそうなつくり話をして退院させるように仕向けるか、あるいは自主退院の許可を取りつけることもできた」ラトナは間をおいてつづけた。「わたしは彼の術中にはまってしまった。正直にいって、マックがそこまで悪いとは思わなかった。たしかに鬱症状は深刻だったけれど、自殺は考えていないといっていた。それは嘘だったし、わたしは無理にでも入院させておくべきだった」

「マックにはそんなことができたの？　病気の症状を実際よりも軽く見せることが？」

今度の答えはさっきよりもすばやく返ってきた。「もちろんできた。わたしたちが悪人で、彼が安息を見いだすのを阻止しようとしているという物語を頭のなかでつくりだしていたのかもしれない。そういう物語を信じこんでいたなら、こちらの判断を誤らせることが自分の使命だと見なしたはず」

ジェンはその話を消化しようとしながらいった。「なぜそんなことをする人がいるの？　他人が自殺するように仕向けるなんて」

「すべてのサイトが自殺を勧めているわけじゃない。一部には、自殺を考えている人々をほんとうに支えようと、彼らの考えをジャッジせずに真剣に受けとめようとしているものもある。だけどもっと危険なサイトもある。病的な傾向のある人たちをグループに引き寄せて、苦しんでいる人をべつの世界へ導くことが神から与えられた使命であるかのように思わせるの。メサイアコンプレックスというのは、そんなに珍しい病気じゃない」ラトナは小さく笑みを浮かべて、ドアのほうへうなずいてみせた。「自分のことをキリストだと思ってる患者はいくらでもいる。自分自身自殺するかしないかの瀬戸際にいる人が、ほかの誰かがその勇気と手段を見つける助けになればいいと思ってそういうグループに加わる場合もある」ラトナはつかのま口をつぐみ、それからつづけた。「まれに、生死を左右する力に酔いしれているような人もいる。ふつうの意味で病気ではないんだけれど、ただ他人の死を誘発することだけを目的にしている人が」

ジェンは体から息を叩きだされたように感じた。腹にパンチを食らったみたいに。そんなふうに、保護の必要な人に狙いを定めることができるなら、それは殺人ではないだろうか？　完全犯罪に近い殺人なのでは？「だとしたら、それは邪悪ね」

「ええ」ラトナはいった。「ほんとうに邪悪。だけど、わたしの理解するところでは、法律に違反しているわけではない」

「自分は自殺フォーラムにアクセスしたことがある、と認める患者に出会ったことは？」

ラトナは首を横に振った。「おそらく今後もないと思う。さっきもいったとおり、本気で自殺を考えている人は、それをわたしたちに話したりしない。いろいろと制限を課してくる相手だと思われているから。自分たちの自由な選択を妨げる陰謀の一部だ、と」

「ここにいるあいだ、マックには特別な友達はいなかった？　とくに親しいスタッフとか？」

「亡くなるまえのひと晩を過ごしただけだから、友達をつくるような機会はなかった。それに、深刻な鬱症状を抱えた人が他者とつながりを築くのはむずかしいの。とくに、相手も病気である場合には」

ジェンは、マックに関するジェイニーの説明を思いだした。落ち着きなく歩きまわったり、不可解なことをぶつぶつつぶやいたり、自分だけの世界にとじこもったり。マックは自分のことしか考えられない、ともいっていた。もちろん、誰かと本物の友情を築くなど、それほどの病状を抱える人にはできなかっただろう。もしマックが自殺フォーラムやそこの途方もない考え方に感化されていたのだとしたら、そうしたサイトに対して一種のコミュニティであるような印象を持ち、完全に利己的なままでいることを許されていたのだろう。引き換えになにも差しださなくても、コメントや励ましを受けることができたのだろう。

「担当のスタッフはどう？」ジェンは肯定の返事を期待せずにたずね、ラトナはやはり首を横に振った。

「ここは急性期病院だから。大半の患者は、有益な関係が築けるほど長くここにいない。わたしたちはいっぱいいっぱいだし。ほんとにぎりぎりなのよ」

「最後にもうひとつだけ」ジェンはラトナの忍耐が切れかけているのを感じとっていった。「例の金曜日だけど、一日の仕事を終えた時間にナイジェル・ヨウを見かけたとき、日中はなにをして過ごしたかわかるようなことをいっていなかった?」

ラトナは首を横に振った。「まったく、なにも」

車が日なたに停めてあったので、ジェンは乗りこんですぐにエアコンの風量を最大にした。そしてしばらく座ってから、海岸まで車を走らせてマッケンジー家に向かうことに決めた。マックのパソコンを一家が隠したがったり、ブラウザの履歴を消そうとする理由は思いつかなかったが、念のため早めに取りにいくことにした。

マーサが、前回訪ねたときとおなじ場所にいた。煙草を片手に、ビーチを眺めながらバルコニーに立っている。マーサはジェンに手を振った。「もう常連ね!」どんな意味にも取れるような声でマーサがいった。ジェンは歓迎されているようには感じなかった。

「またお邪魔してすみません。お力を貸していただけたらと思って」

「ジョージとジェイニーは仕事中よ。二人とも大忙しだから、家に呼び戻すのはちょっと」マーサはまたもや、立ち入ってこられたくないことをそれとなく伝えた。「でも、わたしでよければできることもあるかも。ちょっとそこで待ってて。いまなかに入れてあげるから」

今回も日当たりのいいキッチンに通されたが、今日は消毒してあるのではないかと思うほどきちんと片づいていた。ジェンが日曜日に見たように、家族全員がここで遅めの朝食をとっているところなど、ちょっと想像がつかなかった。黄色い棚に置かれたファウンドオブジェはひどく場違いで、前時代の遺物のように見えた。マーサはテーブルのまえに座った。コーヒーを勧めてはこなかった。「ご用件は？」

「ナイジェル・ヨウは殺されるまえに、ある母親と話をしました。彼女の息子も自殺しているんです。完全な通話の記録はないんですが、二人はウェブ上のチャットルームについて話しました。自殺を考えている人が、実行するためのヒントや励ましを得られるサイトがあるんです。アレクサンダーも似たようなサイトに出入りしていたかどうか、わかりませんか？」

マーサは首を横に振った。「最後のころには、あの子はわたしたちと――父親やわたしと――話さなくなった。少なくとも、意味のわかることはいわなくなった」親しげな態度が消えると、マーサはただ疲弊し、打ちひしがれた人のように見えた。もう観客のために演じる魅力的な女優ではなくなっていた。

「彼はパソコンを使っていましたよね？　スマートフォンとか？」

「もちろんよ。いまはみんなそうでしょう？」疲れきった様子は本物なのか、つくられたものなのか、またわからなくなった。

「マックが使っていたそういうデバイスはまだありますか？」

マーサは顔をあげた。「スマートフォンはない。水のなかでなくなってしまったから。ふだんからジーンズのポケットに入れて持ち歩いていたのよ。よくなくしたし、上に座ったりもしてた」

「ノートパソコンはどうですか？」

「それなら部屋にある」

「署に持ち帰ってもいいでしょうか？」

間があった。「それが捜査にどう役立つのかしら？」

「これはひとつの仮説なんですが」ジェンはいった。「もしマックの知り合いの誰かが、自殺者のためのチャットルームに関わっていて、マックに自死を勧め、それをナイジェルが発見したのだとしたら、殺人の動機になりえます」

「でも、息子に自殺願望のある友達なんていなかった。学校の友達はみんな明るかった」固くなった声に羨望が滲んだ。「みんなふつうだった」

ジェンはラトナの持論を思いだした。グループのなかには生死を左右する力に興奮する

沈黙

登場人物表

早川書房

マシュー・ヴェン……………………バーンスタプル署の警部
ジェン・ラファティ…………………同部長刑事
ロス・メイ……………………………同刑事
ジョー・オールダム…………………同警視
ジョナサン・チャーチ………………マシューの夫。ウッドヤード・センターの責任者
シンシア・プライア…………………治安判事
ロジャー………………………………シンシアの夫
ナイジェル・ヨウ……………………ジェンがパーティーで出会った男性
ヘレン…………………………………ナイジェルの亡き妻
イヴ……………………………………ナイジェルとヘレンの娘
ウェズリー（ウェズ）・カーノウ……ミュージシャン。アーティスト
フランシス（フランク）・レイ………農場のオーナー。経済学者
ジョン・グリーヴ……………………農場の管理人
サラ……………………………………ジョンの妻
ジョージ・マッケンジー……………〈イソシギ〉のオーナー
マーサ…………………………………俳優。ジョージの妻
ジェイニー……………………………ジョージとマーサの娘
アレクサンダー（マック）…………ジェイニーの弟
ローレン・ミラー……………………ナイジェルの同僚
ルーク・ウォレス……………………自殺した青年
ルーシー・ブラディック……………ダウン症の女性
ドロシー………………………………マシューの母
メラニー（メル）……………………ロスの妻
スティーヴ・バートン………………電子情報分析の専門家
ポール・リード………………………作家。再開発反対運動のリーダー

ような人間もいるという話だった。「もしかしたら友達のなかに、そういうことに興味を持った人がいたのかもしれません」ジェンはためらってからいい足した。「あるいは、邪悪な人が」

「誰かが楽しみのために、マックに自殺を勧めたってこと？」マーサは体調が悪くなったかのような顔をした。

「先ほどもいったとおり、ただの仮説です」

「もちろん、ノートパソコンは持っていっていいわ。あの子の部屋にあるから。階段のてっぺんにある三階の正面の小さな部屋」マーサはジェンを見ていった。「自分で取ってきてもらってもいいかしら？　息子が亡くなってから、あそこには一度も入っていないの。ジョージはあの子のものを片づけるべきだっていうんだけど。まえに進むべきだって。だけどわたしには、考えるだけで耐えられない」マーサはまた間をおいた。「息子が行方不明になって最初の一週間は、あの子の古いラグビーシャツを着て寝たの。息子のにおいがすると思って」

「もちろん、ひとりでかまいません」ドアのところで、ジェンはマーサをふり返っていった。「マックの持ち物をざっと見てもいいですか？　あなたに黙って持ちだしたりはしませんから」

マーサはジェンをじっと見つめ、ジェンは断られるだろうと思った。「ええ、もちろん」とうとうマーサがいった。「人に立ち入られるのをものすごくいやがる子だった。誰も部屋にあがってこないでといわれてた。だけどいまとなっては、もうあの子も気にしないでしょう」

二階より上では階段が狭くなり、最上階にはバスルームと寝室があった。マーサがいっていたとおり、寝室から海岸が見おろせる。階下のバルコニーも見え、古いタイプのストライプのデッキチェアがあって、その横の灰皿があふれそうになっているのが目についた。マーサは一日の大半をあそこで過ごしているにちがいない。外の世界を遮断し、通行人が自分に気づくたびに栄光の日々を思いだしながら。これも一種の舞台なのだ。

寝室は思ったよりもきちんと整頓されていた。ジェンの子供たちの部屋よりは確実に片づいている。きれい好きのエラでさえかなわないほどに。窓際にダブルベッドがあり、紫色の上掛けがかかっていた。白い木の棚が二つあって、たたまれた衣類が入っており、壁際には机とスプリング式のアームランプがあった。机の上にノートパソコンがあり、まだコンセントにつながっている。ラトナが説明していたようにさまざまな思考が駆けめぐって頭のなかが混沌としている人物が、部屋のなかではこれほど秩序を保っていたというのは信じられなかったが、おそらく本人にとっては必要なことだったのだろう。みずから命を絶つことを考えるのに、すっきりしたスペースがほしかったのかもしれない。決断はスピリチュアルなもの、いや、信仰に近いものだったのだろう。自分にとってそれが正しいことだと確信していたなら、励ましてもらう必要もなく、理性的で明瞭な思考が訪れた瞬間に決めたのかもしれない。

　ジェンはコンセントを引き抜いてパソコンをバッグに入れた。階段を降り、キッチンのドアのまえで立ち止まる。マーサがまだそこに座っていた。物思いに耽っているようで、表情が固まっている。

「パソコンをお借りしました」ジェンは声をかけた。「ほかのものには触れていません。マックは以前からあんなに部屋をきちんとしていたんですか？」

「ええ」マーサが答えた。「それも強迫観念のひとつだった」それから顔をあげてつづけた。「真実を明らかにしてほしい。すべての真実を。いまは家族全員、息子が死ぬまえの自分たちの役割にはまりこんだまま行き詰まっていて、どうにもならないの。ジョージはいまも陽気な〝酒場の親父〟を演じているし、ジェイニーは長期休暇にアルバイトをする学生のまま。そろそろきちんとしたキャリアを考えるべきなのに。そしてわたしは新しい役柄を待っている女優というわけ。わたしたち全員が、巨大なメリーゴーランドに乗ったみたいにぐるぐるまわりつづけてる。このままではまえに進めない」

28

エクスムーアとスピニコットを目指して内陸方向へ車を走らせながら――スピニコットはフランク・レイが敵視されている村である――マシュー・ヴェンは学校をさぼった不真面目な生徒の気分に浸っていた。子供のころはそんなことなど考えもせず、むしろ素行の悪いほかの子供たちのことを告げ口する側だった。外の世界に怯えていたせいで、ルールを破れなかったのだ。しかし今日はその喜びを理解し、日々の責任から逃れる自由を満喫していた。

いままでの人生でつねにつきまとってきた罪悪感が、この逃げだすような感じ、いままさに冒険がはじまろうとしているような感覚にスパイスを添えていた。実際、いま向かっているのはナイジェル・ヨウが殺害されるまえの週に訪れた場所ではあったが、マシューがわざわざ出向く理由はとくにないのだ。チームの誰かを送ることもできたし、ケアホームの閉鎖に反対する運動のリーダーとは電話で話をしてもよかった。

スピニコットは谷底の村だった。道は村を越えたところで上り坂になり、陽炎の向こうのエクスムーアへつづいている。ジョナサンが養父母と暮らしていた場所からもそう遠くない。スピニコットは一見、なんの魅力もない村だった。道路が一本通り、両脇に狭い歩道があって、灰色の家が並んでいるだけ。いかにも観光客が惹かれそうな要素などなにもなかった。ドアのまわりに薔薇を這わせた藁ぶき屋根のコテージもなければ、エクスムーアへつながる景色のいい遊歩道もなかった。ただ、村の中心部にはもう少し魅力があった。ゆったりと流れる川に古い石橋がかかり、パブの庭が土手へつづいている。しかしマシューには、なぜこの場所が人を呼び寄せるのにレイの助けを必要としたかがよくわかった。昼食にはまだ早かったが、パブの駐車場は半分以上埋まっていた。外の看板は、バリスタの淹れるコーヒーを宣伝している。離れのひとつが改装されて店と郵便局になっており、通りまで行列ができていた。店から女性が出てきて――葉のついたままのニンジンやズッキーニ、ばら売りの完熟トマトといった新鮮な野菜の詰まったバスケットをさげている――四駆の新車に乗りこんだ。

ヴェンはパブの建物に入り、カウンターでコーヒーを注文した。「高齢者のケアホームを探しているんですが。どう行けばいいかわかりますか？」

「〈ザ・マウント〉のことかね？　学校を通りすぎて、それから右の道に入るんだ。ちょっと草が伸びているから、見逃すかもしれんね」地元民らしい話しぶりだった。では、フランク・レイは、少なくともこの男性の仕事はつくりだしたということか。マシューがコーヒーを飲んでいるあいだに耳に入ったノース・デヴォンのアクセントは、この男性のものだけだった。そして客のなかではマシューがいちばん若かった。ほかの人々は年配で、休暇を楽しむ早期退職者か、終の棲家を求めて都会から流れてきた人のように見えた。しかし、なにがいけない？　マシュー自身は、ここの生まれで幸運だったと思っている。よそからの人々だって、この地を楽しみ、放っておいたら消えてしまうかもしれない地域社会を支えてくれるというなら、結構なことではないか。それでもマシューには、昔からの住人が侵入されたように感じ、従来の生活様式が危機にさらされていると思うのも理解できた。もしかしたら、田舎における高級化《ジェントリフィケーション》の危険性についてジョナサンがいっていたことは正しいのかもしれない。

マシューは、先にケアホームを訪ねようと決めていた。閉鎖反対運動のリーダーである作家、ポール・リードと話をするのはそれからだ。リードがなぜそんなに激烈な反応を示したのか、理解できれば役に立つだろう。マシューは車に戻り、橋を渡った。対岸の学校は休み時間で、あけ放たれた窓から子供たちの笑い声が聞こえてきた。

雑草の生い茂った道はかすかに上り坂になって森林のなかを縫っていく。もう少し季節が早ければ、そこここに群生するブルーベルが満開だったのだろう。木々の下に萎れた花がいくらか残っていた。運転は砂利敷きの円形駐車場に着いて終わった。すぐ横に、切妻屋根やチムニーポットの目立つヴィクトリア朝様式の大きな家が建っている。建物の正面に石畳のテラスがあって、六人の高齢者が青い制服姿の介護人と一緒にそこにいた。そのうちの二人は車椅子を使っていて、全員が日よけに白いコットンの帽子をかぶっている。来てはみたものの、マシューはどうしたらいいかわからなかった。ひと目見るだけのつもりだったが、車で入ってきたのを気づかれていたので、そのまま走り去ることはできないような気がした。マシューは車を降りて、一団のいるほうへ歩いた。

「あらまあ、こんにちは！」車椅子に座った女性が大声でいって手を振った。「あなたみたいなハンサムな若い男性がここにどんなご用かしら？」

マシューはまだテラスから少し離れたところにいたが、大声で答えなくてもいいように、雑草の伸びた庭を横切って近道をした。テラスにつながるフレンチドアはあけ放たれていて、みすぼらしい休憩室のなかが見とおせた。傷だらけの木の床に擦り切れたラグが敷かれ、座面のへこんだ肘掛椅子が並んでいる。あの椅子に座ったら、体の弱った高齢者が自分で立ちあがるのは困難だろう。家の奥で掃除機をかける音がした。

介護人が立ちあがってマシューを迎えた。「ご親族の入所を考えているなら、残念ですがもう募集していないんですよ」

「ここは閉鎖されそうなのよ」車椅子の女性がいった。「だけどわたしたちがんばっているの」

「こちらはヴィヴ・リード」介護人が笑いながらいった。よく笑う女性なのだろうな、とマシューは思った。「〈ザ・マウント〉の組合代表なんです」

「昔は労働組合に入っていたのよ」ヴィヴがいった。「そういう人は、ここにはあんまりいなくてね。それでいまでもわたしが闘っているというわけ。息子のポールと一緒に」

「閉鎖反対運動のリーダーですか？」

「そうよ！」ヴィヴはむやみに誇らしそうな声でいった。

「だが、あまりうまくいってないんだよ」発言したのは、しわだらけの小柄な男性だった。「あのフランシス・レイってやつは、やりたいようにやるだろうさ。みんな聖人みたいに思ってるが、あいつの頭にあるのは金だけだ」

マシューは、患者協会のステフ・ブルがナイジェル・ヨウについてまったくおなじようにいっていたのを思いだし、フランクとナイジェルについては自分も思いちがいをしていたのだろうかと思った。二人はみずから広報活動のようなことをして、善良で寛大な人間であるというイメージをつくりあげたのだろうか？　じつはほかの大勢とおなじく利己的であるのに？

「親族が入所できる場所を探しているわけではありません」マシューはいった。「わたしは、ドクター・ナイジェル・ヨウの殺人事件を捜査している刑事です。先週、ドクター・ヨウがこちらへ来たと思うのですが。彼は〈ザ・マウント〉の閉鎖について調査していました」

「あの人が亡くなったというのは聞きました」ヴィヴがいった。「やられた。わたしたちの最後の希望が消えてしまった、とみんな思いましたよ」

「ドクター・ヨウはあなたがたの立場を支持してくれそうだったのですか？」

「彼はお茶を飲みにきたの」ヴィヴはいった。「それで、わたしたちがどんなに幸せにここで暮らしているか見たのよ」

それは質問の答えになっていない、とマシューは思った。

マシューがさらに言葉を返すまえに、介護人が会話に入ってきた。「先生は奥さまの話をしていました。若年性アルツハイマーだったそうで。家で面倒を見ることができて運がよかった、とても具合が悪いこともあったけれど、満ち足りた人生を送れたと思う、と。すべての人にそういう権利があってしかるべきだといっていましたよ」間があった。「残念ながら、深刻な認知症を抱えた患者さんのお世話をするための設備がここにはないんです。だから対応できなくて。もしかしたら、それが先生のこのホームに対する印象に影響したかもしれません」

沈黙がおり、建物のまえの木立で響くモリバトの鳴き声だけが聞こえた。

マシューはふり返ってヴィヴを見た。

「ドクター・ヨウが訪ねてきたとき、息子さんはここにいましたか？」

「もちろんいたわよ。あの子が先生を招いたんだもの」

「先生は翌日もまた来ましたか？　金曜日の午後に。たぶん、もう一度見てみようとしたのでは？　警察は、あの日の彼の行動をたどろうとしているのです」

介護人は首を横に振った。

マシューは辞去して車に戻った。もし母がひとりでやっていけなくなったら自分はどうするだろうと、また考えた。子供は自分ひとりなのだから、責任はすべて自分にかかってくる。笑い上戸の介護人と人懐こい入居者たちのいるここのほうが、掃除の容易な、医療器具だけを備えた殺風景な建物で暮らすよりも幸せなのでは？　しかし冬になって雨漏りがしたり、夜に寝室が冷えこんだりするようになれば話も変わってくるだろう。楽観的な夢を見るのは、日が照っているときには簡単なのだ。それに、母親は若かったときでさえ人付き合いのいいほうではなかった。

ポール・リードの家は学校の向こうにあった。川が見渡せる場所だが、不恰好な郊外住宅で、田舎の風景のなかでは浮いて見えた。約束をしてあったので、リードはマシューを待っていた。本人もあまり感じのよくない平凡な五十代の男で、顔に妙なひげが生えているせいでイタチのように見えた。教養はあるのだろうが、それが鼻につく話し方をする。あの明朗なヴィヴがこの男を産んだとは信じがたかった。

家は明らかに家族用の住宅ではなく、子供やパートナーがいる様子もない。ひらかれたドアの向こうの廊下を見ると、一方の壁際に新聞やダンボールの束が積んであり、なにもかもが埃っぽかった。床には茶色のリノリウムが敷いてある。リードはマシューを家の奥の部屋へ通した。ダイニングとしてつくられた部屋のようだが、いまは散らかった広い書斎として使われていた。部屋からは雑草が生え放題の庭と川が見えたが、窓は北向きで、部屋のなかは薄暗かった。

「ちょっと過剰反応ではないですか？　はるばるバーンスタプルから警察の人間を送りこんでくるなんて。自分でわかっているかぎりでは、私は法律を破ったりはしていない。まあ、裕福な人たちとわれわれでは、適用される法律がちがうように見えるのはよくあることですがね。フランシス・レイが苦情を申し立てれば、私は捜査の対象になる。十人以上の年配者の生活を滅茶苦茶にしても、フランシス・レイにはなにも起こらない」

「ミスター・レイは苦情を申し立てたりはしていません。わたしはドクター・ナイジェル・ヨウが殺害された事件の捜査をしています。警察は、彼の人生最後の週の動きをたどっているのです。あなたは木曜日の午後に、ドクター・ヨウに会いましたね」

「ああ！」リードは毒気を抜かれたような声を出した。闘う気満々でいたのに、結局相手をしてもらえずにがっかりしているようだった。「はい」

「ドクター・ヨウがあなたの運動に関わることになった経緯を説明してもらえますか？」

マシューは間をおいてつづけた。「あなたの公の発言は調べました。非常に印象的でした。オブザーバー紙の記事とか。議会でも質問されましたね」

「どれもかなりうまくやりましたよ」リードはいった。「しかしわれわれの広報活動も、フランシス・レイにはほとんど影響を与えなかった。レイはいまでも施設の閉鎖を進めるつもりでいます。患者協会のような、なにか公的な組織を引き入れれば、レイも真剣に受けとめると思ったんですが」

「とても個人的な理由のように思えますが」マシューはいった。

「当然そうですよ！　私の母の将来の問題なんですから」

「ここに来るまえに、〈ザ・マウント〉に行ってきました。あなたのお母さんはとても適応力が高いように見えましたよ。べつのホームでもきっとうまくやっていけると思います」マシューはしばらく口をつぐんでからつづけた。「あなたがミスター・レイに異を唱える理由はほかにあるんじゃないでしょうか」

「〈ザ・マウント〉を閉鎖するという決定が最後の一撃でした」リードはいった。「レイはこの村を、封建時代の領主かなにかのように所有した気でいるんですよ。われわれは中世に暮らしているわけではない」

それでもまだ強い反感の説明にはなっていない、とマシューは思った。「あなたは作家でしたね？」

「そうです」リードは疑いのこもった目でマシューを見た。「紀行作家で、エッセイスト。自由契約で新聞に書いていて、大手出版社から本も二冊出しました。ものすごいベストセラーというわけではないが、評判はよかったし、最新刊ではかなり名誉のある賞をもらいましたよ」

この話がどこへ向かうのか、マシューにはよくわからなかった。

「日曜紙の仕事で、裕福な男が村を丸ごと買いあげて、土地の性質を変え、地元の人々を排除することの倫理について論じる記事を書いたんです。もちろん、レイは異議を唱え、レイの弁護士は記事に不正確なところがあると申し立てて、裁判をすると脅してきました。

こちらには裁判を受けて立つ資金などありませんから、私は謝罪することを余儀なくされました」リードは間をおいてからいった。「屈辱でした」

〈ザ・マウント〉に関する運動の背景にあったのはそれか。リードは最初からずっと自分が正しかったのだと、自分は虐げられた真実の伝達者なのだと示したかったのだ。レイは村の人々のことなどなんとも思っていない、ただ金があるだけの人間なのだ、と。

「ドクター・ヨウは〈ザ・マウント〉のことをどう捉えていたのでしょうか？」マシューはたずねた。「あなたの見解を支持していたのですか？」

「さあね」リードは顔をそむけた。「あの人には、レイに立ち向かう根性なんてなかったんじゃないですかね。レイは全権を握っていて、まわりじゅうの人間を意のままにしていましたから。コンサルタントも、政治家も、地方議員も」

だんだん被害妄想じみた話になってきた。リードがこの暗くて埃っぽい家のなかで孤独に過ごしながらレイに、レイの富と権力に執着するようになったところを、マシューは想像した。陰鬱に思いつめ、妬み、憤るところを。

「ドクター・ヨウからフィードバックはありましたか？」

「ありませんよ！」リードは苦々しげな口調のままいった。「〈ザ・マウント〉を見てまわっているあいだはそこそこ感じがよかった。入居者たちとも話をした。翌日の午後にまた立ち寄って、感触を知らせるといっていました」

それは彼の仕事の範囲を超えているのではないかとマシューは思った。たぶんヨウは、この孤独で悲しい男に同情して、やんわり断りたかったのではないだろうか。

「それで、どうなりましたか？」

「どうにもなりませんでした。金曜日に、訪問をキャンセルさせてくれと電話が来ました。とても申しわけなさそうでしたよ、うわべだけはね。ひどく芝居がかってもいた。**人の生死に関わる問題なんです**、といっていました。明らかに言い訳だと思いますが」

この男の頭のなかで陰謀論が渦巻いているのが見えるような気がして、マシューはドアへ向かいながらいった。

「ドクター・ヨウは、あなたとの約束をなぜキャンセルしなければならなくなったか、もっと詳しい理由をいっていませんでしたか？」

「いや」リードはいった。「ヨウはお義理に付き合うふりだけしておいて、じつはそれ以上私にかまけて時間を無駄にするつもりはなかったんでしょう」

そんなことよりも、もっとなにかあったはずだ。病院でのプライア、ラドリー、ジョシとの会見のあと、スピニコットに出向くのをやめさせるようなことが起こったのだろう。ヨウ自身の死につながった可能性のあるなにかが。

マシューは橋を渡って戻り、パブのそばに車を停めた。ランチ目当ての客で店は満員だった。客は飲み物を手にして庭に出てきていた。マシューはローレン・ミラーに電話をかけた。

「取り急ぎ、質問だけさせてください。ナイジェルは、ケアホームに関する申し立ての調査でスピニコットに行きましたね。そういう案件に関わるのはふつうのことでしたか？」

「いいえ」ローレンは答えた。「でも、その件は大きく注目を浴びていましたし、対立関係が緊張と敵意をはらんでいましたから、自分が訪問すれば少しは熱を冷ますことができるかもしれないと彼は考えました。リードはコミュニティ全体を代表して、正式に苦情を申し立てていましたし」

「それにもちろん、ナイジェルはフランク・レイに味方しているように見られるわけにはいかなかったのでしょうね。フランクは娘の大家で後援者でもあったから、かえって問題を真剣に受けとめざるをえなくなった」

「まあそうですね」ローレンはいった。「そういうこともあったかもしれません」

マシューには、ローレンがかすかにおもしろがっているように聞こえた。「訪問の結果はどうだったのですか？」

「それはまあ、ナイジェルはフランクの判断が妥当だと思っていました。あの家を満足できる水準まで改修するには相当な作業が必要でしたから。あのままでは、地元のほかの施設に強制的に移されるほうが入居者にとってもまだいい、と。ナイジェルは仲裁したかったんです。入居者の不便を埋め合わせる補償を提供するように、フランクを説得するとか。そうすれば妥協を引きだせるかもしれないでしょう」

「なるほど」リードはそういう申し出を賄賂と見なすだろうが、適切な言葉で伝えれば、自分の勝利と思うかもしれない。「いつその話をしたのですか？」

「木曜日の夜に会ったんです」ローレンはいった。「ナイジェルは翌日の午後に、ポール・リードのところへ打診に行くつもりでした。フランシスのほうは、あそこをホテルに転用するプロセスを進めることができるならなんでも賛成してくれると思ったのですが、少なくとも申し出について考えてみるというリードの同意がほしかったので」

「しかし、ドクター・ヨウは行かなかった」マシューは独り言のようにいった。「なにかが起こり、キャンセルするしかなくなった。なにがあったのか、ほんとうにわかりませんか？」

「すみません、警部さん、それはわかりません」

車を出そうとしたところで、ジェンからボイスメールが入っていることに気がついた。

ローレンと話をしているあいだに電話をかけてきたにちがいない。切迫した声で、少々息切れしてもいる。

「マックのノートパソコンを借りてきました。ロスが技術屋の友達にまわしてくれます。たったいま、ロジャー・プライアからボス宛に電話がありました。話があるそうです。今日の午後は在宅勤務にするといっていました、もしそれで都合がよければ」

ああ、もちろんだ、それはとても都合がいい。マシューは、日なたに座って食事を待つパブの客をふり返り、ほんの一瞬、羨ましいと思った。

29

プライア夫妻の家は、地理的にはナイジェル・ヨウの家と非常に近いが、もっと立派で、大きかった。広すぎるスペースにぽつんと暮らす夫妻の姿を、マシューは想像した。ジェンによれば、二人に子供はいなかった。しかし北ロンドンの家を売ったのなら、宮殿のような家を買えるだけの資金があっただろう。

ロジャー・プライアは玄関ホールからすぐの書斎にマシューを案内した。プライアは不安げで顔色が悪く、真っ黒でひどく脂っぽい髪との対比で肌は真っ白に見えた。マシューには彼の不安が理解できた。以前、ルーク・ウォレスの自殺をめぐってメディアに追いまわされたのだとすれば、議論を引き起こしそうなべつの案件と以前の件を結びつけられはしまいかと心配にもなるだろう。しかも今回は殺人も二件絡んでいる。

書斎は機能的ではあったが、妙に古風だった。カントリーハウスの図書室に似た印象を与えるように設計されているらしい。一方の壁には本が並び、革製の低いチェスターフィールドソファが向かい合わせに置いてある。窓際には立派なデスクと椅子があった。客を萎縮させるための部屋なのだろうかとマシューは思いかけたが、ここに同僚を呼ぶことなどほとんどないだろうと思いなおした。たぶん、この男には自分のステータスを請けあってくれるものが必要なのだ。

「なにかわたしにお手伝いできることでも？」マシューは一瞬待ってからつづけた。「それとも、そちらからなにか手を貸していただけるとか？」

「いや、そういうことではありません」プライアはそれだけいって口をつぐみ、マシューにもようやくわかった。プライアが顔面蒼白になってわなないている原因は不安ではなく、怒りだった。ロジャー・プライアは、苛立ちをくすぶらせ、頭のなかだけでひっそり怒りに燃料を注いで、やがて爆発するタイプの男なのだ。「あなたのところの警官が、今日の午前中に妻のところへ行ったそうですね。法廷へ」

「行きました」ロジャー・プライアは自制心を失う瀬戸際なのかもしれないが、マシューのほうは会見の主導権をしっかり把握し、自信に満ちていた。「メイ刑事に、彼女から話を聞くように命じました」

「それは容認しがたい侵害ですよ、警部。なぜそうした行為を正当化しうるのか知りたいところです」

「ミセス・プライアは殺人事件の被害者と親しい友人でした。二件の被害者の両方と。非常に有用な証人といえます」

「それにしても、約束を取りつけるのが礼儀ではありませんか。いきなり職場に現れるのではなく」プライアは平静を保とうと苦労していた。マシューには、相手の緊張状態がにおいのように感じとれた。プライアの声はけたたましく、語尾がかすれていた。

「すでに二人が殺害されているのです。刺されたうえ、血を流したまま放置されて。礼儀よりも優先すべきものがあるのです」マシューは意識して落ち着いた声を保った。いまにいたるまで二人とも立ったままで、プライアはデスクの向こうにいたのだが、マシューはチェスターフィールドに腰をおろした。「せっかくお邪魔したのですから、わたしからもいくつか質問があります。座ったらいかがですか？　少しばかり時間がかかるかもしれませんから」

またもや、プライアが爆発するのではないかとマシューは思った。戦略として相手を煽ったわけではなかったが、部屋に入った瞬間からそういう爆発を望んでいたのかもしれない。自分は相手を刺激してなにかしらの反応を引きだすために、相手の家で主導権を握り、座れと命じるような真似をしたのだろうか？　事情聴取をするときのいつものスタイルではなかったが、称号を持った裕福な人間に呼びだされて尋問をするというのも、めったにあることではなかった。

一瞬、出ていけといわれるものと思った――プライアは目を見ひらいて微動だにせず立ち尽くしていた――が、プライアはデスクをまわって出てくると、座った。

「以前のポストに就いていたときに、あなたはある青年の自殺に関して調査を受けましたね」マシューは低く落ち着いた口調で話した。

「私に落ち度はないと認められたんだ！」

「ただし辞任を勧告された。調査結果と実質が完全に一致しているわけではない」マシューは一瞬間をおいた。「しかし細かいことはどうでもいいのです。問題は、新しい土地と新しい役割に落ち着いたいま、悪評が立つことを避けたいとあなたが思っている点です」

「恐ろしい偶然の一致だったんだ。過去に取り憑かれているように感じましたよ。以前に調査されたときの状況が丸ごと追いかけてきて、逃げ場がないように思いました」プライアはまっすぐにマシューを見た。「あのときのことはいまでも夢に見ますよ」

亡くなった青年たちの家族だって、いまも悪夢に悩まされていると思いますが。マシューはそう口にしそうになったが、自制した。ロジャー・プライアは怒りを爆発させる寸前であるだけでなく、神経衰弱の瀬戸際にあるようにも思えた。そんなところを目の当たりにするのは絶対に避けたかった。

「ナイジェル・ヨウはルーク・ウォレスの件を知っていたのですか？」マシューはできるだけ好意的で親しげな声でいった。

「それはもちろん。ナイジェルの調査はものすごく徹底していましたから」プライアの口から出ると、まったく褒め言葉には聞こえなかった。

「ナイジェル・ヨウはその話を、死体になって発見される前日の金曜日にミーティングで持ちだしたのですか？」

「それよりまえから何度も話しあいましたよ。つながりはただの偶然だと、ナイジェルにも納得してもらえていたと思います。広報の問題を除いて」プライアは椅子から立ちあがりかけた。「これはぜひご理解いただきたいのですが、警部、私にはナイジェル・ヨウを殺す理由などありません。ナイジェルは自分の仕事をしていただけだし、私も自分の仕事をしていただけです。精神疾患に苦しむ人々のサポートに関する病院の手順に改善がなされたという点では、相互理解に達していました。病院側にコストは生じますが、若い人の命より大切なものはありませんからね」

あるいは、重要人物の名声より大切なものはない、か。

「ドクター・ヨウは、ルーク・ウォレスの件とあなたとの関連を公にすると脅したりはしなかったのですね？　病院に方針を変えさせるために」

「いや」プライアはソファに座りなおした。「ナイジェルはそういうたぐいの人間ではありませんでしたよ、警部。強請《ゆす》りをするほど身を落とすような真似はしない。われわれは何度も口論をしましたが、私はナイジェルの主義主張と度胸には敬意を持っています」

「ドクター・ヨウは最後のミーティングのときに、アレクサンダー・マッケンジーが自殺を唆すようなウェブサイトにアクセスしていたかもしれないといっていませんでしたか？」

「まさか！」プライアはショックを受けたようだった。「そんなことは、われわれの会合では一度も言及されませんでした。ドクター・ジョシのメモにも出てきません」

「ウェズリー・カーノウのことはどれくらい知っていますか？」

突然の話題の転換に、プライアは一瞬面喰らった。「よくは知りません。妻の知人というだけですから」

「しかし、ときどきこの家にも来たのでは？」

プライアは肩をすくめた。「妻は社交家なんです。いくつもの慈善団体に力を貸しているし、資金集めのイベントなんかもたくさん主催しています。家にはしじゅういろいろな人が来るんですよ」プライアはもう少し説明する必要があると思ったようだった。「われわれはいつもべったり一緒にいるタイプの夫婦ではありません。各々自分の人生を生きています。だからお互い、相手にいいたいことだって少しはありますよ」

では、妻のことで抗議するのは行きすぎではないのか、プライアは妻の友人の選択によって自分までけなされたように感じたのだろうか、とマシューは思ったが、あらためて問いただしたりはしなかった。

少しのあいだ沈黙がおりた。この会話でなにが得られただろう。新たな情報はひとつもなかった。しかしこの男のことは以前よりもずっとよくわかった。権力があり、人を従わせることに慣れているが、ストレスを抱えてもいて、あとほんの少しでもプレッシャーがかかればぽきりと折れてしまう可能性がある。

プライアは少し落ち着きと威厳を取り戻していた。おそらく、思ったほどマシューが脅威にならないと気がついたのだろう。プライアは立ちあがっていった。「ほかになにもないようでしたら、玄関までお送りしましょう」

マシューはうなずき、プライアにつづいて玄関へ向かった。外に出ても風がなく、近隣の庭からバーベキューのにおいが漂ってきた。

マシューが署に戻ると、チームのメンバーは作戦指令室に集まっており、夕方のブリーフィングを待っていた。みながその日の行動を報告した。ロスは、シンシア・プライアとの会話について詳しく話した。

「ウェズリー・カーノウに対して、彼女にはほんとうに恋愛感情はなかったのだろうか？　本人のいうとおり、ただの便利な友達だった？」マシューには、仕事以外の場では親しい人間がほとんどいなかった。それに比べて、ジョナサンのほうには友人が——会えば喜んでハグをし、家に招いて食事や酒をふるまう相手が——大勢いた。ジョナサンは両腕を大きく広げて、自分たちの生活に人々を迎え入れた。

「そう思いますよ。カーノウの死に打ちのめされているようには見えませんでしたし」

「きみは彼女をよく知っているだろう、ジェン」マシューはいった。「きみにも納得のいく話かな？」

ジェンはうなずいた。「ロジャーはご存じですよね。堅苦しくて、仕事と結婚してるような人です。芸術に関する素養はまるでない。シンシアには、趣味の話のできる相手が必要だったんです。ほんとうのところ、それ以上の意味はなかったと思います」

「わたしはたったいま夫妻の家から戻ったところだ」マシューはいった。「ミスター・プライアに呼びだされてね」

「どういう用件だったんですか？」

マシューはしばらく考えてからいった。「正直なところ、よくわからない。われわれがなにを知っているか探るため？　あるいは、マーキングのようなもの？　プライアがストレスを感じているのは確かだが、ウォレスの件のあとのメディアからの扱いを考えれば理解できる。それだけでは、彼が殺人者であるということにはならない」

マシューはつづけてスピニコットのケアホームに行った話をした。「ということで、ナイジェル・ヨウとフランシス・レイのあいだにまたつながりが出てきた。〈ザ・マウント〉の閉鎖に関するヨウの調査が、事件の捜査にどう関係してくるかはわからないが、金曜日の午後、ヨウがどこへ行ったかはぜひとも知る必要がある」

マシューは室内を見まわし、全員が自分とおなじくらい疲れているのを見て取った。事件のポイントを再度ほじくり返してもとくに成果は出ないだろう。マシューも、いまはただ家に帰りたかった。ジョナサンのいる海辺の家に。シンプルで悩みの少ない生活がとてつもなく魅力的に思われた。「今日はもう終わりにしよう。また明日、頭をすっきりさせて集まってもらいたい。いまはみんな疲れているから、これ以上話しあっても空回りするだけだろう」

マシューがブローントンの大湿原を通りすぎ、クロウ・ポイントに向かう有料道路の料金所を抜けたときには、ほとんど日が暮れていた。水平線の日が沈んだあたりがぼんやり赤くなっているせいで、車の音に驚いて飛びあがったカモメやシラサギが薔薇色に染まった。たぶん、友情について考えていたせいだろうが、自宅へ向かって車を走らせながら、ジョナサンが家に友達を呼んでいたらどうしようと思った。家じゅうの明かりがともり、飲み物を手にした人々がテラスへあふれ出すところが頭に浮かんだが、家に近づくと、私道にジョナサンの車しかないのがわかった。

ひと芝居打って快活にふるまう心の準備もしてあったが、その必要がなくなって安堵の波が押し寄せた。キッチンに明かりがともっているところまでは想像とおなじで、ジョナサンの姿がくっきりと見えた。オーブンに平鍋を入れようとしているところだった。折りたたんだ明るい黄色の布巾で鍋をつかんでいる。下を見ると裸足だった。マシューはフレンチドアをあけてテラスからなかに入った。ジョナサンがふり向いて笑みを浮かべた。

「車の音が聞こえたよ。すごく空腹だよね。野菜のシェパーズパイをつくったんだ」

「食事は少し待てる？　湿原を散歩するのはどうかと思って。まだ充分明るいよ」

「もちろん。いいね。オーブンの温度を下げておこう。戻ったときにちょうど食べごろになるように」ジョナサンはなんでも気安く応じてくれる。

二人は内陸方向へと小道をたどり、海岸から遠ざかって料金所のほうへ歩いた。湿原に出ると、足を止めてあたりを眺めた。アオサギがいる。背が高く堂々とした濃い灰色のシルエットが、薄い灰色の水を背景にすっと伸びている。ほかのすべてから離れて。

「きみの捜査に、不用意に入りこむような真似をしてごめん」ジョナサンはフェンスにもたれかかっていた。フェンスにはところどころ、あばたのように地衣類が生えている。

「もっと慎重に行動するべきだった」

「イヴのためを思ってしたことだろう」

ジョナサンはアオサギのほうにうなずいてみせた。「ああいう鳥を見ると、いつもきみを思いだすよ。忍耐強くて、待つことを厭わない。完全に獲物に集中している」間があった。「ぼくももっとそんなふうになれたらいいと思うよ。なのにいつも飛びこんで、さんざん水を跳ね散らかしたり騒音を立てたりするんだ」

「アオサギの鳴き声は一度も聞いたことがないな」マシューはいった。

「だったら、そこも似てる。物静かなところ。きみがなにを考えているか、ちゃんとわかったためしがない」

マシューはなんと答えていいかわからなかった。ありのままのジョナサンを愛していると伝えたかったが、陳腐に聞こえるだけだろうし、それが完全にほんとうかどうかはいまもよくわからなかった。マシューは腕をジョナサンの腕に絡めた。家に帰りつくころには、あたりの色はすべて消え、月明かりだけが降っていた。

30

ロス・メイが帰宅すると、メルはまたいなかった。ロスはテキストメッセージを送りかけて、結局電話をした。メルはすぐに出た。うしろのほうで人声がして、ロスは体から力が抜けるのがわかった。メルは友達と出かけているのだ。おかしなことなどなにもない。心配することも、くよくよ思い悩むこともない。

「どこにいるんだ?」安堵していたにもかかわらず、帰宅して家が空っぽだとわかったときの緊張がまだ声に残っていた。自分でもそれがわかったので、すぐに謝ろうとした。妻を信用できず、支配したがるような男にはなりたくなかった。

しかしロスが説明できずにいるうちに、メルが答えた。「今日はジョアンの誕生日よ。仕事が終わったらそのまままみんなで出かけるっていったじゃない」ロスが週末のあいだメルからずっと感じていたかすかな憤りと挑むような雰囲気がまだあった。

「ああ、そうだった。ごめん。いま捜査中の事件のせいだよ、ほかのことをみんな頭から追いだしてしまうんだ」これでは謝ってもただ取り繕っているだけのように聞こえてしまう。「思いきり楽しんで。ジョアンによろしく」何時ごろ帰るつもりかとは訊ける気がしなかった。

結局のところ、メルはそんなに遅くはならなかった。ロスはずっと聞き耳を立て、あけた窓から私道を歩く足音がしないか、鍵を差しこむ音がドアから聞こえないかと気をつけていた。出来合いの総菜を電子レンジに突っこみ、ビールの栓を抜いた。メルが帰宅した音が聞こえたとき、食事は終えていたが、ビールはまだちびちび飲んでいた。一本だけにしておいたのだ。車で迎えにいく必要があるかもしれなかったから。拾いに来てと、あるいはみんなと一緒に飲まないかと、テキストメッセージが来るのを待っていた。

メルが部屋に入ってくるまえに、ロスはテレビをつけた。帰宅を待ちわびていたと知られるのはいやだった。夜の集まりのために職場で着替えたにちがいない。ノースリーブの綿のワンピースを着て、少し踵の高くなったサンダルを履いたメルはすばらしくきれいだった。簡素ながら品があった。

「楽しい夜だった？」

「ええ」メルはいった。「だけどもうくたくた。職場ではまた一日じゅうすごく忙しくて。もう、すぐにでもベッドに入りたい」メルは酔っているようには見えなかった。ほろ酔いですらなさそうだった。

「寝るまえにちょっとだけ付き合ってもらえないかな？　もう何日もちゃんと話してない」

「やめとく」メルはいった。「明日も早番だし」

「一杯だけだ」声にまたあの調子が戻っていた――偉そうで、支配欲の強そうなところが。いったいどこで身についたのだろう？　「頼むよ」

メルはためらい、ロスは断られると思った。こんなに簡単な頼みすら聞きいれてもらえない情けなさをすでに味わいはじめていた。メルはロスを愛しているといい、昔はなんでもしてくれたのに。

最後には、メルは微笑んでいった。「わかった。それなら、栓のあいてる白ワインが冷蔵庫にあるから、それを少しだけ飲もうかな」

ロスは勢いよく立ちあがってキッチンへ行き、メルのために白ワインを注いだ。ロスが戻ると、メルはすでにサンダルを脱ぎ、足を体の下に入れてソファに座っていた。ワインのグラスを受けとると、隣に座ったロスにもたれかかった。二人のあいだのバランスが戻ったのはもちろん喜ばしかったが、ロスの心のなかには怒りの種がまかれていた。メルは夫にこんな思いをさせるべきでは――これほど心配させ、こんなに無能で、愛情に飢えているような気分にさせるべきでは——なかったのだ。ベッドに入るとメルは腕をまわしてきたが、今度はロスのほうが背を向けて眠ったふりをする番だった。

翌朝には、なにもかもがふつうに戻ったように見えた。二人で一緒に朝食の席に着いて、日々のこまごました物事についておしゃべりをした。ごみ出しとか、夕食になにが食べたいとか、メルの家族に会いにいくのをいつにしようかとか。しかしロスは気がつくと警戒モードになっていた。事件の捜査に当たっているときのように、証言に齟齬《そご》がないかつい探ってしまうのだ。一度芽生えた怒りと疑念はまだあった。顔に笑みを浮かべているときも。メルが慌ただしい出がけに身を屈めてロスにキスをしたときも。

ロスが署に到着すると、友人のスティーヴ・バートンからすでにメールが届いていた。スティーヴは電子情報分析の専門家で、警察の協力者として登録されていた。以前はサイバー犯罪関連の科学捜査技術を扱うイングランド中部の会社で働いていたが、最近、慢性関節炎を患う父親の面倒を見るためにこちらに戻ってきた。父親と一緒に暮らしているわけではない——スティーヴは昔から、作業をするには自分だけのスペースが必要だといっていた——が、そばに住んでいれば多少なりとも手助けができた。

ロスはこんなに頭のいいやつと友達でいられることが誇らしく、スティーヴが手にした栄光の恩恵に浴することができるのもうれしかった。二人は学校時代からの付き合いで、スティーヴは当時からゲームの達人で数学オタクだった。仲はそこそこよく、スティーヴがロンドンの大学へ行ったあとも連絡を取りあっていた。やがてスティーヴも戻ってきて、以前ロスが頼んだ仕事で結果を出してくれたので、ロスはジョー・オールダムを説得して郡内にスティーヴの評判を広めてもらった。いまやスティーヴ・バートンは、サイバー関連の仕事の達人として有名だった。ロスは、スティーヴに仕事を頼むときには必ず自分を通すように周知した。おれが頼めば好意で急いでくれますけど、ふつうだったら何週間も待つことになりますよ。そうやって自分を不可欠な存在に仕立てあげるのも忘れなかった。

スティーヴからのメールは簡潔だった。

ざっと見てみた。会えばだいたいのところは話せる。報告書もつくれるが、そっちだと明日遅くまで送れない。ほかにもどっさり作業を抱えてるんで。

たぶんはったりだ、そんなに暇じゃないというアピールだろうとロスは思ったが、待つと伝えてリスクを負うのはいやだった。夕方のブリーフィングで部屋の正面に立ち、重要な証拠をチームに伝える自分の姿を想像した。ロスは返信を打った。

いつ、どこで会う？

返事はすぐに来た。

一時に〈ドッグ＆フェレット〉で。昼食をご馳走になるよ。

〈ドッグ＆フェレット〉とは、相変わらずスティーヴ・バートンらしい突飛な選択だった。年老いた男がやっているパブで、客の大半がマイルドエールのパイントグラスを片手に、無料で読める昨日の新聞をめくったり、若者に文句をいったりしているような店だ。フードメニューはミートパイだけ。スティーヴは昔からしょっちゅう妙な店に出入りして、ロスなら一緒にいるところを絶対に見られたくないと思うような人々と友達になるのだ。

ロスが店に着くと、スティーヴはすでに埃っぽい隅のテーブルについていた。パブにはほとんど人がいなかった。年配の女性が二人、窓際の席に座って大きなグラスで白ワインを飲んでいた。ひとりは小指を立てている。お茶を飲む上流階級のご婦人のようなつもりでいるのだろうか。二人は汚れた窓の向こうの通りを眺めるばかりで、ロスが店にいたあいだ、どちらも口をきかなかった。

スティーヴはサーファーでもおかしくない恰好だった。ブロンドの髪は長すぎるし、ひげも剃ったほうがいい。洗いすぎてロゴの消えかかっただぼだぼのTシャツを着て、ほつれたジーンズを穿いている。手首にはフレンドシップブレスレットをはめ、足にはサンダルを履いていた。どこかほかの場所だったら、一緒にいるところを見られるのが恥ずかしいと思っただろうが、ロスの知り合いは誰も〈ドッグ&フェレット〉で飲んだりしなかった。

「なにがわかった？」

「そのまえにランチくらい買ってきてくれてもいいだろ。ミートパイと、ビターをもう一パイント飲もうかな」

「めちゃくちゃ忙しいんじゃなかったのか」

「おい、メシぐらい食わせろよ」

ロスはビター一パイントとオレンジジュース、ミートパイ二つを買って席に戻った。

スティーヴは食べ物が口のなかにあるうちにしゃべりはじめた。「問題の青年はシステム上にほとんど記録を残していないし、自殺するまえにすべてを削除した」飛び散ったペストリーをシャツのまえから拭きとって、スティーヴはつづけた。「ふつうそうするよな？　つまりさ、怪しいポルノサイトを覗いた履歴を家族に見られたくないだろ」

「知りたいのはポルノサイトのことじゃない。じゃあ、マッケンジーのアカウントは覗けないってことか？」

「そうはいってない」スティーヴはにっこり笑っていった。「最近じゃ、どんなものだって覗ける。先月は被告人のアリバイ崩しをやってのけたよ。スマートアプリを使って離れた場所から洗濯機を動かしたことを証明したんだ。隣人が、問題の夕方に洗濯機の音が聞こえたから被告人は家にいたはずだといっていたんだが、実際には五十キロくらい離れた場所にいたんだ」スティーヴは間をおいた。起こりもしない拍手を待つコメディアンのように。「例の青年のノートパソコンをほじくり返すのなんか、ちょろいもんだ」

「だったら、わかったことを聞かせてくれ」スティーヴは昔からうぬぼれの強いやつだった。「おれは殺人の捜査の真っ最中なんだ。おまえとちがって、一日じゅうパブにいられるわけじゃない」

「マッケンジーが死ぬまえの何週間かに興味があるといっていたよな。この青年はGメールのアカウントを持っていて、仲のいい家族にメールを送ったりとか、ありきたりなやり取りはそこでしてる。ひどく退屈なメールばかりだ。祖父母の誕生日祝いとか、アマゾンからの注文確認とか。行方不明になる前日には、どこかの庭で撮った自分の写真を母親と姉貴に送ってる」スティーヴは間をおいてからつづけた。「グーグルアカウント全体を見ても、正直なところ、あまりたいしたことはわからない。家族とのちょっとしたやりとりなんかは、最近ではだいたいテキストメッセージでできるし」スティーヴは顔をあげた。「青年のスマートフォンがあれば、調べてみることはできるけど？」

ロスは首を横に振った。「持ち主と一緒に水に沈んだものと思われる」

「そうなるとちょっとむずかしいな。キャリアに訊けば連絡した相手と通話の長さくらいは教えてくれるだろうが、ほかにたいした情報は手に入らない。たとえば、テキストメッセージの中身はわからない。おそらく写真なんかはワッツアップで送っていただろうし、それだと全部暗号化されてる」スティーヴは間をおいた。「スマートフォンはほんとうにないのか？」

「崖の上には遺書しかなかったし、家のなかにはないと家族はいってる。まあ、通りがかりの人間が盗むこともできただろうが、それよりは本人が持ったまま飛びおりたんだと思う」

「なんでかっていうと、もしかしたら追跡できるかもしれないからさ」スティーヴはもう二杯めのビールを飲みおわりそうだった。「基地局のデータから分析できる。端末の詳細がわかれば、それが移動した道筋をたどれる。そうすれば、少なくとも青年がいなくなった夜の動きがわかるだろ」

「すごいね」しかしロスは、それならすでにわかっている、と思った。青年の上着と遺書が見つかっているし、細かいことにこだわるヴェンが遺書の筆跡を鑑定させたからだ。あのメモは確実にマック・マッケンジーが書いたものだった。それよりも、ジェイニーとマーサ宛にメールで送られた写真のことが気になった。「メールに添付されてた庭の写真だけど。うしろに家は写ってた？　赤い煉瓦のファームハウスか？」

「ああ、そうみたいだな。年配の太った男と一緒に立ってるところ。報告書と一緒に送る」

ロスはナイジェル・ヨウが接触した人間の写真をひととおり思い浮かべた。作戦指令室のボードに貼られていた。いまの話だと、写真で隣に立っている男はフランク・レイだろう。「その写真が送られたのはいつだ？」

スティーヴはジーンズのポケットを探って、裏面に走り書きのメモがある封筒を引っぱりだした。「死んだっていってた日の前日。セルフィーだな。二人で一緒に立って撮った」

「それだけか？」ロスはがっかりした。スティーヴから呼びだされたときにはもっと多くを、捜査の行き詰まりを打開するような画期的な知らせを期待していた。マックがレイのところで庭師のアルバイトをしていたことならもう知っていたし、自殺に先立つ何日かのあいだに、ウェズリー・カーノウに会うためにウェスタコムを訪れたこともわかっていた。

「まさか！　おれをなんだと思ってるんだよ？」スティーヴは傷ついたようなふりをした。「こっちの腕前は知ってるだろ。マッケンジーはべつの電子メールアカウントを持ってたんだ。そっちではまったくちがう相手と連絡を取ってた。チャットルームで知りあった連中だ。そっちは追跡がちょいむずかしかった。おれでさえ」

「自殺を唆してるグループか？」

「まあ、自殺を考えてる人をサポートするって名目だな。#PeaceAtLastってハッシュタグを使ってる。それがチャットグループの名前でもある」スティーヴは顔をあげてつづけた。「ただ、〈ピース・アット・ラスト〉のフォーラム内に中心的なグループがいて、〈スイサイド・クラブ〉と名乗ってる。見たところ、かなり病的だな。まさに行動に移る直前みたいな人たちの画像が出てくる。たとえばある女の写真では、首に輪縄がかかっていて、このあとすぐに首を吊るところだって書いてあった。べつのやつは、命を絶つことのできる市販薬と死ぬのに必要な分量を書いたリストを上げてた。まあ、全部ファンタジーみたいなものだともいえる。ほら、人にいうだけで気が済む、みたいなことってあるだろ。世界に向かって、まあ、少なくとも〈スイサイド・クラブ〉のメンバーに向かって、自分がどれだけ傷ついてるか明かして同情してもらうんだ。ほんとうに行動に移らなくて済むように」

「アレクサンダー・マッケンジーはほんとうにやったんだよ」ロスはいった。「深夜、または早朝に、崖から海に飛びこんで溺死した。遺体は一週間後にランディ島に打ちあげられた」

「くそ。そうだな、やったんだよな」

二人はしばらく黙ったままでいた。窓際の席の女性のうちひとりが、カウンターのほうへ行って大きなグラスのワインをもう二杯注文した。あの人たちもマックとおなじくらい惨めなんだろうか、それで緩慢な自殺を試みているのだろうか、とロスは思った。たぶん、酒が最後には心の平安《ピース・アット・ラスト》をもたらすのだろう。

「マックの接触相手のリストを送ってもらえるか？　おなじグループにいたほかのメンバーだ」

「もちろん」スティーヴの雰囲気が突然変わった。まじめな顔つきになってビールを飲み干すと、立ちあがっていった。「もちろんだ。いますぐ取りかかるよ」

署まで歩いて戻りながら、ロスはメルに電話をかけた。人生は互いに誤解しあったまま過ごすには短すぎる、もっと二人で一緒に充実した時間を過ごしたい、結婚したばかりのころのような生活に戻りたい。そう話して、素直に謝りたかった。だがメルは電話に出なかった。メルの声で録音されたメッセージが聞こえてきただけだった。

31

ジェン・ラファティはボスの許可を取りつけて、イヴ・ヨウの様子を見にウェスタコムにまた行くことにした。「イヴが大丈夫かどうか確認したいんです。連絡担当の警官がいるのはわかっていますが、あんなにつらい思いをしたあとだし」

「いい案だ」マシューはシャツの袖をまくりあげ、ネクタイをほんの少しゆるめて机に向かっていた。マシューがネクタイのことでジョナサンにからかわれているのを、ジェンは知っていた。いずれネクタイなしで仕事に行くようにマシューを説得してみせるよ、とジョナサンはいっていたが、すぐには無理だろうとジェンは思った。マシューが顔をあげた。「グリーヴ夫妻とも話をしてみてほしい。夫妻がマックと仲がよかったかどうか、興味がある。自殺を唆すチャットルームの存在をヨウが明るみに出そうとしていたという線で捜査を進めるなら、マックと関わりのあった人間全員についてブラウザの履歴を確認したいからね」

「サラはぜんぜん自殺を考えるようなタイプに見えませんけど」

「わたしもそう思う。しかし念には念を入れたい。わたしの仕事のやり方は知っているね」

ええ、もちろん。ジェンは思った。知っていますとも。

「しかし夫のほうはそれほど率直ではなかったと思う」マシューはつづけた。「それから、フランク・レイとも話をしてきてもらいたい。いままでのところ、彼と接触したのはわたしだけだから。フランクをどう思うか、きみの意見が聞きたい」マシューは間をおいた。「きみのほうが威圧感を与えないかもしれない。わたしのときよりも気楽に話をしてくれるかも」

ジェンは微笑んだ。マシュー・ヴェンほど威圧感と縁のない人間もなかなかいないとジェンは思っていた。事情聴取の手際がいいのは、それも理由のひとつだろう。証人は、マシューが相手なら信用して打ち明け話ができると感じるのだ。しかしボスのいうことにはこう答えるしかなかった。「了解です」

農場はふたたび解放されていた。立入禁止のテープが取りはずされ、ゲート付近の警官もいなくなっていた。ジェンは牛乳運搬車の横をすり抜けて、作業場のそばに車を停めた。

ウェズリーの仕事場のドアはしまり、南京錠がかけられていたが、イヴのほうのドアはあいている。サラ・グリーヴが床と壁から汚れをこすり落としたのをジェンは知っていた。友情の証だ。まだかすかに消毒剤のにおいが残っている。イヴはジェンに背中を向けて鉄パイプをひねっていた。パイプの一方の先端には熱で溶けた緑色のガラスの球がついており、手袋をはめた手でその形を整えている。ドアのそばに立っているジェンにも溶解炉の熱が感じられた。

「こんにちは!」

「誰?」イヴはふり返らなかった。「悪いけど、ひとりでやるのはものすごくむずかしいから、よそ見できないの」

「ジェン・ラファティ。あとでまた来ますね。それとも、なにか手伝いが要る?」

「二十分ください。そうすれば体が空きますから」

ジェンは庭に戻り、母屋の正面にまわった。ドアをノックしても応答がなかった。レイのガレージはあいていて、なかにぴかぴかのレンジローバーが見えた。ということは、近くにいるはずだ。車は黒だった。ジェイニーが見た、猛スピードでインストウを抜けていった車とおなじ。万が一ボスが車の色に気づいていなかったときのために、あとで話すこと。そう頭の片隅に留め、しばらく待ってからまた正面のドアをノックした。まだ反応がないので、ジェンは大きな窓のほうへ歩いていってなかを覗いた。ジェンは昔から詮索好きで、こんなふうに他人の人生を垣間見るのが大好きだった。初秋がいちばんいい季節だ。カーテンをしめ忘れたまま明かりをつける人が多く、通りを歩いているとどの窓からも家庭内の一場面が見えるのだ。それでもレイの姿はなかった。ジェンは先にグリーヴ夫妻と話をして、あとで戻ってくることにした。

サラは、乳製品製造所として使っている天井が低くて細長い建物で働いていた。ジェンがドアをあけたとたんに、サラの大声が飛んできた。「入っちゃ駄目！　食品製造に適した服装をしてないでしょ」サラ自身は白いつなぎを着てヘアネットをしており、保護スーツを着た科学捜査班のスタッフとそっくりだった。ステンレスのカウンターやボウルがジェンにもちらりと見えた。

「失礼！」またも他人の有益な活動に踏みこんで、邪魔をしてしまったようだった。今朝はどうにも間が悪かった。ジェンは庭のほうへ一歩下がって声を張りあげた。「ミスター・レイを見ませんでしたか？」

「昨日の夕方が最後ね。あたしたち全員に飲みに来ないかとお誘いがあったの。遅ればせながら、ウェズリーとナイジェルのお通夜のような感じで。フランクはマッケンジー家の人たちも招いたのよ。みんなにマックのことも思いだしてほしいからって。マックがいい加減な扱いを受けて亡くなったのは、一種の殺人だってフランクはいうの。ねえ、もう少しあとでコテージに来てもらえない？　あと三十分かそこらでコーヒー休憩にするから」

「いいですね」しばらくのあいだ、そのへんに座って日なたぼっこをしてもいいかもしれない、とジェンは思った。もう何日も働きづめだったし、誰にばれるわけでもないし。バッグのなかを探ってサングラスを出そうとしたところで、イヴが仕事場のドアから顔を出した。

「いまならお話しできますよ」

低い木のベンチが仕事場の前方に置いてあり、イヴはそこに座って壁にもたれた。そして座面を手でぽんぽんとたたいていった。

「これもウェズがつくったんです。インストウから厚板を運ぶのを、わたしも手伝ったんですよ。海岸に打ちあげられた流木でした。ウェズはある日の早朝にこれを見つけて、持って帰るためにわたしに電話をよこしたんです」

ジェンはイヴの隣に座った。「今日はただ、あなたがどうしてるかなと思って」

「仕事場に戻れる程度には回復しましたよ。いまつくってるものはひどい出来だけど、現実逃避になるんです。本気で集中しなきゃならないから――とくにひとりで作業をするなら――ほかのことを考える余地がなくなるんです」

「ここで仕事をするのは平気なの？」お父さんの遺体を発見した場所で。

一瞬、沈黙があった。「ええ」イヴがいった。「ある意味では、慰めにもなるんですよ。ここで一緒に過ごした幸せな思い出がたくさんあるから。最後のあのイメージは、現実じゃない、ただの悪夢のように思える」

「ウェスタコムでの生活をひとりでつづけるのはいやじゃない？」

「だって、ひとりじゃないし。完全には。サラがなにかと世話を焼いてくれるし、双子はすごくかわいいし。サラがときどき話し相手にって二人を送りこんでくるんです。それに、昨日の夜もフランクがみんなを家に呼んでくれて」

「サラもいってた。お通夜みたいなものだったって。あなたは、それはかまわなかったの？」仕事場で父親の遺体を発見するまえの晩の出来事をくり返すようで、妙な気分にならないかとジェンは思ったのだ。

イヴは肩をすくめた。「フランクも、最初にわたしに訊いてくれました。わたしはかまわなかった、ちょっと酔いたい気分だったから。それならひとりで飲むより仲間がいたほうがいい。フランクがマッケンジー家の人たちを呼ばずにいてくれたらよかったけど、反対したり、寄りつかなかったりするのも失礼だと思って。結局のところ、あの人たちもべつに問題なくて、やさしかったですし」

「ミスター・レイがいまどこにいるかわかる？　話がしたいんだけど」

「たぶん、二日酔いで寝てるんじゃないですか。わたしより飲んでたから」イヴはまぶしそうに日射しに目を細めてからつづけた。「ぜんぜんフランクらしくないことなんですけどね。すごくセンチメンタルになってた。ちょっと感情を昂らせて、亡くなった三人についてスピーチをしたりして」

一瞬、沈黙があった。サラが乳製品製造所から出てきて、二人に近づいてきそうなそぶりを見せたが、邪魔をしないほうがいいと思いなおしたらしく、自分のコテージへ向かった。

「悪夢を見るんです」イヴがいった。「二人を見つけたときのことを。毎晩おなじ。ガラスと血の夢。動揺するのは死体のせいじゃないんですよ――もちろん、起きてるときじゃなくて、夢のなかの話ですけど。いやなのは割れたガラスなんです。壊れた作品が駄目なんです」

「そういうことを話せる相手を紹介してほしい？　事件の被害者とか、トラウマを経験した人と話しあうことに慣れている人を」

「そういう人がいるのは知ってます、連絡係の警官もいっていたから。いずれその申し出を受けるかもしれないけれど、まだ心の準備ができていなくて」イヴは仕事場のほうを向いてうなずいた。「いまのところ、わたしに必要なセラピーはガラスづくりだけ」

ジェンは立ちあがった。「ところで、自殺したアレクサンダー・マッケンジーのことはよく知ってた？」

「あの人はフランクの庭の手入れをしていて、家のまわりで見かけるようになって長いから、かなりよく知っていましたよ。ときどきコーヒーとか冷たい飲み物を一緒にどうかと誘って、彼の休憩のあいだおしゃべりをしたこともありました。マックのことは好きでしたよ。穏やかな人だった。オープンで、いい意味で子供みたいな人。でも、ほかの家族のことはウェズリーのほうがよく知ってました」

その声にいくらか引っかかりを感じて、ジェンはたずねた。「ほかの家族はあまり好きじゃないの？　昨夜の集まりにフランクがマッケンジー一家を招待したのが不満だったって、さっきもいっていたけど」

「あの人たちって、見せかけほど幸せじゃないと思うんです。それだけ。芸術家肌でちょっと素敵で献身的な夫婦を演じているというか。それにジェイニーだって、オックスフォード大学に行った、頭がよくてしかも美人っていう完璧な娘だし。だけど水面下では少し腐ってるみたいな気がして。あの人たちにとってはイメージだけが大事で、誰もいおうとしないけど、どこかに淀みがあるような」イヴは間をおいた。「まあ、わたしは昔からこまごまと想像しすぎるところがあるから」イヴは微笑んでつづけた。「たぶん、ぜんぜんそんなことないのかも」また間があった。「それに、ほんとはそんなひどいことをいうべきじゃない。あの人たちは息子であり、弟でもある家族を亡くしたんだから」

コテージでは、サラがすでにコーヒーを淹れていて、マグをジェンのほうへすべらせてきた。サラが椅子の背にもたれて座り、腹部に両手を乗せると、ジェンは一瞬羨ましくなった。妊娠していたときと母親になりたてのころがとても好きだったのだ。人生がつらくなったのは、子供たちが歩けるくらいの幼児になって、片時もじっとしておらず、手がかかるようになってからだった。別れた夫のロビーは散らかった家や自分の習慣を乱されることをひどく嫌い、ジェンの意識の中心にいるのが自分ではないという事実に苛立って、ぴりぴりと怒りっぽくなった。ジェンの人生は、ロビーを満足させ、ますます頻繁になる癇癪の爆発をなんとか防ごうとする闘いになった。子供ができたとき、もっと物静かな人と一緒にいたらどんなふうだったのだろう、とジェンはつかのま考えた。ロビーはつねにジェンを出来損ないの母親呼ばわりし、ジェンもその言葉を信じてしまったが、もしかしたらもっといい母親になれたかもしれない。しかしすぐに、歯が生えはじめた子供に乳首を嚙まれて悲鳴をあげたときのことや、自分の時間など一秒もなかったことを思いだし、物思いを脇へ押しのけた。

「予定日はいつ？」

「ああ、まだ二ヵ月先よ。ただ、牛みたいに太っちゃって」

「もしかして、また双子とか？」

「まさか、やめて！　考えてもみてよ」しかしそれも口でいうほどいやではないようで、サラは満足そうに小さく笑った。この人は自分のことを出来損ないの母親だなどと考えたことはないのだろうな、とジェンは思った。

「ところで、アレクサンダー・マッケンジーのことは知ってました？　インストウの青年で、自殺した人ですけど」

「ハンサムなマックのこと？　彼がフランクのところで働きはじめたときには、いろいろと空想したものよ。チャタレイ夫人の恋人、みたいな。だけど彼はまだほんの子供だったし、いろいろと問題を抱えた人だったから。フランクはマックのことがとても好きで、彼が自殺したときにはものすごく動揺してた。だから昨夜、あの一家も呼んだんでしょうね」サラは間をおいてからつづけた。「マックはほんとうに自殺だったんでしょう？　マックの死を今回の殺人事件と結びつけようとしているわけじゃないのよね？」

「ちがいますよ、そういうことじゃないんです。だけどナイジェル・ヨウは、マックが病院から見捨てられたという、あの一家からの苦情を調査していたから。警察は、マックがインターネットで自殺フォーラムにアクセスしていたことを突き止めたんです。それについてはなにか知りませんか？」

サラは首を横に振った。「個人的に突っこんだことはなにも話さなかったから。そういう仲じゃなかった。あたしには、マックはずいぶん内気に見えた。実世界から切り離されているような感じがした。植物や庭のことを話しているときだけ生き返るような。イヴにはもっとなにか話したかもしれない。イヴのことは姉のように思っていたから」間があった。「最後に見たときには、ほんとうに具合が悪そうだった。ウェズリーと話をしにきたんだけど、ひどい状態で。顔じゅうが涙に濡れていて。ウェズリーの仕事場のドアをばんばん叩いていたんだけど、ウェズはフラットのほうにいたの。で、なにが起きているのか庭まで見には来たけれど、ウェズはそういう感情的な場面が苦手で、マックをなだめたのはフランクだった。それでジェイニーを呼んで、彼女がマックを家に連れて帰ったの」また間があった。「大変な悲劇ではあったけど、マックが自殺したと聞いてもあたしは驚かなかった。彼を守るべきだった公共の福祉からも放りだされてしまったわけだし」

これでマッケンジー一家から聞いた話はすべて裏づけが取れた、とジェンは思った。有益ではあったが、新しい情報はなにもなかった。ジェンは話題を変えた。

「ところで、ショップがないとしたら、どうやって乳製品を売っているんですか？」

「地元の惣菜店やレストランに納入しているの」サラはいった。「だけど仲介業者を通さないほうがずっと利益が大きくなる。だからこそティーショップをやりたいのよ」

「小売の窓口ならフランクがいくらでも提供してくれそうじゃないですか？　そういう販売経路を郡のあちこちに持っているんだから」

「そうね」サラは背筋を伸ばした。「でもあんまりフランクに頼りたくないの。まえにもいったけど、ジョンは自立することにこだわっているから。いまのところはネット上にプロフィールを上げていて、通販での売上をどんどん伸ばしている。ジョンはパソコンに関してはちょっとした達人なの。サイトをたちあげて、ほとんど毎晩、予備の寝室で注文をさばいてる。赤ちゃんが生まれてあのスペースを子供部屋として使わなきゃならなくなったら、どうするつもりかしら。壁を塗るために数日部屋から追いだしただけでもかなり不機嫌だった」

ジェンはいわれたことについて考えてみた。ジョン・グリーヴは、オンラインでほかにもなにかしているのだろうか。遠隔で力を振るうことを楽しむタイプだろうか？　もしかしたらそうかもしれない。毎日の生活でここまで後援者に依存せざるをえない現状では。ジョンが毎晩狭くて窮屈な予備の寝室に座り、絶望してみずからの命を絶とうとしている人々の話を聞いて、ときには決心の後押しをしたりしている可能性はあるだろうか？　そういうことを娯楽として、楽しんでいる可能性が。

「ジョンはいまどこに？」

「よくわからない」サラはいった。「朝食のあとすぐに出ていったきり。農場にはいつもなにかしらやることがあるから。おなかが空いたら帰ってくるでしょう。そういえば、もうふだんのランチタイムは過ぎているけど」サラは立ちあがり、マグを回収して水切り台に置いた。「あたしも仕事に戻らなきゃ。一日のはじめにはいくらでも時間があるように思えるんだけど、結局すぐに子供たちを学校に迎えにいく時間になっちゃう」

ジェンはうなずいた。「そうですね。コーヒーをご馳走さま」ジェンは、ジョンの間に合わせのオフィスを見せてもらう口実を探そうとしたが、訓練されていない目で見てもきっとなにも見つからないだろう。赤ちゃんのために塗りかえた壁とか、天井からモビールがさがっているところとか、部屋の隅にベビーバスケットがあるのが見えるだけだろう。

ジェンはもう一度、母屋をまわってレイの玄関まで行った。午後の早い時間で、赤い煉瓦から熱気が跳ね返ってくるようだった。前夜にひどく飲みすぎたとしても、さすがにもう起きているだろう。まだ返事がなかったので、ジェンは見つかるかぎりすべての窓からなかを覗いた。リビングは片づいていた。サラが朝早く洗い物をしにきたのでないかぎり、昨夜のフランクはそこまでひどい状態ではなかったということだ。ベッドに入るまえに汚れた皿を食洗機に詰めこめるかどうか――これは酔いの度合いを判断するジェンの指標のひとつだった。ジェンは移動して、庭に面した窓からなかを覗いた。広い書斎で、家のつくりと調和しないハイテクぶりだった。壁につくりつけられた光沢のあるデスクの上には、パソコン、プリンター、スキャナーといったデバイスがいっぱいに置かれていた。もしかしたら、独身で裕福で尊大なフランク・レイのほうが、自殺関連のチャットルームで神を演じる人物にふさわしいかもしれない。

ジェンはだんだん苛立ってきた。ドアのまえに戻り、どんどん叩いてから、ノブをまわしてなかに入った。

「ミスター・レイ!」

ひどい暑気に当たったあとでは、家のなかは薄暗く、涼しく感じられた。ジェンはすでに外から見た部屋のドアを改めてあけ、なかに顔を覗かせてみた。書斎のデスクの上にスマートフォンがあった。これがここに残してあるからには、きっとそんなに遠くには行っていないはずだ。ジェンは家のなかを歩きまわった。いつフランク・レイが現れてもおかしくなかったし、出くわしたら勝手に家に入ったことを怒られるだろう。キッチンがあった。イヴやウェズリーが使っていたキッチンと背中合わせになっているにちがいない。家の側面にあたる場所に小さな窓がついているだけの室内は暗かったが、ここもやはり最新式で、高性能のコーヒーマシンやジューサー、ぴかぴかのステンレスの冷蔵庫といったさまざまなガジェットであふれていた。

階上には寝室が四つあった。三つは明らかにほとんど使われておらず、高所得層向けのブティックホテルの部屋のようだった。一室はおそらくフランクの母親が使っていたのだろう。いくつか個人的な痕跡があったから。色褪せた結婚式の写真。クロスステッチによるアルファベットの刺繍見本。フランクの寝室は広く、庭に面した長い窓から外に目を向けると、遠くに海のきらめきが見えた。ベッドには眠った跡があり、ベッドメイクはされていない。フランクはシャワーを浴びたようだった。湿ったタオルがたたんで横木にかけてある。品のいいデザインの青い椅子に服がかかっていたが、おそらく昨夜着たものだろう。フランク本人の姿はどこにもなかった。

ジェンはまた外に出ると、芝生を横切り、境界の塀のある場所まで歩いた。マックとおなじくらい庭づくりに情熱を持っていた人が、こんな日に屋内にいるはずがないと思いついたのだ。半分ほど草の載った手押し車を見つけたが、草は干からび、しなびていて、どうやらしばらくまえからそこにあったようだった。フランク・レイは消えてしまった。

32

マシュー・ヴェンはオフィスでロスとしゃべりながら、ロスが技術者の友人からもらった情報を整理しようとしていた。オフィスはサウナのようで、汗が背中を伝うのが感じられた。替えのシャツをもってきていたので、いつなら着替える時間が取れるだろうかと思った。

「では、やはりマックは、自殺を考えている人々が集まるサイトのひとつにアクセスしていたんだね？」

「はい、〈ピース・アット・ラスト〉と呼ばれるサイトです」ロスは間をおいてつづけた。「これはマックが遺書を書くのに使った言葉でもあります。ルーク・ウォレスもここのメンバーでしたから、有名なフォーラムなんでしょう。チャットルームには助けあうような雰囲気もあるんですが、〈スイサイド・クラブ〉と名乗る中心的なグループをスティーヴが見つけました。マックはそっちにも巻きこまれていたようです。で、そっちの連中はもるのは時間がかかるそうです」

「マックを引きこんだのが誰かはわかっているのだろうか？」

ロスは首を横に振った。「スティーヴによれば、ほかの個人を特定すっと積極的に自殺を唆していた」

マシューは困惑も暑さも汗臭さも忘れて、自殺を考えるほど追いつめられている人々に深い同情を覚えた。マシュー自身も、信仰を失ったあとに一種の神経衰弱に陥ったことがあった。神を失っただけでなく、両親やブレザレンから追放されて、それまでいたコミュニティも失ったのだ。ほんのいっとき、死がもたらすはずの平安を切望したこともあったが、それは実際の行動へ足を踏みだすのとはちがった。そこまで自暴自棄になるというのが、マシューにはうまく想像できなかった。

マシューはロスをふり返っていった。「スティーヴ・バートンがそのサイトのほかのユーザーを特定できたら助かるね。とりわけ〈スイサイド・クラブ〉の主催者がわかったら」

「今日の午後のうちにやってみるといっていました」

マシューのオフィスのドアがあいた。ノックはなかった。人影がドアロからの明かりを遮った。マシューのボス、ジョー・オールダム警視だった。

「ああ」オールダムはドアフレームにもたれた。廊下を歩くという重労働のせいでまっすぐ立っていられないとでもいうように。「一石二鳥とはこのことだな」ヨークシャーのアクセントが変わらず残っている。出身に誇りを持っているのだ。「で、進展は？　上からプレッシャーをかけられているんだよ。板挟みに苦しむのはいつも私だ」オールダムは哀れっぽい、不快な声を出した。

「ロスが非常に有用な情報を持ってきてくれました」マシューはいった。「それをさらに追っているところです」オールダムが相手の場合、ロスを褒めて、漠然と楽観的なことをいっておくのがいちばんいいとマシューは学んでいた。オールダムはロスを弟子のように思っているからだ。それに、主要な捜査においてトップの地位にいることを主張してはいても、詳細には興味がないのだ。

「では、エクセターのお偉いさん方には逮捕間近だと伝えてもいいかね？」

「希望はあると思います」

「結構」大柄な警視がドアフレームから身を引き離して歩き去ると、また部屋に日光が入るようになった。「報告を忘れないでくれ」

二人は大きな背中が廊下の奥へ消えていくのを見守った。

ロスの電話が鳴った。つかのま耳を傾けたあと、ロスはスマートフォンをマシューに渡した。「ジェンです。ずっとボスを捕まえようとしてたみたいですよ」

マシューは手探りで自分の電話を探し、上着のポケットに入れたままだったのを思いだした。その上着は大部屋の椅子の背にかけてあった。

「すまないね、ジェン。なにがあった？」

「フランク・レイが見つからないんです。家のドアはあいているんですが、なかに誰もいません」

「誰かレイを見かけた人は？」

「今日はみんな見てないそうです。昨夜、フランクの家で集まりがあって、ナイジェルとウェズリーと、それにアレクサンダーのためにお通夜みたいなことをしたっていうんですが。マッケンジー一家もウェスタコムに招かれて。さっき母屋に入ってみました。昨夜この家で眠った跡はありますが、イヴもサラ・グリーヴも集まりのあとはフランクを見ていないそうです」

「ジョン・グリーヴは？」

「彼も見つかりません。サラによれば、農場のどこかにいるらしいんですが」

「わかった、すぐに向かう」

マシューは通話を終えると、上着と自分の電話を取りにいった。受けそびれた電話が一件とボイスメールが一件入っていた。フランク・レイからだ。一時間以上まえだった。

「警部さん、今日の午前中にウェスタコムに来ることがあれば、私のところにも寄っていただきたいのですが。ぜひお話ししたいことがありまして」

とても疲れたような、老けこんだ声だった。マシューは折り返しの電話をかけたが、フランクは出なかった。先日、フランクを見つけられなかったときの不安がよみがえった。インストウの道路から公共の広場を横切って日なたを歩いているうちに、農場の母屋での悲劇を想像して妙なパニックを覚えたのだ。ウェスタコムに駆けつけるのは、また過剰に反応しているだけかもしれないとも思ったが、それでもマシューはスマートフォンがポケットに入っていることを確認し、車へと急いだ。

ジェンは、先日マシューがフランクを見つけた場所にいた。長く日射しのなかにいたせいで顔が赤くなっている。赤毛で色白のジェンは日に焼けやすいのだろう。鼻の頭の皮が剝けかけていた。それを見て、マシューは皿の上にひとつだけ残ったクロワッサンのような、フレーク状に表面の剝がれたペストリーを連想した。「小道から離れて、庭をもう一周してみました。万が一、どこかに倒れているといけないので。住人たちの仕事場のほうへは戻っていません。フランクがいなくなったことを知られないほうがいいかもしれないと思って」ジェンは間をおいてつづけた。「車は一台しか持っていませんでしたよね？　べつの車で出ていくことはできなかったはず」

「登録されているのは一台だけだ」マシューはいった。

「フランクは逃げたんでしょうか？　車をレンタルするなり、タクシーを呼ぶなりして、駅に行くことはできたでしょう。わたしがここにいたあいだは、庭に車が入ってくるようなことはありませんでしたが、もっと早く来たか、フランクだけが使う私道のほうに入ってきた可能性はあります」ジェンは間をおいた。「だけどスマートフォンが書斎にありました。逃げるなら絶対置いていかないと思うんですが」

「先ほどフランクから電話をもらった」マシューはいった。「受けそびれてしまったんだが。キャリアに連絡してもらえるかな？　緊急扱いで。今日の午前中に、フランク・レイに電話をかけた人間がいないか調べるんだ」

ジェンはうなずいた。

マシューはいくつかの可能性を考えようとした。「フランクが逃げるとしたら、なぜだ？　なぜいまなんだ？　ここ二日のうちに、なにか彼を怯えさせるようなことがあったのか？」

「ボスがスピニコットのケアホームを調べましたよね」

「だが、ローレンの話では、あのケアホームを継続可能な水準に引きあげようとすれば、住人たちによそへ移ってもらうよりも混乱を招くというレイの判断には、ヨウも同意していた。リードという、苦情を申したてた張本人には、反対運動を起こす身勝手な理由があったことはわたしにもはっきりわかった」マシューは再開発された村を訪れたときのことを思いだした。亡くなるまえの週のナイジェルの動きを警察が追っていると知っても、フランク・レイにはとくに慌てた様子もなかった。

「フランクは、昨夜ここでお通夜をしたんです」ジェンはいった。「ウェズリーとナイジェル、それにマックを偲ぶ会を。マッケンジー一家にも声をかけて」

そちらのほうが興味深いとマシューは思った。「どんな様子だったって？」

「フランクが酔っぱらって、三人について感傷的なスピーチをしたと、イヴがいっていました。でも口論や非難はなかった。もしあったとしても、イヴはそういわなかった」ジェンはマシューを見てつづけた。「だけど、ちょっとおかしいと思いませんか？　こんな時期にパーティーをひらくなんて」

「たぶん、みんなひとりでいたくなかったんだろう」マシューはつかのま考えた。パニックを起こして、全面的な捜索に踏みきるのはまだ早い。レイは成人なのだ。マシューの携帯に電話をかけてみて反応がなければ、考えを変えることだって容易にできる。なにか困ったことになっているなら、打ち明ける相手はほかにもいただろう。マシューはスマートフォンを取りだして、ローレン・ミラーに電話をかけた。呼び出しは直接ボイスメールにつながり、マシューはメッセージを残した。

「マシュー・ヴェンです。これを聞いたら、折り返し電話をいただけませんか」

ローレンとフランクという、ロンドン時代から友人同士だった二人が、アップルドアのしゃれたレストランで遅い昼食をとっているところをマシューは想像した。フランクは身をまえに乗りだして、親しかった二人を失った悲しみをわかってもらおうと、ひたむきに話しているところかもしれない。結局のところ、フランクが親しくしている人間はとても少ないのだから。

「地元のタクシー会社を確認してもらいたい」マシューはジェンにいった。「フランクを乗せたドライバーがいないかどうか」

「了解です」

マシューがジェンと別れて歩いていると、電話が鳴った。ローレン・ミラーだった。

「警部さん。電話を取れなくてすみません。なにかご用ですか？」

「今日、フランクから連絡がありませんでしたか？」

電話の向こうが静かになった。「ええ」ようやくローレンがいった。「ありました」

マシューがもっと詳しく訊こうとしていると、ローレンがつづけた。「ご面倒でなければ、こちらまでいらっしゃる時間を取れませんか？　電話で話すのがむずかしいので」

「もちろんかまいません。いますぐ伺っても？」

「ありがとうございます」ローレンは前回会ったときと同様に冷静で抑制のきいた話しぶりだったが、声から安堵が聞きとれた。「ご親切に感謝します」

33

ローレンはマシューを待っていた。裾がくるぶしまであるコットンのワンピースを着ていて、電話での声とおなじように涼しげだった。足にはなにも履いておらず、長く茶色い素足が見えている。ローレンは磁器のポットで香りのよい紅茶をつくり、茶漉しを通して注ぐと、砂糖をまぶした小さなクッキーを添えて差しだした。

「来てくださってありがとうございます」ローレンはいった。「母は友人と出かけていますので、邪魔は入りません」

「今日、フランクから連絡があったといっていましたね？　ここへ来たのですか？　どうも姿を消しているようで、彼がいまどこにいるかあなたがご存じないかと思ったのですが」

「いいえ、ここへは来ていません。ただ、もしかしたらわたしから会おうというべきだったのかもしれませんが」間があった。ローレンはいつになく居心地が悪そうだった。「電話は二回ありました。最初は朝方の早い時間に。わたしはとても眠りが浅くて、スマートフォンをサイレントモードにしておいても、バイブレーションで目が覚めてしまうのです。フランクは酔っていました。ほんとうに気まずかった」

「なにがあったのですか？」

ローレンはお茶のカップを手にしたまま顔をあげ、微笑んだ。「あれは愛の告白だったのだと思います」ばかばかしい、といわんばかりにローレンは首を振った。「こんな時間にそういう会話をしたいとは思わない、とわたしは彼に伝えました。そして、朝になってからかけ直すようにと、とても丁寧に頼みました。数時間眠って、濃いブラックコーヒーを二杯飲んでからまた電話をしてほしい、と」

「フランクはあなたのアドバイスに従ったのですか？」

「ええ」ローレンは深呼吸をしてつづけた。「電話は今朝九時に来ました。フランクは、深夜にわたしを起こしたことを心から謝ってくれました。とても感じよく。それで、以前からお慕いしていた、ナイジェルの死が物事を考えなおすきっかけになった、というんです。もっと勇気を持って、自分の気持ちを率直に表明すべき頃合いなのではないか、と」

ローレンはまた間をおいた。「もう少しお近づきになれないだろうか、そしていつか妻になることも考えてはもらえないだろうか、といわれました」

ローレンは顔をあげてつづけた。「少なくとも笑いだしたりはしませんでした。たいへんな自制心が必要でしたけれど、まじめな態度を取りつづけました。だけど、ほんとうに、おかしな話でした。リージェンシーロマンスの一場面みたい」

「フランクにはなんといったのですか？」

「はっきりさせるのがいちばん親切だと思ったので、あなたのことは以前から友人として高く評価してきたけれど、パートナーとして考えることはできないと話しました」ローレンは紅茶をひと口飲んで、カップをソーサーの上に戻した。「ナイジェルとのことも話しました。ナイジェルはこれからもわたしの人生で最愛の人だから、誰かが彼の代わりになることなど考えられないといったんです」

「フランクの反応は？」

「とても静かでした」ローレンはいった。「冷たく、儀礼的な言葉で、わたしの邪魔をしたことを謝って、電話を切りました」

フランク・レイが姿を消したことにはこれで説明がつく、とマシューは思った。どこかで傷を癒しているのだろう。ローレンについては、いつか自分の人生の一部になってくれるのではないかと、長いあいだ夢想してきたのだ。これもまた死別に似たものに感じられただろう。しかし、マシューへの電話の説明にはなっていないのでは？

「せっかくここにいるので、いくつか質問をしてもかまいませんか？」

「もちろんです。どんなかたちでも、お手伝いできるならうれしく思います」

「ナイジェルは、アレクサンダー・マッケンジーの自殺についてあなたに話しましたか？」

「少し」

「マックは自殺を考えている人が集まるチャットルームのメンバーだったのですが、ナイジェルはそのことに興味を持っていたようです。それについてなにか知りませんか？」

ローレンはすぐには答えなかった。「べつの自殺者の母親とナイジェルが電話で話しているのを小耳に挟みました。ナイジェルがいったことだけ聞こえてきたという意味ですけれど。その後、なにについての話だったのかと彼にたずねました。わたしに話すのはあまり気が進まないようでしたが――ナイジェルはいつも、一緒にしている患者協会の仕事に関わることでさえ、とても口が堅かったんです――大半は聞きだしました」

「彼はあなたになにを話したのですか？」

「あるグループを発見したことを。〈スイサイド・クラブ〉と名乗るグループです。深刻な鬱症状を抱える人々が体験を共有して助けあうようなグループではないといっていました。積極的に自殺を勧める者たちがいる場所だ、と」

「ナイジェルは怒っていましたか?」

「怒っていましたし、悲しんでいました」ローレンは壁にかかった大きな海の風景画を見やった。彼女はまた絵に没入して、ナイジェル・ヨウを、中年になってから見つけた最愛の人を思いだしているのだろう、とマシューは思った。「チャットルームの閉鎖を拒否した大手プロバイダーに対して怒っていて、そこにアクセスしたいと思うほど追いつめられた人々がいることを悲しんでいたんです」ローレンは顔をあげた。「あれからわたしもそういうグループを調べていて、入りこむ方法がわかったものもいくつかあります」

「マックがアクセスしていたサイトはどうですか?」

「ええ、見つけましたよ。公式名称は〈ピース・アット・ラスト〉ですが、主催者を含む、結束の固い数人のグループがあって、そのグループは〈スイサイド・クラブ〉と名乗っています」

マシューはうなずいた。そこまではすでに知っている。「主催者の名前はわかりますか」

「その人がネット上で使っている名前だけなら。〈烏《クロウ》〉です」ローレンは間をおいた。「〈クロウ〉の正体を突き止める技術は、わたしにはありません。セキュリティの専門家が必要だと思います。そういう人がいたとしても、ほんとうにできるかどうかはわかりませんけれど」

できるとしたら、ロスの友人のスティーヴだな。「ナイジェルにそういう情報をすべて伝えましたか？」

「もちろんです」

「彼が亡くなる直前に？」

「直前ではありませんでした。たしか、二週間くらいまえだったと思います」

マシューは考えをめぐらした。ヨウが〈スイサイド・クラブ〉の影響を知ったのが最近でないなら、殺される前日に当たる金曜の午後には、なにをそんなに怒っていたのだろう？ ラトナ・ジョシの説明によれば、ナイジェルの気分は一日のうちに劇的に変化したのだ。しかしその日の午後のナイジェルの動きはまだつかめていない。リードに対して、生きるか死ぬかの問題が発生したと告げたことを除いて。まったく説明がつかなかった。

「マッケンジーの件について、ナイジェルは亡くなった日になにか新たな事実を知ったのでしょうか？」

「わかりません」ローレンは答えた。「その日は会わなかったので。シンシアのパーティーに行きたいかと訊かれはしたのですけれど。シンシアの友人の女性警官と話がしたいんだといっていました。わたしは、付き合っていることをイヴに話すまでは、そういう場に二人で行くのは待つと返事をしたんです」ローレンは顔をあげてマシューを見た。「このあいだあなたがここにいらしたときにも説明しましたね。結局その日は代わりに母と外食をしました。アップルドアに新しくできたなかなかいいレストランへ行ったんです。金曜日のお昼どきに、ナイジェルからテキストメッセージならもらいましたが、仕事関連のものではありませんでした。約束を確認するだけのメッセージで、週末に会えるのを楽しみにしていると書いてあっただけです」

「その金曜日の午後の彼の動きをどうしても突きとめたいのです。午前中に病院でミーティングがあって、その後、四時半にまた病院でべつのミーティングがあったのですが、二つの会合のあいだに彼がどこにいたのかはつかめていません。その時間にナイジェルがどこへ行ったか、なにか考えはありませんか？」

ローレンは首を横に振った。「すみません、お力になれなくて」

「ナイジェルはポール・リードに――スピニコットで反対運動をしていた人物ですね――金曜の午後に会いにいくといっていたのですが、キャンセルの連絡をしました。それについてはなにか知りませんか？」

「ああ」ローレンは窓の外に目を向け、庭を眺めた。「ナイジェルにとっては、スピニコットのケアホームの件に巻きこまれたのは不本意だったんです。結局のところ、〈ザ・マウント〉閉所の決断は正しいと見なしていましたから。まあ、フランクはあんなに急がなくてもいいのにとか、先に入居者に知らせるべきだったとはいっていましたけれど」ローレンは間をおいた。「ナイジェルは、自分が交渉して妥協を引きだせる、みんなが幸せになる取引ができると信じていました。あの作家、ポール・リードは有害な人物だ、私怨からトラブルを引き起こしているだけだともいっていました。だけどほんとうに、ナイジェルが訪問をキャンセルした理由は知らないんです」

「ミスター・レイがなぜあの施設の転用をそんなに急いでいたのかわかりますか？」それが捜査とどんな関係があるのかはマシューにもよくわからなかったが、姿を消したことで、フランクにも容疑者の可能性が出てきたのはたしかだった。

ローレンは少し考えてからいった。「フランクはスピニコットを、数学の方程式のような、抽象概念として捉えていたのだと思います。ブティックホテルのほうがケアホームよりもコミュニティの利益になる、だからそちらが採るべき道だ、と」ローレンは顔をあげた。「公共の利益を求めていたんです。もしフランクが実際にケアホームに足を運んで、入居者たちとおしゃべりをしていたら、おそらく彼のものの見方は変わっていたんじゃないでしょうか。マックの家族のための運動は熱心にサポートしていましたが、それはマックを知っていたからです。たぶんフランクは、想像力でギャップを飛び越えることが――

会ったことのない人の身になって考えてみることが——できないんじゃないでしょうか。ケアホームの入居者に対してそうだったように」

マシューはうなずいた。そういう人間は警察にもいる。具体的な人間の問題として捉えるよりも、抽象概念を理解するほうが得意な人々。自分だってそういう人間のひとりかもしれない、とマシューは思った。

少しのあいだ、二人は黙って座っていた。庭の木の影がすでに長くなっていた。外のほうが少し涼しそうだった。そろそろバーンスタプルに戻って、チームの面々と顔を合わせ、フランク・レイが現れたかどうか確認しなければならない。

「べつの死亡事件については、もう聞きましたか？」マシューはたずねた。

「ええ。ウェズリー・カーノウですね。今週の早いうちに新聞で読みました」

「ウェズリーのことは知っていましたか？」

「二回ほど会っています。フランクがウェスタコムの集まりにわたしを招待してくれたときに」ローレンは言葉を切って顔をあげた。「だけどほんとうに、どうして彼を殺したいと思う人がいるのか、まったくわかりません」

「ナイジェルはウェズリーをどう思っていたのでしょうか？」

「とくになんとも。ナイジェルは人を嫌うような性格ではありませんでした。相手を理解しようとするんです。でも、ウェズリーにはちょっと苛立っていたように思います」

「ナイジェルは、患者協会のほかのスタッフのことも理解しようとしましたか？」

ローレンは声をたてて笑った。「たぶん、努力が足りなかったのでしょうね。だけどステフとそのお仲間は、自分たちのやり方にものすごく固執しているんです。あのオフィスではゴシップばかりがはかどって、仕事はぜんぜん。ナイジェルが不満だったのは、本気になればあの組織にはもっとできることがあるのに、と思っていたからなんです」間があった。「それに、わたしが知っている医師はみんな自信家で、傲慢に見えるほど確信を持っている人ばかりでした」

「あなたはこれからどうするのですか？　患者協会の仕事をつづけますか？」

「まだ決めていません」ローレンはいった。「CEOのポストに応募するかもしれません。あそこの仕事は、ある意味ではナイジェルの遺産ですから。患者協会が以前のような、自己満足のための会議ばかりの組織に戻ってしまうのはいやなんです。だけどべつの上司が来たら、いまの役割にとどまることはできそうになくて。ええ、きっと無理だと思います」ローレンは小さく首を振った。

「これはどうしてもおたずねしなければなりません」マシューはいった。「あなたは両方の被害者と知り合いだったので。日曜日の午後は何をしていましたか？　ウェズリーが死亡した午後です」

「もちろんそうですよね」ローレンは少しのあいだ考えてから答えた。「母と、トーリントンの近くにある公営の庭園に行きました。目は見えなくても、母は庭園が――植物の香りや感触が――大好きなのです。そこのカフェでアフタヌーンティーを楽しんで、帰宅したのは六時ごろでした」

それならローレン・ミラーには、ウッドヤードの裏の倉庫にいたウェズリー・カーノウを刺すことは不可能だっただろう。向かいに座っている物静かで思慮深い女性が殺人者とは思えなかったが、確証が得られてよかった。

マシューが帰宅した時間には、外はもう暗くなっていた。車で自宅へ向かうあいだ、マシューは夫を思い、平穏な家のなかを想像した。昨日の張りつめた空気がすっかり消えているといいのだが。ジョナサンは、まさにマシューが想像した場所にいた――グラスを片手に、キッチンのドアの外に置いた木のベンチに座っていた。マシューの車の音が聞こえたにちがいない。ジョナサンの横のテーブルでは、よく冷えた白ワインのグラスが待っていた。いまは引き潮なのだろう。海岸からも川からも水音がしなかった。二人は星を眺めながら、黙ったまま座っていた。

34

ジョナサンは早朝に目を覚まし、マシューが起きだすまえに泳ぎにいった。暑くて空気の重い最近では、さっと海に駆けこんで一日のはじまりに弾みをつけるのが、ひとつの儀式のようになっていた。ウッドヤードでの時間の大半を占めるミーティングのために、心の準備ができるのだ。今日は水に穏やかなうねりがあり、十分ほど勢いよくクロールで泳いだあとは仰向けになって海水に浮かびながら空を眺めた。やがて体の芯まで冷えてきたので、家に帰った。

家に戻ると、すでにマシューがコーヒーを淹れていた。ジョナサンを待っていたようだった。

「もうとっくに町にいるころだと思っていたよ」仕事が、とりわけ今回の殺人事件が夫にとってどれほど大きな意味を持っているか、ジョナサンにはよくわかっていた。だからもうバーンスタプルで机に向かっているものと思ったのだ。

マシューは直接の答えを避けていった。「きみは今日の午前中は忙しい?」

捜査については話したくないということか。またぼくを締めだそうとしているのだ、とジョナサンは思ったが、気にしないようにした。「いや、少し遅めに行こうと思ってた。超過勤務の分があるから」

「一緒にウェスタコムに来てもらえないかと思って。いまジェンと電話で話をしたんだけど、フランク・レイがまだ見つからないんだ。目撃情報もない。大きなチームを動かして捜索するほどの理由はないんだが――どちらの事件でも主要な容疑者ではないからね――家の周辺はきちんと探しておきたい。昨日は暗くなってしまったからできなかったんだ。きみには公の立場で協力してもらう。ボランティアだ。警察は、捜索にボランティアの助けを求めることがある。正式なものではないけれど」

「もちろんいいよ」これは大事なことだとジョナサンにもわかった。和解の贈り物なのだ。

「フランクは昨日の午前中に、わたしに電話をかけてきた。ちょっと落ちこんでいるような声だった」マシューはいった。「もしフランクが戻ってきたら、制服警官がそこらじゅうで指紋を採取しているような大騒ぎのなかで迎えるのはいやなんだ。フランクは少しのあいだひとりになりたかっただけかもしれないのに」

「わかるよ」

「昨日、フランクの電話に出られなかったんだ」マシューはいった。「フランクがひとりでいなくなったのは、わたしのせいかもしれない」

罪悪感を捨てろ、とジョナサンはいいたかった。いいから捨てるんだ。

ジェン・ラファティがすでに現地にいて、二人を待っていた。もう暑かったが、まだ時間は早く、農場は静かだった。

「昨日はどこまで見た？」マシューがジェンにたずねた。「そのつづきから探そう」

「塀のところまでしか行きませんでした。不法侵入はまずいと思って」ジェンはきまり悪そうな顔をしてつづけた。「それに、野原には牛がいるかもしれないし」

ジョナサンはからかわずにいられなかった。「きみは牛が怖いの？」

「シティガールですから。自分より大きい動物はなんでも怖いんです」

「あそこは公用地だ」マシューがいった。「一般人にも通行権があるし、わたしが前回行ったときには牛もいなかった」間があった。「だが、きみには庭のなかをくまなく見てもらいたい。塀の向こうの公用地と、さらにその向こうのエリアはわたしたちで確認する」

二人はジェンが庭をまわりはじめるのを見届けてから出発した。

「わたしはインストウの道路まで下る小道を確認する。きみは両脇の野原を見てくれるかな？　なにか見つけたらわたしを呼んでほしい。なにも触らないで」

ジョナサンはうなずいた。マシューが庭をつらぬく小道を歩きはじめるのを見てから、ジョナサンもあとにつづいた。ラベンダーの生垣があり、めまいがするほど強烈な香りがして、気を失うかと思った。野草の生えた牧草地に出ると、ジョナサンはペースを落とした。小道ははっきり見えたが、クローバーやキンポウゲがずいぶん高く繁っていて、フランクが残した証拠があっても隠れてしまいそうだった。塀にかかった踏み段のそばで、ジョナサンは足を止めた。木の踏み段の上に立つと、まわりがよく見えた。後方にはウェスタコムの母屋の屋根が見え、下方では道路がリボンのように伸びている。その道路に向かって、姿勢のいいマシューが決然とした足取りで進んでいる。

塀の反対側の草は短かった。たぶん動物が――羊や馬が――草を食《は》みにくるのだろう。しかしいまは、そういう動物はいなかった。日光の色をしたハリエニシダがとてもまぶしくて、目が痛んだ。ジョナサンは塀に沿って共用地をまっすぐ左に横切った。すぐに有刺鉄線の張られたフェンスに突きあたり、その向こうに牛のいる野原が見えた。ここも農場の一部にちがいない。ジョナサンは来た道を戻って右へ向かい、今度は崩れかけた塀に突きあたった。こちらの塀は、フランクの庭と共用地を隔てる塀ほどきちんと手入れされていなかった。ぼろぼろの塀の向こうは落葉樹の森で、薄暗く、木々が手招きしているようだった。

共用地の位置をしっかり覚えてから、ジョナサンは徹底的な捜索をはじめた。まえへうしろへと草の上を移動し、ハリエニシダの繁みを覗きこんだ。そのあいだずっと、なにかを見つけようと必死だった。子供っぽくてばかばかしいとは思ったものの、自分が役に立つことをマシューに示したかった。おかしな宝探しをしている気分だった。報酬はマシューからの賞讃だ。

結局、レイは小道からそう遠くないところに横たわっていた。ハリエニシダの繁みで見えなかったのだ。仰向きになって空を見つめていた。ちょうど、さっきジョナサンが海に浮かんでしていたように。脈を取ろうとして、マシューにいわれたことを思いだした。それに、この男は明らかに死後しばらく経っている。触れてみる必要はなかった。身を起こして背筋を伸ばすと、一瞬まためまいを覚え、少しばかり吐き気もした。暑気と、花の上を飛び交うミツバチの羽音と、ハリエニシダの甘ったるいにおいのせいだ。ジョナサンは遺体の場所をしっかり記憶にとどめ、走ってマシューを探しにいった。坂の下に向かって大声で呼びかけていると、やがてマシューがふり返り、道を戻りはじめた。自分がなにをいったところで、フランシス・レイの死にまつわるマシューの罪悪感を軽くすることはできないのだろうな、とジョナサンは思った。

二人は遺体から少し離れたところに立っていた。マシューはすでに電話をかけて、チームと病理学者と科学捜査主任を呼んでいた。すっかり警官の顔になっている。

「ガラスがない」マシューはいった。「もしこれが殺人なら、手口がちがう」独り言だった。合理的な返答を期待しているわけではない。

「ぼくはもう行ったほうがいい?」ジョナサンはここにとどまることでマシューに恥ずかしい思いをさせたくなかった。

「もちろん、もし忙しいなら。仕事に行かなければならないなら。ただ、たぶんあとで供述をしてもらうことになる」

「いや」ジョナサンはすばやく返事をした。「急いでいるわけじゃない」

マシューは遺体から距離を保ったままスマートフォンで写真を撮りはじめ、フランク・レイと、周辺のキンポウゲの繁みと、共用地全体を写した。完全に仕事に集中していた。

「とても穏やかな顔をしていた」ジョナサンはいった。沈黙が苦手なのだ。

「そうだね」マシューはふり向いてジョナサンを見た。まるでジョナサンがなにか深刻で重大な発言をしたかのように。「きみのいうとおりだ」

ジョナサンが家のほうへ戻ろうとしたところでマシューの電話が鳴った。マシューはぐるりと目をまわして電話を受けながら、声を出さずに口のかたちだけでいった。「ボスだ」オールダムの声が谷じゅうに響きわたった。

「逮捕は間近だといっていたな。なのにまた、いまいましい死体が出たのか」息がつづかなくなったらしく、間があった。「しかもただの死体じゃない。どこかの有名なくそったれだ。マスコミが群れをなして押し寄せるぞ。蜜の壺にたかるスズメバチみたいに。ぱっくりひらいた傷口に群がる蚊みたいに」

ジョナサンはオールダムに二回だけ会ったことがあり、すぐに嫌いになった。あの男が顔をトマトみたいに真っ赤にして、癇癪を起こした幼児並みに自制心のかけらもない様子で電話に向かって怒鳴っているところを、ジョナサンは想像した。

オールダムはまだわめいていた。「なんとかしろ、ヴェン！　不本意ながらおまえをうちの署に迎えたとき、上の連中はおまえのことを頭がいいといっていたんだぞ。それを証明しろ！　結果を出せ！」

最後はほとんど叫び声だったので、マシューはスマートフォンを耳から離した。電話が切れる音がジョナサンにも聞こえた。ジョナサンはマシューの代わりに猛烈に腹を立てた。

「あの男はきみに向かってよくもあんな口がきけるな？」フランクからの電話を取り損ねたことできみはすでに罪悪感でいっぱいだというのに。

マシューは肩をすくめて電話をしまった。「まあ、いつまでもいまの地位にいるわけじゃないから」

「そりゃよかった」ジョナサンは顔をあげ、白衣姿の人影が近づいてくるのを見ながらくり返した。「よかったよ」

「ブライアン・ブランスコム」マシューがいった。「科学捜査主任だ」

「なにがあったんだね？」ブランスコムは地元民で、ゆったりしたおおらかな話し方をした。

「まだよくわからない。殺人事件のようには思えないんだが。先にざっと見て、ポケットを確認してもらえないだろうか？　ここでなにが起こったかわかるようなものがあるかどうか」

ジョナサンが見ているまえで、ブランスコムが遺体のほうへ身を屈めた。ジョナサンは自分が覗き見をしているような、でなければ芝居のひと幕を見ているような気がした。自分は邪魔になっているだけだ、もう立ち去るべきだとまた思ったが、どういうわけか現場から離れられなかった。はらはらして、不快ではあったが目が離せなかった。

ブランスコムは内ポケットに手を伸ばし、封筒を引っぱりだした。そして表書きがマシューに見えるように掲げた。「これは警部宛じゃないかな」

万年筆で書かれた、古風な手書きの文字が見えた。マシュー・ヴェン警部殿。

「それから、これだ」ブランスコムはプラスティックの薬のボトルを掲げてみせた。空《から》だった。ブランスコムはラベルを見た。「アミトリプチリン。ふつうは抗鬱剤として処方される。あとでサリー・ペンゲリーが確認してくれると思うが、この薬は充分な量を飲めば死ねる」

マシューが手紙を開封するあいだ、二人はジョナサンの車のなかに座った。ジョナサンはひとりでバーンスタプルに戻ることをまた申しでた。夫が心穏やかに仕事に集中できるように。マシューがつねに自分の生活をいくつもの区画に分けてきたことを、ジョナサンは知っていた。そういうマシューの世界は、サイモン・ウォールデンの死に関わる前回の捜査で大きく壊れはしたものの、マシューはいまでも仕事とプライベートを混同することを嫌っていた。フランク・レイを探すのを手伝ってくれとジョナサンに頼んだのは和解の意思表示であり、二人の世界が交わることを許容する小さな一歩だった。その捜索がこんな結果になるとは、どちらも思ってもみなかった。まさか死体と、死んだ男からの手紙が出てくるとは。いま、ジョナサンはここにとどまって夫の支えになりたかった――マシューが昨日レイと話せなかったという事実に取り憑かれているのはわかっていたからだ――

が、ルールを曲げたことをマシューが後悔するのはいやだった。

マシューは慎重に封筒のてっぺんを切り、なかから分厚くて質のいい紙を一枚引きだした。手紙は宛名を書いたのとおなじペン、おなじインクで書かれていた。マシューは手袋をはめた手でそれを掲げ、声に出して読んだ。

「親愛なるヴェン警部、この自殺によってあなたの捜査を混乱させてしまったら申しわけない。直接会って説明したかったのですが、あなたが捕まらなかったので、結局手紙を書くのがいちばんふさわしいように思いました。人生は生きるに値しません。気前のいい行動も充分な罪滅ぼしにはならず、私が面倒を見て、助けられると思っていた人々——マック、ナイジェル、ウェズリー——も、もはや私のサポートを必要としていません。最後《ピース》には心の平安《アット・ラスト》を見いだす勇気が持てたことをうれしく思います」

それから、サインがしてあった。

「ローレン・ミラーのことを書いていないね」ジョナサンはいった。「フランクは彼女に振られたっていっていたよね。それが自殺の引き金になったわけではないのかな？」

「当然なっただろう。しかし自分を悩ませたのと同種の罪悪感を、彼女に持たせるのはいやだったのだろうね」マシューはつかのま黙りこんだ。次に口をひらいたときに出てきた言葉は囁きに近かった。「彼女にどう話したらいい？」

それからマシューは車を降り、唐突に強さと断固とした態度を取り戻した。「きみはもう行くんだ」マシューはいった。「もちろん、このことは口外しないでもらいたい。わたしはローレンに電話をかけなければ」

35

イヴが家から仕事場に向かって歩いていると、ジェン・ラファティが母屋の横をまわって現れた。顔つきと急いでいる様子から、なにか悪い知らせが、また打撃が来るのだとイヴは確信した。人生がこれ以上悪くなることはないと思った直後に、また打ちのめされるのだ。

「家のなかに入りましょう」ジェンは息切れしていた。

二人はまた一階の大きなキッチンで、イヴの父親が亡くなったときとおなじように座った。イヴの脳裏にあのときの場面がよみがえった。頭のなかで、また血の海に浸かり、溶解炉の熱を感じながら、ガラスの破片を凝視した。

「なんなの？」イヴはたずねた。「今度はなにがあったんですか？」

「フランクが発見されたの。ほんとうに残念だけど、フランクは亡くなりました」

少なくとも、ジェンははっきりいってくれた、とイヴは思った。母が亡くなったときにみんなが口にしたような、永い眠りに就いたとか帰らぬ人となったとかこの世を去ったといったいやな婉曲表現は使わなかった。まるでヘレンの尿のサンプルを出してくれと頼まれたときのような、ひどく遠回しな話しぶりだなと、とりわけ感傷的な隣人がやってきたあとで父親が冷ややかにいっていたのを思いだした。父親のイメージが鮮明に浮かび、イヴはありがたく思った。父の姿をはっきり思いだせなくなったらどうしようと心配だったのだ。

「わたしのガラスが凶器になったんですか？」そうだったら耐えられないとイヴは思った。ある意味で共犯者のような、奇妙な感覚があった。自分の作品がなければ、被害者はまだ生きていたのではないかと思えた。

ジェンは首を横に振った。「死因はまだはっきりしていないのだけど、わたしたちは殺人事件ではないと思ってる」ジェンは間をおいてつづけた。「最後にフランクを見たのはいつ？」

「一昨日の夜、あの変なパーティーのときです」

「昨日はぜんぜん姿を見なかった？　遠くから見かけることもなかった？」

イヴは思いだそうとして考えた。最近、いろいろなことがいっぺんに起こって、どれも大事なことではなく、自分には関係がないように思えてしまう。すべてが暴力の記憶に塗りつぶされてしまうのだ。イヴは首を横に振った。「フランクはどこで見つかったんですか?」

「共用地で。ハリエニシダの繁みのそば」

「だったら、目につくことはなかったと思います。フランクは自分の住居側から直接そちらに出られるから。庭を抜けて。わたしはそっちには近づいていないし」

「昨日、なにかふだんとちがうものを見なかった? 見知らぬ人が農場のまわりにいたりとか?」

「いいえ」イヴは答えた。「ふだんとちがうことはなにもありませんでした」ただ、**父と隣人が二人とも亡くなって、以前とまったくおなじというわけにはいかないけれど。**

キッチンのドアに静かなノックがあり、マシュー・ヴェンが入ってきた。彼はイヴの向かいに腰をおろした。ジェン・ラファティは立ちあがって、紅茶を淹れるとかなんとか小声でつぶやくと、イヴの視界から消えた。ヴェンはテーブルを挟んで向かい側の木の椅子に座っている。イヴはまた聞きたくない情報を知らされるのだろうと、心の準備をした。

「噂が流れるまえにお知らせしておきたかったのですが」マシュー・ヴェンはいった。「われわれはフランクが自殺したものと見ています。薬の過剰摂取です。遺書が残っていました」

「なぜフランクがそんなことを？　ここは全部彼のものだし、仕事だってあったのに」陽気なフランクがそこまで追いつめられていたとは、イヴには想像もつかなかった。

「鬱の症状が出たのでしょう」マシューはいった。「そういう病歴があることは、本人の口から聞いていました。そこへ今回のことで暴力と混乱が押し寄せて……ひとりでは対処しきれなくなった」

「わたしたちがいたのに！」

「おそらく、彼にとってはそれでは足りなかったのでしょう」

部屋の奥のほうから、やかんのお湯が沸き、マグがかちんと鳴るのが聞こえてきた。

マシューはもう一度口をひらく決意を固めたようだった。フランク・レイの死についてまだ情報があるのかとイヴは思ったが、質問の内容はまったくちがった。

「ローレン・ミラーという人を知っていますか？」

「ええ、父の職場の人です」

また沈黙があった。マシューは今度も先をつづけるかやめるか決めかねて、躊躇しているようだった。

「フランクが亡くなったことを知らせるために電話をかけました。ローレンはフランクをよく知っているのです。ロンドンにいたころ、一緒に仕事をしたそうで。フランクが彼女にあなたのお父さんを紹介して、ローレンとあなたのお父さんはとても親しくなりました。彼女はいまここに来ていて、あなたと話がしたいといっています」

イヴは警部がなにをいおうとしているのか理解しようと頭をひねり、ようやくはっきりわかった。ひらめきの瞬間が訪れ、最近父親に妙にうきうきしているときがあったことや、またひとりで鼻歌をうたうようになったこと、それに、一緒にガラスの作業をした最後の日にいっていた言葉にも——とてもいいことがあったんだ、今度全部話すよ——これですべて説明がつくと思った。

「彼女と父は恋人同士だったんですね！」

「ローレンに会いますか？」マシューはたずねた。「無理にとはいいません。会いたくないとしても、ローレンは理解してくれるでしょうから」

会いたいわけないじゃない！　彼女はなにを考えているの？　わたしの母親代わりになれるとでも？　それとも、父さんが亡くなったことをわたしとおなじくらい深く悲しんでいるとでもいいたいわけ？

しかしそこで昔からの礼儀正しさと、新たな好奇心が頭をもたげた。イヴはうなずき、マシューはローレンを呼びに行った。

36

イヴとの話を終えたあと、ジェンはグリーヴ家のコテージへ向かった。庭はすでに車でいっぱいだった。ジェンはサリー・ペンゲリーの車を見つけ、彼女に手を振った。サラはコテージの戸口に立ち、外を見ていた。

「なにがあったの?」サラは不安そうな声でいった。「新しい手がかりでもみつかったの? ナイジェルとウェズリーになにがあったかわかったの?」

ジェンは首を横に振り、詳しくは答えなかった。「お子さんたちはどこに?」

「学校」当然でしょう、といわんばかりの答えだった。自分は時間の感覚をなくしかけている、とジェンは思った。

「ジョンは?」

「ちょうど帰ってきたところ」

「二人に話したいことがあります」

制服警官でいっぱいのバンがゲートから入ってきて、サラの視線が庭へ戻った。しかしサラはすぐに踵を返し、家のなかへ入った。ジェンもあとにつづいた。

ジョン・グリーヴはシンクのまえに立ち、手を洗っていた。まだつなぎを着ており、足には靴下を履いていた。シンクは窓際にあり、ジョンは窓の外を顎で示していった。「一体全体、あそこでなにが起こっているんだ？」それから向こうを向いてドアのうしろのフックからタオルを取った。「まるで包囲されているみたいだな。いつまでこんな生活がつづくんだ？」敵意の片鱗を、いや、脅しすら含むその声が、ジェンを警戒させた。危険の兆候ならすぐにわかるのだ。

「われわれが殺人犯を捕まえるまで」ジェンはなにか皮肉なひと言をつけ加えてやろうかと思った。ご不便をおかけしてすみませんね、とか。しかしこの人たちの生活が根底からひっくり返ってしまったのも事実だし、彼らは友人を二人失ってもいるのだ。そしていま、ジェンはもうひとつの死について二人に伝えなければならなかった。しかしまだだ。先に情報を引きださなくては。

「ミスター・グリーヴ、昨日一日どこにいましたか？」ジェンは丁重で感じのいい声を保った。

「外で働いていた。仕事は勝手に片づいちゃくれないんでね」

横でサラが身を固くするのがわかった。ジョンが与える印象について心配しているのだ。ジェンもあらゆる言い訳に覚えがあった。**夫は疲れてるの。仕事でストレスがたまってて。いまはつらい時期なのよ。**ジェンは長年のあいだ、友人たちに対して夫の不機嫌の理由を説明しなければならなかった。事態がほんとうに悪化して、外出させてもらえなくなるまでは。

「正確にはどこに？　正直なところ、立ち入ったことを訊きたいわけではないんですが、どうしてもおたずねしなければならない理由があるんです」

ジョン・グリーヴは妻を見て、それからまたジェンを見た。「車で出かけたんだ」ジョンはいった。「搾乳のあとに。ちょっとここを離れたかった」

「そんなことといってなかったじゃない」サラが口を挟んだ。努めて大げさな反応を控えながら。他人の目のまえで騒ぎたてるのはいやなのだろう。ジェンにはそれもよくわかった。

「目をつけておいた農場がどんな具合か、見たかったんだよ。あのムーアの村のはずれのやつだ、スピニコットの向こうの」ジョンは間をおいた。「もしフランクがあの村を立派なモデルケースにしたいなら、農場に投資してくれるんじゃないかと思ったんだ。それでもまだフランクの帝国の一部ではあるが、少なくとも彼の家の裏庭からは出ていける」

「なにをするつもりか、先に知らせておいてほしかったわ」もう弁明はなかった。ジェンのまえで夫婦の恥をさらすことについての不安もなかった。サラの言葉は鋭く、激しかった。

サラは必要ならやり返すこともできるのね。昔のわたしほど押さえつけられているわけじゃない。その調子でがんばって！

「ああ」ジョンはいった。「悪かったよ。おれにとってこういう状況がどれほどきついか、うまく説明できなかったんだ。こんなふうに、自分だけのスペースもプライバシーもなく、重なりあうように暮らしていくのは無理なんだよ。そのうえそこらじゅうにお巡りはいるし、マスコミのやつらは通りをうろついているしで、状況は悪くなるばっかりだ」

それは鬱の症状なのか、自殺の話をするチャットルームにアクセスしたことはあるかとジェンはたずねたくなったが、その質問はジョンがひとりになるまで待つことにした。

「その午後に、あなたを見た人はいますか？」代わりにジェンはそうたずねた。「つまり、農場を案内してくれる業者はいたんでしょうか？　あるいは地主とか？」

「いや」間があった。「感触をつかみたかっただけだから。その土地の可能性を」

「ポール・リードという作家を知っていますか？　スピニコットに住んでいて、ミスター・レイに対して反対運動を起こしていた人なんですが」

「聞いたこともないよ」ジョンは冷静さを失いつつあった。「なぜそんなことが知りたい？　なにがあったんだ？　どうして庭にこんなに人がいるんだよ？」

「また死亡事件がありました」ジェンは二人の顔を見つめながらそういい、この情報が二人にとって初耳かどうか判断しようとしたが、二人は無表情で反応もないままジェンを見つめ返した。たぶんショックを受けているのだろうとジェンは思った。

サラが先に口をひらいた。「誰が死んだの？」

「フランク・レイです。昨日行方不明になったものと思われ、今朝、母屋の向こうの共用地でわれわれが遺体を発見しました」

今度はジョンが先にいった。「ここはどうなるんだ？　おれたちはどうなる？」

それはジェンも疑問に思っていた。イヴと話をしているあいだも考えていたのだ。まあ、イヴは大丈夫そうだけれど。バーンスタプルにある父親の家を相続するだろうし、資金もないままホームレスになることはなさそうだった。資金もないままホームレスに、というならこの家族だろう。「それはフランクが遺言で誰にここの土地を遺し、誰にお金を遺したかによると思います」

しかしサラは涙を流していた。「そんなの、いま考えることじゃないでしょう！　死んだのはフランクなのよ？　あたしは物心つくまえからフランクを知っていた。フランクが大好きだった」サラは夫に向きなおっていった。「どうしてそんなに自分のことしか考えられないの？」

「娘が二人いて、もうすぐまたひとり生まれてくるからだよ、食うものと着るものを与えなきゃならない子供が。それに、おれたちには貯金も年金もない。こういうものを全部支えきれなくなるのが心配なんだよ！」ジョンはそういいながら、部屋じゅうのすべてを——子供服の山や、部屋の隅にあるプラスティックのおもちゃ箱を——なぎ払うようなしぐさをした。ここで話をしていて初めて、ジェンはジョン・グリーヴを気の毒に思った。

「フランクには、ほかに近親者はいるんですか？」ジェンはたずねた。「もしいないようなら、少なくとも家と農場はあなたのものになると思うんですけど」

「それはないと思う」サラはなにかで目もとをぬぐって鼻をかんだ。そのなにかはジェンには布巾のように見えた。「フランクはまえまえから財産なんか相続してもろくなことにならないっていってたから。たぶん、フランクのものはみんな慈善事業に贈られるはず」

「実際に遺言書を作成したかどうかは知ってますか？」

「まさか！」サラはいった。「もちろん知らない。そういうのって親戚と気軽にできる話じゃないし、ましてやその親戚が大家でもあったんだからなおさら無理」

「フランクは事務弁護士を雇ってました？」

「ああ」今度はジョンが答えた。「われわれがフランクの農場を管理することになったとき、弁護士が契約書を作成した。バーンスタブルに事務所がある、メイソンって名前のやつだ」

「ありがとうございます」ジェンはすばやくメモした。ウェスタコム農場の処分の仕方がフランシス・レイの死とどう関わるかはわからなかった。仮にフランクが殺人事件の最初の被害者なら非常に重要だっただろうが、実際にはそうではない。ジェンは二人に向きなおっていった。「二人とも、昨日フランクを見かけましたか?」

「あたしは見てない」サラがいった。「一昨日の夜のパーティーが最後ね。そのあとは見かけてない」

「ジョン、あなたはどうですか?」

「フランクは昨日の朝、おれが搾乳しにいったときには起きだしていた。おれは牛を移動させていたんだが、放牧場まで近道をしようと思ってフランクの庭を通ったんだ。フランクはテラスでコーヒーを飲んでいた。まだドレッシングガウンを着ていて、ちょっとだらしない恰好だった」

「なにか話しましたか?」おそらく生きているフランクが目撃されたのはそれが最後だろうとジェンは思った。

「手を振ってきた。なにもいっていなかったと思う。まあ、大事なことはなにも。〝いい朝だね〟とか、それくらいかな」

「誰かほかの人を見かけましたか？」

「いや」

「そのあとは？」まるで石から血を搾っているようだ、とジェンは思った。ジョンはわざと情報を小出しにしているのだろうか、それとも気後れしているだけなのだろうか。「あとで家に戻るときに母屋を通りかかったはずですよね。そのときはフランクを見なかったんですか？」

「もうテラスにいなかった」ジョンはいった。「家のなかにいたのかもしれんが、見えなかった」ジョンは間をおいた。「そのときだよ、おれが出かけようと決めたのは。スピニコットまで行って、あそこの農場を見てみようと思ったのは。フランクにどういおうか考えていたんだ。ビジネスプランをどうまとめられるかと。フランクにとっても意味のある、ほんとうに意味のある投資になるはずだった。おれたちはフランクの店に肉を卸せると思ったんだよ、パブとか、あの人が計画してたホテルに。サラだって乳製品を扱える場所が広がるだろう。それでいて頼りっきりの状態とはちがう。自分たちだけの場所が、海岸からも行楽客からも離れたところにできるはずだったのに、実現の目は完全に消えた」ジェンが最初にこの家に入ったときにジョンがまとっていた怒りと落胆が、戻ってきたようだった。

「わからないじゃない」サラがいった。「フランクが、少しはなにか遺してくれたかもしれない。自分たちだけの農場を買える程度のものを。フランクがうちの娘たちをものすごくかわいがっていたのは知ってるでしょ。あの子たちのことをなにも考えなかったとは思えない」

「古い絵画とか、フランクの母親の模造ジュエリー程度のものじゃどうにもならないんだよ！」ジョンは踵を返して部屋を出ていった。

残された女二人は顔を見あわせた。「これから階上で何時間もパソコンに向かうことになるわね」サラがいった。「不機嫌になったときにはそうやって気持ちを落ち着けるの。娘たちを階上に行かせないようにしなきゃ。ジョンの邪魔をしないように」

「彼はいつもこんなにぴりぴりしているの？」

サラはほんの少しためらってから答えた。「そういうわけじゃない。ここのところすごくストレスがかかってるから。安全だったはずの場所の関係者が三人も亡くなるなんて。ジョンはただ、あたしたちを守りたいだけ」

それはどうだろう、とジェンは思った。サラは自分自身に対してもよその人間に対してもジョンの弁護をすることに慣れてしまい、それが習慣になっているのではないか。サラはつづけた。

「あたしも夫とおなじように感じてる。まるで包囲されているみたいな、すぐ外に敵がいてあたしたちを倒そうと待ちかまえているような感じ。子供のころに悪夢って見たでしょう。目が覚めたときに、クローゼットかベッドの下に絶対モンスターがいると信じてしまうような。その夢がそんなに怖いのは、なにか邪悪なものが自分の安全地帯に――不安だったり動揺していたりするときに引きこもれるはずの場所に――侵入してくるからなの。ウェスタコムはあたしにとっていままでずっと安全な場所だったのに、ここ何日かは夜に寝るときも怯えてる。夜中に起きだして、子供たちが大丈夫かどうか確認せずにはいられない。あたしが起きるときには、ジョンもいつも目を覚ましてる。横になったまま、警戒して、暗がりで妙な物音がしないか聞き耳を立てているの。ナイジェルが亡くなってからずっと、毎晩二時間くらいしか眠れてないんじゃないかしら。それでも朝になると、あたしたちは全部ふだんどおりであるかのように行動する。子供たちを学校に連れていって、仕事の話をする。だけどふだんどおりなわけないじゃない？　もう二度とふだんどおりに戻ることなんかないような気がする」サラはいったん口をつぐんで、乾いた目でジェンを見た。「ジョンのいうとおりよ。今後なにがあろうと、あたしたちは引っ越さなきゃならないでしょうね。町に移住して、ただ生活費を稼ぐために退屈な仕事をしなきゃならないかもしれない。だけどいまは、退屈さえすばらしいことみたいに思える」サラは立ちあがった。「失礼、ちょっと新鮮な空気が吸いたくなってきたわ」

サラがドアをあけると、朝の日射しが部屋じゅうに流れこんだ。ジェンはなんといっていいかわからなくなった。自分自身、結婚生活で虐待を受けた経験があったから、この二人の関係も理解できると思い、さっきまでは慰めと励ましの言葉を口にするつもりだった。**夫がクソ野郎なら、無理に一緒にいる必要はない。逃げられるうちに逃げて。わたし個人の電話番号を教えておくから。電話をくれれば、助けになれると思う。**

しかしいま、状況はそんなに単純ではないのだと思った。あるいは反対に、至極単純なのかもしれない。サラもいっていたように、グリーヴ夫妻は台風の目で暮らしているようなもので、まわりじゅうに悲劇や混乱が渦巻いているのだ。神経をすり減らすのも無理はないし、ジョンがしばらくよそへ出かけて、ウェスタコムから離れた将来の計画を立てたいと思ったのも仕方のないことなのだろう。しかしだからといって、防犯カメラの映像を調べない理由にはならない。ジェンはスピニコットへ向かう道路に設置された防犯カメラを調べ、ジョンの話がほんとうであることを確認するつもりだった。

ジェンとサラはしばらくのあいだ、コテージのドアのすぐ外に二人で佇んだ。

37

ロスが〈イソシギ〉に出向くと、マッケンジー家の人々はみな店にいた。ロスはフランク・レイの死を一家に伝えるようにとヴェンからいわれていた。

「一家はフランクの友人だったし、彼も自殺したと聞けばひどくショックを受けるかもしれない。息子が亡くなったときのことをまたいろいろと思いだしてしまうかもしれない」

ロスが店に着いたのは午後の遅い時間で、カフェの営業は終了していて、店内では夜のイベントの準備が進行中だった。壁に貼られたポスターが宣伝しているのは、コーンウォールの小さな巡業劇団による『ゴドーを待ちながら』の上演で、ロスもサミュエル・ベケットという劇作家の名前くらいは聞いたことがあったが、作品が難解であることを除けばなにも知らなかった。ロスは学校を思いださせるものはなんでも嫌いなのだ。ドアをあけ、暗いなかに踏みこむ。すべての窓に厚手のブラインドがおろしてある。薄暗がりのなかから女性の大声が聞こえてきた。

「すみません、閉店です、今日はバーもやってません」

ジェイニーではなかった。もっと年上の誰かだ。自信たっぷりで傲慢でやかましい、耳障りな声。たぶんジェイニーの母親だろう。

「ロス・メイ刑事です。マッケンジー家の人たちに話があります」

室内の暗さにちょうど慣れてきたところにいきなりスポットライトがついて、ロスの目がくらんだ。わざとだろうか、とロスはまた居心地の悪い思いをした。

「ごめんなさい」この謝罪はジェイニーだった。「今夜のお芝居の準備をしているところで」

部屋の明かりがついて、カフェのなかがすっかり様変わりしているのが見えた。部屋の一方の端に低いステージができていて、それに向きあうかたちで椅子が並べてある。昼のあいだはサンドイッチや紅茶とスコーンのセットを出すカウンターも、いまはワインやカクテルを出せるように準備されていた。メルが好きそうだな、とロスは思った。今度、夜に連れてこよう。まあ、たぶん二人とも理解に苦しむような演劇の上演がないときにでも。

ジェイニーは〈イソシギ〉のロゴの入った黒いTシャツを着て、ほつれたジーンズを穿いていた。両親は部屋の奥にいて、照明をいじっている。マーサ・マッケンジーにはロスも見覚えがあった。母親がマーサのテレビドラマのファンだったから。マーサはまたロスに向かって声を張りあげた。その声はちょっと大きすぎたし、ほんの少し偉そうだった。

「いまはほんとうにタイミングが悪いのよ、刑事さん。それに、わたしたちが知っていることならもう全部あなたの同僚に話したけど」

「お知らせしたいことがあって」ロスはさっきよりも威厳をこめてくり返した。「話をする必要があるんです」

夫妻が部屋の奥から出てきた。ジェイニーが椅子を三つ引っぱってきて半円形に並べ、三人は座ってロスを見た。ロスはまたもや少しばかり気後れした。マーサはシルバーのチュニックに黒いワイドパンツを合わせた恰好で、黒く太いアイラインにたっぷりのマスカラ、ダークレッドの口紅といったこれ見よがしの濃いメイクをしていた。しかしそれでも彼女は輝きを発していて、ロスの視線を引き寄せた。「それで？」マーサが促した。「わたしたちになにを知らせたいの？　殺人犯を見つけたとか？　そういうこと？」

「残念ながら、またべつの死亡事件が起こりました」こんなふうに話すつもりではなかった。農場からの道のりを運転しながらいい方を考えてきたのに。**ミスター・レイと親しかったのは知っています。きっと相当なショックだと思います。**

「誰が亡くなったの？」ジェイニーが口をひらいた。知らせに怯えているようだった。演劇用の妙な明かりのなかでは、ジェイニーの顔は青白く、目は大きく、アニメから抜けだしてきたみたいに現実離れして見えた。すべてがまったく現実とは思えなかった。

「フランシス・レイです」

「フランクが！」ジョージ・マッケンジーの反応は本物のようだった。「まさか」

「今朝、自宅の庭近くの共用地で発見されました」

「どんなふうに亡くなったんだい？」ジョージがたずねた。「ナイジェルやウェズリーとおなじように、刺されて？」

「検視が済むまで死因の確定はできませんが、ミスター・レイは自殺したようです」

全員が完全に黙った。

しばらくしてジェイニーが口をひらいた。「一昨日の夜、家にみんなを呼んでくれたの。グリーヴ一家と、イヴと、あたしたちを。亡くなった三人を偲ぶ会みたいなものだって。フランクがそういっていたんだけど」ジェイニーは間をおいてつづけた。「でも、もしかしたら、フランクなりのやり方で別れを告げていたのかも」

「彼はどんな様子でしたか？」

今度はマーサが口をきいた。「ひどく悲しそうだった！　全員がそうだったけれど。みんなで親しかった三人の死を悼んだのよ。いま思えば、フランクも自分の命を絶つことを考えていたのね。それなのに、彼がどう見えたかなんて訊くのね。まったく、なんてこと」マーサは乱暴に立ちあがり、椅子をうしろにひっくり返した。「外に煙草を吸いにいくわ。ついでに役者たちがまだ来てないか見てくる」

マーサが出ていくと、部屋のなかがとても静かになった。「妻を許してほしい」ジョージがとうとうそういった。「ひどく動揺しているんだ」

ロスには、いまの会話全体が芝居の一場面のように思えた。全員の反応が大げさで不自然に感じられた。

ジョージは椅子にかけたまま身じろぎをした。「さて、夜の上演の準備をしなければならない。中止の必要はないだろうね？　予約で満席なんだが」

ロスは一瞬考えてから答えた。「いえ。その必要はないと思います」

ロスがバーから帰ろうとしていると、傷だらけのミニバンが店の外に近づいてきて停まり、数人が降りてきた。そばにいたマーサが彼らを迎え、古くからの友人であるかのように全員をハグした。役者たちなのだろうとロスは思った。歩いて立ち去るあいだも、マーサの大声が道路まで追いかけてきた。「さあ、入って。今日はちょっと悲しい知らせが届いたから、いつものようには準備ができていないのだけど。でももちろん、ショウはつづけなければ」なんだか必死に聞こえるな、とロスは思った。マーサは自分が主導権を握っていることを世界じゅうに納得させるために必死になっているように見える、と。

夕方のブリーフィングでは、フランク・レイが〈ピース・アット・ラスト〉のフォーラムにアクセスしていた可能性について集中的に検討した。

「きみの友人からの情報が必要だ」ヴェンがいった。スティーヴがまだ結果を出してこないのはロスのせいだといわんばかりに。

「フランクが殺人犯という可能性はあるでしょうか？」これはジェンだった。「自殺は、以前いっていたのとはまったくちがう種類の罪悪感が引き金になったのでは？」

「それはオールダム警視からも出てきたよ」ヴェンの声は穏やかだったが、その意見を買っていないのは誰が見てもわかった。「もちろん、そうであればきれいに片づくが、わたしにはどうしてもそうは思えない。フランク・レイに、ナイジェルとウェズリーを殺すどんな動機がある？」ボスは顔をあげてみなに鋭い目を向けた。「それに、正当な理由もなく死者の名を汚すような真似はしたくない」

今夜集まったのは捜査の中心的なメンバーだけだった。ヴェンがピザを買ってきたので、いくつか机を寄せてそのまわりに座り、全員でピザをつまんだ。皿もナプキンもなかったが、ボスがどこかからペーパータオルのロールを見つけてきた。これでビールでもあれば、学生のパーティーのようだった。

「じゃあ、レイは自殺を唆されたんでしょうか？」ジェンがたずねた。「もし〈スイサイド・クラブ〉にアクセスしていたら？」

「それは考えてみてもいいと思う」ヴェンは念入りに手を拭いた。「あの農場は、グリーヴ一家が相続するのだろうか」

「サラ・グリーヴによれば、レイは世襲財産に否定的だったようです」ジェンがいった。口をピザでいっぱいにしたまま。みっともない、とロスは思った。メルなら口にものを入れたまましゃべるようなことは絶対にしない。「サラは自分たちが遺産をもらえるとは思っていませんでした。全部慈善事業に贈られるんじゃないか、って」間があった。「あと、これはボスも興味があると思うんですが、ジョン・グリーヴは昨日の午後、スピニコットにいたそうです」

「とても興味があるね。偶然だと思うかい？」

「年配者のホームに行ったわけじゃないんです。それに、ポール・リードの名前は聞いたこともないといっていました。ムーアのはずれの農場に関心があるそうで。自分たちの事業にフランクが投資してくれることを期待していたようです。フランクはすでにあの村の大半を買っているので」

ヴェンがそれについて考えをめぐらしているのがロスにもわかった。「では、いずれにせよ、あの一家はフランシスが亡くなれば大損というわけだね？」

「そう思います」ジェンが口ごもったので、まだなにかいいたいことがあるのだなとロスは思った。「ちょっと気になったんですが、ジョン・グリーヴはずいぶんぴりぴりしているようでした。怒りと憂鬱のあいだを行ったり来たりしているというか。不機嫌というか。しかもサラがいうには、パソコンのまえで長い時間を過ごしているそうです」

「〈スイサイド・クラブ〉に関わっていると思う？」

ジェンは肩をすくめた。「確認する価値はあるかと」

「昨日、ローレン・ミラーのところへ行ったんだ」マシューはいった。「彼女に拒絶されたことが、フランク・レイの自殺の引き金になった可能性はあると思う」間があった。

「ローレンは、〈スイサイド・クラブ〉のことをナイジェルから少し聞いていた。ウェブ関連のことはそこそこ知っていて、チャットルームへの入り方も見つけたそうだ。どうやら、積極的に自殺を唆している主催者は〈クロウ〉と名乗っているらしい。しかしローレンにはハンドルネームより先のことはわからなかった」ヴェンは顔をあげてロスを見た。

「きみの友人のスティーヴなら調べられるだろうか？　この情報はできるかぎり早く手に入れたいんだが」また声に非難がこもっていた。まるでロスが遅延の原因であるかのように。

「もしできるやつがいるとすれば、スティーヴですね。このミーティングが終わったらすぐに電話をかけます」

「マッケンジー一家の様子はどうだった?」

「よくわかりませんね」ロスはいった。「なんだか妙な家族ですよ。もしかしたら、ただショックを受けていただけかもしれませんが。あのマーサって母親は好きになれませんでした。ふつうにしててもドラマのヒロインみたいで」

「フランクはマッケンジー一家のビジネスに投資しているって、ボスがいってませんでしたっけ?」ジェンがたずねた。「もしかしたらそれは重要なのでは?」

「ジョージの話では、貸付だった」ヴェンはいった。「投資ではなく。それに、返済は最初の一年で終わっている。明日の午前中に、弁護士と会う約束をした。またなにかしら出てくるだろう」ヴェンは立ちあがった。「さて、まっとうな時間に家に帰ろう。明日は忙しくなるからね。ジェン、ルーシー・ブラディックに会いにいって、ウェズリーの女性の友人たちの写真を見せてもらえるかな?ウッドヤードよりも、彼女の自宅で会うようにしてほしい。ルーシーはひとり暮らしをはじめて、それを自慢したがっているからね。女性たちのなかに、日曜日の午後に見たことのある人がいるかどうか訊いてもらいたい。ウェズリーは誰かを待っていたようだというから、彼を殺害した人間をルーシーが見ている可能性もある。わたしが行くと約束したんだが、時間がつくれなくてね」ヴェンは間をおいてつづけた。「ロス、ウェブ関連は任せたよ。答えが手に入るまで、友人と協力してあたってもらいたい。ほかの誰かの作業を割りこませることのないように。わたしは事務弁護士に会って必要なことを調べてくる。フランシス・レイがどのくらい財産を遺したのか、その財産はどうなるのか、フランクを殺害する経済的な動機のある人間がいるかどうか」

ロスは駐車場に出ると、メルに電話をかけた。メルはすぐに出た。「あら、あなた。調子はどう？」疲れた声だったが、いつものメルだった。どうやらロスの想像力が暴走していただけのようだった。

「また殺人があった」ロスはいった。「いや、死亡事件というべきか。だけど今日はもう終わりだよ」

「そう、わかった。じゃあ、あとでね」

それだけだった。ほんの何秒かの会話でロスの心は軽くなっていた。いままでメルがいてくれるのを当たりまえと思っていたが、もっと二人の時間を意識してつくる必要があるのかもしれない。

それから技術屋のスティーヴに電話をかけたが、応答がなかったのでメッセージを残した。

「明日の朝八時に家に行く。急ぎの用件だ。朝食を買っていく」そして帰宅の途についた。

38

イヴはフラットで夕食をたべながら、この大きな家に自分はいまひとりなのだと、ふと気がついた。ウェズリーも、フランクもいないのだ。フランクが騒音を立てたことなど一度もなかったが、屋根裏の壁は薄いので、ウェズリーの存在はいつも意識していた。ウェズの音楽。ウェズの女友達。ごくたまに聞こえる掃除機の音。イヴは自分が豆粒になって大きなドラム缶のなかに落ち、からから音を立てているような気がした。庭を横切るだけでグリーヴ一家のコテージに行けるけれど、あの家の人々には会いたくなかった。

ローレンとの会話を思い返した。最初はすごく緊張していたし、気まずかった。警察の二人は席をはずしてくれた。ローレンは座り、お茶のマグを握りしめていたけれど、一度もそれを口もとに運ばなかった。

「わたしはあなたのお父さんをとても愛していた」これが最初の言葉だった。

「母もそうでした」イヴの返事は厳しく、残酷だった。言葉が弾丸のように空っぽのスペースに跳ね返った。

「わかってる。それはほんとうにわかっているつもり」

さらに沈黙がおりた。けれどもローレンがアップルドアに帰るまえには、二人は一緒に泣き、イヴは深い悲しみを分かちあえる人がいることに慰めを見いだしていた。

ローレンが立ち去るころには警察もいなくなっていたので、イヴは屋根裏に引っこんだ。一週間も経たないあいだにあまりにも多くの出来事があったせいで、脳に負荷がかかって頭が重かった。それは体にはっきりと感じられた。頭の重さが肩から背中を通って足まで伝わっていた。どうして倒れもせずにこんなに重いものを支えながら動きまわれるのだろう？ イヴは窓辺に座ると、空が暗くなって色を深め、やがて真っ黒になるのを眺めた。疲れてはいても眠れないとわかっていたので、ビディフォードのチャリティショップで買った椅子に座ったまま、父親と自分の人生に関わった人々のこと、生きている人と死んだ人のことを思った。いったいなにがその全員をつなぎ合わせて、今回の出来事を引き起こしたのだろう？

イヴの部屋の窓は東向きで、海とはちがう方向だった。夜明けの最初の薄明かりが見えるまで、イヴはそうやって座っていた。少しばかりまどろんだかもしれない。だが、頭は回転しつづけていた。思いだした会話の断片が糸となっていくつもの映像を――いくつもの顔や場所を――つなげ、巨大な記憶のネックレスができあがった。

そして、わかったと思った。最初は窓の外に見える真珠色の明かりとおなじくらいかすかで弱々しい疑念だった。父親の死体を見つけるまえの、早朝の記憶。べつの夜明け。眠りに入りこんできた物音のことは、父の遺体を見つけたショックで忘れていたのだ。イヴは立ちあがってお茶を淹れた。お茶は平凡な現実だから。イヴの思いつきは非現実的だった。きちんと地に足をつけておく必要がある。窓の向こうから、夜明けの鳥のさえずりが聞こえてきた。最初は調子はずれの音がぽつりぽつりと流れるだけだったが、やがて鳴き声のフルコーラスになり、信じられないほどうるさくなった。騒音がイヴの仮説を検証しているかのようだった。

さて、これからどうしよう、とイヴは考えた。マシュー・ヴェンに話すところなど想像もできなかった。ぴかぴかに磨いた靴と完璧にアイロンのかかったシャツを身につけたあの警部は、事実と論理的思考を求めるだろう。波長の近いジェン・ラファティでさえ、理解してくれるかどうかわからなかった。それに、証拠もないのに、まどろみながら見た夢や空想だけを理由に誰かを殺人者呼ばわりすることなどできるはずもない。人生を滅茶苦茶にしてしまうかもしれないのに。ローレン・ミラーならイヴの話に耳を傾け、検証に手を貸してくれるかもしれない。理詰めの思考のできる、クリアな視野を持った人だから。

しかし彼女との関係にはまだ落ち着かないものを感じていた。こういう夜中のとりとめもない考え事を打ち明ければ、暗に親密さを求めているものと受けとられかねないが、イヴにはまだそこまでの心の準備はできていなかった。

それからジョナサン・チャーチを思いだした。ジョナサンはあの警部と結婚しているし、イヴの友人でもある。本物の友人だ。ウェズリーが殺された日の夜、ジョナサンがフラットまで連れ帰ってくれたことを思いだした。ジョナサンはそのまま床に座って、一緒にワインを飲んでいった。いま必要としているのもそういうことだ。誰か打ち明け話のできる相手で、公の立場になく、イヴの言葉を正式な供述と見なさない人。

もう一杯お茶を淹れてから、ジョナサンにテキストメッセージを送って、おしゃべりをしにウッドヤードに行ってもいいか訊いてみよう。アートセンターの喧騒に包まれたオフィスに座っているところや、綿のTシャツを着てカーキ色のだぶだぶの短パンを穿いたジョナサンの姿、それにまじめで公平な彼の性分を思い浮かべるとほっとした。ジョナサンはほんの少し父親と似ていた。きちんと話を聞いて、こちらの不安を真剣に受けとめてくれるところ、そしてその不安を自分でも背負い、共有してくれるところが。

イヴはお茶を淹れ、スマートフォンを取りだした。ジョナサンも早起きをしたにちがいない。すぐに返事が来た。もちろんいいよ。日中はずっと忙しいんだけど、ウッドヤードで早めの夕食をどうかな。五時半とか？

もう少し早いほうがよかったんだけど、とイヴは焦りを覚えた。やっぱりほかの人に話すべきだろうか？　しかしすぐに、そんなに急ぐこともないと思いなおした。徹夜で判断力を失っているせいで、まちがっていることもありうる。しばらくのあいだ、仕事場でガラスをつくってもいいかもしれない。そうしているあいだに、夜中の想像に少しでも真実が含まれているかどうか、確かめる方法が見つかるかもしれない。自分が正気であることを、自分自身に対しても他人に対しても証明する方法が。

39

マシューとジョナサンは一緒に朝食をとった。ジョナサンはすでに一度出かけて日課の水泳を済ませ、濡れたままの髪と晴れやかな顔で戻っており、砂のついた足がキッチンの床に跡を残していた。ジョナサンは生のオレンジを搾り、コーヒーを淹れてもいて、そのころにようやく起きだしたマシューはパートナーのありあまるほどのエネルギーに驚かされた。

「捜査のほうはどう？」ジョナサンは、昨夜は訊いてこなかった。マシューはそれをありがたいと思った。疲れ果てて帰宅したときには、ジョナサンがごく日常的な事柄についてしゃべるのを聞いていたかった。ウッドヤードでの展覧会のこと。巡業劇団の新しい芝居のこと。モーリス・ブラディックがルーシーのいない生活にいかに適応しているか。ボブが考えたセンターのカフェの新しいメニューについて。

「混乱するばかりだよ」マシューはコーヒーを飲みほしながら答えた。「進行している物事も、つながりも、動機も多すぎる」マシューは間をおいた。「朝のブリーフィングが終わったら、わたしはフランク・レイの弁護士に会いにいく。それでなにか少しでもわかればいいんだが」

「イヴがテキストメッセージを送ってきた」ジョナサンは茶色くて分厚いトーストに手づくりのマーマレードを塗りながらいった。「今夜はイヴとウッドヤードで夕食をとるよ」

「どういう用件?」

「ちょっとしたサポートと、泣くのに肩を貸してくれる相手がほしいんじゃないかな。とても親しかった人を三人も亡くしているわけだし」ジョナサンは間をおいた。「まあ、そんな用でさえ息抜きになるよ、今日は丸一日、役員連中と経営会議だから」

マシューは微笑んだ。アートセンターはジョナサンのおかげで成功しているのだが、ジョナサンにとって経営に関する数字は理解しがたい抽象概念のようなものなのだ。

フランク・レイの弁護士は、バーンスタプルにオフィスをかまえていた。トー川を見渡せる優雅なテラスハウスだった。長い窓といい、凝った装飾の鎧戸といい、フランスの田舎町にあっても違和感のない建物だ。マシューはブリーフィングを終えてから歩いて町なかを抜け、土手に出た。潮位線の上で泥が固まり、乾燥した先端が塩で白くなっていた。

弁護士は受付でマシューを待っていた。古風な田舎医者のようなおおらかな物腰で自信に満ち、いかにも有能そうだった。「一般の受付は九時半からなので、受付デスクの担当者がまだいないのです。私のオフィスへ行きましょう」

オフィスは二階の前側で、鎧戸のある部屋だった。長い窓はあいていて、少しの風と、下の道路の騒音と、排気ガスが入ってきた。事務弁護士のピーター・メイソンは窓をしめ、羽板《はいた》の鎧戸を半分ほどとじた。明かりが横木のあいだから入りこんでくる程度に。

「気の毒なフランク」メイソンがいった。「ただのクライアントではありませんでした。友人だったのですよ。寂しくなります」メイソンは顔をあげた。「電話では、自殺だったとおっしゃいましたね？」

「ええ、まだ検視結果を待っているところですが、われわれは抗鬱剤の過剰摂取と見ています。以前、病気の症状が出たときに処方されたものです。あなたにとっては予想外ですか？」

「まあ、いくらかは。フランシスのことは、自殺を甘えと考えるような人間だと思っていましたから」

「知りあって長いのですか？」

「十一歳のときからの付き合いですよ。一緒に学校に通いました」メイソンは間をおいた。

「当時からちょっと変わった男でした」

「どんなふうに？」

「数字や図形に夢中でね。お金については、それでなにが買えるかではなく、市場を動かすものとして興味を持っていました。フィナンシャル・タイムズ紙を読むティーンエイジャーなんて、フランシスのほかには会ったことがありません。彼は大学には行きませんでした。能力はあったのですが、大学に行く意味がわからないといってロンドンでトレーダーになり、独力で上りつめました。私のほうはもっとありきたりな道を進み、地元から遠く離れることもなく、エクセター大学で法律を学びました」

マシューは口を挟まず、相手が話をつづけるのに任せて聞いていることにした。若かりしころのフランシス・レイの話はとてもおもしろかった。メイソンが考えをまとめるあいだは会話に間《ま》ができ、そういうときには下の道路の騒音を背景に、川でカモメの鳴く声がマシューの耳に届いた。

「彼はもちろんひとりっ子でした」メイソンはいった。「ウェスタコムは当時でさえ、少々古風に見えました。一家は土地にしがみついてどうにか暮らしているような状態でしたから。フランシスはまさに一匹狼だったのですよ。軽度の自閉スペクトラム症だという人もいるかもしれませんね。人付き合いが少しばかり苦手でした。数字を相手にしているときのほうが幸せで、論理思考をせずに感情的な反応をする人々のことは理解できませんでした。学校でも友人は私だけでしたが、まったく気にしていませんでしたね」

マシューはそれについて考えた。筋のとおった話だった。レイが〈ザ・マウント〉の閉所を決めたことにもそれで説明がつく。彼にとっては合理的かつ必然的な判断で、それが入居者個人に与える影響には考えが及ばなかったのだろう。

「大人になってからも連絡を取りあっていたのですか？」

「フランシスがロンドンで働いていたあいだは疎遠になっていましたが、私が大学の長期休暇で地元に戻ったときに、彼も実家の母親のもとを訪れていて、それで再会しました」メイソンは微笑した。「たぶん私たちは二人ともはみ出し者だったのです。私にもちょっと偏ったところがありましたから。フランクとはクリケットの愛好者であるところがおなじで、そこが接点でした。その後、ともにノース・デヴォンに戻り、彼から法律関係の面倒を見てくれないかと頼まれて、よく会うようになったのです」

「彼にパートナーがいたことはありますか？」

「魅力を感じて、遠くから思いを寄せた女性は何人かいましたが、実際に親密になれるような自信やスキルは持ちあわせていませんでしたね。きちんと付き合った女性がいるとは思えません」メイソンは間をおいてつづけた。「そういえばひとり、一緒に仕事をしたことのある女性がいましてね。既婚者だったのですが、最近離婚してノース・デヴォンで暮らすようになった。フランクは、もしかしたらなにかあるんじゃないかと期待していたと思います」

フランクを思うと、マシューは刺すような同情を新たに感じた。どれほど苦悩しただろう。何年ものあいだ遠くからローレンに思いを寄せ、自宅での食事会に招いたら、彼女はべつのゲストのひとりだったナイジェル・ヨウと恋に落ちてしまった。その後、フランクが本心を打ち明けても、ローレンは受けいれてくれなかったのだ。

「最近、ミスター・レイに会いましたか？」

「ひと月ほどまえにディナーをともにしました」メイソンは間をおいた。「定例の食事会です。フランクはとても気前のいい男なのですよ。いつもお気に入りのレストランでご馳走してくれる。私のほうも楽しみにしていました」

「彼はどんな様子でしたか？　ふだんどおりだったのでしょうか。とくに落ちこんでいるとか、ふさぎこんでいるようなことはありませんでしたか？」

弁護士は肩をすくめた。「いいえ。そういうことはなかったと思います」

「ミスター・レイは遺言書を作成しましたか？」

「しました」メイソンはファイリング・キャビネットに向かい、マニラ封筒を取りだした。

「私はフランクの弁護士であると同時に、遺言執行人でもありまして」

「仮に遺言がなかったら」マシューはいった。「すべての財産が最近親者に遺されるのですか？」

「ええ、そうです、サラ・グリーヴという名の女性ですね。フランクの母親の妹の孫に当たります。ほかに存命の近親者はいません」メイソンは封筒から遺言書を引きだした。

「おおまかなところをご説明して、その後コピーをお渡ししましょうか？」

「お願いします」

「では、警部さん、まず知っておいていただきたいのですが、フランクは裕福ではあっても、財産を築いた当初から慈善活動をしていましたから、資金の大半はすでに手もとにありませんでした。しかしながら、もちろんそれでもかなりの資産がありましたが」

マシューは先を急いでくれといいたい衝動に駆られたが、メイソンはすでに役に立つ情報を提供してくれたし、伝えたいことはまだあるようだった。ここは彼なりのやり方と彼なりのペースで詳細を語るに任せるのがいちばんいいだろう。

「ウェスタコム農場は、土地と家屋を含めたすべてがサラ・グリーヴに――本人が亡くなった場合はその相続人に――遺贈されます」

「そうですか」マシューはいった。グリーヴ夫妻はさぞかし喜び、安堵することだろう。

「ミスター・レイは財産を遺すのがよいことだとは思わないと話していたそうで、夫妻は先行きを心配していたのです」

「ただし条件があります」メイソンはつづけた。「土地を商業開発のために売却しないこと。一家がそこに住み、従来どおりの農業をつづけること」メイソンは机から顔をあげた。「フランクはウェスタコムで育ち、大切な母親が亡くなったのもそこです。あまり彼らしくないことですが、ウェスタコムにだけは特別な思い入れがあって、あの場所が様変わりするのはいやなのでしょう」

ジョン・グリーヴはこれをどう思うだろう。あの男はウェスタコムを離れて新しいスタートを切りたがっていたはずだが、もしかしたら、地主がいない状態で独自の農場経営が許されるなら満足するかもしれない。

メイソンの話はまだつづいていた。「離れを改修してつくられた作業場の所有権は、ビジネスを支える二万ポンドの資金とともに、ウェズリー・カーノウとイヴ・ヨウのそれぞれに贈られます」メイソンは顔をあげた。「もちろん、すでに死亡したミスター・カーノウに関しては無効で、彼の作業場は農場の一部という扱いに戻ります」

「スピニコットのプロジェクトと、レイ氏がそちらに所有している不動産については、なにか特定の言及がありますか？」ケアホームを訪問したときのことを思いだし、入居者への救済措置はあるのだろうかとマシューは疑問に思った。

「もちろん、あります。複雑で異例な条件が、比較的最近になってからつけ加えられました。フランクはスピニコットにあるコテージ、パブ、店舗、それから現在は年配者のためのケアホームとして運営されている〈ザ・マウント〉という施設を、村人と出資者からなる地域共同体に遺贈しました。共同体の設立はこれからです」メイソンはしかめ面をしてみせた。「設立に関わる諸々《もろもろ》は、われわれの事務所に任されています。フランクに私より長生きしてもらいたかった、あるいは、設立が必要になるまえに引退してしまいたかったといわざるをえませんよ。果てしない口論や、夜までつづくミーティングが避けられないでしょうが、楽しみにしているとはいえませんね」

マシューは同情の笑みを浮かべていった。「ほかの投資や資金はどうなりますか？」

「二十五万ポンドが、設立を助ける元手としてスピニコットの共同体に贈られます。その後は家賃収入やさまざまなビジネスの収益でやっていくことを想定しています。余剰があれば村のための投資にまわします」

「理にかなっていますね」

「それとはべつの二十五万ポンドが、ノース・デヴォン患者協会に贈られます」メイソンは目のまえの机に置いた紙を見て、書いてある言葉をそのまま読みあげた。「この価値ある組織が、これからもノース・デヴォンの公立病院の責任を追及していけるように」

「では、こちらの相続人も、亡くなってしまったために恩恵を受けられないのですね」マシューはいった。「患者協会を運営していたナイジェル・ヨウは、今回の事件の最初の被害者です」ロジャー・プライアはこの遺贈と付言事項をどう思うだろうか。

「ああ、この金額は個人ではなく、組織に対して贈られたものです。資金はそのまま患者協会に渡ります」

「ミスター・レイは、遺言書のなかに名前が出てくることを、受取人の誰かに明かしたでしょうか？」マシューはローレンとの最後の会話を思いだした。患者協会を運営するポストに応募することを考えている、といっていた。少なくとも当面は資金を掻き集めてまわらなくていいという情報が、彼女の決断に影響を与えた可能性はあるだろうか。いや、なさそうだなとマシューは思った。

「それは私にはわかりません」

「ミスター・レイはインストウの家族経営のビジネスに投資していますね。マッケンジー一家が所有する〈イソシギ〉というパブですが。あなたはそれにも関わっていますか？」

「私自身は関わっていません」メイソンはいった。「私の専門分野ではないもので。しかし事務所のパートナーのひとりが契約書を作成しました」

「わたしの理解しているところでは、その資金は正式な投資というよりは無利子の貸付だったようで、すでに完済されていますね。それを確認してもらえますか？」

「同僚に確かめてみる必要がありますが、それはいかにもフランクらしい取り決めです」

「非常に気前がいいですね」

「先ほども申しましたが、警部さん、フランクはとても気前のいい男なのですよ」メイソンは遺言書を封筒のなかに戻した。「残りの財産は国内外の多数の慈善事業に贈られますが、そちらにはあなたの捜査と関係のあるものはないと思います」

「遺言によりミスター・レイの遺産の恩恵を受ける人々には、いつ告知されるのでしょうか？」

「該当する個人と組織には本日通知を発送します。当然のことながら、検認にしばらくかかりますので、彼らが資金を受けとれるのは少し先になるでしょう。しかしグリーヴ夫妻にとっては通知そのものに大きな意味がありますね。先々自分たちの利益になるとわかっていれば、ウェスタコムの管理をつづけるにも、さらにやる気が出るでしょうから」

マシューはうなずいて立ちあがった。メイソンもマシューを見送ろうと一緒に階段を降り、二人は戸口で握手を交わした。外に出ると、空気がちがって感じられた。空はまだ晴れていたが、湿度が高くて蒸し暑く、まもなく熱波が到来するような、雷雨になりそうな感触があった。

40

今朝のジェンには、子供たちと朝食をとれるくらい時間に余裕があった。ナイジェル・ヨウの殺人事件が起こってから、チームの全員が非常識なほどの時間を捜査に費やしており、予算で残業代がカバーしきれなくなった。だから代わりに少し時間ができた。子供たちの顔を見るのは久しぶりのような気がする。

エラはなにもいわなくても自分で起きて、シャワーと着替えを済ませていたが、ジェンがすべてをテーブルに並べおわっても、ベンはまだベッドにいた。ジェンはベンの部屋のドアをノックし、部屋に入った。狭い部屋で、いつも暗かった。ベンは絶対にカーテンをあけないのだ。思春期の男子と、洗濯していないシーツと、腐りかけたピザのにおいがした。ベッドの隣の机にはパソコンがあり、息子本人よりも生き生きしていた。なにかが点滅している。たぶん、ベンはほぼひと晩じゅうこれに向かっていたのだろう。友達とのオンラインゲームかなにかで。人を殺して楽しむような。それとも、不穏当なチャットルームを覗いていたのだろうか？　見てみたほうがいいような気がしたが、ベンが目を覚まし、ジェンの姿を見て唸った。

「学校に遅れるよ」本気で怒る気にはなれなかった。寝ぼけたベンはとても幼く見えた。

「朝食ができてる」


二人とも学校へ出かけてしまうと、ジェンはもう一杯コーヒーを淹れてから、マシューの指示に従ってルーシー・ブラディックに会いにいく手配をはじめた。ルーシーが新たに暮らしはじめたフラットは、学習障害のある成人のための小規模な複合施設の一室で、リヴァー・バンクにあった。ジェンはルーシーの父親のモーリスに電話をかけ、訪ねていくならいつが都合がいいかを訊いた。

「いや、まあ」モーリスはいった。「あの子に直接電話をかけてもらったほうがいい。そういったたぐいの決断も自分でさせるべきだと、ソーシャルワーカーからもいわれているんだよ。ルーシーは自分の意見をきちんと口にするべきだ、と」モーリスはゆっくりしゃべった。モーリスのアクセントは豊かでゆったりしていて、それは彼の娘もおなじだった。

「でも、ルーシーの電話番号を知らないんです」ジェンは少し間をおいてからつづけた。

「あなたにも来ていただけたらうれしいんですけど。あなたがそばにいたほうがルーシーも自信を持って話せるでしょうし、わたしにはときどき彼女の言葉がうまく聞きとれないこともあって」

「ウッドヤードでのあの子のシフトは午後からだ」モーリスが答えた。「私から電話して、今日の午前中は家にいるようにいっておくよ。私たちが立ち寄るとも伝えておく」娘に会いにいく口実ができて、モーリスは明らかに喜んでいた。「どのみち、ちょっと買物をしにバーンスタプルまで行こうと思っていたんだよ」

ルーシーのところへ出かける時間が来るまで、ウェズリー・カーノウの知り合いの女性の画像をまとめることにした。サイモン・ウォールデンの事件を思いだした。やはりダウン症の女性に写真を見てもらったのだが、あのときはルーシーが目撃者ではなく被害者になる可能性があった。ジェンはマッケンジー家の二人、マーサとジェイニーの写真を見つけた。マックが亡くなったときに地元の新聞に載ったものだ。二人とも黒い服を着ており、やつれて見えた。あのマーサでさえ、観客に取りいろうともせずカメラから顔をそむけていた。ジョージもそこにいて、息子を見捨てたシステムを激しく非難する彼の言葉が記事に引用されていた。シンシアを見つけるのは簡単だった。彼女が鮮やかな赤とピンクのシルクのワンピースを着ている画像を選んだ。ジェンはつかのまそれを眺め、悲しみに似た感情を覚えた。二人のあいだにあったはずの友情が徐々に消えつつあったから。ある意味では死別と似ているようにも思われた。

ルーシーは、かつて製材所が所有していた土地に新しく建った三階建ての集合住宅に住んでいた。もともとあった製材所の建物自体は改修されてウッドヤード・センターになったが、土地は開発のために解放され、その一部がルーシーのような人々の自立した生活を支える集合住宅になった。隣は家族向けの小さな公営住宅で、子供用の遊び場が見えた。

ジェンはウッドヤードの駐車場を使い、歩いてセンターを通りすぎ、ルーシーのフラットへ向かった。ちょうどウッドヤードのエントランスを通りかかったとき、なかからシンシアが近づいてくるのが見えた。丸めたヨガマットを抱えている。顔を合わせないように避けることはできなかった。

「調子はどう?」レディ・シンシアともあろう者が、まるで知らない人間のように、親友だったことなど一度もなかったかのように、つんと澄ました顔のままこちらを無視して通り過ぎていくことなどまさかないだろうと思い、ジェンは声をかけた。

シンシアは立ち止まり、肩をすくめた。「最悪」それは自分の失敗の告白のように聞こえた。エネルギッシュでどこまでも楽観的な以前のシンシアではなかった。「ロジャーが口をきいてくれないの。毎日十二時間働いて、帰宅したと思うと書斎に引きこもって。夜もほとんど眠れてないと思う」シンシアはまっすぐにジェンを見た。「ロジャーのことが心配なのよ。ロンドンで状況がほんとに悪かったときも、ここまでひどくなかった」

「鬱だと思う？　つまり、治療が必要な鬱の症状のように見える？」

「ええ、そう思う」シンシアは泣きそうな顔をしてつづけた。「医師にかかるべきだっていったんだけど、放っといてくれといわれて。問題はこの怒りなのよ。つまりね、もしロジャーが部屋の隅にうずくまって泣いているんだったら、わたしにも対処できる。だけどひどく怒ってるのよ。世界と、わたしに対して。どういうわけか、ロジャーは自分の身に起こっていることを全部わたしのせいにしているの」間があった。「わたしたちはべつにソウルメイトってわけじゃない。いつでもべったり一緒に過ごしてきたわけじゃないけど、でも、だからこそうまくいっていた。相手とちがうからこそ、お互いから学べたし、なにかを一緒にするときには新たに話しあうことができた。だけどいまはどう？　ロジャーを失ってしまったみたいに感じてる」

これも二つの殺人事件の隠れた余波なのだとジェンは思った。ストレスと疑念が、個々の人間や、人間関係や、コミュニティさえ崩壊させる原因になるのだ。ジェンは時計を見た。ルーシーとおしゃべりをしなくてはいけない時間だった。「午前中ずっと家にいる？　寄ってもいい？　とびきりおいしいコーヒーを淹れてよ」

一瞬、沈黙があった。もし断られたら友情は完全に終わりだ、もう戻れないとジェンは思った。だが、シンシアは微笑んでいった。「ええ。そうしてもらえたらうれしい」

フラットにはモーリスのほうがジェンより先に到着していたが、大得意な様子でジェンを迎えいれたのはルーシーだった。ルーシーは腕を大きく広げていった。「いらっしゃい」

建物は学生寮のような雰囲気だったが、ルーシーは自分だけのスペースで暮らしていた。一方の端にキッチンのついた居間と、寝室と、シャワールームがある。ルーシーはぜひにといってジェンを案内してまわり、それからやかんを火にかけて、インスタントコーヒーをスプーンで慎重に三つのマグに入れた。

「施設内にケアワーカーがいるんだよ」モーリスがいった。「しかし、ルーシーはなんでも自分でできる。そうだね、ルーシー?」

「もちろん」ルーシーはにっこり笑った。

「またあなたたちの助けが必要なんです」ジェンはいった。「でも、今回はなんの危険もありませんから。ほんとうに」最後のひと言はルーシーではなく、モーリスに向けた言葉だった。「ただ何枚か写真を見てもらいたいだけ。日曜日にウェズリーがカフェに来たあとに、このなかの誰かを見かけていたら教えてほしいの。ウェズを見たあとすぐに仕事が終わったなら、家まで歩いて帰るあいだに気がついたかもしれないから」

「わかった」ルーシーはいった。

質問をされるのが誇らしくて、がんばって助けになろうとしてくれている。だけど懸命になるあまり、こちらを喜ばせようとして写真の顔に見覚えがあると思いこんでしまうのでは、とジェンは心配になった。「テストじゃないからね、ルーシー。もし知っている顔がなくても、そう教えてくれることがおなじくらい大事で、とても役に立つの」

ルーシーはうなずいた。

しかしルーシーがじっと写真を見たまま、カフェの常連であるシンシアの顔にさえ反応しなかったので、最後には全員がちょっとした失望を味わうことになった。

「だって誰かを見た覚えがないんだもの」ルーシーはいった。「仕事から帰ろうとしたら、ウッドヤードのまえのバス停にバスが来て、人が降りた。リヴァー・バンクの友達が二人、家族に会いにビディフォードに行ったのを知っていたから、その二人を探したの。フラットに帰るところだってテキストメッセージが来てたし。一緒に歩いて帰ろうと思って。二人がバスを降りたところが見えたから、追いついてくるのを待っていたんだけど、そのとき車が通りかかって、二人からはわたしが見えなくなった。わたしは手を振っていたのに。車で隠れちゃって」ルーシーはつかのま口をつぐんだ。「ちょっと変じゃない？　センターはもうすぐしまる時間だったのに、どうして入ろうとする人がいたんだろう？」

「どんな車だった、ルーシー？」ジェンは切迫した声にならないように意識しながらたずねた。

「車のことなんかなんにも知らないもの」ルーシーの声が不安そうになり、動揺しかけているのがわかった。モーリスがもうおしまいにしようと声をかけてきそうなそぶりを見せた。椅子のなかで落ち着かなげに身じろぎをして、大きな白いハンカチで額をぬぐっている。

「ああ、わたしもよ」モーリスが口をひらくまえに、ジェンはすばやく口を挟んだ。「わたしもぜんぜん知らないの。ただ、もしかしたら色は覚えてるんじゃない？」

「もちろん！」ルーシーは勝ち誇った顔でいった。「黒だった！　大きくて黒い車」

「運転していたのが男だったか、女だったかはわからない？」

ルーシーは首を横に振った。「見なかった。バスから降りてきた友達を探してたし、そのあとは三人でおしゃべりしてたから」

モーリスとルーシーが一緒にコーヒーを飲んでいるうちに、ジェンは立ち去った。話し相手を必要としているのは娘よりも父親のほうなのだな、と思いながら。

ジェンは庭のゲートから入って、シンシアの家の奥へまわった。屋内に入ってロジャーの書斎のまえを通らなくて済むように。外にいないとすれば、シンシアはキッチンにいるだろう。勝手口のドアをノックすればいい。結局、シンシアは庭にいて、最後に話をしたときとおなじ椅子に座っていた。アイスバケットのなかにピノ・グリのボトルがあり、シンシアのグラスにはすでに白ワインが注がれていた。じゃあ、とびきりおいしいコーヒーの線は消えたわけね、とジェンは思った。

「はじめるのがちょっと早いんじゃない」ジェンはシンシアの隣の椅子に腰をおろした。まるっきりちがう国か、ちがう大陸のようだとジェンは思った。どこかの熱帯雨林か、インドの宮殿の庭みたいだった。ジェンはどちらにも行ったことはなかったが、この庭は乾燥しているにもかかわらず、明るい色と豊かな緑がどこか異国風だった。

「ランチタイムだもの」シンシアはいった。「小さなグラスが一緒に出てくるのが、文明人の昼食というものよ」テーブルの上には、チーズとコールドミート、サラダ、フランスパンの載ったトレーがあり、ブドウとイチゴの入ったボウルもあった。二枚の皿と二本のナイフが並び、グラスがもうひとつ置いてある。「一緒にいかが?」

「冗談いわないで。食べるに決まってる! おなかぺこぺこ」

シンシアは皿とナイフを押して寄こし、それからグラスにワインを注いだ。ウッドヤードの外でばったり会ったときよりも落ち着き、自制しているようだった。友人と向きあうために心の準備をしたのだ。

「ワインは飲んだら駄目なんだけど。うちのボスは知ってるでしょ。こだわり屋だから」それでもジェンはひと口飲んだ。これはヴェンのルールより大事だった。「ロジャーはどうしちゃったんだと思う?」そういいながら、パンをひと切れ引っぱり、とろけかけたブリーチーズを切りとって、味に全神経を集中した。友情を修復するのはもちろん大事だが、捜査の最中には、チャンスがあるときにものを食べておくことも重要なのだ。

「そうね、ロジャーがナイジェル・ヨウとほかの人たちを殺したとは思わない」シンシアはとげとげしい態度に戻っていた。気持ちが張りつめているせいで声がかん高くなった。

「わたしは友人としてここにいるの」ジェンはいった。「刑事じゃなくて」

「あなたはいつだって刑事でしょう」

その問題には正解などなかった。次に口をひらいたのもシンシアだった。「ロジャーはものすごくストレスを感じてる。彼がなにをするか、とても心配。他人を傷つけたりしないのはわかっているけれど。国民保健サービスの事業に――人の命を救うことに――人生を捧げてきた人なんだから。医師ではないけど、医師たちを支えて、彼らのために闘っているのがロジャーなの。もっと資金を、もっとスタッフを勝ちとるための政府との闘いね。

そこにかける情熱なのよ、わたしが好きになったのは」

「気分の落ち込みがひどくて、自分の命を絶つことを考えているんじゃないか。あなたがいいたいのはそういうこと？」

沈黙がおり、耳障りなカササギの鳴き声だけが響いた。

「ええ」シンシアはいった。「そう、そういうこともあるかもしれない」

「ロジャーが長時間書斎にとじこもってなにをしているか、あなたは知ってる？」

「どういう意味？」シンシアはワインを飲んだ。それから自分でもう一杯注いだ。

「マック・マッケンジーのブラウザの履歴を調べたの。マックは〈ピース・アット・ラスト〉という名前のチャットルームに参加してた。自殺を考えている人をサポートするグループなんだけど。そのなかに、〈スイサイド・クラブ〉と自称する中心的なグループがいて。そこにはもっと自暴自棄になった人が集まっているみたいなの。そういう人たちのなかにひとりか二人、積極的に自殺を唆したり奨励したりしている人間がいるんじゃないかと危惧してる」

「ロジャーがメンバーかもしれないと思うの？」シンシアの顔を涙が音もなく流れ落ちていく。「ロジャーが本気で自殺を考えているかもしれないと？」

「そういう可能性もあるかもしれないと心配しているだけ。彼はルーク・ウォレスの治療をしていたプロとつながりがあったでしょう。マックの面倒を見ていた人たちとも。二人の青年は両方ともそのグループのメンバーだったことがわかっている」

「そして二人とも自殺した」

「ええ、二人とも自殺した。それで、ロジャーは二人を治療した医師たちを通して、そのサイトを見つけるのに充分な情報を入手した可能性がある」ジェンは間をおいた。「最初はプロとしての興味だったのかもしれない。つまり、医療者側の怠慢以外に自殺の原因があったことを証明することができると思ったのかもしれない」

「どうしたらいいの」涙がまだシンシアの顔を流れ落ちていた。シンシアは自信に満ちた有能な女性から、安心感を切望する子供に変わり、自分のために決断してくれる人間を求めていた。

「ロジャーのパソコンのパスワードはわかる？　二人で書斎に入って、見てみることもできる」そうすれば、ロジャーが〈クロウ〉を名乗っていないかどうか確かめることもできる。

「まさか！」シンシアはいった。「書斎はロジャー個人のスペースよ。わたしはロジャーがいないときにあの部屋に入ったことはない」

ジェンは頭のなかで反論を組み立てた。ロジャーの安全を気にかけるなら、個人のスペースを侵害する心配よりも、確認してみることのほうが大事なんじゃない？　しかし実際に口に出していう時間はなかった。ポケットに入れてあったスマートフォンが鳴ったからだ。マシュー・ヴェンからのテキストメッセージで、ジェンがいまどこにいるかをたずね、できるかぎり早く署に戻るようにと指示する内容だった。

「行かなきゃ」ジェンはいった。「仕事よ。ごめん」

シンシアは立ちあがった。「もちろんそうよね。いつだって仕事。そうじゃない？　あなたは決して逃げられない」その言葉は非難のように聞こえた。シンシアはまだ泣いている。まるで体じゅうの水分が目から流れでているようで、シンシアはそれに溺れてしまいそうだった。

ジェンはシンシアを両腕で包んで、ぎゅっと抱きしめた。一瞬、シンシアは体の力を抜いて、ハグされるままになった。

「今夜ロジャーが帰宅したら、書斎から遠ざけておけるかやってみて」ジェンはいった。「もし彼がウェブサイトを見つけたなら、取り憑かれたみたいになっているんだと思う。依存症みたいに。たぶん、ふつうじゃ考えられないくらい強い吸引力と刺激があるんじゃないかな。誰かが生きるか死ぬか決めるところを見るのは。それで、次は自分の番だと思ってしまうの」**あるいは、最後の一歩を踏みだすように誰かを説得できるかどうか確かめ**

たくなるとか。

シンシアはうなずいた。しかし夫に立ち向かうつもりはないのだろう、ウェブサイトについても彼の気分についてもたずねてみるつもりはなさそうだ、とジェンは思った。この夫婦はべつべつの人生を送ることに慣れすぎていて、大事なことを話しあう方法を忘れてしまったのだろう。

41

技術屋のスティーヴは、バウトポート・ストリートから少し入った路地にある生花店の上のフラットに住んでいた。外のバケッツに挿された花の香りが、部屋に入れてもらえるのを待っていたロスのところまで届いた。隣は騒々しいパブで、こんなに早い時間なのにもう庭でビールを飲んでいる者が何人かいた。スティーヴがなぜまだここに住んでいるのかわからなかった。騒音は夜遅くまでつづくので、自分なら頭がおかしくなりそうだとロスは思った。とりわけ人々が外に出たがる、いまのような気候のときには。スティーヴは気にならないようだった。おそらく、フラットが細長く、通りから離れた奥の部屋へ進むにしたがって暗く静かになるからだろう。ロスの記憶では、洞窟の奥に進むような印象だった。

歩道からなんの変哲もないドアを入って階段を上ったてっぺんにキッチンがあり、ピザの箱やテイクアウトのアルミ容器が散らかっていた。ビールの空き缶も。衛生上、警報レベルのにおいがした。ロスがブザーを鳴らして薄暗いなかを上るあいだ、スティーヴが待っていたのはこのキッチンだった。サイバースペースのエキスパートは汚らしいフリースのドレッシングガウンを着ていた。ロスにわかったかぎりでは、ほかにはなにも身につけていなかった。スティーヴは目をぱちくりさせて立っていた。

「くっそ、なんの用だよ？　おれにとっては真夜中だぞ」

「いまは真っ昼間だし、緊急の用件だ。〈スイサイド・クラブ〉のメンバー追跡はどこまで進んだ？」

「別件が入ったんだよ」スティーヴはまだ半分眠ったままのような状態でつぶやいた。

「払いのいい仕事が」

「こっちは人の生死に関わる問題なんだぞ」ロスはうんざりした気持ちでスティーヴを見た。本来聡明でそれなりに訓練されてもいる人間が、どうしたらこんなふうに暮らせるんだ？　「それに、すぐやるって約束したじゃないか」

「別件で徹夜だったんだ」スティーヴは顔をそむけた。「そっちも急ぎだったんだよ。少し眠りたい」

「シャワーを浴びて服を着てこい。おれは答えが手に入るまでおまえに貼りついているようにいわれてるんだ。運命共同体ってやつだよ」間があった。「それに、早く結果を出せばそっちの言い値で払うぞ」

どうしたらその約束を守れるかはわからなかったが、その言葉は必要な効果を発揮したようだった。スティーヴは廊下の奥に消え、シャワーの湯を出すためのボイラーが作動する音が聞こえてきた。ロスはカオスのなかで待っていることに耐えられなかった——鳥肌が立った——ので、黒いゴミ袋を見つけ、ファストフードの容器やバナナの皮を詰めこみはじめた。小さな食洗機があったので、皿を詰めた。スティーヴがジーンズと黒いポロシャツを着て戻ってくるころには、カウンターがすっかり拭いてあった。スティーヴはキッチンの変化にはまったく気づいていない様子で、ロスの尽力に感謝することもなく、冷蔵庫に直行して缶コーラを取りだし、ロスにも一本勧めた。紅茶もコーヒーもなかったので、ロスはそれを受けとった。

「オーケイ、じゃあ仕事にかかるか」スティーヴは昔から難題を好んだ。スティーヴの意識はおそらくもっと大きな収入を生むべつのプロジェクトから、〈スイサイド・クラブ〉に戻った。ロスがやってきて背中を押したことを喜んでいるようにさえ見えた。

廊下はリビングの横を通って奥へ延びていた。前回来たときにはリビングに座って、ビールを片手にテレビでサッカーを見ながら男だけの夕べを過ごした。バスルームとしまったドア——スティーヴの寝室にちがいない——のまえを過ぎて、廊下はさらに奥へつづいていた。ロスはこんなに奥まで来たのは初めてだったが、スティーヴは歩きつづけ、突き当たりで右の部屋に入った。室内は真っ暗だった。窓がなく、外の音も聞こえない。この部屋に入った人間は永久に消えてしまうのではないかとロスは思った。おそらくスティーヴも、何日もこのなかに消えていることがあるのだろう。スティーヴが明かりをつけると、机の上に光の輪ができ、ひと部屋に収まっているのが信じられない量の機器類が照らしだされた。キッチンとちがい、ここは医療現場のように清潔だった。キーボードの上に埃はないし、画面にも汚れひとつない。椅子は革張りの大きなものがひとつあるだけで、スティーヴがそこに座った。〈スター・トレック〉に出てくるエンタープライズ号の艦長みたいだった。二人ともこの昔ながらのSFドラマが大好きなのだ。おそらくわざと艦長席に似せたのだろう。座る場所がなかったので、ロスは壁にもたれた。

「患者協会の職員が〈スイサイド・クラブ〉を覗いて、主催者が〈クロウ〉を名乗っていることを突き止めた」ロスがいった。「われわれに必要なのは、そいつの本名と連絡先だ。職員の女性にはそこまではわからなかった」

「まあ、アマチュアにはどこから手をつけたらいいかもわからんだろうね」間があった。

「彼女がそこまで到達できただけでも驚きだよ」スティーヴはロスのほうを向いていった。

「なあ、いまから取りかかるから、どっか行って、二時間したら戻ってきてくれないか？

肩越しに覗かれてたんじゃ集中できねえ」

ロスは時計を見た。すでに昼近かった。「一時間だ」

スティーヴはすでに画面に集中し、聞こえていないようだった。「鍵を持っていってくれ。キッチンのフックにかかってる。ここは防音だから、呼び鈴が聞こえないんだ」

ロスは帰宅して昼食をとることにした。スティーヴのところを出るまえに、メルに贈ろうと思って階下の生花店でバラを衝動買いした。結婚式のブーケに使ったようなピンクのバラだった。そんなにロマンティックなほうではないが、ちゃんと気持ちを表現したほうがいいと思ったのだ。最近はメルがいてくれるのが当りまえになっていた、とロスはまた思った。たぶん、ここのところときどき発生する妙に張りつめた空気の根底にあるのはそれだろう。ほんとうはなにが怖いのかを掘りさげたりは——もっと気持ちを向けてくれて、もっと大事にしてくれるほかの誰かをメルが見つけたのではないかと考えたりは——しなかった。帰宅すると、家のなかが不自然なほど静かに感じられた。ロスはラジオをつけて地元局に合わせ、バラを花瓶に挿してからサンドイッチをつくった。

メルが置いていった業務日誌が目についたのはそのときだった。カウンターの上に、ロスを誘うように置いてあった。見るべきでないのはわかっていたが、プライベートなものではなく、仕事関係のことが書いてあるだけならかまわないのでは、とも思った。ストーキングしようとか、妻を支配しようなどというわけではない。ロスはクリスマスまえに威圧的支配に関する研修を受け、その後、年初に関わった事件で現実を思い知ったところだった。以前は、新しい法律はいささか過剰反応気味だと思い、軽く見ていた。身体的な虐待が害悪であることは理解していたし、女を殴るような情けない男は大嫌いだったが、なにを着るべきかとか誰に会ってもいいかなどといったことを指図されるがままになっている女のほうにも責任があるのではないか？と思っていた。しかし極端な威圧的支配が暴力に、さらには殺人につながった事件と関わって、自分がまちがっていたことがよくわかった。それでも……これを見るくらいなら、ほんとうに支配的な行動とはいえないのではは？ただ相手に関心を持っているだけだ。ロスは立ちあがり、日誌をじっと見つめた。メルは手を伸ばして日誌を取りあげようとしたとき、ドアがあいてメルが入ってきた。メルはロスを見て驚き、顔を赤くして、見るからにうろたえていた。

「いると思わなかった」

「花を買ってきたよ」ロスはいった。

「あら！」ロスが期待していた反応ではなかった。メルは喜ぶのではなく、驚いているだけだった。それに、罪悪感があるようにも見えた。自分にはこんなことをしてもらう資格などないと思っているかのような。メルのほうも、もっとべつの反応を期待されていたことに気づいたにちがいない。笑みを浮かべ、ロスの肩に触れていった。「素敵ね。ほんとうに素敵」

「サンドイッチをつくったところなんだ。きみも食べる？」

「いらない」メルはいった。「職場でなにかつまむから。業務日誌を忘れちゃって。あれがないと仕事にならないのよ」

日誌を手に取ろうとしていたところを見られたかどうかはわからなかったが、ロスは読もうと考えたこと自体に罪の意識を覚えた。「カウンターの上にあるよ。おれもさっき気づいた」

「ああ、そうね」メルはロスの唇に軽くキスをして、日誌をつかんだ。そしてドアのところでふり返っていった。「バラをありがとう。とってもきれい」間があった。「話したいことがあるの」

「なに？」ロスは突然怖くなった。いままで知っていたものや、当たりまえと思っていたことがすべて崩れ落ちていくような気がした。

「いやな話じゃないのよ」メルはいった。「ほんとに。いまはもう仕事に戻らなきゃならないんだけど、今日はふつうに帰ってくる？」

「ああ」ロスはただそういった。怒鳴ることなどできないから。いま話せと無理強いするわけにはいかないのだ。「じゃあ、今夜」

「ええ、そのときね」メルは小さく手を振ると、急いで出ていった。しばらく室内にメルのにおいが残っていたが、やがてそれも消えた。

ロスはスティーヴのフラットに戻った。また仕事に集中できるのがうれしかった。キッチンは立ち去ったときのままだった。冷蔵庫からコーラを出し、スティーヴのオフィスまで持っていった。スティーヴには、ロスが来たのも聞こえていないようだった。鼻が画面にくっつきそうなほどまえに身を屈め、独り言をいっていた。

「スティーヴ・バートン、おまえならできる」

ロスはコーラをスティーヴの目のまえに置いた。

「それで?」

「こいつはなかなか狡賢い。〈スイサイド・クラブ〉の参加メンバーの詳細はわかったが、〈クロウ〉本人についてはまだだ。もう少しかかる」

「そうか」ロスはがっかりした。夕方のブリーフィングで自分が部屋の前方に立っているところを想像していたのだ。殺人犯はすでに留置され、自分がみんなから称賛を浴びているところを。

スティーヴは一瞬画面から目を離した。「なあ、もうすぐだよ。いまやってるから」

たしかに、スティーヴがいまや完全に結果を出すことに集中しているのがロスにもわかった。これは挑戦であり、スティーヴは挑戦が大好きなのだ。グループの主催者を割りだすまで寝食を忘れて没頭するだろう。

「わかったらすぐに電話してくれるか?」

「もちろん」目を画面に向けたまま、スティーヴは机上の紙をロスのほうへすべらせた。

「メンバーの詳細はプリントしておいた」

ロスはリストを見た。十二の名前が並んでいる。そのうちのひとつに見覚えがあった。

「行かなきゃならない」

「ああ、わかった」スティーヴはまたデジタルの世界へ戻っていた。「出ていくとき、ドアをちゃんとしめていってくれ」

作戦指令室に着いたのは、チームのなかでロスが最後だった。ヴィッキー・ロブさえロスより先に部屋にいて、メモを取ろうとボールペンを握っていた。

全員がロスを見た。なにか重要な事実を明かそうとしているのがわかったのだ。

「スティーヴは、まだ〈クロウ〉の正体の割り出しにはいたっていません」期待は最小限にさせておいたほうがいい。「今日中には割りだせるはずです。しかし〈スイサイド・クラブ〉の参加メンバーはわかりました。事件の関係者が一名含まれています」

「誰だ？」

効果を狙って間をおくと、ヴェンが苛立っているのがわかった。

「フランク・レイです」

一瞬沈黙があった。「では、あの手紙にあった言葉は偶然の一致ではなかったのだね」ヴェンはいった。「中心グループの一員だったなら、自殺についてはしばらくまえから考えていたにちがいない」間があった。「もしかしたら、マックがフランクの連絡先を主催者に伝えたのかもしれない。二人は仲がよかったから」

「フランクは〈クロウ〉に唆されたんでしょうか？」ジェンがいった。「マックとおなじように？」

「おそらくね」ヴェンは物思いに耽っているようだった。フランクのことをよく知っていたようだ。もっと距離をおくべきではないのか、とロスは思った。ジョー・オールダムはいつも、事件に感情移入しすぎるのはよくないといっており、ロスも同意見だった。

ジェンが挙手をした。「ちょっと話が逸れるかもしれませんが、ジョン・グリーヴが

〈クロウ〉の可能性はありませんか？　長時間パソコンに向かって過ごしているし、強いストレスを感じ、とても落ちこんでいるように見えます。自殺した二人の両方と知り合いだったから、二人をサイトに誘いこんだことも考えられます」ジェンは一拍おいてつづけた。「彼が殺人者である可能性もあります」

ヴェンが答えるまでにまた少し時間がかかった。こういう沈黙はロスをそわそわさせた。緊張して落ち着きをなくし、教室のうしろのほうにいる悪たれに戻ったような気がした。

「わたしはジョン・グリーヴをよく知らないので、判断がつかない。ジェン、きみに話をしてきてもらいたい。マックの自殺がジョン・グリーヴの誘導によるもので、ナイジェル・ヨウがそれを発見してフランクに話すと脅した、というなら一応筋は通る。グリーヴには失うものがたくさんあるからね。家も、生活手段もそうだ。フランク・レイの自殺の原因もグリーヴかもしれない。一家がなにかしら相続できることになっていたなら。たしかに、ジョン・グリーヴには動機がある」

「了解です」ジェンは赤毛を顔から払いのけていった。「いますぐ向かいます」

ロスはかすかに期待外れな気分を味わっていた。こういう活動的な捜査からまた除外されるのは不当だと思った。

42

ジェンはひとりでウェスタコムへ向かった。ボスが誰も同行させたがらなかったのだ。ジョン・グリーヴを興奮させたり、家族を動揺させたりするといけないから。しかし万が一ジェンにサポートが必要になったときのために、ロスをべつの車で向かわせ、小道で待機させた。いかにもヴェンの流儀だ、とジェンは思った。あくまで地味で、大げさなところがなく、過剰反応もしない。それでいてリスクの見きわめは欠かさない。

現地に向かうあいだじゅう、ジェンはシナリオを練っていた。ジョン・グリーヴがひとりでいるところで話をしたほうがいいだろうか、サラの同席なしで？　おそらくそうだろう。もしジョンが〈クロウ〉なら、妻に対してそれを認めるのは渋るはずだから。ジョンはウェスタコムではずっと無力で、妻の親戚の慈善の対象で、農業や酪農について決定権がなかった。もしジョンが〈スイサイド・クラブ〉のリーダーなら、人の生死を左右する力が自分にあると信じ、それに酔いしれているはずだった。

ジェンが車で入っていくと、サラはコテージ正面の庭にいて、鉢代わりの古い琺瑯《ほうろう》のシンクからミントを摘んでいた。ごくふつうの家庭的な光景を目にして、ジョンとの対決の計画が過剰反応のように、かすかにばかばかしく思えてきた。ジェンが車を降りるとすぐに、サラが声をかけた。「こんにちは。ちょうどお湯を沸かそうとしていたところよ。お茶をいかが？」

「ジョンと話がしたいんです。もし家にいるようなら」

「ジョンなら階上のオフィスで帳簿をつけてる」ジェンはすでにサラのそばにいた。サラは声を小さくしてつけ加えた。「少なくとも、ジョンはそういってる」

「今日のジョンはどんな感じですか？」

サラは肩をすくめた。「まだかなりふさぎこんでる。ひとりにさせたくないくらい。あたしが子供たちを学校に送っていくときはひとりだったけど、それ以外はずっとそばにいるようにしてた。搾乳にも一緒に行ったの。新鮮な空気を吸って、少し体を動かしたいからっていって」サラはとても静かに話した。まわりに誰もいないのに。「入って。ジョンを階下に呼ぶから」

「いまは、子供たちはどこに？」

「友達の誕生日なの。みんなでバーンスタプルのレジャーセンターに行って、水泳とお茶を楽しんでる」

それは幸運だった。

サラは電気ケトルのスイッチを入れ、それから階段のいちばん下に立って、上にいる夫に大声で呼びかけた。反応はなかった。

「わたしが階上に行って呼んできます」ジェンはいった。「あなたは足を高くして寝そべっているべきですよ、妊娠後期なんだから。双子が出かけてる時間を利用して、ゆったりお茶を楽しまなきゃ」それはあんまりいい考えとは思えない、とサラが大声で呼びかけてきたときには、ジェンはすでに階段を半分ほど上っていて、聞こえないふりをした。

ジョン・グリーヴは、子供部屋用の飾りつけの済んだ小さな部屋にいた。イケアの机に向かって座り、ヘッドホンをしている。ジェンの想像どおり天井からモビールがさがっていて、鮮やかな赤のくちばしをしたペンギンやホッキョクグマが彼の左耳のそばにいた。ジェンがドアを軽く叩いても聞こえなかったようで、部屋のなかに入って横に立ったときにようやく気づいた。座る場所がそばになかったので、ジェンは机の端にもたれた。ジョン・グリーヴはパソコンを切ろうと手を伸ばしたが、ジェンは彼がキーボードに触るまえに腕をつかみ、ヘッドホンをはずすようにと身振りで示した。

「今日は誰に自殺を勧めたの？」言葉は強烈だったが、ジェンは穏やかに、ほんとうに興味を示しているような、親しげにも聞こえる口調で話しかけた。

ジョン・グリーヴはジェンを凝視した。

「なんの話だ？」驚きは完全に本物のようだった。

ジェンは安楽椅子に腰をおろし、一瞬、サラが朝早くここに座って新生児に授乳しているところを想像した。

「自殺を考えたことはありますか、ジョン？　あるなら、手助けしてくれる人たちがいますよね」

ジョンは、頭がおかしいんじゃないかという目でジェンを見た。「まさか！　そんなことできるか。おれには責任がある」しかしジョンの声にはどこか不確かなところがあり、ジェンはつづきを待った。「それに、そんなのは誰だって一度や二度は考えるものだろう」

「ここで長時間パソコンに向かって、なにをしているんですか？」

ジョンは両手で頭を抱え、震えていた。そして顔をあげると、まっすぐにジェンを見た。

「遊んでいる」

「え？　オンライン・ゲームってこと？」ジェンは非難がましい声にならないように気をつけていった。ジョン・グリーヴは大人になってもゲームから離れられない人々のひとりなのかもしれない。

ジョンは答えなかった。

「ちがうんですか？」

まだ反応がない。

「つづきは警察署で話してもらってもいいんですよ」

「ギャンブルだよ！」言葉は悲鳴になって出てきた。「ここにいるときは、オンラインで賭け事をしている。問題だってのはわかってる。ずっとやめようと思っているが、どうしてもまた吸い寄せられるんだ。今度は大きく当たるんじゃないか、フリーベットもあるしって。それで負けが込んでる。こんなことサラにいえるわけがない。あんなに必死に働いているのに」

「サラは気づいていないんですか？」

ジョンは首を横に振った。「資金面のことはずっとおれに任せきりなんだ。金のことはおれのほうがうまくできるからって」

沈黙がおりた。ジョンは窓から庭を見て、娘たちの大好きなブランコに目を向けた。ほんの一瞬、ジェンはジョン・グリーヴがそこで首を吊ってだらりとぶらさがっているところを想像した。さっき否定してはいたけれど、ジョンは自殺を考えたことがあるのではないだろうか。

「徐々にはまっていったんだ」ジョンは泣き声のような、耳障りな声でいった。「最初はちょっとした楽しみだった。退屈な一日のあとで、アドレナリンの噴きでるような時間だった。中毒なんだ。病気なんだよ。あんたにはわからないだろう」

「ええ」ジェンはいった。「わからない」ジェンは、ジョン・グリーヴの自己憐憫に腹を立てていた。抑えるべきなのはわかっていたが、ジョンを揺さぶってやりたかった。「かわいい妻と子供たちがいて、まもなくもうひとり生まれてくるのに」

「あんたにはわからない」ジョン・グリーヴはまたいった。「まさにそのためにはじめたんだよ。妻と子供たちにふさわしい生活をさせてやれるくらい稼げるかもしれないと思って」

「あなたにはプロの助けが必要だと思う」ジェンは本気で我慢できなくなってきた。いや、それ以上だった。心の底から苛立ちが込みあげた。ジョン・グリーヴの他人事《ひとごと》のような態度と自己欺瞞のせいだ。ジョンを引っぱたいて正気に戻すところを思い浮かべ、気づくとその想像を楽しんでいた。ジェンはパソコンの画面のほうへうなずいてみせた。「そんなばかげたことをしているところを見つかるなんて、ほんとに情けないですね」

ジェンは、ジョン・グリーヴが殴りかかってくるのではないかと思ったが、ジョンは指の関節が白くなるくらいきつく机の横を握り、なにもいわなかった。

「ギャンブルについてナイジェル・ヨウに知られて、サラに話すと脅されたんですか？」

「まさか！」ジョンはまた困惑しているようだった。「ナイジェルになんの関係があるっていうんだ？」

もし嘘をついているのだとしたら、ジョン・グリーヴはかなり嘘がうまい、とジェンは思った。ただ、ギャンブル依存症で支払いに困るほどの金を失い、それについて妻を騙してはいたかもしれないが、殺人者のようには見えなかった。ジョンが誰かの首に武器を突き立てて、相手が血を流すのを眺めているところなど想像できなかった。それをくり返すところも。ジョンは弱すぎるのだ。怒りに任せて衝動的に攻撃することはあるかもしれないが、この男にウェズリーの殺人を細かいところまで計画できただろうか？　ウェズリーをウッドヤードに誘いだして、その後イヴにテキストメッセージを送れるほど冷酷になれるだろうか？　それはありそうもなかった。

「ジョン！」サラが階段のいちばん下から呼んでいた。「ジョン、どうかしたの？」

サラ・グリーヴは、ジェンが残してきたままの場所にいた。全身から緊張感が漂い、毎日のように日に当たっているはずなのに真っ白な顔をしている。ジョンを守ろうとする姿勢が、妻というよりも母親のようだった。足を高くして寝そべって、お茶でも飲みながら休むべきだというジェンの提案に従うつもりはないようだ。ジェンを行かせなければよかったと思っているのだ。

「なにがあったの？」この質問は夫に向けられたものだった。

「あなたが話しますか、それともわたしが？」ジェンには自分が介入すべきところではないとわかっていたが、この家族がばらばらになるのを黙って見ているのはいやだった。

「殺人事件のことなの？」サラの声はストレスでかん高くなった。

「ちがう！」ジョンは大声をあげた。「二人とも、おれをどんな男だと思っているんだよ？」

女性二人はどちらも答えなかった。

「わたしは外に出ていますから」ジェンはいった。「同僚に連絡しなければならないので。二分で戻ります。そのあいだに二人でちゃんと話してください」

ジェンはおとぎ話に出てきそうな藁ぶき屋根のコテージの外に立ち、壁をつたうクレマチスと木からさがったブランコを後目《しりめ》に、ロスに電話をかけた。

「ジョン・グリーヴは〈クロウ〉じゃなかった。あの人はオフィスにこもってオンラインでギャンブルをしていたの、ふさぎこんだ気の毒な人たちを自殺に駆りたてていたわけじゃなくてね。だからあなたには署に戻ってもらって大丈夫」

ブリーフィングのときに結論に飛びついたことを非難されるんじゃないかとジェンは思ったが、ロスは同情するような声でいった。「気にしなくていいよ。どのみち確認は必要だった」

コテージに戻ると、サラとジョンはキッチンテーブルのまえに座っていた。蒸気のように緊張感が立ちのぼっていた。ジェンもテーブルに加わった。「娘さんたちを迎えにいく必要がありますか？」

サラは首を横に振った。「乗せてきてもらえることになってる」

「よかった」心配事がひとつは減ったじゃない。

家のことに関するごく日常的な質問が、その場の雰囲気を少しだけゆるめたようだった。サラは顔をあげてジェンを見た。話題が逸れることを喜んでいるようだった。「子供はいる？」

ジェンはうなずいた。「二人。小さかったときは悪夢だった。タクシーの運転手になった気分でしたよ」一瞬の間があった。「ジョンの問題のことは聞きましたか？」

サラはうなずいた。「たいした問題だこと！　一日じゅう働きづめだったあいだに、何千ポンドも借金ができていたなんてね」

「ジョンは賭けに強いとはいえないみたいですね」女二人は部屋に自分たちしかいないか

のように話した。

「夫が階上で長時間パソコンに向かってなにをしていたか、ぜんぜん知らなかった」過去を回想する言葉だった。サラは顔を赤らめてつづけた。「ポルノだと思ってたのよ。最近、あたしのほうはぜんぜんそんな気にならないし。この体重とこの暑さではね。だから、ポルノを見るくらい好きにさせておこうと思ったの。なにも訊かないから、楽しんでって」サラは額から髪をうしろへ撫でつけた。「ジョンのことは一時的に不機嫌なだけだと思って放っておいた。乳製品の管理をしたり、子供の面倒を見たり、フランクの家を片づけたりで手一杯だったから。いまは大変だけど、三人めが生まれてしまえばすべて元どおりになると思ってた。だけどそうはならない、でしょう？　もう二度と元どおりには戻れない」

テーブルの反対側ではジョン・グリーヴが黙ったまま座り、両手で頭を抱えていた。消えてしまいたいと、自分抜きで会話がつづいてくれればいいと思っているようだった。

「実際には」ジェンがいった。「戻れない理由はないんですよ。あなたは事実を知り、ジョンは助けを求めることができるんだから」ジェンは間をおいてからつづけた。「フランクは遺言書を作成していました。ここは全部、家も農場も、あなたがたに遺されています。だけど土地開発のために売却することはできません。従来のやり方で農業を営むのが条件です、いままでどおりに」

サラがその知らせを呑みこむあいだ、長い沈黙があった。サラは夫を見て、それからまたジェンを見た。「じゃあ、コテージと農場があたしたちのものになるの？」

「母屋も。あなたがたが条件を満たすかぎり。ただし、作業場とフラットはイヴが使いつづけるでしょうけど」

「冗談じゃなくて？　このスペースが全部あたしたちのものに？」サラは仰天しているようだった。「ジョン、これがどういうことかわかる？」

ジョン・グリーヴは顔をあげた。これでウェスタコムから逃げられなくなったと思っているのだろうか？　人生を賭けようと夢見ていたムーアのはずれの農場を、ジョンが手に入れることはもうないだろう。

「完全に新しいスタートが切れるじゃない！」サラがいった。

まあ、たぶんんね。そう簡単にはいかないだろうとジェンは思っていた。単純なハッピーエンドを信じられる質《たち》ではないのだ。

「フランクがどうするつもりか、ほんとうに知らなかったんですか？」

サラは首を横に振った。「ぜんぜん知らなかった。フランクは昔から、世襲財産については文句たらたらだったから。親が財産を築いたおかげで権力を握っているだけの役立たずどもめ、とかなんとか」

「たぶん、あなたがたのことは役立たずとは思わなかったんでしょう」ジェンはいった。

「あなたがたには財産を受けとる資格があると、フランクは思ったんですよ」

うわ、とジェンは思った。センチメンタルな友達が、自分の完璧な家族の写真と一緒にフェイスブックに上げてる決まり文句みたいなことをいっちゃった。見てると吐き気がするようなやつ。

しかしサラはその言葉を真剣に受けとめ、そう考えるのが妥当だと思ったようだった。きっとソーシャルメディアにあふれている哲学的で有意義な深い言葉をシェアしたがるタイプなのだろう。

「フランクが自殺したのは恐ろしいことよ。ほんとうにそう。だけどフランクはあたしたちにやり直しのチャンスを遺してくれた」サラは立ちあがり、歩いてジョンのうしろにまわると、夫の肩に腕をまわした。「あたしたちはこれを乗り越えられる。一緒に。そうじゃない？」

ジョンも立ちあがって妻を引き寄せたが、なんとも答えなかった。

バラ色の夕陽のなか、庭を横切って車へ向かいながら、ジェンは空気が重いと感じた。

息苦しいほどに。頭のなかでジョン・グリーヴとの会話を再現する。自分の反応はプロらしくなかったし、バランスを欠いたものだったとジェンは思った。ジョン・グリーヴは明らかにギャンブル依存症だ。警察官として同情的な態度で対応し、自制するように訓練されているのに、ジョン・グリーヴはジェンの神経に障った。もう少しで自制心をなくすところだった。その記憶がべつの考えの引き金となり、ナイジェル・ヨウの殺人に関してある説明を思いついたが、とうていありそうにないように思えたので、マシューに話せるかどうかは迷うところだった。車にたどりつき、自分ひとりでちょっと捜査してみようかと考えていると電話が鳴った。遠くにいても、マシュー・ヴェンには部下の心が読めるようだった。

「いまどこにいる？」

「車に戻ったところです。ロスから聞きましたか？　ジョン・グリーヴが長時間パソコンに向かっていたのは、オンラインで賭けをしていたからなんです。妻はまったく気づいていませんでした。だからジョンはあんなに恥ずかしそうにこそこそしていたんですよ」

「そうだね。ジョン・グリーヴの話は信じられそうだったのかな？」

「確実に。サラに話すときなんて怯えきってましたからね。だけど、ブラウザの履歴は誰かに確認してもらったほうがいいと思います」

「戻ってひとつ確認してもらいたいんだが」

「そうですよね」熱意のこもらない声が出てしまったが、農場とその住人に関するごたごたは今日はもうたくさんだった。

「イヴ・ヨウのフラットと作業場に行ってもらえないだろうか？　どうやらイヴが行方不明になったらしい」

43

ジョナサンはオフィスにいて、先ほどまでの理事会の議事録とスプレッドシートに意識を集中していたので、約束の時間を三十分過ぎるまでイヴが遅れていることに気づかなかった。時間どおりに来ないなんてイヴらしくない。イヴは以前、自分が時間を必ず守るのは父から受けついだ呪いのようなものだといっていたことがあった。

「母はいつもわたしたちを待たせるんです。父はそれでいらいらしちゃって」

スマートフォンはサイレントモードにしてあったので、取りそびれた着信やメッセージがないか確認した。なにもない。ジョナサンはイヴの携帯に電話をかけたが、まっすぐボイスメールにつながるだけだった。オフィスを出て、イヴを探しにぶらぶらと階下へ行った。ロビーかカフェで待っているのかもしれない。センターは申し分のない人出だった。今日の夜はウッドヤードの小劇場で上演があるので、観客がすでに到着しはじめており、多くの人がカウンターで友人と待ち合わせをしたり、早めの夕食をとったりしていた。ジヨナサンはカフェを覗いてみたが、予約しておいたテーブルにもイヴの姿はなく、マネージャーのボブとおしゃべりしているようなこともなかった。

ジョナサンはカウンターへ向かい、なかにいるボブに呼びかけた。「イヴ・ヨウを見なかった？」

ボブは忙しく、ほとんど顔もあげずに答えた。「いや、悪いけど、今日はこんな感じなので」

「ルーシーは？」ルーシーならイヴがいればわかったはずだ。

「ルーシーのシフトは五時までです。あとで、芝居がはじまる直前に戻ってきますけど」

ジョナサンがほんとうに不安になったのはこのときだった。そこでもう一度イヴに電話をかけ、メッセージを残した。

「ヘイ、イヴ、いまどこ？　電話してくれる？」

それからオフィスに戻ってマシューに電話をかけた。

電話のあと、ジョナサンはしばらく座ってパソコンの画面を見つめていたが、もう仕事に集中できないのはわかっていた。さっきマシューに、自分がウェスタコムにイヴの様子を見にいったほうがいいか訊いてみたのだ。

「その必要はない」マシューはそういっていた。「いま、ジェンが向こうにいるから、見てもらうよ」

それでジョナサンはオフィスに残された。なすすべもなく落ち着かない気分で、なにも手につかない。ジョナサンはオフィスに鍵をかけ、ロビーに戻った。ルーシー・ブラディックがちょうど戻ってきたところだった。明るいグリーンのワンピースを着て、大きなストローバッグを揺らしながら歩いてくる。

「やあ、ルーシー。お芝居があるから手伝いに戻ったの？」

ルーシーはうなずいた。「家にはお茶を飲みに帰っただけ」

「イヴ・ヨウを探しているんだけど。彼女を見かけたりしていないかな？」

「イヴって、あのガラスの器をつくってる人？」

「そうそう」

「さっきここにいた」ルーシーはとびきりの笑顔でいった。「あなたのことを待っていた」

「ほんとに？」

「もちろん、ほんとよ」ルーシーは気分を害したような声で答えた。

「きみが見たとき、イヴはひとりだった？」

「ええ、女子トイレから出たところだった」

「それ、何時だった？　とても大事なことなんだよ、ルーシー」

「五時」ルーシーは確信をこめて答えた。「ちょうどわたしが家へ帰るときだったから」


オフィスに戻り、座ることもできずにうろうろしながら、ジョナサンはまたマシューに電話をかけていた。

「ルーシーのいっていることは確かなのかな？」マシューは間をおいた。「イヴの車がウェスタコムにあるのに、学習障害のある成人の証言だけを根拠に捜査をウッドヤードに集中したら、オールダムがなんていうかはわかるよね」

「でも、ぼくと夕食をとるつもりだったなら運転はしないよ！」不安ではあったが、ジョナサンはなるべく軽い声のままいった。「会えばいつもワインを飲むから。ぼくは帰宅するときのタクシーも予約してある。それにもちろん、ルーシーははっきり見たといっていた」

「ルーシーが見たとき、イヴは誰かと一緒だった？」

マシューが息を詰めてその答えを待っているのがジョナサンにもわかった。「いや。ルーシーはイヴを女子トイレの外で見たって。だから、もし誰かと一緒にセンターに来たのだとしても、そこではひとりだったはず」ジョナサンは間をおいた。「ぼくはどうしたらいい？」

「ウッドヤードの捜索をはじめて。われわれもすぐに向かう」

44

イヴがウッドヤードで目撃されたとジョナサンから電話でいわれたのは八時近くで、そのころにはマシューは取り乱していた。自制心がどんどんほつれていくのが自分でもわかった。一日じゅう上がりつづけた戸外の湿度はいまも高いままで耐えがたく、それでいて署内は薄暗かった。警察署全体が何週間も思いきり日射しにさらされたあとで、いきなりちがう季節に、いや、ちがう世界に移ったように感じられた。

夕方からずっと、イヴに関する新しい情報が入ってこなかったためストレスが増しつづけ、マシューは漠然とした失敗の予感と不安を感じていた。

捜査チームのメンバーがオフィスに詰めかけていた。しかし全員の意識がまだウェスタコム農場に集中していた。

「ジェン、イヴのフラットと作業場を見てくれたね。なにか気がついたことは？」

ジェンは首を横に振っていたが、マシューに顔を向けると、息を大きく吸ってからいった。「でも、コテージでジョン・グリーヴと話をしているあいだに思いついたことがあって。ただの仮説なんですけど。おかしな話に聞こえるかもしれないし、具体的な根拠はないんですが、とりあえず聞いてもらえますか……」

ジェンは話をつづけ、マシューは耳を傾けた。聞くことは大事なスキルのひとつだと思っていたし、それには自信もあったから。マシューの頭のなかで事件をめぐる事実が変貌をとげ、いままでとまったく異なるかたちを取りはじめた。厚紙の筒をまわすと色のかけらが動く万華鏡のように。

「そうだね」マシューはいった。「われわれはまちがった質問ばかりしていたんだ。ルーシー・ブラディックとの会話をもう一度最初から聞かせてもらいたい」

ジェンはルーシーの話をくり返した。ビディフォードからのバスを降りた友達を待っていたら、大きな黒い車がウッドヤードの駐車場に入ってきたのを見た、と。

「それで筋が通る」マシューはいった。「そう、それも一連の出来事のなかのひとつだったとわかる」

「それで?」いつもすぐ行動に移りたがるロスは、もう跳ねるように椅子から立ちあがっていた。

「大急ぎでことを起こしたりはしないよ。令状に必要な情報さえ足りないじゃないか」ロスを押さえておくのは、活発すぎる子犬を訓練するのに似ている、とマシューは思った。しかしマシュー自身の思考もいまはひどく活発で、空回りしてしっかりかたちをなさなかった。マシューはこういう仕事のやり方は嫌いだった。こんなふうに、場当たり的に計画を立てるのは。

ロスはまだ立っており、足の親指の付け根に体重をかけて前後に体を揺らしていた。マシューは、じっとしていろと怒鳴りつけたくなった。**目のまえできみに幼児みたいにそわそわされて、わたしが落ち着いてものを考えられると思うのか？　いつになったら大人になるんだ？**　マシューは背中と首に強張りを感じ、思ったことを吐きだしてしまいたい気持ちに抗えなくなるのではないかと心配になった。

ジョナサンから電話が入ったのはそのときだった。ふだんはのんびりした夫が、パニックに押しつぶされそうな、ひどく怯えた声で話した。チームのメンバーはみなボスを見つめた。ロスでさえ、マシューが口をひらくのを待つあいだ、動きを止めた。

「オーケイ」マシューはようやくいった。「これからやることを話そう」間があった。「もう一度ウェスタコムを隅々まで捜索している余裕はない。集められるだけの人数を掻き集めて、ウッドヤードにいる人々から話を聞くんだ。センター内を捜索する必要がある。ジョナサンがセンターの職員に指示して探しているが、公開されている場所だけだ。ウッドヤードはウェズリーが殺害された現場でもある。奥はかなり入り組んでいる」

マシューはジェンのほうを向いた。「プライア家でのパーティーの夜のことだが」マシューはいった。「やはりあそこで、今回のすべての引き金となる出来事があったんだと思う。きみはナイジェルと話をしたんだったね。まえにも訊いたが、いまふり返ってみて、なにか引っかかることはないだろうか？」

ジェンはゆっくりと首を横に振った。「いいえ、ほんとうにすみません。パーティーでしたから。ナイジェルが来るまえに半分くらい酔っていましたし。ナイジェルはとてもきちんとした人でした。いい人そうだったけれど、ちょっとお堅すぎるような。思いだせるのはそれくらいです」

マシューは少し考えてからいった。「ロス、きみにはプライアの家に行ってもらいたい。以前より焦点が定まってきた。いまはなにを探すべきかわかっている。シンシアと話をするんだ。これは重要なことだよ。もしほかになにもないとしても、ジェンの仮説を裏づけるような話が少しは出てくるかもしれない」

「了解です、ボス」しかしロスは動かなかった。やっと具体的にやることができたというのに、さっきの落ち着きのなさは消えたようだった。これはロスが予想し、期待していた役割ではないのだろう。だから動きだすきっかけにならなかったのだ。

「すぐに行くんだ」マシューは声を大きくしていった。「迅速に行動してくれ。このうえなく迅速に。もうこれ以上の死には耐えられない」

文字どおり耐えられそうになかった。自分が責任者を務める捜査の最中に、もしあともうひとりでも命を失うことになったら、罪悪感に押しつぶされてしまうとマシューは思った。そして自分の人生は二度と元には戻らないだろう、と。

ロスはすでにドアを出て、大部屋を駆け抜けていた。

「わたしはどうしたらいいですか?」ジェンはかけていた電話を終え、やはり立ちあがっていた。

マシューはすぐには答えられなかった。またパニックを起こしかけていた。おそらくジョナサンからうつったのだ。まとまりのない考えが浮かんでは消え、次いで逃げだしたくなった。決断することと責任を取ることを強いられない場所へ。失敗のない場所へ。フランク・レイや、あのチャットルームのほかのメンバーもこんなふうに感じたのだろう。結局のところ、自殺は究極の逃避だ。しばらくすると、すべてがかちりと元の場所に収まった。ある程度自信が戻ってきた。得意なことは多くはないが、自分は有能な刑事だ。決断ならいままでにもたくさんしてきた。

「われわれはウッドヤードへ行こう」マシューはいった。「イヴが最後に目撃された場所だ。イヴを見つけるんだ」

45

マシューとジェンが警察署の外に停めた車まで走っているあいだに雨が降りだし、大きな雨粒が二つ、からからに乾いた地面に染みこんで消えた。アートセンターに着いたときには土砂降りになっており、遠くの雲間で稲妻が光ってウッドヤードを照らした。ゴシック映画みたいだとジェンは思った。エラが大好きなファンタジーに出てくる建物みたいに見える、と。ジョナサンが待っているエントランスホールに着いたときには、二人ともびしょ濡れだった。

「ルーシーはどこにいる?」マシューはジョナサンに話しかけた。

二人とも緊張しているのがジェンにも感じとれた。ジェンは髪から雨粒を振り落とし、両手で顔をぬぐったが、ボスはジェンの様子に気がついてもいないようだった。

「ぼくのオフィスにいる。きみが話をしたがると思って」ジョナサンは手を伸ばし、夫の肩に触れた。

ようやくマシューがジェンのほうを向いていった。「ジェン、頼めるかな？　前回もきみが会っているし。わたしは捜索の手配をしなければ」

ジェンはうなずき、ジョナサンのあとにつづいて階段を上った。ルーシーはオフィスの窓から外を凝視している。窓ガラスを流れ落ちる雨と遠くで光る稲妻に魅了されていた。

「父さんは雷と稲妻が怖いの」ルーシーは部屋のなかをふり向いていった。「大丈夫だといいけど」

「きっと問題ないさ」ジョナサンがいった。声に不安な響きはなかった。「ジェンのことは知っているよね？　彼女と話をしてもらってもいいかな？　イヴが行方不明になった話はしたね。ぼくたちはイヴを見つけようとしているんだ」

「クリシーを見つけようとしたときみたいに？」

「そう」ジェンがいった。クリシーは、以前の殺人事件の捜査中にウッドヤードから姿を消したダウン症の女性だった。「あのときわたしたちを手伝ってくれたでしょう、ルーシー。今夜もおなじようにしてもらえたらうれしいんだけど」

ジョナサンは二人に小さく手を振って、部屋から出ていった。

ジェンはジョナサンの机に寄りかかった。「イヴのことはどれくらい知ってる？」

「よく知ってる。イヴがつくったガラスがここに展示されているし、イヴはカフェにも来るから。彼女はカプチーノと、ボブがつくったキャロットケーキが好きなの」

「そうなの？　よく覚えてるのね」

「お客さんたちは、そういうことを覚えていると喜ぶから」ルーシーはすばやくにやりとしてみせた。「それで、ときどきチップを置いていってくれる」

「今日、イヴを見たときのことを話して」

「ちょうどシフトが終わったところで、トイレに行きたくて。何分か早かったけどボブが行っていいよって」ルーシーは顔をあげた。「そういえば、いまも働いていなきゃいけないのに。お茶のあとに戻ってきたの。今日は劇場でイベントがあって、それが七時にはじまるから」

ルーシーがイベントのことを詳しく話そうとしているのがわかったので、ジェンは口を挟んだ。「あなたはリヴァー・バンクに戻る途中でトイレに寄って、そこでイヴを見たのね」

「そう。お手洗いを済ませたあと、すぐ外で」

「じゃあ、記憶ゲームをしましょう」ジェンはちょっと偉そうに聞こえたかもしれないと思ったが、とにかくつづけた。「イヴについて覚えていることを全部話してみて。どんな服を着ていたか。なにをしていたか。あなたが女子トイレのドアをあけたとき、外になにが見えた？　イヴがそこにいた？」「イヴももうトイレは済んでいたと思う。わたしのあとから出てきたから」

ジェンはうなずき、ルーシーは先をつづけた。「イヴはわたしに気がついて、〝こんにちは、ルーシー〟といったから、わたしも挨拶を返した」

「ほかになにか覚えてる？」

「サマースカートを穿いていた」ルーシーは一瞬目をとじた。「黄色と白のスカートだった。それにサンダル」間があった。「カーディガンもレインコートも着ていなかった。もし外に行ったなら、びしょ濡れになってるはず」

「そうね」ジェンはその場面を思い描きながらいった。「それで、そこにいたのはあなたたち二人だけだった？　トイレの外の廊下だったのよね？」

ルーシーは首を横に振った。「そのときは二人だけだった」

「もっとまえには誰かほかの人がいたの？」

「ちがう」ルーシーはいった。「もっとあと。わたしたちがおしゃべりしていたら、男の人が来た」

「イヴはその人を知ってるみたいだった？」

「よくわからない」ルーシーはいった。「だけど男の人はイヴを知っていたと思う。廊下を歩いてるとき、男の人の顔が見えたの。イヴに会えて喜んでいるようだった。友達同士みたいに」

「でも、男の人はなにもいわなかったの？」

「わたしには聞こえなかった。急いでいたし、お茶のときになにを食べようか考えていたから」

「その男の人はどんな外見だった？」

ルーシーはためらった。「わたしは通りすぎただけだから。あんまりよく見てなかった」

「じゃあ、年齢は？　その人はイヴと同じくらいの年だった？」

これについては確信があるようだった。ルーシーは激しく首を横に振った。「ぜんぜんちがう！　男の人のほうがずっと年上だった。イヴのお父さんでもおかしくないくらい」

ルーシーは一瞬口をつぐんだ。「でも、イヴのお父さんは亡くなったんでしょう？　だったらお父さんのはずはないけど」

「そうね、ルーシー、お父さんのはずはない」

ルーシーはかぶりを振った。もうこれ以上手伝えることがなくてがっかりしているようだった。

「ありがとう、ルーシー」ジェンはいった。「ほんとうに、すごく助かった。あなたはもう家に帰ってもいいんじゃないかな。ボブもいいっていうと思う。あなたを安全にリヴァー・バンクまで送ってくれる人を探すから」

ロビーに戻ると、人々が劇場から流れでてくるところだった。制服警官が、通りかかった全員にイヴの写真を見せていた。イヴのガラス作品の展示を宣伝するために以前つくったポスターをジョナサンが見つけ、そこからイヴの画像を印刷したのだ。しかし大半の人がほとんど足も止めずにちらりと目を向けるだけだった。人々が見ているのは外の土砂降りだった。みんな子供のように興奮して、傘を忘れたことや、雨天にふさわしい服装をしていないことを嘆いていた。ジェンはつかのま足を止め、あたりを見まわした。ふと、べつの画像に目を引かれた。以前のブリーフィングが頭に浮かび、ロスが捜査の最初のころにした事情聴取について報告している姿を思いだした。次いでまたべつのイメージが浮かぶ。それから、希望に満ちたものではないかもしれないが、解決が、終わりが間近であるような感触があった。

ジェンはマシューに電話をかけた。応答がなかったので、制服警官のひとりを捕まえて訊いた。

「ボスはどこ？」

「警部なら、建物の最上階にある空っぽの作業場を調べています。階上は電波の入りが悪いみたいですね」

ジェンは返事もせずに踵を返し、剥き出しの木の階段へ向かうと、ウッドヤードの一般向けスペースであるオフィスや会議室を通り過ぎて、アーティストたちの材料と埃で散らかった巨大なロフトまで駆けあがった。

46

階下から足音が響いてくるのを耳にしたとき、マシュー・ヴェンはすでに屋根裏をひととおり見終わっていた。ウッドヤードのこの部分にはまだ工場の名残りがあった。さまざまなものが剝き出しのままの雑なつくりで、パイプや未加工の木材がさらされている。足音に気づくと同時に、電波が入る場所に戻っていたにちがいない。スマートフォンが音を立てはじめた。

ロスからテキストメッセージが入っていた。プライアの家には誰もいません。どうしますか？

マシューはすぐには答えなかった。それについては少し考えたかった。ほぼ同時にジェンが姿を現した。階段の上りで上気した頰に赤い髪が落ちかかっている。髪も顔も似たような赤だった。二人は狭い踊り場で落ちあうかたちになった。ちょうど階段が曲がる場所で、長い窓から町が見おろせる。ジェンは息を切らし、ほとんど話もできないような状態で、最初はなにをいっているのか聞きとるのに苦労した。

「イヴがいそうな場所がわかりました。すみません。ばかみたい、もっとまえに気づくべきだったのに」側溝や排水溝を流れていく雨水のように、言葉が溢れでてくる。

「きみとわたしで行って確認しよう」マシューは間をおいてつづけた。「ロスに電話をかけて、指示があるまで署で待機するように伝えてもらいたい。誰かにいてもらう必要がある」

ウッドヤードを出る途中、雨の様子を見ようと一瞬立ち止まったときにロスからまた電話があった。勝ち誇った声が聞こえてくる。「スティーヴからたったいま連絡がありました。〈クロウ〉の名前がわかりましたよ。ものすごくうまく隠されていたらしいですが、スティーヴがようやく掘りだしたんです」

「それで？ 捜査に関係のある人物なのか？」

「ええ。病院のトップ、ロジャー・プライアです」

それを聞いてマシューは動きを止めた。これまでの思い込みがすべて変化していく。いままではロジャー・プライアのことを容疑者の枠からはずしていた。プライアへの反感から目が曇ることを危惧したからだ。しかし結局は、プライアが二人の青年を死にいたらしめた原因である可能性が出てきた。怠慢からではなく、冷酷な扇動によって。プライアの

〈スイサイド・クラブ〉への関わりは依存症のようなものだろうとマシューは思った。ジョン・グリーヴとおなじく、ギャンブラーだったのだろう。誰が生き延び、誰が死ぬかに、ひそかに賭けていたのだ。自宅の立派な書斎にいるプライアの姿を、マシューは想像した。残酷で尊大な態度や、つややかな黒い髪と尖った鼻を思うと、〈烏《クロウ》〉というニックネームはぴったりだと思った。どうしてそのグループに関わるようになったのかはあとでわかるだろう。たぶん、ルーク・ウォレスの件があって屈辱を味わったあとで、力を取り戻す唯一の方法がそれだったのではないか。いまはとにかくイヴを探し、彼女の無事を確かめるのが先決だ。

「プライアを見つけるんだ」マシューはいった。「最優先で」

「ボスは署に戻りますか？」

マシューは一瞬迷ってから答えた。「いや。そちらの手配は任せる」また悲劇が起こるまえにイヴ・ヨウを見つけなければならない。賭けに出る価値はあった。

車まで走ろうとしたところで、ジョナサンに名前を呼ばれた。マシューは足を止めてふり返った。

「なにがあった？」ジョナサンは雨音に負けないように大声でたずねた。

「イヴにつながる手がかりが出てきた」

「ぼくも行きたい」

一瞬、マシューはためらった。「悪いけど、それはできない」そういうなりジェンを追って大雨のなかへ走りだし、ふり返ってジョナサンの反応を確かめたりはしなかった。

自分のほうが道をよく知っているから、といってマシューが運転した。子供のころから田舎道には慣れていたので、高い生垣や道のまんなかに生い茂る雑草に面喰らうこともなかった。雨が降っていなくても暗いはずの時間だった。そのうえいまは道路を水が流れ、側溝が溢れかえって、まえにはなかった場所にいくつも池ができていた。乾燥した草と飛砂で詰まった用水路では鉄砲水が起こっていた。マシューはできるところでは思いきってスピードをあげたが、幹線道路を離れて未舗装の道に入ると速度を落とすしかなかった。

「もうすぐです」ジェンはいった。「ここから歩いたほうがいいと思います。雨の音に掻き消されてエンジン音は聞こえないとしても、ヘッドライトが見えるかもしれません」

マシューは後部座席に手を伸ばしてレインコートを二枚引っぱりだし、ひとつをジェンに渡した。「それはジョナサンのだから、ちょっと大きすぎるかもしれないが、なにもないよりましだろう」

「そうですね、なにもないよりずっといいです。近づけもしないうちに溺れるんじゃないかと思ってましたから」

「知っているだろう、ボーイスカウト並みに、いつでも準備は万全なんだ」マシューは軽い口調でジョークとしてそういったのだが、頭のなかでは今回ほどろくな準備もできずに臨んだ事件はないと思っていた。当て推量と直感で動くしかなく、マシューはそれがとてもいやだった。

車を降りて一分もすると、脚から下はぐっしょり濡れ、レインコートの襟と首の隙間からも雨が染みこんできた。ジェンが懐中電灯を持ってまえを歩いていた。ジェンのレインコートには大きなフードがついていて、マシューはその恰好から修道士の衣服を連想した。二人は両側にそびえる砂丘を縫って狭い小道を歩いた。これは修道院のなかをまわる儀式的な行進なのだと、マシューは空想した。ときどき稲妻が走り、白い光で一瞬あたりがくっきり照らされ、すぐにまたすべてが真っ暗になった。足の下の砂はべたべたで、ところどころに深いぬかるみができていた。

子供のころの記憶が稲妻とおなじくらいはっきりよみがえり、マシューは海岸へのピクニックでよその子供たちと遊んだときのことを思いだした。一緒に遊んだ、そのときだけの知り合いだった。その子供たちは両親に歩いてもらおうと、障害物コースをつくっていた。砂のなかに深く穴を掘り、流木で橋を渡した。完成すると大人たちがやってきて、目隠しをされ、子供たちに手を引かれて歩いた。穴にはまったり、ぐらぐらする橋から落ちたりしたあとには、機嫌のいい笑い声が起こった。マシュー自身の両親は古風なデッキチェアに座ったまま、父親はおもしろそうに、母親は恐ろしいものでも見るような目つきで眺めていた。

いまのこの状況はあのときの障害物コースに似ている、とマシューは思った。ジェンとマシューも目隠しをされているようなもので、この事態がどこでどう終わるのか、マシューにはまったくわからなかった。マシューがピクニックに連れてきてもらった場所からもそう遠くない。少年だった自分と大人になった自分がぶつかって、ひとりの人間になるところがマシューの頭に浮かんだ。

ジェンがマシューの物思いに割って入った。「やっぱり全部まちがいだったかもしれません。建物はしめきられているし、なかに明かりもついていません。ウッドヤードでポスターを見たときには、彼らがいるのはここだと確信したんですが。劇団は〈イソシギ〉でやったのとおなじ芝居を上演して、郡内をまわるあいだずっとマッケンジー一家がサポートするってロスがいっていたんです。それで、家族の誰かがイヴとおなじ時間にウッドヤードにいたんじゃないかと思ったんですよ。だけどそれはまちがいで、単なる偶然の一致だったのかも」

「いや」マシューはいった。「きみはまちがっていないと思う」マシューはドアについた真鍮のキーパッドを見ていた。南京錠やスライド錠の代わりに取りつけられたものだろう。それから自分の懐中電灯を地面に向け、タイヤの跡がいくつもついているのを見た。「かなり最近、誰かがここに来たようだ」

「わたしが今週のはじめに、ジェイニーと一緒に来ましたよ」ジェンがいった。

マシューは首を横に振った。「それよりもっと新しい跡だと思う。なかを確認してみよう」マシューはドアを叩いた。返事はなかったが、期待していたわけでもなかった。もし誰かいるなら、息をひそめて隠れているはずだ。よその人間が入れるはずがないのだから。

「ドアを壊すのもそうむずかしくないと思いますけど」

「その必要はない」マシューは、ナイジェル・ヨウの日誌で見つけたときに数字をしっかり記憶した。そして一週間近く頭の片隅にとどめておいたのだ、いずれ役に立つだろうと思って。「昔ながらの医師の手書き文字だから、どちらの組み合わせが正しいかわからないが、まずひとつ試してみよう」マシューは８５３１という番号を真鍮のキーパッドに打ちこんだ。なにも起こらない。もう一度、今度は８５３７を試した。今度はかちりと音がして、ドアがひらいた。

「イヴ！」マシューは外に立ったまま、なかに向かって大声でよびかけた。騒音が屋内に反響した。返事がなかったので、マシューは室内に入った。なかは暗く、暑い。風がない。もし誰かが最近ここに入ったのだとしても、窓はあけなかったのだろう。しかし音がひどかった。雨が屋根の厚板を叩く音がドラム音のように頭蓋骨のなかに響き、神経に障る。マシューは無意識に明かりのスイッチを手探りしたが、別荘には当然電気が来ていなかった。懐中電灯の光線のなかに、マッチと石油ランプが見えた。マッチを擦ってランプに火を灯し、ランプ用と思われる天井のフックに吊るすと、部屋はやわらかい光で照らされた。こんな状況でなければ温かく、居心地よく感じられただろう。

部屋が二つあるのが見えた。二人が立っていたのはリビングで、座面のへこんだアームチェアが二つあり、磨かれたマツ材の折り畳みテーブルが一方の壁にくっつけて置かれていた。テーブルの上にはキャンプ用のコンロと、小さなガス式冷蔵庫があった。べつの壁際には食器棚が置いてあった。下は戸棚で、上は扉のない棚になっている。上の棚にはぼろぼろのペーパーバックと、ノートやファイルの束が積んであった。マシューはなかを見てみたいと思ったが、それはあとでもいい。やはりイヴの姿はなかった。

ジェンはすでに二つめの部屋に入っていた。そちらには小さなダブルベッドがひとつと、つくりつけの寝台が二つあった。マシューはドアロに立ってなかを覗いた。もうひとり入れるスペースはなかった。マッケンジー一家にとって、ここはしばらく滞在できる本物の別荘というよりは、キャンプ用の小屋だったのだろう。

イヴの姿はなかったし、隠れられるような場所もなかった。どうやら大雨のなかのドライブは無駄足だったようだ。もっと慎重に、落ち着いて考えるべきだった。プライアを探すべきだったのに、こんなところでなにをしているのだ？　最初からやりなおして、どこかべつの場所でロジャー・プライアを探さなければ。

マシューは順序立てて物事を考えようとした。ナイジェルはここのドアの暗証番号を見つけていたのだ。殺害される前日の金曜の日誌に書いてあった。問題の金曜日の午後をこの小屋で過ごし、ここで発見したなにかが彼を激怒させたと考えるのは筋が通っている。となれば、結局は完全な無駄足ではなかったのかもしれない。イヴが見つかったら、ここへ戻ってきてファイルを全部確認してもいい。しかしいまはとにかくイヴを探さなければ。

「ボス」ジェンの声でマシューはわれに返った。「イヴはここにいたと思います。しかも、今日」ジェンはベッドの向こうに手を伸ばして、魚のようなかたちをしたシルバーのイヤリングを拾った。「昨日会ったとき、イヴはこれをつけていました」

「だったら、イヴはどこへ行ったんだ？」言葉は悲鳴となって洩れた。

「ジェイニーにここへ連れてきてもらったとき、崖の上へつづく海岸の小道を一緒に歩きました。マックはそこから飛び降りて自殺したんです」

「しかしここに車はない」

「イヴを連れて来た人間は、ひとりとはかぎりません」

最後には、すべてが家族に返るのかもしれない、とマシューは思った。


二人はまた嵐のなかに出た。聖書に出てくるような大雨が降りつづき、遠くに雷鳴が聞こえたが、稲妻が光る間隔は徐々に長くなり、距離も遠くなっているようだった。山のような砂丘のせいでマシューには海岸が見えなかったが、浜辺で砕ける波の音は聞こえてきた。ジョナサンは不安な気持ちのままで、もう家に避難したのだろうか。またのけ者にされて怒っているだろうか。ジョナサンもきっと砕け散る波の音を聞いているだろう。マシューは一瞬立ち止まって、ロスにテキストメッセージを送った。スマートフォンが濡れないようにジャケットの内側で操作して、いまいる場所を説明し、指示を与えた――**全署警戒態勢で例の車を止めること。**ジョナサンにもなにか送りたくなった。悪かったと思っていることが伝わるような、意味深で感傷的なメッセージを。しかしジョナサンはそういうものを喜ぶタイプではないし、ジェンが先を歩いていたので、急いで追いつかなければならなかった。少なくとも、ジェンはどこへ向かったらいいかわかっているようだった。

次の瞬間、一瞬の稲妻に照らされて海岸が海まで見渡せた。月面の風景のような砂丘はもう背後に過ぎ去っていた。小道はさらに険しい上りになり、ところどころ川の浅瀬を歩いているかのような場所もある。靴が水をかぶり、不安定な小石が揺れ、泥がねばつく。しかし雨は弱まりつつあって、嵐の最悪の部分は過ぎたのだとわかった。

ジェンが立ち止まった。「見てください」もう雨音に抗って大声を張りあげる必要もなく、言葉は囁きとなって出てきた。

前方を見ると、おなじ道の先とは信じられないくらい高い場所で、ピンの先端のような明かりが動いている。

「あの人たちですよ」ジェンがいった。「こんな夜に出かける酔狂な人がほかにいます？」

「できるだけ物音を立てずに近づく必要がある。少なくとも上でなにが起こっているかわかるまでは」道はひどく滑りやすくなっているうえ、崖側の端まであまり幅がない。突然の動きや大声で前方の人々を驚かしたら、足を踏みはずしてしまうかもしれない。今夜、殺人事件は起こらなかったとしても、代わりに恐ろしい事故になる可能性は充分にあった。

「わかりました」ジェンは懐中電灯を足もとに向け、上にいる人々から明かりがなるべく見えないようにした。マシューもそうした。

すでに雨は完全にやんでいた。フードをうしろへ押しやると、風の勢いと潮騒がより強く感じられた。

二人はゆっくり上った。二人とも体力はあまりなかった。ロスならヤギのように駆けあがっていき、てっぺんに立ってふり返り、二人の歩みの遅さを見くだしたことだろう。勝ち誇ったような自惚《うぬぼ》れ顔で。そのスピードだけはありがたかっただろうな、とマシューは思った。しかしマシューとジェンは慎重に動いていたので、音を立てることはなかった。剝き出しの岩やぐらぐらする石を避け、道の端の刈りこまれた草の上を選んで歩を進めた。前方の小さな明かりの点が近づいてきた。雲の切れ間が増え、ランディ島の灯台から伸びる光線が見える。青白い満月さえ、ときどきかすかに顔を覗かせた。

ジェンは懐中電灯を切り、小声で耳打ちできるくらいマシューのそばに寄った。ジェンの湿った髪がマシューの頰に触れた。

「そっちの道を行きましょう。あの人たちよりも上に出ることができるので、不意を衝けます」薄明るい月光のなかで、ジェンは崖の縁とは反対のほうを向いてうなずいた。小道すらなさそうだった。

マシューはうなずき返した。実際、道などなかった。二人はハリエニシダやイバラを掻き分けて進み、やがて先行者たちより高い位置に出た。それでもまだ、自分たちより下になった人影は輪郭しか見えなかったが、彼らがしゃべっているのはわかった。マシューは土手を滑りおりて、声が聞き分けられるくらい近づいた。女性がひとりと男性がひとり、崖の縁からすぐの場所にいる。一歩踏みはずせば落ちてしまう。ひと押しで崖から落とすことができそうだった。そうなれば押した人間を逮捕することはできるが、イヴ・ヨウは死んでしまう。

彼らが顔をあげたとき、水平線上のシルエットが目につかないように、マシューは腹這いになった。雲が薄れ、男が手に握っているものに一瞬月光が反射した。ガラスの破片だ。ほの白い月明かりのなかでさえ、マシューにもその色が見えた。バターのような黄色。すぐにまた雲が月を覆い、すべてが暗闇に沈んだ。しかしそのまえに、男がジョージ・マッケンジーであるのを見きわめるだけの時間はあった。ガラスの破片を短剣《ダガー》のようにイヴ・ヨウの首のそばにかまえている。もう一方の腕はイヴのウエストにまわし、彼女をしっかり押さえている。マシューの位置からはジョージの横顔が見えていた。堂々とした、誇らしげな彼の顔は、まるで硬材から彫りだした彫像のようだった。

マシューはじりじりと近づいた。ジョージがしゃべっていた。「なぜよけいな手出しをする必要があったんだ？」ジョージはとても悲しそうな、打ちひしがれたような声で話していた。この状況はすべてイヴのせいで、自分はただの不運な第三者であるかのように。

「おまえの父親がうちの事情に首を突っこんできただけで充分迷惑だったのに。ほんとうに、こんなことにならなくたってよかったんだよ」

二人の人間を崖の縁から死に追いやることなく、男に飛びかかってガラスを取りあげられるチャンスはあるだろうか。マシューの身体能力は決して高くない。鈍い動きで、きっと自分まで落ちてしまうだろう。やっぱりさっき、ジョナサンに感傷的な最後のメッセージを送っておくべきだったかと、つかのま自嘲まじりに思った。

肉体派ではないかもしれないが、マシューには相手を説得することができたし、話を聞くこともできた。マシューの身についたスキルはそれだった。

マシューは身を起こして座った。ジェンがすぐうしろでひどく緊張している。

崖の縁にいる二人は気づいていないようだった。

「ジョージ、イヴを放してください」マシューは退屈そうな、ごくふつうの声でいった。大嫌いな企画ミーティングでしゃべるような声だった。

下のほうで動きがあったが、また暗くなっていたので、なにが起こっているかはっきりとはわからなかった。

「ジョージ、こちらはマシュー・ヴェンです。覚えていますか？　ナイジェルが亡くなったあとに話をしましたね。それに、もちろん、わたしの夫のジョナサンを知っているでしょう。〈イソシギ〉の常連で、ウッドヤード・センターの運営をしています。あなたも今日の夕方、そこでベケットの芝居の手伝いをしていたでしょう。すばらしい公演ですよね。おかげであなたがどこにいるかもわかりました。懐中電灯をつけますよ。なにがどうなっているか全員に見えるように。かまいませんね」

やはりなんの反応もなかった。マシューは懐中電灯をつけた。二人の目がくらまないように、イヴとジョージから少し逸れたところを照らした。ぼんやりしたモノクロの、昔の写真のような二人の姿が見えた。ジョージはまだイヴの首のそばにガラスをかまえている。

「ガラスを捨ててください、ジョージ。こんなことをしても、なんの役にも立ちませんよ。若い人がまたひとり死ぬだけ。それにどんな意味があるんです?」

「わたしは家族を守るためならなんだってやる」影の多い妙な明かりのなかで、マシューにはジョージの口が悲鳴をあげるかのようにひらくのが見えた。

「わかっています」マシューはいった。「わかっていますよ、あなたが二人を心から愛しているのは。あの日、バーの裏で話したときにわかりました。この事件にはモンスターはいないのです。悪魔のような人間が、弱った人々を唆して死なせているのだと想像したこともありましたが、まったくそういうことではなかった」視界の端でなにかが動くのに気づいたが、マシューはつづけた。「なにがあったか話してくれませんか、ジョージ?」ガラスを置いて、イヴをこちらへよこしてはどうです？　そうすれば、説明するチャンスができる」

マシューは懐中電灯を少し動かして、明かりがジョージの顔にまっすぐ当たるようにした。ジョージが明かりに目をしばたたくと、涙が頬を流れ落ちた。

「お願いです、ジョージ」

もしかしたら、ジョージは説明するチャンスをつかもうとしたのかもしれないが、その瞬間、ジェンがうしろにまわってジョージの首に腕をまわし、手からガラスを叩き落とした。マシューはそのガラスが崖の下へ飛んでいくのを目にし、水に落ちた音が聞こえたと思った。そして小道を駆けおり、イヴを腕のなかに引き寄せた。イヴは寒さと恐怖で、巣から落ちた雛鳥のように震えていた。そのときもまだ、コットンのブラウスに黄色と白のスカートという恰好で、サンダルを履いていた。

「大丈夫だよ」マシューはいった。「もう終わった」

「いいえ」イヴはいった。「終わることはない」

それでマシューにも、イヴにとってはそのとおりなのだとわかった。

47

マシューは崖のふもとへ歩きながらロスに電話をかけた。一行が別荘に到着したときには、ロスがそこにいて彼らを出迎えた。ジェンは、ボスと二人きりになったら、許可も得ずに早まってジョージ・マッケンジーに飛びついたことを叱責されるだろうと思っていた。そうなったら、どういえばいい？ ほんとうのことをいうならこうだ――濡れていて寒かったのでトイレに行きたくなったし、ボスがあの男に礼儀正しく話しかけているあいだ、ひと晩じゅう崖のてっぺんにいて風邪をひくなんてまっぴらだったから。あるいは嘘をついて、ジョージがイヴを道連れにして飛びおりそうな気配があったから、というか。

ロスはジョージを自分の車に乗せ、しばし佇んだ。ジェンは、自分とマシューは妙なカップルに見えるにちがいないと思った。二人とも大きすぎるレインコートを着ていて、マシューのほうはその下はまだスーツ姿で、ぴかぴかに磨かれた仕事用の靴は砂にまみれていた。イヴはすでにマシューの車に乗っており、別荘から取ってきたブランケットを体に巻いて、暖房をつけていた。イヴのところへ行くまえに、マシューは電話をかけた。ジェンにも簡潔な説明が聞こえてきた。細かいことは話さず、ただイヴの状態がよくないことだけを伝えていた。

「イヴは、今夜はひとりでいてはいけないと思うのです。署で落ちあって、イヴを連れ帰ってもらえませんか。ほかに頼める人を思いつかなくて」

よい返事がもらえたようで、マシューはうなずいて笑みを浮かべた。

「ウッドヤードに人を送って、車を押さえました」知らせを伝えるのを待ちきれずにロスがいった。自分の抜け目なさを証明したいわけね、とジェンは思った。ロスが崖のてっぺんでのアクションの現場にいられなかったことを残念に思っているのがジェンにはわかった。英雄を演じられればさぞかしお気に召したことだろう。「署に移動させているところです」

「運転手は？」

「もちろん、運転手もです」

警察署に着くと、上品な白髪の女性が待っていた。ジェンは作戦指令室のボードに貼られた写真で彼女を見た覚えがあった。ローレン・ミラーだ。ジェンは一瞬、自分はなにか思いちがいをしているのだろうか、彼女も尋問のためにロスが連行したのだろうかと思ったが、ローレンはどうやらボスがイヴのことを頼むために電話をかけた相手のようだった。

「ローレンは知っていますね？」警察署のなかに入ると、マシューがイヴにいった。イヴはまだブランケットにくるまったままで、よくテレビのニュースで見かける、津波やハリケーンのような自然災害の被害者に見えた。イヴはショックでぼんやりしていた。無理もない。先週からたくさんの悲劇に見舞われてきたのだ。たぶん、この年上の落ち着いた女性との友情が、事態を乗り越える助けになるだろう。

マシューはまだイヴに話しかけていた。「今夜はローレンが家に連れていってくれます。いまはひとりでいるべきじゃないし、明日になったらすべて説明しますから」

「それでいい？　イヴ？」ローレンはイヴに触れなかったし、見くだしたような話し方もしなかったので、ジェンはすぐにこの女性が好きになった。「もしそのほうがよければ、二人であなたのフラットに戻ってもいい。それとも、誰かほかに連絡できる人がいる？」

「いいえ」イヴは手を伸ばしてローレンの腕に触れた。「あなたのところにお邪魔したいです」

捜査チームのメンバーは、計画を立てるために作戦指令室で落ちあった。ジェンはすでに家に電話をかけ、エラと話していた。エラが電話に出るまでに少し時間がかかった。

「ママ、もう寝てたよ！」よくいる不機嫌なティーンエイジャーをわざと演じているのだ。

「もう、いまさら。仕事だってわかってたよ」

そういわれてようやく気づいたのだが、もう夜中の十二時過ぎで、シンシアのパーティーからよろよろ歩いて帰宅したときから一週間が経っていた。ロジャーがご立派な家のご大層な書斎に座って、保護の必要な若者たちを追い詰める計画を練り、彼らが死んでいくのを眺めていたことを知ってなお、シンシアとの友情はつづくだろうか。

マシューがコーヒーを淹れ、みなでひとつのテーブルを囲んだ。ロスは机の引出しから魔法のようにチョコビスケットのパックを取りだしていた。これから事情聴取を、複数の事情聴取をやり遂げるために、ぜひ糖分が必要だとジェンは思った。

「じゃあ、はじめからあのスコットランド人だったんですね」ロスがいった。「ちっぽけなカフェでスター気取りだった、あの偉そうな妻と。あの男はすごく人あたりがよくて、ナイジェルのことも気にかけているふうだったけど、最初からずっと殺人犯だったわけだ」

「いや、ちがうよ」マシューはいった。「ジョージ・マッケンジーは誰も殺していない。それにほんとうのところ、あのままイヴを殺すことができたとも思えない。崖の上でのショウは、すべて罪悪感と必死さの表れだ。演技だったんだ。ジョージはマーサよりいい俳優になれたかもしれないね」

マシューはジェンに花を持たせ、ロスへの説明を任せた。

マシューは一緒に事情聴取をする相棒としてジェンを選んだ。取調室で向かいに座った女性はとても若く、弱々しく見えた。しかし、落ち着きなくびくびくしていながら、どこか自信ありげなところも見えた。かわいらしく振る舞えばなにをやっても——殺人さえも——許されると思っている、ませた子供のようだった。成長して自制を覚えるでもなく、人生をプレイして勝てばいいゲームのようなものと見なしている。彼女の隣に座った当番弁護士はおなじくらい若く、深い眠りから引きずりだされたばかりのような顔をしていた。ひげを剃る時間もなかったようだ。ジェンは崖の上での会話を思いだした。マシューはジョージに、この事件にはモンスターはいないといっていたが、それはほんとうだろうか。ボスはほんとうだと信じたかったのかもしれないが、このはかなげな若い女性は三人を殺したのだ。嬉々としてほかの人々を巻きこみながら。

マシューは所定の手順で聴取を開始し、レコーダーのスイッチを入れた。

「ミス・マッケンジー」マシューは間をおいてからつづけた。「ジェイニー、あなたが弟を殺した夜になにがあったのか説明してもらえますか」

ボスは心から興味があるように聞こえる質問の仕方と、まったく威圧感を与えず、父親のような雰囲気をかもしだしながら女性にファーストネームで呼びかけるコツを心得ている、とジェンは思った。マシューは、自分がここにいるのは事件の捜査を進めるためではなく、ほんとうに理解したいからだという印象を与えていた。

ジェイニーは驚いて顔をあげた。こういう質問をされるとは思っていなかったらしい。

「ここにいるラファティ部長刑事がうまく説明してくれたのですが」マシューはつづけた。「依存症という、一種の精神の不調を抱える人物から事情聴取をしていたときに、突然その相手を引っぱたきたくなったというのです。相手が病気であることはわかっていましたが、それは問題ではありませんでした。その相手は腹立たしいほどに自己中心的で、暴力に訴えたい気持ちを掻き立てられたそうです。これはプロの警察官の話です。警官というのは感情をコントロールすることに慣れていますし、聴取の相手もそこまでひどい症状が出ているわけでは――マックほど精神を病んでいたわけではありませんでした」マシューは間をおいた。「だから何週間も思いやりをもって接したあと、なにかがぽきりと折れたのではないかと想像します。ガラスのように砕けたのではないかと」

マシューはテーブルの向こうのジェイニーを見た。「マックが退院させられた日にすべてが起こったのですね、ちがいますか？　マックはウェズリーと過ごしたいと思ってウェスタコムへ行った。しかしウェズリーは自分本位で、少々頼りなくもあったから、マックの落ち着きのなさや気分の落ち込みに対処できなかった。あなたは連絡を受けて農場へ行き、マックを家に連れて帰った。その日の午後、フランク・レイもそこにいた。あなたはきっとはっきり覚えているのでしょうね」

ジェイニーは顔をあげた。「弟の病状は深刻でした。病院は、絶対にあの子を退院させるべきじゃなかった」

「あなたの家族の話では、その晩遅く、マックは自分で車を運転して砂丘のなかの別荘へ向かい、崖の小道を上って飛びおりたということでした。ビニール袋に入ったメモが石で押さえられて道端に残されていたのを、翌朝通りかかった人が見つけた、と。しかしもちろん、そんなことは起こらなかった。それほど取り乱していた人に運転ができたとは思えません。そこから説明してもらえませんか？」

「あたしが運転して海岸まで連れていったんです」ジェイニー・マッケンジーはいった。「弟の車で。弟は別荘にいるほうが心安らかに過ごせると思ったから。子供のころ、あたしたちは二人ともあそこが大好きでした。それに、少なくとも両親を休ませてあげられた。その時間には、二人はもう眠っていました。だけど弟はぜんぜん落ち着いていられなかった」

「ドライブをしても駄目だったのですか？」

ジェイニーは首を横に振った。「あの子には抑圧された怒りがあって。なにをしても落ち着かせることなんかできなかった。二人で別荘に泊まろうと思っていたんですけど、弟は催眠剤を吐きだしてしまった。寒いけど空気の澄んだ夜で、満月でした。とても美しかった。マックが歩きたがったので、あたしも一緒に行きました」ジェイニーは間をおいてつづけた。「病人の相手をするのがどれほど消耗するかはわからないでしょうね。くり返し同情を求められて、終わりが見えないんです。大事に思ってる相手が回復することを信じられない。まるで赤の他人と暮らしているようでした」

「上に着いたとき、なにがあったのですか？」

「あそこはとてもきれいだった。静かで澄みわたっていて、満天の星と大きな月が見えて。だけどマックにはそれも楽しめなかった。風景の美しさが見えていなかった。弟は泣きながらしゃべっていました。とりとめもなく、自殺クラブがどうとかいう馬鹿げた話ばかりくり返してた。それで、さっきあなたもいっていたように、なにかが折れたんです」ジェイニーはいったん口をつぐんで、ヴェンを見あげた。「弟を押しました」また一瞬、沈黙があった。「殺すつもりだったかどうか、自分でもよくわかりません。ただうるさい音を止めたかっただけ。マックがあたしから、家族全員からエネルギーを吸いつくすのをやめさせたかった」

「落ちたら助からないのはわかっていましたか？」

「崖は影になっていましたけど、ほぼ垂直でしたから。生き延びられないのはわかっていました」

「それからなにがあったのですか？」

「運転して家に帰りました。両親はまだ眠っていた」ジェイニーは顔をあげた。「マックはいつも死にたいといっていました。オンラインでも変な人たちとつるんでた。遺書も書いていました。何枚も。自分が感じている絶望を説明しようとして、練習していたんだと思います。たぶん、それをネット上の友達にも見せていたはず。下手くそなポエムを見せあうティーンエイジャーみたいに。そういう下書きのなかの一枚をマックの寝室から取ってきて、車で別荘に戻ったあと、車は別荘の外に残しました。マックの遺書は透明なビニール袋に入れてから崖の小道に置いて、石で押さえました。だからそこで発見されるだろうとわかっていたんです。それから村まで歩いて戻って、パブの外からミニキャブを呼びました。遅い時間でしたけど、そのパブが閉店後にも得意客にお酒を出しているのは有名だったから。タクシーの運転手もべつに深く考えないだろうと思って。それで家に帰ってベッドに入りました」

マシューはうなずいた。「そして翌日になってからマックが行方不明になったと通報し、警察は別荘で彼の車を発見した。数日後、遺体がランディ島にあがった」

ジェイニーが答える必要はなかった。

ここに至って、ジェンは自分でも質問をした。「どうしてあの夜に起きたことをただそのまま説明しなかったのかわからない。警察と沿岸警備隊に電話することだってできたのに。あなたがずっと張りつめた状態だったのは理解してもらえただろうし、法廷でも情状酌量の余地が認められたはず。なのになぜこんな偽装を？　さらに二人を殺すことまでして」

マックが足を滑らせたということにだってできたじゃない、とジェンは思った。ずっと落ち着きなく不安定だったから、誰も疑問に思ったりしなかったはず。どうしてわざわざ複雑な計略を？　ドラマが必要だったの？　支配し、嘘をつくことが？　それを楽しんでさえいたのでは？

ジェンはつねにマシューほど同情的ではなく、いまもこの悲しげな少女のポーズはすべて演技だと思っていた。ジェイニーはマックとおなじように未熟かもしれないが、悲しんではいない。得意になってドラマを演じ、暴力を振るったのだ。子供のころはずっと、マックが家族の関心の中心で、両親のエネルギーをすべて搾り取り、愛情を要求したのだろう。それに、子供たちは二人とも母親の影のなかにいた。今回の連続殺人は母親をコントロールするためのものでもあったのだろう。

「あの晩、両親はもう充分大変な思いをしていたから。どんな騒ぎになるか、どれほどメディアが関心を寄せてくるか考えてみて。マーサ・マッケンジーの娘、殺人罪で起訴！　マックの病気がどれほど両親を疲弊させたか、あなたがたは知らないでしょう。両親は離婚寸前だった。弟が死んで、あたしたち全員が人生を取り戻したんだといまは思っています」

だけど取り戻せてないじゃない。家族全員、あなたの弟が亡くなったときの役割にはまりこんだままでしょう。

ジェイニーは唐突に口をとざした。またしゃべりはじめたときには様子が一変し、苦々しく怒りのこもった口調になっていた。「それに、もう殺人なんて起こるはずじゃなかった。ナイジェル・ヨウがよけいな詮索をしなければ」

「フランク・レイが、マックの自殺と国民保健サービスとの関わりを調査するように依頼したのです」

ジェイニーはうなずいた。「父もその調査を後押ししました。それに、最初はあたしもうれしかった。実際、病院には責任があったから。病院側の過失は公になってしかるべきだった。もし適切なケアを受けられていたら、マックが死ぬことはなかったし、あたしたちがあんなストレスにさらされることもなかった」

「しかし、ドクター・ヨウは調査を真剣に進めた」マシューがいった。「彼はどうしてマックの自殺に疑念を抱くようになったのですか？」

ジェイニーは目をとじた。疲労困憊してはいても興奮状態なのだとジェンは思った。たぶん何日ものあいだほとんど眠れていないのだろう。「ナイジェルは忌々しいほど徹底していました。ほんとにしつこかった。マックがアクセスしていたチャットルームを見つけて、別荘のなかを見せてほしいと父に頼んだんです。マックがあそこになにか残しているかもしれないからって。チャットルームの主催者につながる手がかりとか。うちの両親はあの別荘をまったく使っていませんでした。弟が亡くなったあとは耐えられなくなって。だからあそこはあたしの安全な隠れ家になっていたんです。マックにとってそうだったように。あそこでは書き物をしていました。罪悪感から逃れようとして。起こったことすべてをどう感じているか、自分自身に説明しようとして。少しゴシック小説みたいに変えていろいろと書いたんです。だって、あそこなら見つかるはずなんてなかったから」

「でもナイジェルはそれを見つけた」ジェンがいった。「あの金曜日の午後に」

「ドクター・ヨウはスピニコットでの約束をキャンセルしたのです」マシューがいった。

「あなたが書いたものを見て、別荘からキャンセルの電話をかけたのでしょう」

ジェイニーはうなずいた。「父がドアの暗証番号を教えたんです。そんなこと、あたしは知らなかった」

「シンシアのパーティーの晩までは」

「あんなパーティー、行かなければよかった！」駄々っ子のような声に戻ってジェイニーはいった。人生は不公平だと向かい風のなかで叫ぶ子供のようだった。「ウェズリーに付き合ってあげただけだったのに」

「パーティーでなにがあったの、ジェイニー？」ジェンはまたもや、自分はこれをすべて事前に防げたのかもしれないと思った。もし素面で、この二人の会話に気づいていれば。話を聞かせてくれるようにナイジェルを説得できていれば。

「ナイジェルから、話したいことがあるといわれたんです。あんなナイジェルは初めて見た。ものすごく厳しい顔つきだった。先にウェスタコムに行って、イヴの作業場で待っているというんです。朝まで待ってきみが現れなければ警察に行く、釈明するチャンスをあげるつもりだ、と」ジェイニーはジェンを見た。「ナイジェルがあなたとしゃべっているところが目に入って、ああ、本気なんだ、いったとおりにするつもりなんだとわかった。

だからナイジェルがいなくなってから一時間後に、もう帰りたいとウェズリーにいったの。小道の入口のところでウェズを降ろしてから、そこに車を置いてウェスタコムまで歩いた。共用地を越えて、フランクの庭を通って農場に出る近道を使った。その道を行けば、ウェズより先に農場に着けるとわかってたから」

「そしてあなたはドクター・ヨウを殺害した」マシューの声は静かだった。「それを認めるのであれば、声に出していってください、ミス・マッケンジー。記録が必要なのです」

「はい、あたしはドクター・ヨウを殺しました。作業台に載っていた大きなグリーンの花瓶を叩き割って、破片を彼の首に突き刺しました」ひらき直った、勝ち誇ったような声でジェイニーはいった。**だったらやっぱり、結局ジェイニーはモンスターだったんじゃない、**とジェンは思った。

「そういう計画だったのですか？」マシューがたずねた。「だから小道の入口でウェズリーを降ろし、こっそり歩いて行ったのですか？　ナイジェルを殺すことになるとわかっていたから？」

「わかりません」ジェイニーはまたごくふつうの会話を装った、静かな声でいった。「悪夢でした。マックといるときみたいだった。ナイジェルはさんざんしゃべって、あたしにお説教をしたんです。鬱症状を抱えた人は治療することができるんだ、家族の一員として取り戻すことができるんだって。助けることができたかもしれないのに、きみがマックの命を盗んだんだって、ヨウにいわれました。それで最後には、ただもう黙らせたくなって」

取調室に沈黙がおりた。部屋の外で酔っぱらいが叫び、静かにしてくださいと警官がいっていた。

「ウェズリーは車を見たとわれわれに話しました。ものすごいスピードで小道を下ってきた、と。彼はつくり話をしたのでしょうか？　あなたのために一種のアリバイを提供しようとして？」

「いいえ」ジェイニーは答え、小さく笑みを浮かべてみせた。自分がどれほど巧妙にやってのけたか、わたしたちに知ってもらいたいのだなとジェンは思った。「それ、あたしだったんです。ナイジェルのキーを取って、彼の車で小道を下りました。もう少しでウェズリーを側溝にはね飛ばすところでしたよ。それで、その車はインストウの道路に停めておいて、自分の車で帰宅しました。その後、父と寝酒を一杯飲んだあと、家族が寝静まってからナイジェルの車を取りに戻りました」

「ナイジェルの車からは、彼の指紋しか見つかりませんでした」マシューはいった。「どうしてでしょうか？」

「あたしの車に手袋があったんです」またもや、自分がいかにすべてにおいて抜け目なかったか誇示したがっているようだった。「冬に外を散歩していたときから置きっぱなしでした」

「インストウをすごいスピードで車が走り抜けていくのを見たとあなたがいっていたのは、つくり話だったのですね？」

ジェイニーはうなずいた。「その車を探すのに、警察が時間をかけてくれればいいと思って」

「その後、あなたは歩いてフランクの家の庭を抜け、共用地を通って帰宅した？」

「はい」優越感のにじむ笑みがまた浮かんだ。「すべてが片づいたときには、朝方になっていました」

「しかしほんとうにすべてが片づいたわけではなかった、そうですね？」マシューはいった。「なぜウェズリーは死ななければならなかったのですか？　素面に戻ったあと、自分を轢きそうになった車が誰のものか思いだしたからですか？　それとも、殺しを楽しむようになったのですか、ジェイニー？　そういうことですか？　大学に確認を取りました。あなたはオックスフォード大学でヴィクトリア朝時代の小説を専攻し、ゴシック小説に焦点を当てた論文を書きましたね。被害者がみな異なる色のガラスを首に刺された状態で発見される連続殺人というのは、いかにもゴシックらしい」

「ちがいます！」ジェイニーはショックを受けたようだった。気分を害したようにも見えた。しかしそれでも誘うような笑みを浮かべていたので、ジェンは騙されなかった。「もちろん、楽しんだりはしませんでした」ジェイニーは間をおいた。「ナイジェルが死んだ夜は月が出ていました。どうやらウェズリーは、車がぶつかりそうになったときにちらりとあたしの顔を見たようでした。まあ、酔っていたので確信はなかったみたいですけど、翌日そのことで電話をかけてきたんです。軽い疑問を口にした程度でしたけど。〃まさかそんなはずないよな、ジェイニー。ただの想像だったんだろう。あんなふうに猛スピードで道を下っていったなんて、あれは殺人犯だったにちがいないよ〃って。それから、あの若くて感じのいい刑事さんが話を聞きにきて、ウェズの話を確認するためにこれから戻って話を聞くつもりだっていうから、念には念を入れておいたほうがいいように思えたんです」

「ウェズリーはあなたのことが好きだったのに！」ジェンがいった。「あなたのためなら嘘だってついたはず。殺す必要なんかなかった」

ジェイニーはガラスのように冷たく澄んだ目でジェンを見つめた。「そんな危険はおかせなかった」長年背景の一部になることを強いられ、両親が弟の面倒を見ているあいだ無視されているように感じてきたあとで、やっと手にしたこの主役の座がジェイニーは気に入っているのだ、とジェンはまた思った。

マシューは質問をつづけた。「それで、あなたはウッドヤードの作業場で会うことをウェズリーに提案した。彼が現れることはわかっていた。ラファティ部長刑事もいっていたように、ウェズリーは以前からあなたに好意を持っていたから。イヴによれば、ウェズリーがほんとうに気にかけていた女性はあなただけだったそうです」

「ほんとに？　ウェズはもういい年じゃないですか。実質的には年金生活者と変わらないし」ジェイニーは嫌悪感から身震いをしたあと、すぐにまたあの笑みを浮かべた。「でも、そうですね、あたしが頼めばウェズは来るだろうと思っていました」

「その後はまたずいぶん込み入ったことをしましたね、ミス・マッケンジー？」取調室の容赦のない明かりのなかで、マシューはずいぶん疲れて見えた。しかしそれでも集中力を保ち、向かい側に座った若い女性を注視しつづけた。「ウェズリーの電話を使ってイヴにテキストメッセージを送った。ちょっとしたゲームですよね？　ずいぶん残酷なことをするものだと、あのときわれわれは思っていたのですが」

ジェイニーから反応はなく、マシューがつづけた。「しかし移動については非常に巧妙だった。あのおかげで、われわれはしばらくのあいだ判断を誤ったままでした。あなたの車は実際に出口をふさがれて動かせませんでしたからね。それは確認しました。それに、家族の車はお父さんが内陸へ行くのに使っていましたし。では、あなたはバーンスタプルまでウェズリーに会いにいくためにどうしたのか？　ウッドヤードで働いているルーシー・ブラディックがその答えを教えてくれましたよ。ビディフォードからのバスが、ウェズリーが殺害される直前に到着していた。ルーシーが気づいたのは、そのバスに友人が乗っていたからです。彼女はあなたが降りるところは見ていませんでしたが、われわれがバスの運転手に確認したところ、あなたと外見の一致する乗客をインストウで乗せたといっていました」

今度は反応を待たずに、おなじ冷徹な視線をジェイニーに向けたまま、マシューはつづけた。「なぜまた殺人の凶器にガラスを使ったのですか？　そしてなぜ、イヴがフランクのためにつくった青いガラスの花瓶だったのでしょう？　舞台のような演出をしたかったのですか？　それとも、警察の目をウェスタコムに、もっといえばイヴに向けるため？」

ジェイニーは小さく肩をすくめた。「たぶん、少しずつ両方ですね。あたしはイヴがすごく好きというわけではなかったけれど、マックは彼女が大好きで、あたしをイヴと比べていた。イヴはしっかり者で、腹立たしいくらい有能で、まえまえからあたしのことを見くだしているようなところがあった。うちの両親も、イヴのガラス作品はすばらしいとか、ヴィクトリア＆アルバート博物館に展示されたとか、しつこいくらい褒めていました。だけど彼女が創作をつづけるのなんて簡単なことでしょう。父親が彼女の才能を信じて、やることなすことすべてをサポートしたんだから。それに、あの花瓶を使うのはひとつの挑戦だったんです。度胸試しというか。フランクの居住部分の鍵がどこにあるかは知っていました。庭を抜けて、フランクのリビングからガラスの花瓶を盗みだすのは冒険だった。スリルと興奮があって、侵入窃盗で捕まるところを想像したときのアドレナリンがどっと出る感覚がたまらなかった。実家での生活はものすごく退屈だったから。大学を卒業したときにはいろんな計画があったのに。旅行に出たかったし、恋もしたかったし、小説を書きたかった」

「全部、やろうと思えばできたんじゃない？」ジェンがたずねた。

「いいえ」ジェイニーはいった。「できなかった。家ではなにもかもがマックを中心にまわっていたから。弟の寝室が手つかずなのを見たでしょう。両親にとっては時間が止まったままで、身動きが取れなくなっていて、あたしはずっとその奇妙で不健全な世界に巻きこまれてきたんです」

連続殺人だなんて、現実逃避のためにしても、望んだ高揚感を手に入れるためにしても、ずいぶん極端な手段を選んだものね。実行に移すころには、空想にすっかり囚われていたんでしょう。あなたは弟よりはるかに病んでいる。

「今日のことを話してください」マシューはいった。「それから、イヴのことも」マシューは取調室の壁にかかった時計を見ていった。「いや、昨日というべきでしたね。どうしてああいうことになったのですか？」

「イヴが干渉してきたから」ジェイニーはまた不機嫌な子供に戻っていった。「ほんとに、あの人が放っておいてくれれば……」

……あなたが捕まることにはならなかった？　しかしいずれにせよ警察はジェイニーを捕まえただろうと、ジェンは思っていた。すでにつながりは判明していたのだから。ロスがシンシアのところへ送られて、パーティーのときにジェイニーとナイジェルのあいだに深刻な会話があったことを確認していたが、もし確認が取れていなかったとしても、事情聴取のためにジェイニーを連れてくることはできただろう。

「イヴはなにをしたのですか？」マシューがたずねた。

「父に電話してきたんです」ジェイニーは間をおいた。「もしあたしに連絡をくれていたら説得できたのに。うまく片づけることができたかもしれないのに」

「あなたが関わっていることが、どうしてイヴにわかったのですか？」

「わかったわけではありません。イヴにわかるわけがないでしょう？　ただの当て推量です。あのときあたしがどこにいたか、イヴは父をさんざん問いただしました。おそらく、ナイジェルが死んだ翌朝、あたしがナイジェルの車を戻しにいったときに音が聞こえたんでしょう。エンジン音に聞き覚えがあったんじゃないですか。でも、死体を発見したあとはショック状態にあったから、昨日の早朝になってようやくピンときた。それで考えたんでしょうね。イヴはウェズリーがあたしのためならなんでもすると知っていたから、電話をかけてきて、毒をまいた。父は過剰反応して、カフェで働いていたあたしのところにやってくると説明を求めた」ジェイニーは顔をあげた。「昔から、父には嘘がつけないんです。ずっと仲がよかったから。母が自分のキャリアだけにかまけていたあいだ、父はあたしたち姉弟にとって父親でもあり、母親でもあった」

「ジョージはわれわれに連絡をするべきでした」マシューは悲しげにいった。「こうなっては、彼も告訴を免れない」マシューは両腕を頭上に伸ばして緊張をほぐした。「あなたがたはふたりとも、今日の午後、ウッドヤードへ行く予定でしたね」

「ええ、コーンウォールの劇団の手伝いで。今週のはじめに〈イソシギ〉でもベケットを演《や》ったんです。劇団は小規模ツアーで南西部をまわっていて、昨夜はウッドヤードで上演しました。母とあたしで舞台セットを手伝うことになっていたし、宣伝も全部うちでやったんですよ。それで、最後の最後に父が母の代わりに行くといって」

「ウッドヤードのロビーにポスターがあった」ジェンがいった。

そしてルーシー・ブラディックがトイレから出たときに、イヴと一緒にいるジョージを見かけた。

「イヴがウッドヤードに行くのはわかっていたのですか？」

「ええ、もちろん。イヴが、どうしても父に会いたい、訊きたいことがたくさんあるというものだから。話してもらえないなら警察に行く、とか。それで、父は上演開始まえにウッドヤードで待ち合わせをしました。あたしたち二人とも、イヴをインストウから、つまり母から遠ざけておいたほうがいいと思ったんです。母は騒ぎを大きくするだけなので。父は母を守りたかっただけ、すべてを片づけたかっただけです。もちろん、あたしのためにやったというのもありますけど。イヴがほんとうにあたしの関与を疑っていたかどうかはわかりません。もしかしたら、ただ安心したかっただけかも。でもやっぱり、危険はおかせなかった。そのときにはもう、父のためとしか考えていませんでした。ほんとです！」

ええ、もちろんそうでしょうね。

「父と母は長年うまくいっていませんでした。マックが死んだあとは、父にはあたししかいなかった。あたしが刑務所に入るようなことになったら生きていけなかったと思う。もうひとりの子供も失うようなものだから」

「それで、あなたはイヴを別荘へ連れていったのですね？」

「ええ。ウッドヤードでは話せないからと、父が説得して。もっと静かな場所へ連れていくといったんです。イヴは父とは長年の知り合いだし、陽気なジョージのことは誰もが信頼していますからね。イヴはただ車のなかで話をするだけだと思ったようでしたけど、あたしはすでに運転席にいて、彼女が乗るなり車を出しました。それでちょっと驚いたみたいでした。そう、イヴはあたしを見て、かなりショックを受けていたといっていい」すでにトレードマークのようになった、あの気取った小さな笑みを浮かべて、ジェイニーはつづけた。「それに、壊れたガラスの破片ならもう持っていましたし。運よく、うちのキッチンにヨウ制作の小さな花瓶があったので」ジェイニーはジェンを見た。「たぶん、あなたは棚の上にあったのを見たんじゃない？　このあいだの朝、コーヒーを飲みにきたときに。黄色だった。とてもきれいな。二人が車に乗ってすぐ、その破片を父に渡して、イヴが騒ぐようならそれを使ってといったんです。それでイヴはすぐに黙った。ガラスの破片で彼女を殺すというのは計画に入っていなかったけど、本人がつくったガラスで怖がらせるのは気分がよかったし、プロットとしてもまとまりができた。あたしが小説を書くとしたら、そんなふうに書いたと思う」

「それからなにがあったの？」知らず知らずのうちに、ジェンは語りに引きこまれていた。

ジェイニーはなかなかのストーリーテラーだった。刑務所に入ったら念願の小説を書きあげるかもしれない。

「イヴには、外が暗くなるまで別荘のなかにいてもらいました。海岸の小道にはいつだって人目がありますからね。あたしは芝居の終わりに間に合うように、ウッドヤードへ戻らなければならなかった。劇団の荷づくりを手伝うために」

「それに、アリバイをつくるために」

「まあ、そうですね、万が一それが必要になったときのために。もちろん、イヴのスマートフォンはとっくに預かっていました」

「そしてあなたはお父さんにイヴを殺すようにいった」

ジェイニーの顔にまた酷薄な笑みが浮かんだ。「いったでしょう。父はあたしを愛しているんです。あたしを助けるためなら、あたしを刑務所に入れないためなら、なんだってしたと思いますよ」間があった。「もうひとつの悲劇のように見えるはずでした。父親と死別した娘が崖を歩いていて嵐に驚き、突然危険なほど滑りやすくなった道に足を取られた恐ろしい事故だった、とか」

「しかしお父さんにはそれができなかった」

「そう」声に侮蔑が混じった。「できなかったみたいですね」

しばらくのあいだ、みな黙ったまま座っていた。マシューは送致の手続きを進めた。ジェンが高い窓を見あげると、夜明けの最初の明かりが見えた。

48

捜査チームのメンバーは、川のそばのカフェで一緒に朝食をとった。ソーセージサンドイッチとコーヒーのマグがテーブルに並んだ。大気は昨日より爽やかだった。大西洋からの風で雲が流れ、ときどき雨がぱらついた。ロスは事件の決着を祝うこの雰囲気に――ほっとしたこの空気に――同調できずにいた。昨日、メルと話をする約束で、ここ何週間か何を思い悩んでいたのか聞くはずだったのに、家に帰れなかった。それでも、食事をしにいこうというマシューの申し出を無下にする気にはなれなかった。捜査チームのメンバーのことも家族のように感じはじめていたから。

「熱波のせいでみんなちょっとおかしくなっていたんじゃないかな」マシューがいった。

「シンシアのパーティーの夜がもう少し涼しくても、ジェイニーは殺人をつづけただろうか？」

「ええ、彼女は楽しんでいたと思いますね」ジェンは顎についたトマトソースを拭いていった。「ジョージですよ、わたしが気の毒に思うのは。昨日の朝、イヴから電話があっていろいろ質問されるまで、自分の娘がなにをしたか知らなかったんじゃないですか。そしてその後はジェイニーの計画に流された。娘にノーといえなかった。事情聴取のあいだずっと、責任は自分にあるっていってましたよ。〝わたしたちが親で、二人を育てたんだから。あの子たちは二人ともそれぞれに傷ついた。わたしはもうひとりの子供まで失うわけにはいかなかった〟って」

「罪悪感とは恐ろしいものだね」マシューはいまも、フランク・レイを苦しめていたのは罪悪感であり、それが彼の死の原因でもあると思っていた。ローレンに愛を受けいれてもらえなかったせいだけでなく。

「みんなちょっとおかしいんじゃないですか、ああいう役者タイプの人たちは」ロスはサンドイッチの最後のひと切れを飲みこみ、そろそろ家に帰ろうと思った。

「イヴもかわいそうに」ジェンがいった。「若い人の人生に、あんなトラウマが残るなんて。イヴに会いにいくんですか、ボス？ どうなったか知らせに」

マシューはうなずいた。「イヴにはすでに電話をかけた。ジェイニーとジョージが二人とも起訴されることだけは伝えてある。今日の午後、イヴと話をするためにアップルドアまで行ってくる。ひとまず家に帰って、着替えなければ。ローレンと彼女の母親がイヴの面倒を見てくれるだろう」

ロスは私道に車を入れ、まだそこにメルの車があるのを見た。メルのシフトのパターンを忘れてしまい、いつなら家にいるかわからなくなっていた。メルはキッチンにいた。まだランニング用の恰好で、脚の筋肉を伸ばしたりゆるめたりしている。ふだんならロスをハグで迎え、事件のことをたずねたり、最近ほとんど顔を見ないけど、よそに恋人でもいるんじゃないのと冗談をいったりするのだが、いまは顔を合わせるのをメルが喜んでいるかどうかさえ、ロスにはよくわからなかった。

メルは電気ケトルのスイッチを入れた。「コーヒー、いる？」ロスに背を向けたまま、メルはいった。姿勢を見ただけでも、メルが張りつめ、不安な気持ちを抑えているのがわかった。

「どうした？」ロスはいった。「話があるっていってたけど」

「話をしましょう。いまここで」

「おれがなにかしたか？　なんであれ、改めるよ」

メルはふり返って、ロスと向きあった。「それができるかどうかはわからないけど」

ロスはこのひと月の自分の行動をざっと思い返した。メルのことは、いて当たりまえだと思っていて、自分が生活費のおもな稼ぎ手なのだから、どうやって暮らしていくか、家族の資金をどう使うかは自分が決めて当然だと思いこんでいた。もしかしたら、自分もなにかで読んだような威圧的かつ支配的な男たちとおなじだったかもしれない。「おれだっていろいろ学んでる」そういってから、ほんとうにそうだろうかと自分でも疑問に思った。大人になるまでのあいだ、ロスのロールモデルはジョー・オールダムだった。ジョーは父の親友で、昔気質の警官で、保守的な男だった。そしてロスにもまだ、オールダム警視の威張った態度や独自の気質を――絶対に脅しに屈しない、ほしいものは必ず手に入れるという固い意志を――尊敬している部分があった。オールダムはマシュー・ヴェンのことを配属された瞬間から見くだしていて、ロスはそれも見習ってしまった。

「ほかに男がいるのか？」恋人がいるのかもしれない、という考えは何日も頭のなかにあった。浮気ではない。ただの浮気なら、つらくはあるだろうが対処できるとロスは思っていた。しかしメルがおれよりも愛する誰かを見つけていたら？　もっと穏やかで、もっと思いやりのある誰かを。

メルはロスを見た。「まさか。ずっとそんなふうに思ってたの？」

「だってすごくよそよそしかったから」

「病気だと思ってたのよ」メルはいった。「乳がん。母も五十代でかかっていたし。しこりを見つけたの。生体検査を受けなければならなかった」

「どうしていってくれなかった？」そういうことを秘密にしておくというのは信じられなかった。恋人がいるわけではなかったが、これも一種の裏切りのように思えた。

メルは肩をすくめた。「あなたは自分のことで手一杯だったじゃない。今回の事件のことで」間があった。「あなたがわたしを好きになったのは、わたしがあなたの面倒を見るからでしょう。家のこととか、その他のことを全部やったり……もしあなたがわたしの面倒を見なきゃならなくなったら、どうなってしまうんだろうと思って」

「悪かった」ロスは間をおいた。「もちろんおれはきみの面倒を見るよ」

「昨日の夜、生検の結果が出たの」メルは微笑んだ。「悪性じゃなかった。馬鹿だったわ、パニックを起こしたりして。だから心配ない。ただちょっと怖かっただけ」

「おれも怖かったよ」警告だったんだ、とロスは思った。「座って」ロスは涙をこらえているところを見られたくなくて、こういった。「おれがコーヒーを持ってくるよ」

49

帰宅したジェンは、一瞬パニックに陥った。子供たちの姿が見えない。とっくに起きだして、学校に行く支度をしていなければならないはずなのに。ジェンは時間の感覚をなくしていた。今週は時間の進み方がおかしかったから。ばたばたしているうちに数日があっという間に過ぎたかと思えば、数秒が永遠に思えたこともあった。崖のてっぺんでジョージとイヴを見ていたときには、アクション映画を一本観終えたように感じたが、実際には一分と経っていなかった。その後ようやく、今日は土曜日だったと気がついた。一週間まえには二日酔いでベッドにいて、エラの不満顔と、ナイジェル・ヨウの死の知らせに起こされたのだ。

ジェンはお茶を淹れるために電気ケトルのスイッチを入れた。食洗機のなかは空《から》になっているし、テーブルやカウンターの上もきれいだった。ああ、エラったら、ほんとうにできすぎた娘だわ。階段から足音がして、ジェンの娘がスマートフォンを片手に姿を現した。

エラはテキストメッセージを打っていたが、ジェンに気づくと顔をあげた。

「おはよう、ママ。くたくたに疲れてるんでしょ」

「ほんのちょっとね。お茶が飲みたければ、ケトルのお湯がまだ熱いから」ジェンは間をおいてからつづけた。「弟は大丈夫？」

「そうだね、遅くまでパソコンに向かっていたみたいだから、まだしばらくは降りてこないと思うけど」

「あの子、パソコンでなにをしてるの？」

「だいたいは友達とシューティングゲームをしてる」エラはまだ意識の大半を電話に向けていた。「ザックが一時に家に帰ったとき、スイッチを切らせたけど」

ジェンはため息をついた。まあ、そういうたぐいのゲームより悪いことはほかにたくさんあるわけだし。「ああもう、エラ。来年あなたが家を出て大学へ行ってしまったら、わたしはどうしたらいいの？」

エラはスマートフォンを置いて、質問の答えを真剣に考えた。「なにも変わらないんじゃない」エラはいった。「ママはきっと変わらない。ずっと仕事をまじめにやるだけでしょう」間があった。「あのね、ほんとのところ、あたしたちは変わってほしいなんて思ってないの。ママのやってることは尊敬してる」それから天井のほうを顎で示してつづけた。

「あの子もいずれ大人になるでしょ。まあ、あたしがいなくなったら、ベンに食洗機の神秘については明かさなきゃならないかもね」

ジェンは声をたてて笑った。

「土曜の夜は」ジェンはいった。「テイクアウト?」

「ママ！　あたしたちは一週間ずっとテイクアウトで生き延びてきたんだよ。それか、冷凍食品で」

「だったらつくろうか」

間があった。「いやいや」エラがいった。「気を悪くしないでほしいんだけど、ママの手料理？　だったらテイクアウトでしょ」エラは紅茶のマグを持ってぶらぶらと部屋へ戻っていった。

家のなかは静かだった。外の道路からの雑音が背景にあったものの、ジェンはそれには慣れていたので、とくに気にならなかった。疲労困憊だったが、眠らないほうがいいのはわかっていた。時差ボケのようなものだ。一日起きたままでいて、夜になってからまともに眠るのがいちばんいい。ジェンが小さなリビングへ向かっていると、電話が鳴った。シンシアだった。

「たったいま、ロジャーに出ていってと話したところ」シンシアはいった。「二時間くらい出かけるから、そのあいだにいなくなってちょうだいといったわ」

「じゃあ、もう知ってるのね？　〈スイサイド・クラブ〉のこと」

「あなたからそのウェブサイトの話を聞いたあと、書斎にこもってなにをしているのかとロジャーに訊いたの。自慢げだったわ。病院での仕事を通してするよりも、鬱の患者にさらに多くの助けを与えているんだといっていた」

ジェンには友人が泣いているのがわかった。「コーヒーでも飲まない？　つましい家でよければ、うちに来てくれてもいい」

50

朝食のあと、マシューはブローントン大湿原を抜けて家に向かった。渉禽《しょうきん》や水鳥のいる水辺を通り過ぎる。アオサギが一羽、立ったまま微動だにせず、水面にじっと目を据えている。広大な空の下で、マシューは額と四肢から緊張が抜けていくのを感じた。残ったのは自分自身の罪悪感だけだった。ナイジェルを救うためにできることはなにもなかったが、ウェズリーの死は防ぐべきだったのではないか。ナイジェルの仕事に気持ちを集中しすぎ、マックの自殺を疑いもせず、オンラインの〈スイサイド・クラブ〉に固執してしまった。多くの殺人事件の中心にあるのは家族だとわかっているべきだったのに。ジェイニーはまわりの人間を手玉に取り、彼らの混乱と、自分が被害者に対して振るえる力をおおいに楽しんでいた。いずれにせよ、ブレザレンを去って以来、長年のあいだ罪悪感を抱えて生きてきたのだから、今回も対処できるとマシューは思った。

料金所を通過してクロウ・ポイントとわが家に通じる道に入った。家のそばに停めて車を降りると、自然の音に包まれた。海辺にいるセグロカモメの長鳴きや、湿地から届くタゲリの鳴き声。海は荒れているうえに満潮なのだろう。マシューがいま立っている場所からも、波の砕ける音が聞こえる。西からの風が強いので、キッチンのドアはしめてあり、ジョナサンは屋内で遅い朝食をとっていた。

風声《ふうせい》が車の音を覆い隠したのだろう。マシューが近づいてもジョナサンは気づかない。マシューは一瞬立ち止まり、なかを覗いた。マシューには確固とした境界線が必要だった。そういうふうに育ってきたのだ。最近の二件の捜査では、仕事と家庭が混じりあい、ぶつかりもした。そしてこの二つを完全に分けておこうとしたことで、ジョナサンにいやな思いをさせた。昨夜も連絡を入れはしたが、短い通話しかできず、二人のあいだがどうなっているのか、マシューにはまだはっきりとはわからなかった。

ジョナサンがふり返ってマシューを見た。どんな反応がくるか、マシューは不安なまま身構えて待った。ジョナサンはマシューに手を振り、うれしそうにコーヒーを勧める身振りをした。憤りは忘れられているようだった、少なくともいまは。とくに根に持っている様子はなかった。マシューは家に入り、ドアをしめると、ジョナサンのほうまで行って、夫の肩に腕をまわした。

「思ったんだけど」マシューはいった。「イヴとローレン・ミラーを明日のランチに招くのはどうかな。もし料理するのがいやじゃなければ」

「それは不適切には当たらないの？　公判がはじまるまえなのに？」ジョナサンがからかっていった。

「そうかもしれない。だけどもうちょっと柔軟になろうと思ってね。とにかく声をかけてみよう」

「ランチといえば。今朝早く郵便が届いたよ」ジョナサンはにっこり笑って、テーブルの向こうから封筒を差しだしてきた。

なかにはカードが入っていた。花束の絵がついた表紙に、金色の文字でThanksと書いてある。マシューはカードをひらいた。見覚えのある手書き文字が誰のものかはすぐにわかったが、記憶にあるよりも少し堅さと角が取れていた。

おいしい昼食をありがとう。

署名はない。だが、必要なかった。

訳者あとがき

アン・クリーヴスの小説は、二〇〇七年に〈ジミー・ペレス警部〉シリーズ第一作『大鴉の啼く冬』が好評をもって迎えられて以来、シリーズ続刊が着々と紹介されてきた（じっくりコツコツと邦訳出版をつづけてこられた翻訳家の玉木亨氏と東京創元社編集部に敬意を表します）。そして同シリーズが第八作『炎の爪痕』で一区切りついたのと入れ違いに、〈マシュー・ヴェン警部〉シリーズ第一作『哀惜』が早川書房より刊行される運びとなった。本書『沈黙』は、そのヴェン警部シリーズ長篇第二作に当たる。著者については『哀惜』巻末の杉江松恋氏による解説に詳しい。また、《紙魚の手帖 vol.20》には、若林踏氏によるコラム〈閉じた世界で描かれる「視線のパズル」〉が掲載されていて、著者クリーヴスのキャリアや作風が一望できるので、機会あればそちらもぜひご一読いただきたい（日本ではドラマが先行した〈ヴェラ・スタンホープ警部〉シリーズの原作邦訳刊行予定も報じられている)。余談だが、そこにない情報をひとつ挙げておくと、本国では今秋、ペレス警部シリーズが再開される(二〇二五年十月に原書 *The Killing Stones* 刊行予定とのこと、著者クリーヴスがツイッター/現Xに投稿していた)。舞台をオークニー諸島に移し、ペレス警部の人生も新たな段階に進んでいるようだ。

さて、本書『沈黙』の内容も少々ご紹介しておこう。DV夫との離婚により北から移ってきたジェン・ラファティ部長刑事の視点で物語がはじまる。友人の判事、シンシア・プライアのホームパーティーで、ジェンに話しかけてきた人物がいた。その中年男性はナイジェル・ヨウと名乗り、自分は保健分野で探偵のような仕事をしていて、警察関係者からちょっとしたアドバイスがほしいのだ、という。しかしジェンがかなり酔っているのを見て取ったナイジェルは、詳しい話に踏み込まずにその場を離れる。そしてその翌朝に死体となって発見される。誰が、なぜナイジェルを殺したのか?

ナイジェル・ヨウは、〈ノース・デヴォン患者協会(NDPT)〉で働いていた。NDPTは、患者と病院とのあいだにトラブルがあった場合に、患者側の経験や苦情を調査・代弁する組織である。どうやらナイジェルは死の直前にも、国民保健サービス(NHS)を相手取った苦情について調査していたらしい。自殺した青年の家族が、「精神疾患のあった息子が自殺したのは、無理やり病院から退院させられたせいだ」と申し立てていたのだ。

ちなみに英国の医療制度では、NHSを利用すれば誰でも無料で病気の治療が受けられる（裕福であれば、全額自己負担で民間の医療施設にかかるという選択肢もある）。ただし近年、政府の緊縮財政の影響でNHSの予算はつねに不足しており、患者に対して充分な対応ができない状況がつづいている。診察の予約がなかなか取れない、どうにかこうにか最初の診察予約が取れても専門医に診てもらえるのは何カ月も先、といった状態が慢性化しているそうである。このあたりの事情は、ブレイディみかこ著『ワイルドサイドをほっつき歩け』の「Killing Me Softly――俺たちのNHS」の項や、『花の命はノー・フューチャー』の「納税者の憂国論　診療所編」の項に詳しい（ともにちくま文庫）。英国に長く在住し、ごくふつうの市民かつ庶民として「地べたから」の発信をつづけるブレイディみかこ氏が医療事情について語るのを読むと、本書『沈黙』で病院にまつわる部分に触れたときの解像度も上がるので、こちらもぜひお薦めしたい。少々話が逸れたが、作中、マック青年が無理やり退院させられたのも、こうした現実を反映した部分である。

マシュー・ヴェンやジェン、ロスらレギュラー捜査陣による地道な聞き込みが進むなか、やがて第二の殺人が発生する。本筋についてはこれ以上は控えるが、レギュラー陣のプライベートや、前作で活躍したルーシー・ブラディックのその後も随所に書きこまれているので、そちらもお楽しみいただきたい。

ところで、〈マシュー・ヴェン警部〉シリーズは、本国ではすでに第三作も刊行されている（*The Raging Storm*、二〇二三年刊）。「地味だが滋味がある」と評判の本シリーズだが、第三作は、テレビ等のメディアでも有名な地元出身の冒険家が、帰郷した際、死体となって救命ボートで沖を漂っているところを発見されるという、なにやら派手な（？）出だし……。こちらもつづけて邦訳紹介できるよう願っている。

二〇二五年二月

哀惜

The Long Call

アン・クリーヴス
高山真由美訳

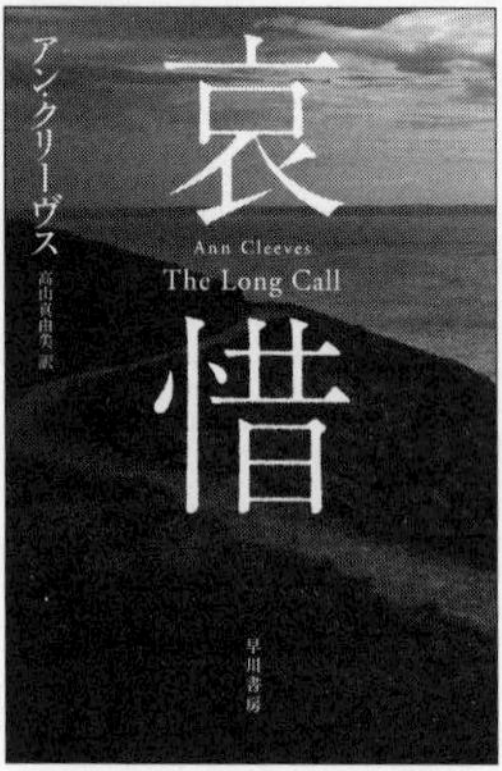

イギリス南部の町ノース・デヴォンで発見された死体。捜査を行うマシュー・ヴェンは、被害者は近頃町へやってきたサイモンという男で、自身の夫が運営する複合施設でボランティアをしていたことを知る。彼を殺したのはいったい何者なのか。英国ミステリの巨匠が贈る端正で緻密な謎解きミステリ。解説／杉江松恋

サン＝フォリアン教会の首吊り男〈新訳版〉

Le pendu de Saint-Pholien

ジョルジュ・シムノン

伊禮規与美訳

駅の待合室に坐る不審な男。メグレは彼が大事そうに抱える鞄と自分のものをすり替え、男を尾行し始める。だが、男は鞄がすり替わっていることを知ると、拳銃で自殺してしまう。奇妙な事件の捜査に当たるメグレは、男の哀切な過去と事件の陰にちらつく異様な首吊り男の絵の真相へと近づいていく。解説／瀬名秀明

ハヤカワ文庫

サマータイム・ブルース〈新版〉

Indemnity Only

サラ・パレツキー
山本やよい訳

夜遅くに事務所を訪れた男は息子の恋人の行方を捜してくれと依頼する。簡単な仕事に思えたが、訪ねたアパートで出くわしたのはその息子の死体だった……圧力にも障害にも負けないV・I・ウォーショースキーの熱い戦いはここから始まる！　シリーズ第一作が翻訳をリニューアルした新装版で登場。解説／池上冬樹

三年間の陥穽（上・下）

Sovsågott

アンデシュ・ルースルンド

清水由貴子・下倉亮一訳

子どもの人身売買を防止する団体に届いた、全裸で犬のリードを巻かれた少女の写真。グレーンス警部は、写真の手がかりを元にダークネットに潜む犯罪組織をあぶり出す。組織を捜査するために、グレーンスはホフマンに潜入を命じるが彼らを待ち受けていたのは、史上最悪の事件と驚愕の真相だった。　解説／小財満

血塗られた一月

Bloody January

アラン・パークス
吉野弘人訳

刑事マッコイが囚人ネアンから告げられた少女射殺事件。それはグラスゴーを揺るがす〝血塗られた一月〟事件の始まりだった。捜査の中でマッコイは、自身と因縁のあるダンロップ卿が事件に関係していることに気づく。何かを隠す卿は警察へ圧力をかけ、捜査を妨害するが……傑作タータン・ノワール、ここに始動！

訳者略歴　青山学院大学文学部卒，日本大学大学院文学研究科修士課程修了，英米文学翻訳家　訳書『ブルーバード、ブルーバード』ロック，『ローンガール・ハードボイルド』サマーズ，『女たちが死んだ街で』ポコーダ，『ボンベイのシャーロック』マーチ，『哀惜』クリーヴス，『寡黙な同居人』ミシャロン（以上早川書房刊）他多数

HM=Hayakawa Mystery
SF=Science Fiction
JA=Japanese Author
NV=Novel
NF=Nonfiction
FT=Fantasy

沈《ちん》　黙《もく》

〈HM㊾-2〉

二〇二五年四月二十日　印刷
二〇二五年四月二十五日　発行
（定価はカバーに表示してあります）

著者　アン・クリーヴス
訳者　高《たか》山《やま》真《ま》由《ゆ》美《み》
発行者　早川浩
発行所　株式会社早川書房

郵便番号　一〇一-〇〇四六
東京都千代田区神田多町二ノ二
電話　〇三-三二五二-三一一一
振替　〇〇一六〇-三-四七七九九
https://www.hayakawa-online.co.jp

印刷・精文堂印刷株式会社　製本・株式会社明光社
Printed and bound in Japan
ISBN978-4-15-185302-9 C0197

本書は活字が大きく読みやすい〈トールサイズ〉です。